Stephen Clarke
Eine kurze Geschichte der Zukunft



PIPER

Zu diesem Buch

Der Brite Richie Fischer ist mit seiner Frau auf Shopping-Tour in New York. Es ist glühend heiß, und so flüchtet er sich in einen zwar schrägen, aber immerhin klimatisierten Laden in der Canal Street. Als er dort auf einen angeblich funktionstüchtigen Teleporter stößt, kann er es nicht glauben. Das Teil sieht aus wie eine Mikrowelle – und damit soll man tatsächlich beamen können? Kurzerhand entschließt sich Richie zum Kauf. Das Ding ist sauteuer, aber das ist ihm die Sache wert. Schließlich ist er seit seiner frühen Kindheit Star-Trek-Fan und schreibt zudem seit Jahren an einem Buch mit dem Arbeitstitel *Eine kurze Geschichte der Zukunft,* in dem er über alle Entwicklungen der Science-Fiction umfassend berichten will. Er bringt das ominöse Gerät mit zurück nach England und startet die ersten Experimente – mit unabsehbaren Folgen. Für die Versuchskaninchen, ihn selbst und seine ganze Umwelt …

*Stephen Clarke,* geboren 1958, lebt seit vielen Jahren in Paris. »Eine kurze Geschichte der Zukunft« veröffentlichte er im Selbstverlag, noch bevor er mit seinen Bestsellern »Ein Engländer in Paris«, »Ich bin ein Pariser«, »Merde happens« und »Überleben unter Franzosen« Furore machte. »Eine kurze Geschichte der Zukunft« hat zur Abwechslung einmal nichts mit Frankreich zu tun, dafür aber umso mehr mit Star-Trek, Teleportation und Starfrisörinnen.

Stephen Clarke

# Eine kurze Geschichte der Zukunft

Roman

Aus dem Englischen von
Johannes Sabinski

Piper München Zürich

*Mehr über unsere Autoren und Bücher:*
*www.piper.de*

Von Stephen Clarke liegen bei Piper vor:
Ein Engländer in Paris
Ich bin ein Pariser
Überleben unter Franzosen
Merde happens
Ein Engländer in Saint-Tropez

Mix
Produktgruppe aus vorbildlich bewirtschafteten Wäldern und anderen kontrollierten Herkünften
www.fsc.org Zert.-Nr. GFA-COC-001223
© 1996 Forest Stewardship Council
FSC

Deutsche Erstausgabe
Januar 2011

Titel der englischen Originalausgabe:
»Beam Me Up«

Umschlag: semper smile, München
Umschlagabbildung: plainpicture / ballyscanlon
Satz: Kösel, Krugzell
Papier: Munken Print von Arctic Paper Munkedals AB, Schweden
Druck und Bindung: CPI – Clausen & Bosse, Leck
Printed in Germany ISBN 978-3-492-25959-0

Dies ist eine fiktive Geschichte. Sämtliche darin auftretenden Personen und Organisationen sind frei erfunden oder, sollten sie real sein, frei erfundene Abbilder der Realität. Falls das irgendwie Sinn ergibt.

Weshalb wird jeder neue technologische Durchbruch in der Berichterstattung immer an *Star Trek* gemessen? »Polizei entwickelt phaserartige Betäubungswaffe« ... »Wissenschaftler entwickeln *Star-Trek*-artigen Teleporter«. Ist das journalistische Faulheit? Oder nur ein Versuch, der reizlosen Technik ein bisschen Sexappeal zu verleihen? Oder geht hier etwas viel Größeres vor sich?

Im Jahr 1997 gab ein Team von Wissenschaftlern in Innsbruck bekannt, ihm sei erstmals überhaupt der Versuch einer Fernübertragung von Materie, einer »Teleportation«, geglückt. Laut Medienberichten drangen die Forscher damit in Gebiete vor, die nie ein Mensch zuvor gesehen hatte. Dieser Roman geht der entscheidenden Frage nach: Wozu die verdammte Mühe?

Die Sonne schmolz das Asphaltpflaster auf den Gehsteigen. Taxis knurrten sich wie ausgedörrte Hunde durch den Verkehr. Auf den allgegenwärtigen Streifenwagen prangte der Leitspruch der New Yorker Polizei: »Höflichkeit, Professionalität, Respekt«, doch die Beamten darin sahen verschwitzt und bedrohlich aus.

Insgesamt führte die Situation dazu, dass Richie urplötzlich auf Shoppen stand.

»Hey, die Schuhe sind gerade fünfundzwanzig Prozent runtergesetzt, lass uns mal schauen«, meinte er zu seiner überraschten Frau. Dann, eine Straße weiter: »Echt klasse, die Klamotten. Geh doch rein und probier was an.«

Erst als er sich für Sofas zu interessieren begann – die nach erfolgreichem Einkauf wohl schwerlich in ihre Koffer passen würden –, durchschaute Clara ihn.

Sie standen gleich hinter der Eingangstür eines schicken Möbelgeschäfts. Es roch nach gekühltem Leder. Richie hielt das Gesicht in den eiskalten Luftstrom, der aus einem Deckengebläse herabwehte.

»Es geht um die Klimaanlage, stimmt's?«, fragte Clara.

»Natürlich nicht«, versicherte er ihr und trat einen unauffälligen Schritt zurück, damit der Luftzug den Ausschnitt seines Hemdes treffen und so der Schweiß auf seinem Bauch gefriertrocknen würde. »Wir verbringen ein langes Wochenende in der Welthauptstadt des Shoppens. Da muss man alles geben.«

»Lügner. Hab mich schon gefragt, warum du immer in Türnähe rumhängst. Du willst dich von Ventilator zu Ventilator durch die Stadt hangeln!«

Noch während Richies Gelächter verebbte, war sie weg, von der Menge verschluckt. Er suchte die Straße nach beiden Richtungen ab, und als sein Blick schließlich auf sie fiel, machte sie fünfzehn Stundenkilometer und beschleunigte noch. Er gönnte sich eine letzte Sekunde eiskalte Luft und nahm die Verfolgung auf.

Das steht im Widerspruch zu allen physikalischen Gesetzen, dachte er. Sie war dreißig Zentimeter kleiner als er, konnte aber so schnell gehen, dass er laufen musste, um Schritt zu halten. Er holte noch immer nicht auf. Sie schlingerte durch die Käufermassen, als wäre es Mitte Dezember und als hätte sie ordentlich Bewegung nötig, um sich warm zu halten. Schon nach einer halben Minute ohne Klimaanlage kam Richie böse ins Schwitzen.

Er konnte diese Hitze nicht ertragen. Er kam aus dem englischen Bournemouth, wo der Mai kühl und stürmisch war, rund zwanzig Grad kälter als hier – Celsius, versteht sich. Für diese Hitze war er zu kräftig gebaut, eins fünfundneunzig groß, zweieinhalb Zentimeter weniger als sonst, weil er sich tags zuvor die Haare abrasiert hatte. Clara hatte aufgeschrien, als er aus dem Badezimmer gekommen war, aber in dieser Stadt war es für Haare einfach zu heiß.

Während er vorantrabte, ermutigten ihn die Hinterbacken einer Frau, die geradezu schwanger aussahen und durch deren Canyon ein kleiner Colorado River abwärts strömte. Doch der Mut verließ ihn gleich wieder beim Anblick eines schwarzen Bengels mit nackten, knochentrockenen Schultern und kaum Muskelspiel beim Gehen. Red mir einer vom Schmelztiegel, dachte Richie, ich zerfließe schon.

Endlich wurde Clara langsamer. Sie blickte durch das Schaufenster eines Schuhgeschäfts. Er holte sie ein und tippte ihr auf die Schulter.

»Hi, Clara, kennst mich noch?«

»Hier hab ich doch diese orangefarbenen Laufschuhe anprobiert. Die werde ich jetzt kaufen«, teilte sie ihm mit.

»Aber die haben über zweihundert Dollar gekostet!«

»Na ja, der Laden muss schließlich seine Klimaanlage irgendwie finanzieren, oder nicht?«

Von seiner Warte unter einem weiteren arktischen Haarfön aus sah Richie zu, wie Clara die orangefarbenen Laufschuhe überstreifte. Leider waren sie perfekt. Sie passten gut zum leicht rötlichen Ton ihres dunkelbraunen Haars – ein genetisches Erbe ihrer schottischen Mutter. Zum Henker, sie würden ihr auch mit gebräunter Haut stehen. Die Verkäuferin war richtig fröhlich. Clara musste ihr bereits gesagt haben, dass sie die Schuhe nehmen würde.

Wie konnte sie in dieser Hitze auch nur auf den Gedanken kommen, noch mehr Klamotten zu kaufen? Als würde eine Stopflebergans beschließen, mal eben auszubüxen, um eine Tüte Kartoffelchips zu verdrücken.

Clara ging mit einer großen, leuchtend bunten Plastiktüte und einem vergleichbar breiten und strahlenden Lächeln zu ihm hinüber.

»Warum ruhen wir uns nicht mal vom Shoppen aus?«, brachte Richie vor. »Gehen einfach mal 'ne Stunde chillen? Ich meine, chillen im Sinne von abkühlen.«

»Schön«, stimmte Clara zu, nahm ihn beim Arm und lenkte ihn in Richtung eines Cafés. »Ich muss ohnehin überlegen, in welche Läden ich noch mal zurückwill.«

Richies Stöhnen ging im gleichzeitigen Hupen eines halben Dutzend Autos unter. Ein gelbes Taxi war liegengeblieben, und sein überhitzter Motor pustete eine träge Dampfschwade in die flimmernde, verschmutzte Luft. Die nachmittägliche Sonne wurde von der Windschutzscheibe des streikenden Wagens zurückgeworfen und stach Richie geradewegs in die Augen.

Sie kehrten dem Hupkonzert den Rücken und gingen an einem Multimediamarkt vorbei. Im Schaufenster hing ein großes Plakat von William Shatner, fotografiert ungefähr 1968, als Werbung für einen *Star-Trek*-DVD-Schuber. Selbst Captain Kirk schaute leicht beunruhigt angesichts der Atmosphäre im New York des einundzwanzigsten Jahrhunderts.

*

Der Fremde schien aus dem Nirgendwo zu kommen.

Gerade noch war es ein himmelblauer Morgen voller Verheißungen gewesen, und nun stand er am Straßenrand.

Sein dunkelgrauer Ford hatte ein Nummernschild aus Iowa, auch wenn der Wagen nicht wie ein Auto aus dieser Gegend aussah – zu wenig Dellen.

In Riverside, Iowa, sind Fremde keine Seltenheit. Die Fanclubs kommen in vollbesetzten Autos, Camping- oder Kleinbussen zum alljährlichen *Star-Trek*-Fest. Denn Riverside (850 Einwohner) ist – in der Vergangenheit oder in der Zukunft – der Geburtsort von James Tiberius Kirk, Captain der USS Enterprise. Dort wird den zukünftigen Historikern oder historischen Futuristen zufolge der kleine Jimmy zur Welt kommen, am 22. März des Jahres 2233, mit hellbraunem Haar und haselnussbraunen Augen.

Mr Muller, der Besitzer der kirkschen Geburtsstätte (im Ort bekannt als »das freie Grundstück, wo mal der Frisör war«), schaute aus seinem Fenster auf den Fremden, der fast so hoch aufragte wie das Modell der USS Riverside auf seinem pyramidenförmigen Sockel. Es handelte sich um ein zwei Meter fünfzehn hohes Raumschiff aus Kunststoff und die nicht ganz genaue Nachbildung des Raumschiffs Enterprise. Ursprünglich hatte Muller ein Bronzestandbild von Kirk selbst errichten wollen, Paramount verlangte jedoch vierzigtausend Dollar für die Rechte. Dann hatte er um Erlaubnis gebeten, ein Modell der Enterprise aufstellen zu dürfen. Erlaubnis verweigert. Folglich kam die USS Riverside dabei heraus mit eben genügend Abweichungen in der Formgebung des Raumschiffs, um ein Gerichtsverfahren zu vermeiden.

Muller war neugierig. Es kam häufig vor, dass Leute auf der Durchreise Rast einlegten und sich den Ort anschauten, selbst außerhalb des Trekfests. Doch dieser Fremde war anders. Er knipste keine Fotos. Und er trug weder ein Captain-Kirk-T-Shirt noch Spockohren, noch eine Klingonenuniform oder sonst irgendeine der Kostümierungen, mit der eingefleischte Trekkies auf ihren Wallfahrten in Riverside auftauchten. Der hier trug ein Hemd mit offenem Kragen und Chinos. Sah lässig militärisch aus. Kurz geschnittenes graues Haar und gebräunte Gesichtshaut. Er stand da und starrte mit einem schwachen Lächeln um die Lippen auf das Raumschiff, als träume er.

Doch er musste seiner Umgebung Aufmerksamkeit geschenkt haben, da er sich plötzlich dem Haus zukehrte und Muller direkt anblickte.

Er lächelte Muller zu und nickte.

»Guten Morgen«, sagte er freundlich, als Muller zwei Minuten später nach draußen trat.

Gebildet, dachte Muller. Blendend weißes Lächeln. Kostspieliges Lächeln.

»Morgen«, sagte Muller und schüttelte die ausgestreckte Hand.

»Ich heiße Max, Max Blender.«

»Sam.«

»Sam Muller, stimmt's? Ihnen gehört die kirksche Geburtsstätte?« Der Fremde nickte zur leeren Rasenfläche hinter dem Raumschiff, mutmaßlich die genaue Lage des Geburtshauses im Jahr 2233.

»Schon«, bestätigte Muller wachsam. Auf einmal kam ihm in den Sinn, dass sein Gegenüber Steuerbeamter sein könnte. Irgendwie sah das Auto nach Bundesbehörde aus, so verstaubt. Und Muller gab nicht immer jeden Penny an, den er für Kirk-Krume (unter dem Rasen ausgehobener Erdboden) in Glasphiolen zu drei Dollar das Stück erzielte. »Ich nehm keinen Eintritt von Besuchern, wissen Sie«, sagte er.

»Na, sollten Sie vielleicht tun. Dieser Ort wirkt nicht gerade, als würde er einen Raumschiffkapitän hervorbringen.« Der Fremde wies mit einem Daumen über die Schulter auf die verschlafene ländliche Umgebung. Wohl mehr komatös als verschlafen, dachte er.

»Von Mr Roddenberry persönlich bestätigt«, verteidigte Muller seine Geschäftsidee.

»Hab's schon gehört. Kein schlechter Zug – Sie haben ihn davon überzeugt, stimmt's?«

»Yeah, in seinem Buch stand, Kirk sei ›in einer Kleinstadt in Iowa‹ geboren, also hab ich Mr Roddenberry gefragt, warum nicht Riverside, und er meinte, wer zuerst kommt, mahlt zuerst.«

»Ein leuchtendes Beispiel für Unternehmergeist«, sagte der Fremde. Er lächelte Muller in warmer Anerkennung zu. Diese Leuchte von einem Unternehmer sah aus wie die meisten anderen Leute, die Max auf seinem Weg in den Ort gesehen hatte – gerade eben noch mittleren Alters, untersetzt, viel deutsches Bauernblut in den Adern. Der einzige Unterschied lag darin, dass er Hemd und Hose trug statt der ortsüblichen Uniform aus Overall und alter Baseballmütze. Der einzige Haken an seiner urbanen Kultiviertheit war, dass er seine Unterwäsche offenbar mit dem Pyjama verwechselt hatte.

»Ich komm nur nicht über den Widersinn hinweg, dass Kirk eine erfundene Figur ist«, fuhr der Fremde fort, und ein neckisches Blitzen trat in seine Augen. Durchdringende Augen, eisblau auf eine Art. »Wie kommt's, dass man seine echte Geburtsstätte besuchen will?«

Muller hörte das nicht zum ersten Mal. Es gab Leute, nicht viele, aber es gab sie, die nur herkamen, um sich über die quasireligiöse Vernarrtheit in eine bloße Fernsehfigur lustig zu machen. Meistens *Star-Wars*-Fans. Oder Journalisten.

»Sind Sie Reporter?«

»Aber nein. Ein interessierter Besucher.«

Letztlich scherte es Muller einen Dreck, was der Fremde von den Trekkies hielt. Tatsache war, dass der Zusammenhang mit *Star Trek* einen Ort wiederbelebt oder wenigstens vor dem unmittelbar bevorstehenden Aussterben bewahrt hat, der an Altersschwäche einzugehen drohte, da es seine Jugend ins nahe gelegene Iowa City oder noch weiter fortzog.

»Wie auch immer, Mr Roddenberry hat zugestimmt, dass dies hier die Stelle ist, und er sollte es ja wohl wissen«, sagte Muller.

Der Fremde lachte. »Wie wahr. Und da er tot ist, führt eh kein Weg zurück.« Er sah sich nach den kleinen Häusern aus

Brettern und Ziegeln mit ihren niedrigen Lattenzäunen und den Statuetten der Jungfrau Maria in den Vorgärten um. Über den Baumkronen am Horizont konnte er den Turm aus rotem Backstein der Mariä-Himmelfahrtskirche sehen. Ein verschlafenes katholisches Nest, das sich Stadt nannte. »Sie haben auch jemand dazu bringen wollen, sich in Kirk umzubenennen, nicht wahr?«, fragte er.

»Yeah.«

»Hat's geklappt?«

»Klar. Sie können auf ein Bier mit seinen Vorfahren zur Main Street gehen, in die Kirk Bar.« Muller sprach ohne den üblichen, dem Tourismusgeschäft förderlichen Enthusiasmus. Der Fremde hatte etwas an sich, was ihn davon abhielt. Etwas Schneidendes, Spöttisches.

»Okay, den Namen haben Sie, aber das genetische Problem bleibt.« Plötzlich blickte der Fremde ernsthafter drein. Beinahe anklagend wies er auf Muller. »James T. Kirk muss Vorfahren haben, die einen furchtlosen Anführer der Menschheit hervorbringen, einen Botschafter des Menschengeschlechts. Und, bei aller nötigen Achtung, keinen Barkeeper.«

Diese Spitzfindigkeit kam bei Muller nicht gut an. »Ich werd nicht schlau aus Ihnen. Erst kritisieren Sie die Leute dafür, dass sie über ihn wie von einer echten Person reden, und dann tun Sie's selber.«

»Ja, da sagen Sie was.« Der Fremde entspannte sich und lächelte. »Man könnte wohl sagen, dass Kirk gegenwärtig erfunden ist, aber er hat ja bis zum dreiundzwanzigsten Jahrhundert Zeit, real zu werden.«

»Wie bitte?«

»Damit meine ich, dass Sie jetzt eine Familie Kirk in Riverside haben, was also sollte einen Jungen namens James davon abhalten, im dreiundzwanzigsten Jahrhundert in diese Familie hineingeboren zu werden?«

Allmählich wünschte sich Muller, er wäre im Haus geblieben. Alles in allem waren ihm die Typen mit Spockohren lieber. »Hören Sie zu, Mister, ich hab mir weit größere Sorgen gemacht, wie ich's ins einundzwanzigste Jahrhundert schaffe. Können Sie sich diesen Ort ohne Trekkies vorstellen? Die werden bis ins dreiundzwanzigste Jahrhundert unsere einzige Einkommensquelle sein.«

Der Fremde nickte. »Ja. Sie haben recht. Ihre Schwierigkeiten liegen ganz im Hier und Jetzt. Meine eher in der Zukunft«, sagte er. »Deshalb würde ich sie gern kaufen.«

»Die Riverside?« Man hatte sie schon zu stehlen, aber noch nie zu kaufen versucht. Auch wenn dieser Kerl normal aussah, er redete verrücktes Zeug. »Wir haben Ansichtskarten von ihr und Poster. Oder Sie können sich ein Modell von der echten holen. Den offiziell lizenzierten Fanartikel meine ich.«

»Nein, nein, ich meine die eigentliche Geburtsstätte hier.« Der Fremde schwenkte den Arm in einem Bogen, der den gesamten Rasen umfing.

»Oh. Nein. Tut mir leid, aber sie ist nicht zu verkaufen. Ich mach gutes Geld damit. Na, jedenfalls genug, um meine Steuern zu bezahlen«, berichtigte er sich.

Der Fremde musterte Muller einen Augenblick, langte dann in die Brusttasche seines Hemds und zog einen langen, schmalen Bogen Papier hervor. Er hielt ihn Muller hin. Es war ein ausgefüllter Scheck.

Sam Muller beugte sich vor und blinzelte die Zahlen an.

»Meine einzigen Bedingungen sind die, dass der Handel geheim bleibt und Sie weiterhin den Laden schmeißen«, sagte der Fremde. »Den Erlös können Sie behalten.«

Muller nahm den Scheck, drehte ihn um, fuhr mit einem Finger die steifen Kanten des Papiers entlang. Er war versucht, daran zu riechen wie an einer Melone, um festzustellen, ob sie auch alles enthielt, was ihr Äußeres versprach.

Er war es gewohnt, in der Grauzone zwischen Realität und Science-Fiction zu leben. Er konnte kaum glauben, dass dieser Scheck die Realität war.

*

Der Ausflug ins Café war weniger erholsam, als Richie sich erhofft hatte. Die geeiste Latte war gut, das Sitzpolster bequem, die Lufttemperatur optimal. Doch wie sehr er auch Clara zu ihren neuen Schuhen beglückwünschte, sie blieb entschlossen, weitere Läden zu erkunden.

»Schau mal, ich will wirklich nicht schwierig sein«, erklärte er. »Einkaufsmüdigkeit ist ein medizinisch anerkannter Befund. Hat alles mit dem Testosteron zu tun.«

»Ach, das führt doch auch dazu, dass aus Männern glatzköpfige, schwulenfeindliche Machosäcke werden, richtig?«, fragte Clara.

»Nein, das kommt von übermäßig viel Testosteron. Ich rede von einem normal hohen männlichen Testosteronspiegel. Die meisten Frauen haben einen sehr niedrigen Spiegel. Deshalb bist du so shoppingtolerant, und wir Männer leiden, wenn wir hohen Dosen anhaltend ausgesetzt sind.«

Clara beugte sich über den Tisch, um ihn zu küssen. Ihr Haar fiel nach vorn und streifte seine Wangen.

»Ich sag dir was, wir trennen uns. Lass uns hier in einer Stunde wieder treffen, okay?«, bot sie an.

»Dir würde es nichts ausmachen?«

»Nein. Du hast mir ja gesagt, was dir gefällt. Ich muss nur noch für alles zahlen. Die ganze Schwerarbeit hast du schon für mich geleistet.

Clara ging, um Geld auszugeben.

Nachdem er sich einen mehrstöckigen Tofuburger bei einem Take-away gekauft hatte, stellte Richie überrascht fest, dass er selbst von einem weiteren Laden angezogen wurde. Vielleicht lag es ja daran, dass die Amerikaner irgendeine suchterzeugende Einkaufsdroge erfunden hatten. Die mischten sie dann überall in Manhattan in den Kaffee, um die Wirtschaft anzukurbeln.

Es war ein Souvenirladen. Richie stand vor der Auslage (auf der schattigen Seite der Straße) und überlegte sich, welche Mitbringsel er für die Kinder zu Hause besorgen könnte. George, sein Vierjähriger, würde sich riesig über ein Spielzeugtaxi oder ein Polizeiauto freuen. Bei Ella (sechs) war es schon schwieriger. Sie würde Schrilles haben wollen, ein »Geschenk« eben. Er ging hinein.

Richies erstem Eindruck nach war alles zu teuer. Vollgestellte Regale, alles sehr amerikanisch. Und es gab ein großes Schild – »Bitte KEIN Verzehr« – nahe der Tür. Er versteckte sich mitsamt seinem Burger hinter einem Verkaufsaufsteller und sah sich in der vagen Hoffnung um, etwas Lustiges zu finden, eine Oprah-Winfrey-Barbiepuppe oder eine aufblasbare Hillary Clinton vielleicht.

Er hörte die Verkäuferin mit einer Kundin sprechen.

»Nur fünf Dollar extra, und wir überführen Ihr Geschenk in Sekundenschnelle zu der oder dem Glücklichen.«

»Sie meinen per Kurier?«

»Nein. Ich habe noch nie von einem Sekundenkurier gehört«, erwiderte die Verkäuferin mit der übertriebenen Geduld einer Lehrerin.

»Wie denn dann?« Die Stimme der etwa fünfundvierzig Jahre alten Kundin klang vornehm und gebildet, was die Verkäuferin offenbar dazu veranlasste, sie für entscheidungsschwach zu halten.

»Ich berate Sie gern.«

Richie fielen einige Modellautos ein paar Meter entfernt ins Auge. Ein Polizeiwagen und mehrere klassisch aussehende Limousinen. Er ging sie sich näher ansehen. Mit halbem Ohr lauschte er den Versuchen der Verkäuferin, ihren Lieferdienst zu erklären, und mampfte zugleich verstohlen an seinem Burger. Die beiden Frauen schienen ein »Biscotti-Gerät« oder etwas vergleichbar Italienisches zu erörtern. Was mochte wohl italienisches Gebäck mit dem Versand von Präsenten zu tun haben, fragte er sich beiläufig. Eine Verschwörung der Mafia? Präsidentenmord per Gebäck? Er hielt mitten im Kauen inne, als ihm dämmerte, worüber sie tatsächlich gesprochen hatten.

Es war so unwahrscheinlich, dass er aus der Deckung ging und damit seinen Burger in Gefahr brachte.

»Ja, so ist es«, sagte die Verkäuferin gerade mit einiger Erleichterung.

Sie und die Kundin gingen zu einem kleinen Apparat hinüber. Richie näherte sich ihnen, seinen Burger im Rücken, und gab vor, Gefallen an einem Miniaturbison aus anscheinend echtem Bisonfell zu finden. »Garantiert aus landwirtschaftlicher Tierhaltung«, stand darauf. Ein Bonsai-Bison?

»Wow, ich wusste gar nicht, dass es die wirklich gibt«, sagte die Kundin.

»Das System ist gerade erst eingerichtet worden.«

Richie war sich nun ziemlich sicher, richtig gehört zu haben. Sie hatte nicht »Biscotti« gesagt, sondern »Beam me up, Scotty«. Unwillkürlich umschloss seine Hand den Bison, worauf das Tier muhte. Richie zuckte zusammen. Die Verkäuferin warf ihm einen missbilligenden Blick zu, fuhr aber mit ihrem Verkaufsgespräch fort.

»Es ist ganz genau wie in *Star Trek*«, führte sie aus. »Sie geben uns die Anschrift, und wir beamen ihr Geschenk dorthin.«

»Ja, aber wie funktioniert es?«

Das wollte auch Richie wissen. Er hielt den Atem an, stellte den Bison ohne erneutes Muhen ab und rückte näher. Noch immer befand er sich in den Weiten der Prärie und befühlte das weiche Hirschleder eines von Apachen gefertigten Handyschoners.

»Das weiß ich gar nicht genau«, sagte die Verkäuferin. »Wir haben es erst seit einer Woche. Vermutlich zerlegt es den Gegenstand in Moleküle und setzt ihn danach wieder zusammen.«

Die Kundin runzelte die Stirn beim Versuch, sich darüber klar zu werden, ob sie ihr teures Geschenk in Moleküle zerlegen lassen wollte.

»Wir übernehmen volle Garantie. Wird Ihr Geschenk bei der Übertragung beschädigt oder setzt es sich verkehrt wieder zusammen, erhalten Sie den Kaufpreis zurück.«

»Aber Sie wissen nicht, wie es funktioniert?«, fragte die Kundin und legte die Stirn in noch zweiflerischere Falten.

»Nein, aber ich weiß auch nicht, wie ein Fernseher funktioniert, und das Bild scheint gut anzukommen.«

»Ja, da haben Sie recht. Ist die Technik nicht etwas Wunderbares? Allein der Gedanke, in ein paar Sekunden könnte das hier Tausende Meilen weit weg vor den Augen meiner Schwester Gestalt annehmen.«

»Dann möchten Sie es ausprobieren?«

»O nein, danke. Ich werde es mit auf den Flug nehmen. Wenn Sie es mir als Geschenk einpacken könnten …«

»Gewiss.« Die Verkäuferin blieb professionell gelassen. »Wie möchten Sie bezahlen?«

Während die beiden Frauen davongingen, um über die Wahl von Kreditkarte und Geschenkpapier zu beratschlagen, trat Richie an das Gerät heran. Er gab nicht länger vor, sich für authentische amerikanische Mitbringsel zu interessieren. Einen halben lauwarmen Burger in der Hand, schaute er kaum anders auf das Übertragungsgerät, als ein Steinzeitmensch das erste Schokoladeneclair angestarrt hätte.

Er hatte Gerüchte im Internet gelesen, aber nicht ernst genommen, wonach die Feinabstimmung der Technologie endlich geglückt sei und die Geräte schon bald auf den Markt kommen könnten. Im Netz wurde ständig überschwänglich von Teleportation geschwafelt. Und ganz gewiss war nie verkündet worden, es gebe die Geräte tatsächlich.

Das hier kam der Sichtung eines echten, lebenden Schneemenschen gleich.

Es glich überhaupt nicht der offenen Transporter-Fläche an Bord der Enterprise. Es war eindeutig die Nachbildung oder der Umbau eines Mikrowellenherds. Ein Metallkasten mit Tür an der Vorderseite, angeschlossen an einen scheinbar gewöhnlichen Rechner. Es ließen sich nur Dinge bis zu einer bestimmten Größe übertragen. Gerade mal ein Fußball. Ein Basketball käme nicht infrage. Die Tür stand offen, und drinnen konnte er nichts weiter als Metallwände ausmachen.

»Bitte nicht anfassen, Sir.«

Er blickte auf und sah die Verkäuferin nervös zu ihm herüberlächeln. Er wurde häufig nervös angelächelt, seit er sich den Kopf rasiert hatte.

»Nein, sorry. Ich hab mich nur gefragt …«

»Ich bin gleich bei Ihnen, Sir.«

Er wandte sich wieder dem Gerät zu. Auf dem Metallkasten konnte er den Namen eines amerikanischen Herstellers ausmachen, den er nicht kannte, IOA Instruments. Der Rechner war ein gewöhnlicher PC. Es sah so aus, als würde man die Koordinaten in den PC eintippen – musste eine unglaubliche Software sein –, den Gegenstand in den Kasten legen, die Returntaste drücken und: wusch! Oder vielleicht auch nicht wusch. Vielleicht mehrere Minuten allmählichen Verschwindens, während die Moleküle entmaterialisiert wurden. Nicht dass er irgendetwas über Moleküle wusste, abgesehen von vagen Erinnerungen an Schultafeln und wackelige Modelle aus Trinkhalmen. Aber igitt, schon der Gedanke, man sähe sich bei der eigenen Auflösung zu. Deshalb hatte er wahrscheinlich noch nie von dem Gerät gehört. Das Prinzip hatte bisher nicht an Menschen getestet werden können.

Gleichwie, es war erstaunlich. Ein echter Teleporter. Er arbeitete jeden Tag am Computer, aber ein Anschlag auf dieser Tastatur, und –

»Sir, bitte …«, rief die Verkäuferin.

Richie fuhr hoch, wobei sein Finger die Returntaste streifte.

Ein leises Surren ging von dem Gerät aus.

Richie hob die Hände, als ergebe er sich, aber es war zu spät. Irgendwas geschah da drin. Die Tür war geschlossen. Er musste sie geschlossen haben, konnte sich aber nicht daran erinnern.

»Entschuldigung, Madam.« Die Verkäuferin lief auf ihn zu, sah besorgt, aber entschlossen aus wie eine Polizeirekrutin, die zu ihrem ersten Bandenkrieg ausrücken muss.

»Es tut mir leid. Ich weiß nicht, wie …« Richie tat alles, um harmlos auszusehen, was allerdings in seinem Fall nicht einfach war.

Das Surren hatte aufgehört. Der Rechner spielte einen Dur-Akkord, um seine Selbstzufriedenheit mit der erbrachten Leistung auszudrücken.

»Darf ich bitte mal einen Blick auf den Bildschirm werfen, Sir?«

Richie trat beiseite, die Hände noch immer in die Höhe gestreckt. Er warf der Kundin einen »Oje«-Blick zu, die sich in einer Weise abwandte, wie man es tun würde, wenn man allein mit einem Verrückten auf einem Bahnsteig stünde.

Die Verkäuferin rief einige Zahlen auf dem Bildschirm auf.

»Haben Sie irgendetwas in das Gerät gelegt, Sir?«

»Nein, natürlich nicht. Oh.« Richie sah sich um – nach der Theke, auf der das Gerät stand, nach dem Fußboden hinter ihm – und wusste, dass es aussichtslos war. »Mein Burger. Ich muss wohl …«

»Einen Hamburger.« Die junge Frau zuckte vor nervlicher Anspannung.

»Tofuburger. Ich bin Vegetarier.« Vielleicht spielte der Unterschied ja eine Rolle.

*

Der Präsident würde stinksauer sein.

Max Blender hatte bisher nur wenig unmittelbaren Umgang mit seinem obersten Chef gehabt, aber er ahnte, dass das Staatsoberhaupt alles andere als gute Laune haben würde.

Es würde kein guter Zeitpunkt für Blender sein, um gewaltige Geldmengen und logistische Unterstützung für sein Vorhaben zu fordern. Was ein verfluchtes Pech war, da er genau das in ein paar Stunden zu tun gedachte.

Handelte es sich nicht gerade um ausgesprochene Diktatoren, so waren die Führer der Welt natürlich nichts anderes als Spielpuppen. Man konnte doch die Hände der Bauchredner unter ihren Hemden förmlich sehen, wie sie die Mundbewegungen steuerten. Jederzeit hatte der Präsident der Vereinigten

Staaten, so unabhängig er der Öffentlichkeit erscheinen mochte, Dutzende Finger im Rücken (oder in seinem intimeren rückwärtigen Bereich). Das Militär, die Richterschaft, die Tabak-, Öl-, Waffen- und jede weitere Lobby auch, die Farmer, Gewerkschaften, den Kongress, den Senat, die öffentliche Meinung und, wenn er Glück hatte, eine oder zwei scharfe junge Praktikantinnen, die alle versuchten, ihn zum eigenen Vorteil zu manipulieren.

Und nun wollte Blender seine eigenen Hände auch mit ins Spiel bringen, möglichst ohne sie sich allzu dreckig zu machen. Ein heikles Manöver, nicht nur bildlich gesprochen.

So gesehen war es wirklich Pech, dass der Präsident stinksauer sein und daher seine metaphorischen Hinterbacken fest zusammenkneifen würde.

Es war alles die Schuld eines Journalisten. Blender hatte einen Artikel in der *Washington Post* von jenem Morgen gelesen, der besagte, dass der Präsident impotent sei. Im nichtgeschlechtlichen Wortsinn, aber dennoch: Es war eine gezielte Beleidigung. Und dem Artikel zufolge war der Präsident nicht nur impotent – trotz der Begeisterung über seine Wahl hatte er sich auch noch als langweilig erwiesen. Die Schlagzeile lautete: »Grauer Mann im Weißen Haus«.

Blenders ursprüngliche Reaktion war ein »Na und?«. Vielleicht war es ja gar nicht so übel für ihn, langweilig zu sein, verglichen mit manchen seiner Amtsvorgänger, die schamlose Lügner gewesen waren oder die Hose als Ehebrecher runtergelassen hatten oder erschossen worden waren. Oder mehreres davon.

Es sei ein Segen, einen Langweiler im Weißen Haus zu haben, hieß es weiter. Es beweise, dass die wahre Exekutivgewalt in den Händen derjenigen liege, die »damit umgehen können«, und bestätige, dass moderne Präsidenten wenig mehr als TV-Nachrichtensprecher waren, die der Welt anderer Leute Entscheidungen verkündeten.

Das Schlimmste an der Sache war, dass der Artikel im Frühstücksfernsehen aufgegriffen werden würde, und anscheinend sah sich der Präsident das immer an, um festzustellen, ob seine Sprechblasen vom Vortag die Nacht überlebt hatten.

Im Fernsehen verlacht zu werden, musste den Präsidenten unweigerlich aufrühren. Er würde versuchen, sich gegen das Fingerspiel des Bauchredners zu wehren. Seine Berater würden diesen Zustand nicht allzu lange andauern lassen, aber selbst wenn er nur während eines Meetings andauerte – des Meetings mit Blender –, konnte das schreckliche Folgen haben.

Im Morgenflieger von Des Moines nach Washington ließ Blender die Zeitung in seinen Schoß fallen und starrte wütend hinaus auf das endlose platte Iowa. Wieso hatte sich der Journalist ausgerechnet heute ausgesucht, um seine gar nicht hilfreichen Meinungen auf die Welt loszulassen? Hätte er nicht eine Wochenendausgabe wählen und dem Präsidenten damit Zeit bis Montag geben können, die Beleidigungen zu vergessen?

Der Artikel schloss mit einem vernichtenden Zitat von Expräsident Calvin Coolidge: »Es ist von großem Vorteil für einen Präsidenten und ein unerschöpflicher Quell der Sicherheit für das Land, wenn jener weiß, dass er kein großer Mann ist.«

Kein großer Mann? Der Präsident würde so stinksauer sein, dass es ihm sein Nachmittagsnickerchen vermiesen dürfte.

*

Die Verkäuferin öffnete die Klappe des Geräts und bückte sich vorsichtig, um hineinzuspähen, als fürchte sie, den Behälter voller Sojaspritzer vorzufinden.

»Hmm.« Sie wirkte nicht angewidert, sondern nur verdutzt.

Richie beugte sich vor, um einen besseren Einblick zu bekommen. »Ist doch ganz sauber da drin. Kein Schaden entstanden, hoffe ich.« Er hatte Zweifel, ob seine Reiseversicherung die Zerstörung eines Teleporters abdeckte.

»Tja, ich weiß nicht. Er ist nicht dafür konstruiert, Burger zu beamen.«

»Was soll er denn übertragen?«

»Nur bestimmte Arten von Geschenken. Aber Sie haben Ihren Burger gerade übertragen an ...« Sie klickte einen Befehl an, und der Bildschirm zeigte eine Adresse. »Eine Mrs. J. P. Gonzalez in Dale County, Florida.«

»Wow. Glauben Sie, dass Mrs. Gonzalez ihn zurückschicken könnte?«

Richie war sich selbst unsicher, ob er nur witzelte, aber die junge Frau lachte ohnehin nicht.

»Sir, ich glaube, Sie verstehen noch nicht. Als Vorsichtsmaßnahme rufen wir immer erst an und warnen den Empfänger, dass gleich etwas übertragen wird. Solange ich keine Freigabe eintippe, schickt das Gerät nichts los.«

»Und wenn keiner zu Hause ist?«

»Sir, das ist in diesem Fall unerheblich. Ich weiß nicht, wie Sie es angestellt haben, Ihren Burger zu verschicken. Vor ein paar Minuten haben wir Mrs. Gonzalez eine Kristallvase geschickt. Vielleicht steckt ein Fehler im System und lässt zu, dass zwei Gegenstände an dieselbe Anschrift geschickt werden können. Ich weiß es nicht.« Die Verärgerung der jungen Frau über ihn schlug allmählich in Angst um ihren Job um.

Richie fühlte mit ihr. »Vermutlich haben Sie also vorher dort angerufen?«, fragte er.

»Ja.«

»Ist das da ihre Telefonnummer?« Er zeigte auf den Bildschirm.

»Ja.«

»Nun, wenn Sie Ihre Kundin fertig bedienen wollen, könnte ich doch vielleicht da anrufen.« Richie zeigte auf das Telefon neben dem Rechner.

Die Verkäuferin war misstrauisch, aber die Kundin hatte mitgehört und machte eine Geste, die auf denkbar höflichste Weise andeutete, wie sehr sie darauf brannte, endlich von diesem Spinner wegzukommen, und zwar verdammt schnell. Richie nickte der Verkäuferin ermutigend zu, und sie lenkte ein.

»Okay. Sagen Sie ihr, dass es Ihr Fehler war?«

»No problem.« Richie lächelte beim Gebrauch der Wendung, die den Amerikanern die liebste von allen zu sein schien.

Er wählte und wartete auf Antwort. Die beiden Frauen führten ein geflüstertes Gespräch. Eine Kreditkarte wurde der Kundin zurückgereicht.

»Hallo?«, sagte eine knisternde Stimme mit spanischem Akzent.

»Hallo, Mrs. Gonzalez. Gut, dass ich sie erwische.« Richie lächelte zu den Frauen hinüber, die ihm gespannt zusahen. »Ich glaube, ich habe Ihnen gerade einen Tofuburger gebeamt ... Einen Tofuburger, wissen Sie – einen Hamburger ohne Fleisch ... äh, aus Soja, nehme ich an ... genverändert? Daran hatte ich gar nicht gedacht.« Richie schnitt eine Grimasse und drehte sich von den Frauen weg. Seine Gesprächsführung ließ sich ungeschickt an.

»Mrs Gonzalez? Sie haben soeben eine Kristallvase erhalten, richtig? Hören Sie, Mrs Gonzalez, gleich nachdem Sie die Vase erhielten, habe ich versehentlich einen Tofuburger zu Ihnen geschickt«, sagte er. »Liegt er gleich neben der Vase? Oder darin? ... Nun, könnten Sie bitte mal nachsehen?« Er wartete, während die Frau durch das Zimmer trappelte, dann hörte er eine Männerstimme. Sie kam wieder an den Apparat und fing an, sich über schwarzen Staub zu beklagen. »Schwarzer Staub?«, fragte Richie. »Ich weiß nicht ... Nein, ich hab keinen – ... Schauen Sie, ich weiß bloß, dass mein Burger scheinbar irgendwo zwischen New York und Florida verschollen gegangen ist. Falls Sie ihn finden, gehört er Ihnen.«

Er legte auf. Die Kundin eilte dem Ausgang entgegen. Die Verkäuferin starrte Richie an.

»Kein Burger«, sagte er. »Wo ist er hin?«

»Was war das mit schwarzem Staub?«, fragte die Verkäuferin. Sie bewegte sich auf Richie und das Gerät zu, offensichtlich überzeugt, dass er ihr nagelneues Verkaufswerkzeug verkorkst hatte.

Fast war er froh, wieder hinaus auf die glutheiße Straße zu kommen.

*Gene Roddenberry (1921–1991), der Schöpfer von* Star Trek, *war im Zweiten Weltkrieg Bomberpilot. Später trat er in den Polizeidienst von Los Angeles ein und schrieb Reden für den Polizeipräsidenten. Wie wir alle aus Filmen wie* L. A. Confidential *wissen, war die Polizei von Los Angeles in den 1950er-Jahren berühmt für ihre, sagen wir mal, eigenwilligen Sitten. Es überrascht also nicht, wenn Roddenberry sich nach einer Ausdrucksmöglichkeit für eher idealistische Auffassungen umzusehen begann.*

*1963 hatte er den ersten Einfall dazu, was* Star Trek *werden sollte. Dabei ging es um eine Fernsehserie über eine Gruppe von Menschen unterschiedlicher Rasse, die im neunzehnten Jahrhundert in einem Heißluftballon unbekannte Kulturen entdecken. Zum Glück überredete ihn sein Agent, eine Science-Fiction-Serie daraus zu machen. Andernfalls wäre der Transporter nie erfunden worden.*

Eine kurze Geschichte der Zukunft, Kapitel 1 (Auszug)

*

Das Protokoll sah vor, dass der Präsident der USA einen neuen Gedanken erwog und zu einem sorgfältig überlegten Beschluss gelangte, selbstverständlich erst nachdem seine politischen Berater ihm mitgeteilt hatten, was er beschließen werde.

Doch heute hielt sich der Präsident nicht ans Protokoll.

»Unsere Jungs steigen also in ihrem Stützpunkt in einen Teleporter, und im Kriegsgebiet materialisiert sich fünf Sekunden später eine Division der US-Armee als Gulasch? Vergessen Sie's.«

Die neun übrigen Leute im Raum zuckten zusammen. Selbst jene, die mit ihm übereinstimmten, wollten es nicht so von ihm hören. Sie waren auf Etikette getrimmt, nicht auf Ekel. Der lange, ovale Tisch, an dem sie saßen, war aus dem besten amerikanischen Ahorn gefertigt und so glänzend poliert, dass man die Abzeichen auf den eigenen Goldknöpfen davon ablesen konnte. Die Uniformen, die dunklen, teuren Anzüge und gepflegten Frisuren galten allesamt einem zivilisierten Meinungsaustausch. Es tagte ein Verteidigungsausschuss, was aber nicht heißen musste, dass ein Angriff vorlag.

Jedes Mal, wenn er dem Präsidenten begegnete, war Blender fasziniert und erschrocken zugleich wie bei seinem ersten Blick durch ein Mikroskop auf die Beißwerkzeuge einer Tarantel. Auf Abstand und im Fernsehen sah der Präsident aus – nun ja, wie der Präsident eben. Ein unveränderliches Ganzes. Der Haarschnitt in stets derselben, scheinbar nie sich auswachsenden Form und Länge. Die weltbekannten Gesichtszüge. Der Anzug und das frische weiße Hemd oder gelegentlich die Golfbekleidung. Ja, wie bei Barbies Freund Ken gab es mehr als ein Modell, aber alle waren es bloß Modelle.

Und nun war hier der Präsident und sah allzu menschlich aus, so wie die Tarantel ihr Wesen gezeigt hatte, als riesige Kiefer und ein halbes Dutzend Augen aus ihrem pelzigen Versteck hervortraten. Er sah sogar noch menschlicher als sonst aus – Blender konnte das erboste Zucken seines Mundwinkels und hier und da Stoppeln auf der hastig rasierten Wange des Präsidenten ausmachen. Er musste sich rasiert haben, nachdem (oder während) er einen Nachrichtenbeitrag über seine angebliche Impotenz gesehen hatte.

Einer der älteren Männer im Raum, ein uniformierter General namens Colt, schaute besonders ernsthaft drein. Oder er versuchte es jedenfalls – seine Mütze hatte eine rote Strieme auf seiner Stirn hinterlassen, die ihn aussehen ließ, als käme er frisch von einer Elektroschockbehandlung.

»Sir, wir brauchen die Genehmigung, den Teleporter auf militärische Eignung hin zu entwickeln. Er muss in der Lage sein, Menschen zu übertragen«, sagte der General mit einem Anflug von Wahnsinn in den glühenden Augen.

»Nun, ich glaube eben nicht, Ihnen diese Genehmigung erteilen zu können«, erwiderte der Präsident.

Der General war sofort aufgebracht. »Aber das ist hoch wichtig für die innere wie äußere Sicherheit unseres Landes, Sir.«

Der Präsident ließ ihn unbeachtet. »Wie funktionieren diese Dinger überhaupt?«, fragte er.

Ein anderer General ergriff das Wort. Ein jüngerer Mann namens McNulty.

»Sir, wenn Sie sich Seite, äh…«, General McNulty schlug seine Akte auf, »neunzehn Ihres Dossiers ansehen…« Er blickte auf und wartete, dass der Präsident Folge leistete. Der Präsident starrte den General die ganze Zeit herausfordernd an. Niemand sagte ihm, wo er hinsehen solle, jedenfalls nicht an diesem Morgen. »Äh, da wird dargelegt, Sir«, fuhr der General fort, »dass sich die Technologie aus Versuchen über das Einstein-Podolski-Rosen-Paradoxon herleitet. Das Paradoxon besagt«, las er vor, »dass zwei Teilchen sich ›verschränken‹ können. Wenn sich das ereignet, gehören beide Teilchen zum selben Quantensystem, und was immer man mit einem macht, wirkt sich identisch auf das andere aus. Es ist daher theoretisch möglich, die Eigenschaften eines Teilchens auf ein anderes Teilchen zu übertragen, selbst wenn sich dieses am anderen Ende der Milchstraße befindet. Kurz gesagt –«

Der Präsident seufzte. Blender ebenso, der mehr als jeder andere von der Technologie verstand, aber auch wusste, dass es keinerlei Sinn hatte, einem Laien die Einzelheiten erklären zu wollen.

Der General verstummte. Betretenes Schweigen breitete sich im Raum aus.

Blender beugte sich vor und legte eine Hand mitten auf den Tisch. Er sah den Präsidenten an, gab ihm Gelegenheit zu Augenkontakt. Er spürte, wie das Staatsoberhaupt die Galerie von Gesichtern in seinem Gedächtnis danach befragte: Wo waren sie sich bereits begegnet? Im Pentagon? Ja, ein Wissenschaftler. Aber ein Bursche mit klarer Ansage. Festem Händedruck.

Blender meinte, etwas Beifälliges im Gesicht des Präsidenten aufschimmern zu sehen, und erhob die Stimme.

»Im Prinzip, Sir«, sagte er, »analysiert das Gerät an Punkt A ein Teilchen wie ein Photon, Elektron oder Atom und überträgt sämtliche seiner Eigenschaften auf ein anderes Teilchen an Punkt B.«

»Aha.« Es war das Positivste, was der Präsident seit Beginn der Sitzung gesagt hatte. »Aber haben Sie denn tatsächlich schon versucht, Menschen zu teleportieren?«, fragte er.

»Alles mit einfacher Molekülstruktur – Metalle, Kunststoffe, Kristalle wie Silikon – ist vollkommen unproblematisch, Sir«, entgegnete Blender. »Maschinen, Elektrotechnik ...«

»Menschen?«, wiederholte der Präsident.

»Nein, Sir. Aber wir sind bereit, damit anzufangen.«

Der Präsident schüttelte den Kopf. »Die Sache ist zu groß. Sie ist global. Was für die UN. Und ich weiß, dass die UN ihre militärische Nutzung nicht decken würde. Ich hör die jetzt schon sagen, das sei ein weiteres Werkzeug für ethnische Säuberungen. Ganze Bevölkerungen ließen sich durchschleusen und ein ganzer Erdteil auf Teufel komm raus ethnisch säubern.«

»Aber ebenso, Sir«, wandte General McNulty ein, »könnte man eine Armee dorthin teleportieren, um so was zu stoppen.«

»Kommen Sie, General, Sie kennen die UN. Die würden von uns wollen, dass wir Männer auf Lastwagen schicken. Es muss langsam und mühselig ablaufen, sonst kommen sie selber nicht ins Fernsehen.«

Wieder zuckten die Berater des Präsidenten zusammen. Selbst in Geheimausschüssen war es amerikanische Politik, nicht über die UN herzuziehen – sondern sie zu manipulieren oder zu ignorieren. Kein Vergleich also.

»Wir könnten die Helme der Männer blau anmalen, ehe wir sie teleportieren, Sir«, sagte General Colt.

Das allgemeine Aufstöhnen rings um den Tisch war beinahe hörbar.

*Auf den ersten Blick wirkt das Einstein-Podolski-Rosen-Paradoxon von 1935 wenig spektakulär. Was soll schon dabei sein, ob sich nun zwei Teilchen verschränken können oder nicht?*

*Man möchte meinen, Einstein selbst hielt das Paradoxon für wenig spektakulär, da er 66,6666 Prozent der Urheberschaft zwei unbekannten jungen Kollegen überließ, Boris Podolski und Nathan Rosen.*

*Doch tatsächlich ist es alles andere als wenig spektakulär. Einstein und Konsorten waren provokativ. Sie behaupteten, dass Paare sich verschränkender Teilchen nicht existieren dürften.*

*Denn wenn die Teilchen wieder auseinanderstrebten, blieben sie doch demselben Quantensystem zugehörig. Schickte man also in der Theorie zwei Teilchen an gegenüberliegende Enden des Weltalls und finge an, an einem davon herumzubasteln, würde man umgehend auf das andere einwirken. Man würde Information schneller als Licht übertragen, was Einsteins Relativitätstheorie widerspräche. Der alte Herr war nicht sonderlich froh darüber.*

Eine kurze Geschichte der Zukunft, Kapitel 1 (Auszug)

*

Den ganzen Abend lang war Richie zerstreut. Gewöhnlich behandelte er Clara sehr aufmerksam, wenn sie ausgingen, zumal seit sie Kinder bekommen hatten, als sei ihre gemeinsame Zeit doppelt kostbar geworden. Doch an jenem Abend – sie saßen in einem überfüllten Restaurant in Little Italy – war er abwesend. Er kaute auf den Keilen ihrer traktorradgroßen »normalen« Pizza herum und starrte in eine mittlere Ferne.

»Keine Sorge, falls du die Maschine wirklich durchgeschmort hast, sie werden dich nie finden«, beruhigte ihn Clara.

Richie sah nicht beruhigt aus. Er ruckte unbehaglich auf seinem Stuhl herum, der unter seinem Gewicht um Gnade knarrte. Dem Körperumfang der übrigen Speisenden (in einer Bandbreite zwischen Elton John und Shrek) nach zu schließen, hatten die Stühle einiges auszuhalten.

»Und selbst wenn er sich an irgendeiner gefährlichen Stelle materialisiert hat«, fuhr Clara fort, »in jemandes Hirn oder so, kann ja keiner wissen, wo er herkam. Auf alle Fälle bezweifele ich, dass versuchter Totschlag mittels gebeamtem Tofuburger schon im Gesetzbuch erfasst ist, nicht mal in Amerika.«

»Na besten Dank.« In *Star Trek* hatten sie nie das Problem. Richie zupfte an einem langen Faden Mozzarella, der eine hartnäckige Brücke zwischen seinem Mund und dem Teller bildete. »Aber ich glaube nicht, dass ich das Gerät durchgeschmort habe. Schätze, der Staub waren die Überbleibsel des Burgers. Muss unterwegs verkohlt sein. Eine Kristallvase hält mehr Hitze aus als ein Burger.« Er schob sich den aufgewickelten Käse in den Mund. »Das dürfte die Möglichkeit menschlicher Teleportation erheblich einschränken. Und diejenige sekundenschneller Fast-Food-Lieferung.«

»Apropos, ist das nicht die beste Pizza, die du je gehabt hast?« Clara wollte ihn vom heiklen Thema der Teleportation ablenken.

»Doch.« Aber er war schon wieder in mittlerer Ferne.

Clara schenkte ihm kalifornischen Valpolicella nach. »Na komm, Richie, was ist los?«, fragte sie ihn.

»Es ist dieses Gerät. Mir ist, als –« Er unterbrach sich und wackelte mit den Fingern, als würde er in der Luft nach Wörtern klauben.

»Was?«

Er trank einen kräftigen Schluck von dem Wein, der im Schlund brannte, ehe er antwortete. »Mir ist, als hätte ich mir was entgehen lassen. So als hätte ich ein richtig schönes Mädchen gesehen und vielleicht auch etwas zu ihr gesagt und wäre dann weitergegangen. Und dann denke ich mir, Scheiße, hätte ich doch ihre Telefonnummer rausgekriegt. Verstehst du?«

»Nein, tue ich nicht. Und ich hätte auch gehofft, dass du solche Gefühle gegenwärtig nicht allzu oft bekommst.« Clara tat, als schmolle sie.

»Nun, so geht es mir mit dem Gerät. Ich will's haben.«

»Wozu?«

»Na, hör mal.« Plötzlich hellte sich Richies Gesicht auf. »Es ist echt. Ich meine, bisher war es Science-Fiction, und jetzt gibt es das in echt. Man kann tatsächlich Sachen teleportieren. Ein so großer Sprung nach vorn wie der Flug zum Mond.«

Insgeheim pflichtete Clara ihm bei, gab es aber nicht zu. »Wozu brauchst du so ein Gerät? Wahrscheinlich würde es in Europa nicht mal funktionieren.«

»Mag sein, aber kannst du dir Martins Gesicht vorstellen, wenn ich einfach reinspaziert käme –«

»Oh, jetzt kapier ich.« Sie warf ihr Pizzastück theatralisch auf den Teller. »Wann gibst du endlich den Versuch auf, deinem verfluchten Bruder zu imponieren?«

»Ich mache keinen –«

»Doch verdammt, machst du. Was hat er je für dich getan? Er benutzt dich –«

»Tut er nicht. Er beschäftigt mich.«

»Beschäftigt? Das nennst du eine Beschäftigung?«

Trotz der lautstarken Geräuschkulisse aus Unterhaltungen und italienischer Popmusik schauten mehrere Speisegäste zu Clara herüber, die jetzt richtig in Schwung kam. »Er benutzt dich als verfluchten Wachhund.«

»Das ist ungerecht.«

»Nein, ist es nicht, und ich weiß nicht, warum du's dir bieten lässt. Du sitzt in seinem Laden rum, und wenn es ihm gerade passt, nimmt er dich mit, um irgendeiner armen Sau gerade so viel Angst einzujagen, dass sie Geld ausspuckt.« Die übrigen Speisegäste waren neugierig geworden, aber eindeutig verwirrt. Der Gesprächsinhalt war für Little Italy vollkommen angemessen, schienen sie zu denken, aber wieso der britische Akzent?

Richie hob beide Hände und gab sich geschlagen. Er wusste, dass es den Streit nicht wert war.

»Was hat es nur mit dir und deinem kleinen Bruder auf sich?«, fragte Clara mehr sich selbst als Richie.

Er schüttelte den Kopf und leerte sein Glas. Es war eine Frage, die er nicht beantworten konnte, obwohl er sie sich selbst schon jahrelang stellte.

Zunächst einmal war sein kleiner Bruder in Wahrheit sein großer Bruder. Zwei Jahre älter, wenngleich dreiundzwanzig Zentimeter kleiner. Und Richie benutzte seinen Bruder ebenso, wie sein Bruder ihn benutzte, was Clara sehr wohl wusste.

Martin hatte einen Laden für Computerspiele aufgemacht, während Richie ein auswärtiges College besuchte. Als Richie mit seinem Abschluss in Anglistik zurückgekehrt war, ohne eine Ahnung zu haben, was er damit anfangen sollte, hatte Martin ihm einen Sommerjob im Laden angeboten. Das lag sieben Sommer zurück, und jetzt führte Richie offiziell das Lager mit neuen und gebrauchten Games. Wäre er der ehrgeizige Typ gewesen, hätte er sich allerdings als elende Niete betrachtet, denn der Lagerbestand war beinahe auf den Nullpunkt zusammengeschmolzen.

Das Geschäft lag an einem steilen Hügel etwas außerhalb des Stadtkerns, und die meisten ihrer potenziellen Kunden rumpelten in Bussen oder Autos vorbei. Die Ladenfront war ursprünglich grellgrün gestrichen gewesen, mittlerweile aber zu einem stumpfen Flohbraun verblasst und verdreckt, und Martin gab sich mit einem frischen Anstrich gar nicht erst ab. Richie war klar, dass das Ladenschild wenig Laufkundschaft anlockte – seit es einen Buchstaben eingebüßt hatte, sah es wie orthografisch unbedarfte Reklame für einen britischen Romanautor aus: MARTIN'S AMES.

Nein, was der Laden an Einkünften abwarf, rührte von Martins Geschäftsbereich, einer Art Hacker-Dienst.

In der hintersten Ecke des Hinterzimmers verrichtete Martin seine Heimarbeit: etwa im Auftrag eines seiner sorgfältig gesiebten Kunden herausfinden, welcher Online-Banking-Dienst angreifbar war; bei der Einrichtung von Websites helfen, auf denen nicht vorhandene Waren derart billig verkauft wurden, dass mancher nicht anders konnte, als seine Kreditkartennummer preiszugeben; gelegentlich auch einem Kunden beibringen, im Vorfeld einer kleinen Erpressung Pornografie in abgelegene Winkel von jemandes Festplatte zu schmuggeln. Das alles wurde als »Computerunterricht« oder vermeintlicher Verkauf in Rechnung gestellt.

Martin führte das Einschmuggeln und Betrügen nie selbst

durch, sondern trug nur seine Kenntnisse bei. Das war keine Straftat, sagte sich Richie und war unsicher, ob er recht damit hatte oder nicht.

Richie arbeitete an einem Schreibtisch vorn im Laden. Er wurde selten von Kunden gestört. Er erledigte im Netz die eine oder andere Recherche für Martin, verkaufte (äußerst) gelegentlich einmal ein Spiel an irgendeinen Trottel, der nicht wusste, dass er es im Internet oder einem Megastore billiger bekäme, und fuhr mit, wenn Martin loszog, um große Mengen an Bargeld entgegenzunehmen. Gewalt war dabei nie im Spiel, weil Martin für eine kleine Gruppe von Stammkunden arbeitete. Er wollte Richie nur dabeihaben, damit niemand auf dumme Gedanken kam. »Wachhund« war gar keine schlechte Umschreibung, zumal sein Gehalt im Grunde nur für Hundefutter reichte.

Dennoch beklagte Richie sich nicht, da er im Gegenzug viel freie Zeit hatte zu tun, was er eigentlich tun wollte. Er war, wie er seinen geringschätzigen Kumpeln mitteilte, fast schon hauptberuflich Schriftsteller. Er werde dafür bezahlt, ein Wissenschaftsbuch zu schreiben, eine kurze Geschichte der Zukunft. »Eine was?«, fragten seine Freunde, und wenn er es dann erklärte: »Warum?«

Was für Kurzzeitgedächtnisse die Leute doch hatten, dachte Richie. Wer konnte sich denn noch an die Zeiten ohne Handys und Geldautomaten erinnern? Darum ging es in seinem Buch. Um die Zeiten, als Elektronenhirne von den Ausmaßen eines Londoner Doppeldeckerbusses aufgefordert wurden, zwei und zwei zu addieren, und ihre Erfinder drei Tage später mitteilten, die Antwort sei ein Stück gelochte Pappe.

Richie hatte die Meisterwerke des Science-Fiction-Genres (und dazu ein paar seiner übrigen Lieblingswerke) in einer Top-Twenty-Liste gemäß der Genauigkeit ihrer Vorhersagen für die Zukunft und ihrer Einflussnahme auf die globale Psyche zusammengestellt – von H. G. Wells' *Krieg der Welten* über Douglas Adams' paranoiden Androiden zu Gene Roddenberrys *Star Trek*.

Wie im Countdown ging es von zwanzig abwärts bis zur unstrittigen Nummer eins – Roddenberry.

Richies Kernthese war nicht etwa, diese Leute seien hellsichtig gewesen. Vielmehr beflügelten diese besten Science-Fiction-Schriftsteller Wissenschaftler dazu, ihren Vorgaben nachzueifern. Deshalb war *Star Trek* so eindeutig der Topfavorit. Warum sonst sollten wir inzwischen nadellose Spritzen und computerisierte Betten mit medizinischer Diagnosefähigkeit haben? Elektrische Gleittüren waren noch ein Wunschtraum, als Roddenberry sie ins Raumschiff Enterprise einbaute. Vieles an der Formgebung von Handys wurde offensichtlich von den Kommunikatoren aus *Star Trek* abgekupfert, und wie kam es wohl, dass die ersten Modems beim Einwählen ins Internet durchweg diese Wusch-Piep-Geräusche wie in *Star Trek* machten?

Natürlich würde Richie sein Schlusskapitel umschreiben müssen – bisher hatte er keine Ahnung gehabt, dass der Teleporter wirklich erfunden worden war. Es musste ein streng gehütetes Geheimnis gewesen sein.

Doch das übrige Buch lag vor: zweihundert Seiten, doppelt und dreifach geprüft und druckfertig. Ein garantierter Volltreffer. Und Martin hatte ihm die Zeit für all das gelassen.

Was also hatte es mit den beiden auf sich? Warum der Widerstreit? Und – was Richie am meisten ärgerte und Clara sogar noch mehr – warum wies Richie immer noch einen selbstquälerischen Zwang auf, seinem kleinen großen Bruder zu imponieren? Er wusste, dass Martin ein unzuverlässiger, bösartiger Dreckskerl war, der keine Gelegenheit ausließ, Richie in die Nesseln zu schubsen. Warum also wollte er jetzt ein Vermögen (denn das würde es unweigerlich kosten) für ein Beam-me-up-Scotty-Gerät ausgeben, nur um seinen Bruder zu beeindrucken?

Wie immer las Clara seine Gedanken.

»Du musst ja keines kaufen. Du kannst im Netz recherchieren und dann darüber schreiben. Schließlich hast du dir ja auch kein Mondmodul gekauft, nicht wahr?«

»Ich weiß«, stimmte Richie zu.

»Wenn du eins von diesen Geräten mitnimmst, wird er's dir

stehlen und verhökern. Oder kaputt machen. Oder sonst was tun, nur um dich zu ärgern.«

»Ich weiß«, sagte Richie hilflos.

»Vergiss das blöde Gerät«, sagte Clara.

»Ich kann nicht. Ich will eins kaufen. Nicht für Martin, für mich. Und nicht bloß, um darüber zu schreiben.«

»Warum dann?«

»Ich weiß nicht. Kann's nicht erklären. Ich meine, kannst du erklären, warum du ein Paar orangefarbene Laufschuhe haben musst?«

Clara ignorierte seine belanglose shoppingfeindliche Stichelei. »Jedenfalls waren wir uns einig, morgen nach Coney Island zu fahren.« Sie hörte sich ziemlich entschlossen an. »Wer hat schließlich diese Reise gewonnen?«, trumpfte sie auf.

»Ich. Wenn ich mich recht entsinne, sagtest du wortwörtlich: ›O nein, du wirst doch nicht an noch so einem aussichtslosen Preisausschreiben in der Zeitung teilnehmen.‹«

»Genau. Du hast sie gewonnen. Ich bin der Gast. Also darf ich entscheiden, was wir machen.« Clara stopfte sich den letzten Bissen Pizza in den Mund und setzte sich pappsatt in ihrem Stuhl zurück. Kam nicht infrage, dass sie gutes Geld für etwas ausgab, was sich als Geschenk für Martin entpuppen würde, auch wenn es nicht als solches vorgesehen war. Sie duldete den Arsch nur, weil sie wusste, wie wichtig es für Richie war, sein Buch abzuschließen. Und nun, da es fertig war, wollte sie Richie aus den Klauen seines Bruders befreien. Sonst ginge noch eines Tages etwas schief, und der Vater ihrer Kinder landete für ein paar Jahre im Gefängnis. Wenn Richie schon aus Versehen einen Burger nach Florida beamen konnte, schauderte ihr beim Gedanken an die Geistesblitze, mit denen Martin aufwarten würde. Natürlich würde er sich die Hände nicht selber schmutzig machen. Er würde verlangen, dass Richie auf die Returntaste drückt.

*Schon seit Langem hat die amerikanische Polizei nach einer Lösung für das uralte Problem des Schießens auf unbewaffnete Ver-*

*dächtige gesucht. Ein Beamter mit lockerem Abzugsfinger kann wochenlange Rassenkrawalle auslösen.*

*Einige Jahre nun verfügte die Polizei über den Taser, aber seine Reichweite beträgt nur gut zehn Meter. Darüber hinaus führte sie Versuche mit einer Waffe durch, die eine Art Spiderman-Kleber über größere Strecken verfeuert, doch das erwies sich als nicht allzu zweckmäßig – falls nicht gerade die Beine des Tatverdächtigen verklebt wurden, konnte er immer noch wegrennen. Anschließend brauchte er nur zu warten, bis die Schmiere aushärtete, um dann einen Freund zu bitten, sie mit Meißel oder Bohrmaschine abzusprengen.*

*Seit Neuestem arbeitet die Polizei daher mit einer kalifornischen Firma zusammen, die einen »Gefrierstrahl« entwickelt hat, bei dem ein Stromstoß freigesetzt wird und einem ultravioletten Lichtstrahl bis zu neunzig Meter weit folgt. Er führt bei der Zielperson zu Muskelkontraktionen und löst kurzfristig eine völlige Lähmung aus. Anscheinend ist die Polizei von den Ergebnissen schlechthin begeistert. Keine Schweinerei, kein Entkommen mehr.*

*Im Prinzip kann sie es jetzt kaum erwarten, mit* Star-Trek-*Phasern zu schießen.*

Eine kurze Geschichte der Zukunft, Kapitel 1 (Auszug)

*

»Sir, überlegen Sie doch nur. Ein Killerkommando könnte sich in das Schlafzimmer jedes Diktators oder Terroristen beamen, den Sie uns nennen wollen. Er würde bedauerlicherweise im Schlaf sterben. Keine Explosion, keine Mordwaffe, kein Aufschrei der Liberalen. Und keine Märtyrer.«

Zum ersten Mal hatte der Präsident den Eindruck, jemanden vernünftig reden zu hören. Blender erkannte, dass er eine schmale Bresche geschlagen hatte, und gestattete sich ein äußerst schwaches Lächeln.

»Und wenn wir nun Versuche mit Säugetieren aufnehmen,

Sir«, sagte er, »können wir auch mit der Arbeit an einem Schutzschirm beginnen, um gewisse terroristische Mächte daran zu hindern, ihre Leute ins Weiße Haus zu beamen.«

»Ins Weiße Haus?« Der Präsident warf einen leicht besorgten Blick auf die stabilen alten Gemäuer rings um ihn, die (so kam es ihm vor) durch die goldgerahmten Porträts seiner Vorgänger, die sie schmückten, zusätzlich stabilisiert wurden.

»Das ist eine echte Gefahr, Sir. Deshalb müssen wir der Meute voraus sein«, sagte Blender. »Noch hat keiner eine leistungsstärkere Ausführung dieser Geräte entwickelt, aber versuchen werden sie das, so viel ist klar.«

»Also stellen wir sicher, dass niemand unsere Technologie in die Finger bekommt«, sagte der Präsident.

»Bedenken Sie, dass inzwischen Feldversuche an zwei ausgesuchten Stellen erfolgen, Sir. Diese Versuche mit den kleinen Geräten wurden ohne jegliche Öffentlichkeitsarbeit aufgenommen, aber das bedeutet nicht, dass sie unbemerkt geblieben sind. Während wir hier reden, könnten unsere Feinde schon eines zerlegen. Ich will damit nicht sagen, dass die Chinesen unsere Feinde wären ...« Blender zeigte ein wohl durchdachtes Lächeln. »Im Augenblick ist der Handel zwischen unseren Ländern Hunderte Milliarden im Jahr wert, überwiegend zu ihren Gunsten. Und sie geben einen großen Batzen davon für Technologien, äh, aller Art aus.« Er hob die Brauen. Den Anwesenden war klar, was er nahelegte – Waffen. »Wir müssen der Welt einschließlich Chinas zeigen, dass es etwas jenseits der Kernwaffentechnik gibt. Damit, falls und sobald die chinesische Wirtschaft ein gewisses Plateau erreicht, man dort in keiner Weise versucht ist, die militärische Karte auszuspielen.«

Der Präsident nickte vor sich hin. Blender hoffte, dass ihm die eigentliche Botschaft klar war: Wenn er Nein sagte, würde sich eines nicht allzu fernen Tages ein Killer herbeamen und ihm oder seinem Nachfolger die Kehle durchschneiden.

»Nun, es spricht wohl nichts dagegen, dass wir vorbereitende Versuche durchführen«, räumte der Präsident ein und schaute unwillkürlich über seine Schulter, ob es einen sich materialisierenden Angreifer abzuwehren galt.

»Danke, Sir, eine kluge Entscheidung.«

Die Berater machten wie immer auf bänglich, aber die übrigen Gesichter rings um den Tisch sahen beglückt aus.

»Ich weiß nicht, was der Kongress davon halten wird, wenn die Militärausgaben von *Star Wars* auf *Star Trek* umgelenkt werden, aber damit kann ich leben.« Der Präsident verbuchte einen Lacher an der glücklichen Tischseite.

»Wir werden die Versuche in Iowa durchführen, Sir. Weit weg vom Kongress«, sagte Blender.

»Weit weg von überall«, sagte der Präsident.

»Richtig«, sagte Blender. »Noch eines, Sir. Wir hatten gehofft, dass Sie die Versuche publik machen würden, wenn Sie nach England fahren.«

»Sie publik machen?« Erneut war der Präsident beunruhigt.

»Ja. Auf dem Öko-Gipfel in England.«

»Militärische Versuche auf einem Öko-Gipfel publik machen? Die Presse wird mich lynchen.«

Dies eine Mal nickten die Berater.

»Sie könnten stets die Meldung damit verbinden, Ihre atomare Schlagkraft zu verringern, wenn alles gut läuft«, schlug Blender vor. »Das ist ziemlich ökologisch.«

»Und wenn etwas nicht gut läuft?«

»Sir, in Iowa passiert nie irgendwas Umstrittenes«, sagte Blender. »Gar nichts passiert, punktum. Wir haben vor, es auch noch, oh, mindestens die nächsten zweihundert Jahre lang so zu halten.«

*

Clara wartete, dass Richie zurück ins Bett kam. Das war das Beste daran, fort von den Kindern zu sein – der ausgedehnte Morgenfick.

Eine Minute zuvor hatte sie gemerkt, wie er aufstand. Er schlief nie mit ihr, ohne vorher zu pinkeln.

Sie überlegte, ob sie selbst noch mal musste? Nein, sie war in der Nacht aufgestanden. Jetzt konnte sie sich also zurücklegen und das Gefühl genießen, sich nackt unter dem Laken in ihrem herrlich kühlen Zimmer zu rekeln ohne die Sorge, dass die Kinder hereinplatzen und sie beim Sex stören würden. Das Bett quietschte ein wenig, aber sie würden es gemächlich angehen lassen. Danach eine lange Dusche und ein ausgiebiges Frühstück. Um ihren letzten gemeinsamen Tag in New York voll auszukosten.

Sie unterbrach ihre Tagträumerei.

»Richie?«

Es kam keine Antwort aus dem Badezimmer.

Er stieg an der Haltestelle West 4th Street aus der U-Bahn und ging zu Fuß zwei Straßen weit bis zum Souvenirgeschäft. Er zählte voll darauf, dass der Laden geöffnet war und eine andere Frau Dienst hatte. Falls dies nicht der Fall war, wusste er ums Verrecken nicht, was er dann tun würde – aufgeben oder das Gerät stehlen oder irgendwas dazwischen.

Es war der einzig gangbare Weg. Sie hätte sich nie bereitgefunden, ihn zu begleiten. Richie hoffte sogar wirklichkeitsfern, dass er mitsamt seiner Trophäe ins Hotel zurückkehren könnte, ehe sie aufwachte. Deshalb hatte er sich nicht damit aufgehalten, ihr eine Notiz dazulassen.

Ein Mann tut, was ein Mann tun muss, hätte er gesagt. Na klar, wie im Bett furzen und sich den Sack kratzen, hätte sie entgegnet.

Es war nach neun und schon heiß, doch Richie empfand die Hitze weniger drückend als zuvor. Vielleicht lag es an seiner Entschlossenheit, dachte er. Er hatte sich jetzt um Wichtigeres als sein körperliches Wohlbefinden zu kümmern.

Der Laden war geöffnet. Ja! Ein Punkt ging schon mal an ihn.

Er trat ein und zuckte, als er am Sensor vorbeiging und damit ein elektronisches Summen auslöste. Er wusste, dass wahrscheinlich auch eine Kamera auf ihn gerichtet war. Nur nicht einknicken. Sollte dieselbe Verkäuferin arbeiten, würde er einfach wieder rausgehen. Oder doch nicht? Hängt davon ab, wie genervt sie aussieht, beschloss er.

Hinter den Regalen mit Geschenken sah er eine ältere Frau in weißer Bluse, vierzig vielleicht. Hispanoamerikanische Herkunft. Freundliches, mütterliches Gesicht. Eine andere Verkäuferin. Zwei Bedingungen von zweien erfüllt. Ja!

Mehr noch, er war der einzige Kunde. Drei von zweien.

Er griff einen Bonsai-Bison aus der ausgestellten Miniaturherde heraus und schritt auf den Tresen zu.

»Hi, den würde ich gern nach Großbritannien schicken«, sagte er. »Was wäre da am schnellsten?«

»Fedex«, sagte die Frau.

»Fedex?«

»Ja, Fedex«, bestätigte die Frau nervös. Dem kahl rasierten Riesen vor ihr schien die Antwort nicht zu gefallen.

»Haben Sie nicht –?« Richie machte eine Geste hinüber zum Gerät und ließ beinahe den Bison fallen.

Das Gerät war verschwunden. An seiner Stelle befand sich schätzungsweise ein halber Kubikmeter Nichts.

Die Frau wurde noch nervöser. Ihr Kunde sah wie eine blonde Ausgabe dieses Gangstertypen im Fernsehen aus: Soprano, der Irre, der ganz Lächeln war, bis du ihm in die Quere kamst, der dir dann seine Pranken um den Hals legte und dir damit drohte, deine Kinder zu fressen. Der hier hatte zwar die Aussprache eines Touristen, aber einen Schädel wie einer aus New Jersey.

Richie stand da, den Bison in der ausgestreckten Hand.

»Hatten Sie nicht einen von diesen Teleportern?«, fragte er. »Ich war schon gestern hier, und Ihre Kollegin bot mir an, was für mich zu beamen, wissen Sie.«

»Ja. Der Apparat ist kaputt. Sorry.«

Wieder schien ihm ihre Auskunft nicht zu gefallen. Als ob er ihr nicht glaubte. »Na ja, er – wie haben die das genannt? – hat das Sendeprotokoll übergangen oder so was. Wenn wir was gesendet haben, mussten wir jedes Mal ein OK geben, und er hat was gesendet, obwohl meine Kollegin kein OK eingetippt hat.«

»Was hat er gesendet?«

»Was er gesendet hat?«

»Ja. Ohne OK von Ihrer Kollegin.«

Die Frau schaute verlegen drein, als fände sie ihre Antwort selbst dämlich. »Einen Hamburger«, sagte sie. »Er ist nicht für den Versand von Essen gedacht.«

Doch der Riese lächelte, und das überhaupt nicht spöttisch. Er sah erfreut aus.

»Sie wissen nicht zufällig, wohin sie den Apparat gebracht haben, oder?«

»Nein. Warum?«

Richie zögerte. Sollte er seine heimliche Schuld eingestehen?

Claras letzter, voll bezahlter Vier-Sterne-erster-Preis-Tag in Manhattan fing ganz schlecht an. Sie versuchte, Richie anzurufen, hatte aber keinen Empfang. Wie zur Hölle kann etwas Mobiltelefon heißen, was nur in einem Land zu gebrauchen ist, dachte sie. Was soll daran mobil sein? Der amerikanische Begriff war besser: cellphone. Man kann nur die Person erreichen, mit der man eine Zelle teilt.

Sie zog sich eilig an und verfluchte den Aufzug, weil er auf beinahe jedem Stockwerk zwischen zwanzig und eins anhielt.

Richie saß an keinem der Frühstückstische. Sie waren überwiegend besetzt von einer bizarren Mischung aus Touristen in T-Shirts und Geschäftsleuten in steifen Anzügen, die sich draußen umgehend in portable Schwitzkabinen verwandeln würden.

Clara konnte schlecht irgendjemanden fragen: »Haben Sie meinen Mann gesehen?« Ohnedies war sie sich ziemlich sicher, wohin er gegangen war. Die Wahl lag jetzt zwischen einer ausgedehnten Dusche, gefolgt von einem üppigen, kostenlosen Frühstück oder einer sofortigen Jagd quer durch die Stadt in der schwachen Hoffnung, Richie noch rechtzeitig einzuholen.

Sie ging zum Büfett hinüber, biss von einem riesigen Plunderstück ab, prustete einer jungen Kellnerin ihre Zimmernummer und einen Hagel von Krümeln entgegen und lief dann in eindeutig Vier-Sterne-unwürdiger Weise am Empfang vorbei.

»Sehen Sie, es ist eigentlich die Verwirklichung eines Kindheitstraums«, sagte Richie. »Der Gedanke, dass etwas wirklich gebeamt werden kann. Beinahe so, als wären Captain Kirk und Mister Spock zum Leben erwacht.«

Die Verkäuferin war kein *Star-Trek*-Fan , aber wie alle Amerikaner rührte sie der Anblick jemandes, der einem Traum hinterherjagt.

»Hinten haben wir die Betriebsanleitung liegen«, sagte sie. »Da steht eine Adresse drauf.«

»Ausgezeichnet.«

»Warten Sie hier.« Sie lächelte ihn an. Er hatte einen süßen britischen Akzent. Mochte er auch Sopranos Kopf haben, er erinnerte sie doch eher an diesen englischen Burschen, Hugh Grant. Sah nur weniger schwul aus.

Sie ging ins Büro und kehrte mit einem kleinen, schwarzweiß ausgedruckten Handbuch und einem Bleistift zurück.

»Hier«, sagte sie. Sie hielt das Handbuch hoch, Rückseite nach vorn, während Richie die Anschrift auf eine der Geschäftskarten des Souvenirladens kritzelte.

»Wie komme ich zur Canal Street?«, fragte er.

Sie erklärte es ihm – sie lag nur zwei U-Bahn-Haltestellen entfernt.

»Ich weiß gar nicht, wie ich Ihnen danken soll«, sagte Richie, während er sich rückwärts der Tür näherte wie ein beglückter Untertan, der es nicht wagt, das Gesicht von der Königin abzuwenden.

»Sie können für diesen Büffel zahlen«, meinte die Verkäuferin.

Ungefähr vierzig Minuten später war Clara vor Ort. Sie machte sich geradewegs zu dem Café im Village auf, wo sie sich gestern während ihrer Shoppingtour getrennt hatten.

Sie sah sich in der schmalen Straße nach beiden Richtungen um. Es gab dort einen asiatischen Lebensmittelmarkt, einen brasilianischen Club, ihr Schuhgeschäft. Nichts, was nach Souvenirs und einem Teleporter aussah. Was sollte sie jetzt tun?

Das Viertel planmäßig durchforsten? Zurück ins Hotel fahren? Sich den erstbesten Mann greifen und ihm eine runterhauen dafür, einem derart dämlichen Geschlecht anzugehören?

Sie entschied sich für eine Richtung und ging los. Sie war beinahe sicher, dass Richie gesagt hatte, der Laden sei gleich neben dem Café. Und er hätte in dieser Hitze keinen Schritt mehr als notwendig getan.

Sie kam an dem asiatischen Lebensmittelmarkt vorbei, noch einem Coffeeshop, einer kleinen Snackbar, die gerade ihre Morgenlieferung Bagels bekam, und an der Straßenecke dann sah sie sich einer taxigelben Ladenfront gegenüber mit einem Poster von Warhols Mona Lisa auf der einen und einem Indianerteppich auf der anderen Seite der Glastür. Richie hatte Kunsthandwerk von Apachen erwähnt. Das könnte es sein.

Sie trat auf die Eingangsstufe und drückte gegen die Tür. Sie war abgeschlossen.

Clara starrte ungläubig auf die dicke Glasscheibe. Die Senkrechte aus Kreditkartenlogos über dem hölzernen Türunterteil wirkte auf sie, als strecke ihr jemand den Mittelfinger entgegen.

»Mist.«

Sie schnitt eine Grimasse, die ihrem Spiegelbild auf der Glastür galt, und stellte überrascht fest, dass ihr ein zweiter Kopf gewachsen war.

»Sorry, ich hab mir nur schnell einen Kaffee geholt.«

Clara drehte sich um und erblickte den Pappbecher, ehe sie die übrige Frau sah.

»Schon in Ordnung«, sagte Clara. »Bin ja froh, dass Sie geöffnet haben.«

»Hey, Sie sind Engländerin«, rief die Frau, während sie mit dem Türschlüssel herumfummelte. »Sind viele von Ihnen heute früh unterwegs.«

Die Canal Street war lang, heiß und geschäftig, aber hier war er richtig. Lieferwagen luden und entluden Paletten mit Elektrogeräten in großen Kisten. Schaufenster waren vollgeräumt mit

Kameras, Stereoanlagen und Computern. Und ein schnaufender Mann in eingerissenem T-Shirt und Baseballmütze trug etwas, das wie ein Mikrowellenherd aussah, zu seinem offenen Auto hinüber.

Richie warf einen prüfenden Blick auf die Hausnummern und schlug den Weg zu seinem Ziel ein. Fast wollte er laufen. Doch es wäre wohl besser, nicht allzu erpicht zu wirken. Nach allem, was er über diese Straße gehört hatte, hieß es hier feilschen, und Kunden, die auf etwas wild waren, zahlten hohe Preise. Als er sich der angegebenen Adresse näherte, verzögerte er seine Schritte zu einem Schlendern.

Es war ein kleines Schaufenster, in dem sich Digitalkameras, MP3-Spieler und andere glänzende, langlebige Verbrauchsgüter türmten, alle mit handbeschrifteten, die stadtweit besten Preise verheißenden Kärtchen versehen, so wie es jeder andere Laden auch tat, an dem Richie vorbeigekommen war.

Der Form halber betrachtete er einen Augenblick lang die Auslage, dann trat er ein.

Wie sein Schaufenster war auch der Laden angefüllt mit Kartons und Schildchen, bis auf ein wenig Platz vor einer niedrigen Glastheke. Richie hatte eben genug Zeit, sich an den jähen Kälteschock durch die Klimaanlage zu gewöhnen, ehe eine junge Asiatin aus einem Hinterzimmer hervortrat.

»Ja?«, sagte sie und strich sich eine Strähne gebleichten Haars hinters Ohr. Auch sie war offensichtlich belehrt worden, dass man kein gutes Geschäft machte, wenn man übermäßiges Interesse zeigte.

»Hi«, sagte Richie.

Wie leitete man nun zum nächsten Teil über, ohne lächerlich zu wirken? Er sah sich rasch im Laden nach einem mit »Teleporter – günstig!« beschrifteten Karton um. Es schien keinen zu geben. Ihm wurde unangenehm bewusst, dass die junge Frau zu ihm hochstarrte.

»Haben Sie –«, setzte er an. »Ich suche ein, nun, erwäge jedenfalls den Kauf –«, er machte eine Geste hin zu einer Kamera. »Eines, äh, Teleporters.«

»Agh!«, rief das Mädchen und wandte sich ab.

Richie war verdutzt. Sie sah weder entsetzt noch schmerzerfüllt aus.

Ein junger Asiate in einem mit dem Sternenbanner bedruckten T-Shirt tauchte aus dem Hinterzimmer auf. Das musste Agh sein, entschied Richie. Er war kräftig genug gebaut, dass seine kleinen, aber straffen Oberarmmuskeln die Ärmel des T-Shirts dehnten, an dem ein Namensschild steckte: »An«. Also nicht Agh. Das Mädchen nickte in Richies Richtung und sagte etwas, vermutlich auf Chinesisch, das spöttisch klang, aber auf seltsam teilnahmslose Art.

Sie verschwand wieder nach hinten.

An stand neben der Registrierkasse und betrachtete Richie prüfend von oben bis unten.

»Woher wissen Sie, dass wir Teleporter verkaufen?«, fragte er.

»Da war dieser Souvenirladen, die hatten einen, und –« Richie stockte. Die Geschichte ließ sich unmöglich erzählen, ohne dass man wie ein Trottel dastand.

»Die haben Ihnen gesagt, Sie sollen hierher kommen?«, fragte An.

»Nein, aber sie haben mir die Betriebsanleitung gezeigt. Die Adresse hier stand drauf.«

»Ach.« Das schien An zufriedenzustellen. »Sie kennen den Preis?«, fragte er.

»Nein«, sagte Richie.

Der Bursche nannte ihn. Er war sehr hoch – zweitausendzweihundert Dollar zuzüglich Umsatzsteuer.

»Wow, das ist sehr viel«, erwiderte Richie. »Gehen Sie zehn Prozent runter, wenn ich einen Teilbetrag in bar zahle?«

»Nein«, sagte An.

»Ah«, gab Richie von sich, eher um Enttäuschung auszudrücken, als dass er den Namen des Burschen auszusprechen versuchte.

An zuckte die Achseln und machte keine Anstalten, die Unterhaltung fortzusetzen.

»Mir war nicht klar, dass sie so teuer sind«, sagte Richie.

»Sind sie.«

»Verstehe.«

»Wollen Sie einen kaufen?«

»Also, ja. Ich hatte nur nicht damit gerechnet, so viel zu zahlen.«

»Wir sind das einzige Geschäft in New York, das welche verkauft. Wir haben nur einen. Wenn Sie glauben, in L. A. oder Boston kriegen sie die Dinger billiger, dann besorgen Sie sich besser ein Flugticket.«

Wie es schien, hatte die untergegangene Sowjetunion ihre Lehrbücher zur Kundenbetreuung an die Ladenverkäufer aus der Canal Street abgetreten.

»Okay, ja, ich will einen kaufen.«

An zog eine Schublade unter der Registrierkasse auf und holte ein Bündel Formulare hervor. Er schob die Formulare und einen Kugelschreiber über die Glastheke zu Richie, der auf das Bündel schaute und darin ein einziges Formular erkannte, das aus drei oder vier verschiedenfarbigen Seiten in dreifacher Ausführung und mit verleimter Oberkante bestand.

»Das muss ich alles ausfüllen?«, fragte er.

»Tja.«

»Was sind das? Garantieunterlagen?«, erkundigte sich Richie.

An sah ihn zweifelnd an. »Sie sind kein Amerikaner, oder?«, fragte An.

»Nein.«

»Dann nichts draufschreiben«, sagte An, ging wieder ins Hinterzimmer und nahm den Kugelschreiber mit, um Richies Gehorsam sicherzustellen. Das Mädchen kehrte zurück, stellte sich stumm hin und kaute auf ihren Haarspitzen herum.

Richie hörte An Englisch sprechen. Eine einseitige Unterhaltung, vermutlich am Telefon. Ans Stimme klang beträchtlich höflicher, als sie es Richie gegenüber getan hatte.

Er sah sich die erste Seite des Formulars an. Es war mit »U.S. Government« überschrieben und in sehr amtlichem stumpfem Graugrün eingefärbt. Es sah schlimmer aus als ein Passantrag. Er sollte seinen Namen eintragen, seine Anschrift, Geschäftsadresse, Sozialversicherungsnummer und anscheinend den Namen und die Anschrift einer Vertrauensperson. Richie zweifelte, ob der Name seines alten Mathelehrers großes Gewicht in New York haben würde.

An kam wieder. Das Mädchen ging.

»Okay«, sagte An und legte den Kugelschreiber zurück.

»Brauchen Sie wirklich den Namen einer Vertrauensperson?«, fragte Richie.

»Wollen Sie einen kaufen oder nicht?«

»Ja.«

»Dann müssen Sie die Formulare ausfüllen.«

»Aber ich weiß meine Sozialversicherungsnummer nicht«, sagte Richie. »Wir brauchen keine in Großbritannien, außer wir wechseln die Stelle oder gehen ins Krankenhaus.«

An seufzte, nahm den Kugelschreiber an sich und ging. Das Mädchen kehrte zurück. An führte ein weiteres Telefongespräch, während Richie dastand und im Stillen dachte, dass er noch nie einen derartigen Aufwand erlebt hatte, um einen Kunden loszuwerden.

An kam wieder, das Mädchen ging.

»Sie haben Ihren Pass dabei?«

»Ja«, sagte Richie.

»Gut, füllen Sie die Formulare aus bis auf die Felder für Sozialversicherungsnummer und örtliche Vertrauensperson und tragen Sie alle Einzelheiten aus Ihrem Pass in Druckschrift in den Kasten für Anmerkungen ein.« An legte den Kugelschreiber hin.

»Toll.«

»Nein, halt.« An hob den Kugelschreiber auf. »Geben Sie mir Ihre Kreditkarte.«

Richie händigte die Karte aus und wartete, dass die junge Frau wiederkam. So langsam fand er Gefallen an diesem kurzen, schweigsamen Stelldichein mit ihr.

»Sind Sie oft hier?«, fragte er sie und schenkte ihr sein wohlerzogenstes Lächeln.

»Glaub nicht, dass er Ihnen einen verkauft«, sagte sie. Sie klang weder mitfühlend noch boshaft. »Nicht an 'nen Ausländer.«

»Oh.«

»Wohnen Sie in New York, oder sind Sie Tourist?«

»Tourist.«

Das Mädchen schüttelte den Kopf, als bestätige das ihre schlimmste Vermutung.

Im Hinterzimmer herrschte unheilvolles Schweigen.

»Wohin genau hat Ihr Freund meine Kreditkarte mitgenommen?«, fragte Richie.

Richie meinte bald, er könne Gedanken übertragen. Er hatte das Taxi auf sich zukommen sehen und sich schon gefragt, ob er es heranwinken solle, als es unversehens an den Bordstein fuhr.

Er schaute hinunter auf seine Arme, um sich zu vergewissern, dass sie nicht des Rumhängens müde geworden waren und ohne Erlaubnis ihres Besitzers ein Taxi heranzuwinken versucht hatten. Doch nein, sie hingen immer noch an Ort und Stelle.

»Hi, Richie. Kennst du mich noch?« Also keine Gedankenübertragung. Clara saß hinten im Taxi. Richie wusste nicht, was er antworten sollte.

»Steigst du ein oder ich aus?«, fragte sie.

»Ähm, kommt drauf an.«

»Auf was?«, fragte Clara. Er stand einfach so auf dem Gehsteig, als hätte er Befehl abzuwarten, dass die Sonne über die Hausdächer stieg und ihm den Kopf kochte.

»Darauf, wie teuer Taxis sind.«

»Nun, gewöhnlich sind sie teurer, wenn man drinsitzt, als wenn man nicht drinsitzt.«

»Tja.« Richie sah sich nach dem Laden in seinem Rücken um und warf Blicke die Straße hinauf und hinunter. »Dann zahl besser und steig aus.«

»Hast du gekauft, wovon ich glaube, dass du ihn gekauft hast?«, erkundigte sich Clara, als das Taxi davongefahren war.

»Bin mir nicht sicher.«

»Jetzt sag nicht, du bist auf den Trick reingefallen von wegen ›Zahlen Sie jetzt, und wir beamen es Ihnen nach Hause‹.«

Richie setzte ihr auseinander, wie es sich mit den Formularen, der (vorübergehend) verschwundenen Kreditkarte und, ganz zum Schluss, mit dem Kaufpreis verhalten hatte.

»Ach du Scheiße«, sagte Clara auf die Nachricht hin, dass ihr ganzes gewonnenes Taschengeld und ihr halbes Giroguthaben dahin waren.

Dann wies sie auf die Ungereimtheit an alledem hin. »Wo ist das Gerät denn nun?«

»Sie haben gesagt, ich soll mich hier an den Rand stellen und warten.«

»Du meinst warten, während sie ihren getürkten Laden dicht- und sich hintenraus dünnemachen?«

»Nein …« Richie schaute wieder die Straße entlang. »Es hieß, ein Lieferwagen würde ihn bringen. Sie haben sie nicht im Laden vorrätig. Sie müssen sie aus einem Lagerhaus holen.«

»Richie, ich habe viel für ein wenig Einzelhandelstherapie übrig, aber der Gedanke dabei ist der, eine Gegenleistung für die eigenen Ausgaben zu bekommen. Einkaufen ohne Erhalt der Einkäufe nennt sich Geld verlieren.«

Sie standen da und sahen Autos beim Vorbeifahren zu. Sie lauschten einer in der Ferne heulenden Sirene und blinzelten beim Geräusch eines nahenden Hubschraubers in den Himmel. Die Wasserspeicher auf den Hausdächern sahen wie riesige Suppentöpfe aus, die hoch oben in der Backofenhitze vor sich hin köcheln sollten.

Nicht nur der Kaufpreis verursachte Clara Kopfzerbrechen. Auch Richie. Ein Gerät kann deine Schwierigkeiten nicht fortbeamen, dachte sie. Oder dich selbst von den Schwierigkeiten fortbeamen. Du musst ihnen ins Auge sehen. Sie aus dem Weg räumen. Aber jetzt war nicht der richtige Zeitpunkt, um auf all das einzugehen.

»Bist du sicher, dass sie einen Kundendienst haben?«, war alles, was sie sagte.

*

Blender hoffte, er würde keine Lutsch- oder gar Blasgeräusche zu hören bekommen. Es war doch immer wieder ärgerlich, Tonaufnahmen von Leuten beim Sex abzuspielen. Entweder hörte man zu und versuchte zusehends frustriert, sich ihr Treiben bildlich vorzustellen, oder man zog auf der Tonspur nach rechts, bis mit dem Stöhnen, Jodeln, Peitschen oder (ein Mal mit einer Nutte und einem dem nationalen Schützenverein nahestehenden Senator) Schießen Schluss war.

Nur würde dies unendlich viel schlimmer werden. Nun, da sein Vorhaben präsidiale Billigung erfahren hatte, wollte er keinerlei Clinton-mäßige Skandale im Weißen Haus.

Blender hatte eine E-Mail – verschlüsselt, nochmals verschlüsselt und dann sicherheitshalber ein drittes Mal verschlüsselt – von einem seiner Leute erhalten, die die Aufzeichnung eines Gesprächs beinhaltete, das im Weißen Haus kurz nach der Sitzung des Verteidigungsausschusses stattgefunden hatte.

Der Präsident war in einem Raum allein mit einer jungen Praktikantin, einer sexy klingenden jungen Frau mit trägem südstaatlichen Singsang in der Aussprache. Blender hoffte bei Gott, dass ihre Erscheinung in gleichem Maß hässlich war wie ihre Stimme verlockend. Denk an Clinton, du Blödmann, dachte er.

»Shelle, bitte machen Sie mich mit dem Wesentlichen vertraut«, bat der Präsident.

»Mit Vergnügen, Mr President«, antwortete die junge Frau ein wenig heiser wie eine Soulsängerin. Dann ein Rascheln. Lass es Papier beim Umblättern sein und kein Abstreifen von Unterwäsche, betete Blender. »Äh, okay«, fuhr sie fort. »Name: Maxwell Charles Blender, geboren in –«

Blender drückte auf Pause. Huh, dachte er, der Präsident überprüft mich persönlich? Das könnte gut oder schlecht sein. Misstraut er mir, oder steig ich auf in der Welt? Er will doch sicher keinen Besuch in Iowa vorbereiten? Kein Mensch will Iowa besuchen. Das heißt keiner, der nicht in einem Bus voller Trekkies sitzt. Hoffentlich. Er drückte wieder auf Pause. Die Praktikantin fuhr fort.

»Minneapolis im Oktober Neunzehn –«

»Nein, warten Sie, Shelle. Ich will ihm kein Horoskop stellen. Sagen Sie mir, welche Schulen er besucht hat, wo er wohnt. Oder nennen Sie mir seine Freunde. Auf die Weise erfährt man wirklich etwas über jemanden.«

»Wow, so hab ich das noch nie gesehen, Sir«, sagte die junge Frau. Blender konnte sich ihren koketten Oh-Sie-sind-so-klug-Blick gut ausmalen.

»Liebling.«

Blender fuhr zusammen, ehe er begriff, dass es eine andere Frauenstimme war. Eine Tür schloss sich. Schritte tappten über einen Teppich. »Bist du hier fertig, Schatz?« Die First Lady war herbeigeeilt, um ihn zu retten. Blender lächelte beifällig über ihre ehefrauliche Verteidigung des nationalen Anstands.

»Shelle wollte mir gerade aus einer Akte vorlesen«, sagte der Präsident.

»Ah, nun, wenn es nichts Vertrauliches ist, kann ich ja vielleicht behilflich sein«, sagte die First Lady spitz.

Neuerliches Rascheln. Frauen standen auf und setzten sich. Eine bewegte sich, vermutlich enttäuscht, auf die Tür zu.

»Danke«, sagte die First Lady.

»Ja, danke, Shelle«, sagte der Präsident, etwas freundlicher als seine Frau.

»Hmm, süß«, sagte die First Lady, kaum dass beide allein waren. Nach kurzer Stille fügte sie hinzu: »Nein, nicht sie, er. Wer ist das?«

Blender wurde beinahe rot. Es bestand kaum Zweifel, dass sie sich sein amtliches, beim FBI registriertes Passbild angeschaut hatte.

»Ein Wissenschaftler«, erwiderte der Präsident. »Leiter der Gruppe, die sich mit Teleportation beschäftigt.«

»Teleportation? Er sieht nicht nach einem Knallkopf aus.«

»Hoffen wir's. Ich bin ihm zweimal begegnet. Scheint in Ordnung zu sein. Dachte mir, ich könnte ihn irgendwann mal zu einer Golfpartie einladen. Ich hab um eine Liste der Leute gebeten, mit denen er spielt. Ist sie dabei?«

Es hörte sich an, als blätterte die First Lady die Seiten durch.

»Wow«, sagte sie schließlich. Blender wusste, dass die Liste, sofern vollständig, beeindruckend sein würde. Sehr viele der Namen würden ihr nichts sagen, aber unter den ihr bekannten waren die von Politikern, sehr reichen Geschäftsleuten und einigen Angehörigen der Washingtoner Gesellschaft, deren einziger Daseinszweck darin bestand, Partys zu geben. »Er ist Wissenschaftler, sagst du?«, fragte die First Lady.

»Ja.«

»Wenn dem so ist, treibt er eine sehr fröhliche Wissenschaft.«

*

Zurück im Hotelzimmer blieb Richie keine andere Wahl, als den Karton auf den mit beigefarbenem Samt bezogenen Armlehnen des Sessels abzustellen. Dort hockte nun sein neues Gerät wie ein riesiges Sinnbild ehelicher Zwietracht. Als hätte Richie das Konterfei seiner Geliebten als aufblasbare Sexpuppe mit nach Hause gebracht und mitten ins Wohnzimmer gesetzt.

»Wenn sie dich alle diese Formulare ausfüllen ließen, heißt das doch wahrscheinlich, dass du das Gerät nicht außer Landes bringen sollst. Was machst du, wenn sie dich beim Zoll aufhalten? Wir hätten keine Zeit mehr, zurückzufahren und uns den Kaufpreis erstatten zu lassen.«

»Ich hab ihm gesagt, ich sei Tourist, und er hat es telefonisch geklärt.«

»Ja klar, Hauptsache, sie verticken was.« Clara ließ sich aufs Bett plumpsen, streckte sich lang aus und gab einen langen Seufzer von sich. »Ich will ja nicht jammern, Richie, aber du hast gerade einen Riesenhaufen Geld für etwas ausgegeben, das wir uns nicht wirklich leisten können und von dem ich mir fast sicher bin, dass du es auf die eine oder andere Weise wieder loswerden wirst. Wenn nicht beim Zoll, dann an Du-weißt-schon-wen.«

Früher hatte Martin dauernd versucht, Richies Spielsachen zu stehlen oder kaputt zu machen. Und als Richie in das Alter kam, Freundinnen zu haben, tat Martin sein Bestes, um sie entweder zu vertreiben oder zu vögeln. Einmal hatte Richie mit edelsten Absichten um ein Mädchen namens Jaqueline geworben. Piekfein war sie, sprach ihren Namen französisch aus und wohnte drüben beim Golfplatz. Richie, damals noch unschuldig, hatte Wochen damit zugebracht, Händchen zu halten, nett zu ihrer Mutti zu sein, ihre Brüste zu streicheln, sich vornehm zurückzuhalten. Erst als Jaqueline ihn schnöde fallen ließ, ohne ihn zum Mann gemacht zu haben, fand Richie heraus, dass Martin sie regelmäßig in der Garage ihres Elternhauses auf der Rückbank von Papas Range Rover gevögelt hatte.

Richie saß auf dem Fußende des Betts und betrachtete zärtlich seine Geliebte aus Pappe.

»Das Wagnis muss ich eingehen«, sagte er.

*

Blender war sich ziemlich sicher, dass seine Akte nichts enthielt, was den Präsidenten abschrecken könnte. Er wusste, dass er draußen vor seinem Haus in Washington fotografiert worden war – damit war zu rechnen, wenn man in persönlichen Kontakt zum Präsidenten trat. Die Akte enthielt wahrscheinlich auch Satellitenfotos vom Stützpunkt in Iowa. Er hatte in Echtzeit zugesehen, wie die Fotos auf einem Bildschirm in seinem Labor erschienen waren. Seine Leute beobachteten den Satelliten dabei, sie zu beobachten. Er hatte nichts dagegen – es gab nichts auf dem Stützpunkt, was dem FBI oder Militär Sorgen bereiten würde. Zumindest nichts von oben Sichtbares.

Er kannte die schriftliche Einschätzung seines Charakters in der Akte. Sie war von einem FBI-Mann verfasst worden, den Blender kannte. Neben seinem Lebenslauf – Doktortitel im Fach Elektronik an der Uni Stanford, vor zwanzig Jahren ins

Pentagon berufen – erhielt man auch Kenntnis, dass er generell Urlaub verweigerte und er seine Wochenenden mit Golfspielen, Skifahren und Mountainbiken verbrachte. Davon abgesehen hatte er seit 1997, als er grünes Licht bekommen hatte, sein neues Team anzuwerben, weitgehend ununterbrochen gearbeitet. Beinahe buchstäblich ununterbrochen, so hieß es in dem Bericht, weil er mit nur fünf Stunden Schlaf und täglich zwei Stunden Yoga auskomme. Ändere das besser in sechs Stunden Schlaf, hatte Blender dem FBI-Mann vorgeschlagen. Möchte nicht psychotisch rüberkommen. Die Akte beinhaltete wahrscheinlich auch seinen ganzen Scheidungskram. Damit hatte er dem FBI-Mann freie Hand gelassen. Es wäre auch zu schmerzlich gewesen, die Sache in ein paar dürren, kalten Sätzen nachzulesen.

»Tolle Augen. Ein so helles Blau. Weißt du, an wen er mich erinnert?«, hörte er die First Lady fragen. »Mr Robson«, gab sie sich selbst die Antwort.

»Wen?«, fragten Blender und der Präsident gemeinsam in ihren jeweiligen Räumlichkeiten.

»Den Gatten der Premierministerin.«

»Welcher Premierministerin?«

»Der englischen Premierministerin Robson natürlich. Ihr Gatte war auf dem Gartenfest des britischen Botschafters zugunsten der George-Harrison-Stiftung.«

»Der was?«, fragte der Präsident. Blender schmunzelte. Lag da Eifersucht in der Stimme des Präsidenten? War die First Lady zu sehr von diesen anderen Männern angetan?

»Ich kann mich nicht erinnern. Es hatte irgendwas mit Wiedereingliederung von Suchtkranken oder gefährdeten Tierarten zu tun, glaube ich.«

»Rettet die Potrauchenden Wale?«

»Jedenfalls haben sie ›My Sweet Lord‹ gespielt«, sagte sie.

»Die Wale?«

Blender lachte laut auf. Er mochte den Präsidenten. Wenn er das Gewand des Würdenträgers ablegte, war er sehr witzig, in der Art etwa von Ozzy Osbourne.

»Nein, Schatz«, erwiderte die First Lady geduldig. »Der britische Botschafter und der Gatte der Premierministerin. Er spielt ganz wunderbar Klavier. Und ist außerdem richtig komisch. Er hat sich als die englische First Lady vorgestellt. Muss man ihn nicht einfach lieben, diesen englischen Sinn für Humor wie bei Monty Python?«

»Monty Python? Sind das nicht diese Typen, die sich als Frauen verkleiden und mit Fischen prügeln? Was hat Blender für ein Handicap?«

»Handicap?«

Blender konnte sich denken, wie der First Lady Beinprothesen, Taubheit und dergleichen in den Sinn kamen statt Fertigkeiten beim Golfspiel.

»Ich schau selber nach«, sagte der Präsident. »Sie müssen das Handicap des Kerls in der Akte haben. Falls nicht, erinnere mich daran, den Leiter des FBI zu feuern.«

*

Richie und Clara wuchteten ihre Koffer und die Pappkiste auf das Förderband des Gepäckscanners. Richie nahm sein Geld aus der Tasche, zog sich den Gürtel aus der Hose, streifte seine Schuhe ab und trat, ohne dass es piepste, durch die Metalldetektorschleuse. Er bestand die Leibesabtastung, anders als die Frau unmittelbar vor ihm, bei der es im Schrittbereich piepste. Sie sollten einen Warnhinweis am Eingang anbringen, dachte Richie: »Zur Vermeidung von Wartezeiten bitte rechtzeitig Intimschmuck entfernen.« Seine Schuhe wurden mechanisch beschnüffelt und für nichtexplosiv befunden; er zog sie also wieder an und stellte sich an die Ausgaberampe des Scanners. Es überraschte ihn nicht übermäßig, dass die Kiste auf sich warten ließ. Zwei Wachleute, ein kleiner fieser Weißer mit schütteren grauen Haarfransen und ein größerer schwarzer Kollege mit teilgetönter Brille, untersuchten sie auf der Mattscheibe.

Richie hielt ihnen seine mehrfarbigen Zollformulare hin und tippte mit dem Zeigefinger auf das Hoheitszeichen der US-Regierung. »Hier ist eine Ausfuhrgenehmigung«, teilte er ihnen mit.

Der näher stehende Wachmann, der fies aussehende, nahm die Papiere in die Hand und drehte sie um, als wolle er prüfen, ob die Rückseite nicht mit »ACHTUNG, GEFÄLSCHT!!!« bestempelt war. Er und sein Kollege schauten vom Bildschirm auf die Formulare. Der Schriftzug »Teleporter« in amtlicher Tinte schien sie nicht davon zu überzeugen, dass das, was sie auf der Mattscheibe sahen, echt war.

»Den haben Sie in New York gekauft?«, fragte der Fiese.

»Ja«, sagte Richie. »Ich nehme ihn mit nach Hause.«

»Hab noch nie so einen gesehen.«

»Ich auch nicht. Die gibt's nicht bei uns in England.« Richie dachte sich, der Amerikaner werde es gern hören, dass sein Land fortschrittlicher sei.

»Sieh dir das an«, meinte der Fiese zu seinem Kollegen und zeigte auf den Bildschirm. Gern hätte sich Richie die durchleuchteten Schaltkreise angesehen, auch wenn er sie nicht deuten konnte.

»Sollte man das Gerät wirklich so lange da drin lassen?«, fragte Richie. »Es könnte Schaden nehmen.«

»Nein, das ist vollkommen sicher«, sagte der Fiese.

»Woher wollen Sie das wissen? Sie haben doch selber gesagt, dass Sie noch nie einen Teleporter da drinhatten.« Richie gab sich größte Mühe, die Frage zaghaft klingen zu lassen, aber der Fiese sah ihn fies an.

»Wir müssen alles überprüfen.«

Er nickte dem anderen Wachmann zu, der etwas in ein Sprechfunkgerät raunte und sich dabei wegdrehte, damit Richie nicht mithören konnte.

Die Pappkiste kam schließlich aus dem Gepäckscanner gerollt, doch der Fiese legte eine Hand besitzergreifend obenauf und schob sie ans Ende des Fließbands.

»Warten Sie hier einen Moment«, sagte er und stellte sich so hin, dass sein Blick über die Oberseite der Kiste hinweg auf Richies Zwerchfell ruhte.

Clara widerstand der Versuchung, eine Bemerkung wie »Hab ich's dir nicht gesagt« zu machen. Sie holte einen Gepäckkuli und langte nach einem ihrer Koffer, die ebenfalls aus dem Scanner herausgekommen waren.

»Einen Augenblick.« Der jüngere Wachmann erhob sich von seinem Bildschirm und zeigte auf Claras Handgepäck. »Haben Sie irgendwas Elektrisches da drin?«

»Nein«, sagte Clara.

»Doch, haben Sie. Machen Sie mal auf.«

»Okay«, sagte Clara und schnippte am Zahlenschloss herum, »aber da ist nichts Elektrisches drin.«

»Doch«, sagte Richie, »hab ich vergessen, dir zu sagen. Der Büffel kann muhen.«

Der Sicherheitsbeamte nahm eine Koloskopie des Bonsai-Bisons vor und stöberte in ihrer Unterwäsche herum, ehe er Clara den Koffer schließen und auf den Kuli stellen ließ. Die Batterie warf er in einen großen Behälter, der bereits Batterien in allen Größen, mehrere Schweizer Taschenmesser, eine Tüte Einwegrasierer sowie eine große Gabel und den entsprechenden Löffel aus Metall enthielt. Die Sicherheitsleute waren sichtlich entschlossen, jeglichem eigenmächtigen Wenden von an Bord gereichtem Salat vorzubeugen.

Unterdessen traf ein uniformierter Zollbeamter ein, und der Fiese winkte ihn zu Richies Kiste herüber. Offenbar aus Missvergnügen daran, von einem Zivilisten herbeigewinkt zu werden, verfiel der Zollmensch auf den letzten paar Metern ins Schlendern. Er war weiß – zumindest rosa – mit Mehrfachkinn und Wampe. Ein Schweißrand zeichnete sich über dem Bund seiner dunkelblauen Hose ab. Wortlos nahm er vom Wachmann die Formulare entgegen, las die ersten paar Zeilen und versuchte dann, in Richies Gesicht zu lesen, das geduldige Unschuld ausdrückte. Der Zollmensch sah weniger geduldig aus, vielmehr überarbeitet.

»Wo haben Sie den gekauft, Sir?«, fragte er.

»Canal Street«, sagte Richie, »auf der letzten Seite ist ein Stempel.«

»Kann ich mal Ihren Pass sehen?«

Richie reichte ihn ihm, und der Mann verglich die Nummer mit der im Formular. Er behielt beide Dokumente ein.

»Haben Sie eine Ausfuhrgenehmigung?«

»Ausfuhrgenehmigung? Aber sind diese Formulare nicht –«

Der Zollmensch gebot mit erhobener Hand Einhalt und wandte sich ab. Er zog das Sprechfunkgerät aus seinem Gürtel und sprach hinein. Der fies aussehende Wachmann behielt seine Hand auf der Kiste, als könne Richie sie sich schnappen und mit einem Teleporter unterm Arm das Flugzeug stürmen.

Richie warf Clara einen Blick zu, der »keine Ahnung, was das ganze Getue soll« besagte. Ihr Gesicht war unbewegt, doch ihre Augen schrieen: »Da hast du uns ja wieder was Schönes eingebrockt!«

»Haben Sie noch weiteres Gepäck?« Es war der Zollmensch, der sie erneut ansprach.

»Ja«, sagte Richie und wies mit einer Hand auf Clara und ihren beladenen Kuli.

»Kommen Sie mit«, sagte der Zollmensch. »Sie beide.«

»Was ist mit –?«

»Nehmen Sie die Kiste mit«, erwiderte der Zollmensch.

Die drei zogen schweigend Seite an Seite kreuz und quer durch den Flughafen, in der Mitte Richie, der den hoch beladenen Kofferkuli schob. Es gab jede Menge Reisende mit erheblich suspekter wirkenden Gepäckstücken als seinen: geleckte Geschäftsleute mit unförmigen Ledertaschen, die wie geschaffen für Geheimfächer aussahen, und eindeutige Verdächtige wie die der Einwohner von Drittweltländern mit ihren rot-weiß-blau gestreiften, überall seltsam ausgebeulten Plastikwebtaschen. Wie kam es, dachte Richie, dass er als Einziger bewaffnetes Geleit bekam?

»Wohin gehen wir?«, fragte er den Zöllner.

»Zum Zoll«, antwortete er.

»Aha.« Eigentlich offensichtlich. »Wozu genau?«

»Wir müssen prüfen, ob Sie dieses Ding außer Landes bringen dürfen. Bitte Platz machen. US-Zollbehörde«, knurrte er eine junge Familie an und drohte ihr, indem er mit Richies Pass wedelte.

»Der Witz dabei ist«, sagte Richie zu Clara, während er es gerade noch vermied, dem verirrt dreinblickenden, vor dem Kuli trödelnden Vater den Knöchel zu brechen, »dass Kirk diese Dinger auf halbe Strecke in die Unendlichkeit mitnimmt und ich meins nicht mal um einen popeligen Planeten herumbekomme.«

Clara war nicht in Stimmung für Science-Fiction. »Hauptsache, wir verpassen unseren verdammten Flug nicht«, sagte sie. »Die schmeißen mich raus.«

Clara arbeitete als Managerin an der Rezeption im Hotel *Prince of Wales* in Bournemouth. Es war das beste Hotel am Platz, ein vielfach erweitertes viktorianisches Bauwerk und eines der ersten steinernen Gebäude auf der Felsklippe aus der Zeit, als das Seebad wenig mehr als eine Strandhütte und ein paar Sandburgen ausmachte.

»Wenn ich meinen Job verliere, wirst du dir einen besorgen müssen. Und zwar einen richtigen, nicht bloß Rumpennen und Märchen schreiben.«

Richie biss nicht an. »Du wirst nicht gefeuert. Du hast genug Überstunden gemacht.«

»Und wer wird meiner Mum die frohe Botschaft verkünden?« Die Kinder wurden von ihrer Oma beaufsichtigt, die sie zwar innig liebte, aber nicht mehr die Ausdauer, das Verhandlungsgeschick und die kräftige Statur hatte, um es länger als ein Wochenende mit ihnen aufzunehmen.

Sie trafen in einem langen Korridor ein und mussten im Strom entgegenkommender Kofferkulis manövrieren, bis sie eine gläserne Flügeltür mit eingeätztem Wappen der US-Zollbehörde erreichten. Unter einem schlaff, aber würdevoll herabhängenden Sternenbanner traten sie hindurch.

Innen befand sich ein breiter Flur, von dem Büros hinter Glaswänden abgingen. An einem Tisch beim Eingang saßen zwei weitere Zollbeamte, ein kleiner blonder Mann mit Village-People-Schnurrbart und ein muskulöser Afroamerikaner, den seine kugelsichere Weste noch massiger wirken ließ.

»Warten Sie hier«, wies ihr Begleiter Richie und Clara an und nahm Richies Papiere und Pass mit ins nächste Büro. Dort schaute ein Mann in grauem Anzug auf die Formulare und starrte dann fünf volle Sekunden lang auf Richies Gesicht. Seine Augen schienen ihn abzufilmen.

»Wir werden unseren Flug verpassen, das weiß ich genau«, sagte Clara.

Der Mann im Anzug führte ein kurzes Telefonat und sprach darauf ernsthaft auf den uniformierten Zollbeamten ein. Die Uniform hörte zu, nickte und kam heraus.

»Kommen Sie mit«, sagte er ebenso mürrisch wie zuvor.

»Wohin?«

»Ihr Gepäck aufgeben und sichergehen, dass Sie noch rechtzeitig am Gate sind.« Er blähte seine ohnehin schon runden Wangen und schnaubte müde über die Aussicht auf seine neue Mission.

Richie und Clara tauschten ein verwirrtes, aber glückliches Lächeln und folgten dem Zollmenschen zurück in die Flut der Kofferkulis. Diesmal schwammen sie mit dem Strom.

»Was hatte das nun zu bedeuten?«, flüsterte Richie Clara zu.

»Lassen wir's besser auf sich beruhen, ja?«, sagte sie.

*Die Betriebsanleitung für die neuen Geräte teilt mehr darüber mit, wozu sie nicht gut sind, als darüber, wozu sie gut sind.*

*Der Abschnitt mit dem Titel »Warnhinweise« beginnt mit Selbstverständlichkeiten: »Dies ist kein Gerät zur Abfallbeseitigung. Verwenden Sie es nicht, um Müll oder unerwünschte Gegenstände zu entsorgen.« So bringt man die Leute auf dumme Gedanken, wenn Sie mich fragen. Ist doch ein toller Einfall – man sitzt mit seinem Sixpack vor der Glotze, und schon ist wieder eine Dose leer: einfach vorbeugen und hinein damit in den Teleporter.*

*Wusch – das Ende aller peinlich ungenauen Zielwürfe zum Papierkorb.*

*Der Abschnitt fährt mit einigen ebenso selbstverständlichen Anweisungen fort: »Teleportieren Sie keine Gegenstände, ohne zuvor die Zielangaben einzuprogrammieren.« Wieder wird Ärger heraufbeschworen. Hey, beamen wir doch Tante Mabels Chihuahua zum Südpol. Viele Stunden Spaß für die ganze Familie. Weg mit all diesen ungeliebten Weihnachtsgeschenken mittels Teleportation an beliebige Ziele überall auf der Welt – und darüber hinaus. Die ersten Astronauten auf dem Mars werden haufenweise schreiend gemusterte Socken und Chemiebaukästen vorfinden.*

*Gerechterweise sei gesagt, dass die Betriebsanleitung ausdrücklich vor der Teleportation von Tante Mabels Chihuahua warnt: »Unter keinen Umständen darf dieses Gerät dazu benutzt werden, Lebewesen zu teleportieren. Durch Unterschrift des Kaufvertrages erklären Sie sich mit dieser Bedingung einverstanden. Zuwiderhandlungen stellen ein Verbrechen nach US-Bundesgesetz dar.« Kurz gefasst könnte Tante Mabel Sie an die USA ausliefern lassen, sollte sie ihr Hündchen vermissen und sein Halsband in der Klappe Ihres Teleporters eingeklemmt finden.*

*Für diejenigen mit wirklich schauriger Vorstellungskraft geht die Betriebsanleitung noch einen Schritt weiter: »Jeglicher Versuch einer Teleportation menschlicher Körperteile wird die Vernichtung dieser Körperteile zur Folge haben und stellt eine unzulässige Entsorgung menschlicher Überreste und einen Verstoß gegen US-Bundesgesetze dar. Niemals eigene Körperteile während des Betriebs in das Gerät einführen. Zuwiderhandlung gegen diese Vorschrift geschieht auf eigene Gefahr. Der Hersteller lehnt jegliche Verantwortung für Versehrung von Gerätenutzern oder Dritten ab, wenn diese aus mutwilliger oder fahrlässiger Einführung eigener Körperteile oder von Körperteilen Dritter in das Gerät bei Übertragung oder Empfang erwächst.«*

*Die Botschaft ist klar: Kinder – lasst das alte Spiel »Tante Mabel, kannst du mal kurz deinen Kopf da reinstecken« bleiben, falls ihr nicht in einem US-Bundesgefängnis landen wollt.*

*Bleibt die Frage: Was lässt sich teleportieren?*

*Antwort: Nun, da bin ich mir immer noch nicht hundertprozentig sicher. Es gibt keinen Abschnitt mit dem Titel: »Versuchen Sie doch mal«. Es gibt kein Rezeptbuch als Dreingabe wie bei Mixgeräten.*

*Hat man sämtliche Ausschlussklauseln durchgeackert, so scheint es, als sei dem Hersteller lediglich die Erlaubnis zur Teleportation von Gegenständen mit sehr einfacher Molekülstruktur vorstellbar – die Anwender von New-Age-Kristallen beispielsweise hätten ihren großen Tag. Ebenso Diamantenhändler, Glaswarenverkäufer, der Eisenwarenhandel und Produzenten bestimmter einfacher Kunststoffe, außerdem diejenigen, die ihrer Tante Mabel ein paar Brocken Kohle zum Warmhalten schicken wollen, da sie ja nun ihren lebendigen Chihuahua-Muff eingebüßt hat.*

*Insgesamt hinterlässt die Betriebsanleitung jedoch einen alles überwiegenden Eindruck – den von Geringschätzung. Die Hersteller des Geräts (oder zumindest ihre Rechtsanwälte) scheinen sich hingesetzt und darüber nachgedacht zu haben, was denn nun das Dümmste überhaupt wäre, was ein dummer Käufer mit einem dummen Teleporter anstellen könnte. Geht man so an eine dermaßen zukunftsweisende Technologie heran?*

Eine kurze Geschichte der Zukunft, Kapitel 1 (Auszug)

*

Blender war an weiche Achsaufhängung und Klimaanlage gewöhnt und empfand beim Anblick des Central Parks durch das getönte Fenster eines hüpfenden Ofens keine Freude.

Der Bus Nummer eins der New Yorker öffentlichen Nahverkehrsgesellschaft war gerammelt voll. Scharfer Schweißgeruch von Niedriglohnarbeitern, die kein Auto besaßen, hing in der Luft. Wenn es so etwas wie Luft überhaupt gab.

Er jedoch war genötigt, hinten in diesem sich durch den frühmorgendlichen Verkehr Richtung Downtown schindenden Bus zu sitzen, da ein voll besetzter Bus, wie die IRA in den

1970er-Jahren in Großbritannien mit großem Erfolg bewiesen hatte, einer der besten Orte in einer Stadt war, um unbeobachtet Geheimnisse zu erörtern.

Blender störte sich nicht daran, zusammen mit der Frau gesehen zu werden, deren feuchter Schenkel gerade gegen seinen drückte – sie war seine Angestellte. Er wollte nur nicht, dass irgendjemand ihr Gespräch mithörte.

»Was gibt's denn Neues?«, fragte er über das Grollen des Motors hinweg. Er sprach mit leiser Stimme, fast unhörbar für die Fahrgäste auf der Bank vor ihm.

Seine Nachbarin, eine ambitionierte Mittzwanzigerin in blauem Yankees-T-Shirt und Shorts in Tarnfarben, wandte sich Blender zu. Wenn sie sich so trafen, lief des Hintergrundlärms wegen ein Gutteil der Unterhaltung über Lippenlesen.

»Jemand aus England hat einen gekauft«, sagte die junge Frau und formte den Ländernamen besonders betont mit dem Mund. Sie war ziemlich aufgekratzt wegen der Neuigkeit, hütete sich jedoch, es zu zeigen. Sie hatte erkannt, dass Blender zwar wie besessen von seiner Arbeit war, sich aber gern abgebrüht gab.

»England?« Blender hob interessiert die Brauen.

»Ein Ort an der Südküste, nahe London. Heißt Bournemouth.«

»Wie wird das buchstabiert?«

Die Frau tat es langsam aus dem Gedächtnis.

»Da läutet bei mir 'ne Glocke«, sagte Blender.

Die Frau nickte eifrig und wartete, während der Bus mit tiefem Beschleunigungsgeheul von einer Haltestelle losfuhr. »Dort wird ein Gipfel stattfinden.«

»Natürlich, ja. Der Öko-Gipfel. Irgendein Zusammenhang, was meinen Sie?«

Sie zuckte die Achseln und versicherte Blender, sie werde ihm alles mailen, was sie über Richard Fisher wisse – was allerdings kaum über Name, Anschrift, Passnummer und Kreditkartendaten hinausging. Die Angaben waren von den Verkäufern des Teleporters an das Büro der Frau in Brooklyn Heights übermittelt worden. Blender und seinen Kollegen aus dem Verteidigungsministerium hatten das Büro eingerichtet, es bestand also vollkommen rechtmäßig und hatte den Zweck, den öffentlichen Verkauf dieser nagelneuen Technologie zu beobachten. Die lizenzierten (und sorgfältig überprüften) Händler wussten, dass die Regierung einen verifizierbaren Käufernamen pro Gerät sehen wollte. Das einzig weniger Rechtmäßige an dem Büro war der Umstand, dass ein erheblicher Anteil seiner Unterhaltskosten nicht in den Büchern des Ministeriums auftauchte, so wie auch die Loyalität der drei Angestellten Blender galt und weniger Washington. »Er scheint ein britischer Tourist zu sein, ansonsten hat er nur Klamotten eingekauft«, sagte die Frau.

»Hm.« Blender dachte über diese Entwicklung nach. Es war ihm nicht in den Sinn gekommen, dass ausländische Besucher die Geräte als Andenken kaufen könnten. Sie waren als sperrige, unansehnliche Arbeitswerkzeuge gedacht, so wie Fotokopierer, nicht als etwas, das man sich für den Privatgebrauch anschaffen würde. »Vielleicht hat er ja irgendeine Art Import-Export-Firma. Versuchen Sie doch mal, das herauszufinden.«

Sie nickte.

Sie holperten über ein Schlagloch, und Blender fühlte, wie mindestens drei Monate Reflexologie aus seinem Rückgrat gewrungen wurden. Diese Busse zerlegten einem den Körper ebenso durchschlagend in Moleküle wie ein Teleporter. Sie setzten ihn nur nicht wieder zusammen.

»Herrje, ich muss raus aus dieser verdammten Kaffeemühle. Aber Sie haben mich da auf einen Gedanken gebracht. Ich will bei diesem Gipfel dabei sein. Vielleicht ist dieser Engländer ein Zufall, aber Zufälle sind dazu da, genutzt zu werden. Sehen Sie zu, dass Sie mir alles schicken, was Sie über ihn finden können.«

»Wird gemacht.«

»Bis bald.«

Die Mitarbeiterin nickte und lächelte zum Abschied. Aber

das Lächeln verweilte auf ihren Lippen. Sie war mit sich zufrieden – sie hatte Blender auf einen Gedanken gebracht, und ihr Chef war von der Sorte, die sich gewöhnlich ihre eigenen Gedanken machten.

Als der Bus anhielt, stieg Blender hinunter auf den Gehsteig und stöhnte über die Erkenntnis, dass es draußen kaum kühler oder leiser zuging als im Inneren des Busses.

Er wirkte nicht so, doch auch er war mit sich zufrieden. Sein Gerät war bereits auf dem Weg über den Atlantik. Er wollte selber nachsehen, wie es sich drüben machte.

*

Früh am Nachmittag erreichten sie Heathrow. Sie hatten nicht genug Koffer, um den Teleporter auf dem Gepäckkuli zu verdecken, aber Richie sorgte dafür, dass der große Koffer die Poleposition einnahm.

»Schau ihnen nicht in die Augen, schau ihnen nicht in die Augen«, sagte er sich, worauf er, als sie um eine Ecke bogen, einem uniformierten Zollbeamten geradewegs in die Augen blickte. Der Mann blickte unverwandt zurück. Richie versuchte, seinem Gesicht jeglichen Ausdruck zu nehmen. Es war eine Kiefer, die er da anschaute, in einem Wald aus einer Million anderen Kiefern. Furchtbar langweilig.

Der Mann öffnete den Mund. Richie wusste, was er sagen würde.

»Bitte zügig durchgehen«, sagte der Mann und belehrte Richie eines Besseren.

»Zur Hölle«, flüsterte Clara, als die Ausgangstüren aufschwenkten.

Richie konnte nicht anders, als sich schuldbewusst nach den Zöllnern umzuschauen.

»Guck mal, wer da ist.« Clara schaute nach vorn, nicht zurück. Richie tat es ihr gleich und sah sofort die reglose Gestalt, die am Schalter einer Autovermietung wartete.

Er stand stocksteif da, die Füße hüftbreit, die Hände vor seinen Leisten verschränkt, als schütze er seine Mannbarkeit beim Meditieren. Sein Gesicht war entspannt, sein dunkler Schnurr- und Kinnbart besaßen teuflisches Ebenmaß. Seine Nahkampfhose war silbergrau, sein T-Shirt von schlichtem Weiß und hauteng. Es war Martin. Er sah ein wenig zerknittert aus, aber sehr lässig. Als beide noch Jugendliche waren, hatte Richie immer gerätselt, weshalb nur Martin mit natürlicher Coolness auf die Welt gekommen war. Inzwischen war sich Richie beinahe sicher, dass der Bruder sie vor dem Spiegel eingeübt hatte. Beinahe sicher.

»Hast du ihm unsere Flugnummer gegeben?«, zischte Clara.

»Nein«, sagte Richie.

Als Richie und Clara auf ihn zugingen, nickte Martin und lächelte, wartete aber ab, bis die beiden auf ihn zukamen.

»Hey, Rich!« Martin streckte die Hand aus. Richie griff danach und schüttelte sie, ehe Martin irgendwas Angesagtes tun konnte – eine dieser Faust-an-Faust-Sachen, wie sie schwarze Typen draufhaben. »Find ich toll, deine Haare, besser ohne.« Martin zeigte auf Richies Kopf.

»Zwei kluge Köpfe, ein Gedanke.« Richie strich über Martins rasierten Schädel.

»Läden da drüben alle leergefegt, Clara?«, fragte Martin und beugte sich vor, um ihr ein Küsschen auf die Wange zu geben. Die beiden waren fast gleich groß. Sein Bart kratzte, aber er kam nicht so übel rüber wie sonst, dachte sie. Oft ließ er bei Bartwuchs und Haaren gleichmäßig überall auf dem Kopf borstige drei Millimeter stehen. Der Mann mit eingebautem Klettverschluss. Frisch rasiert bis auf seine satanischen Stoppeln sah er heute nahezu annehmbar aus.

»Woher wusstest du, wann wir kommen?«, fragte sie und entschied sich damit im letzten Augenblick gegen ein »Was zum Teufel machst du hier?«.

»Deine Mum hat es mir gesagt. Ich dachte, ich komm raus und hol euch ab.« Martin lächelte freundlich und bleckte seinen goldenen Eckzahn. »Hey, Rich, haste deine Kreditkarte zur Hand?«

»Wozu?«, fragte Richie.

»Ich hab uns ein Auto gemietet, aber sie brauchen eine Kreditkartennummer.«

»Wie meinst du das – du hast uns ein Auto gemietet?«, fragte Clara. »Wir haben ein Taxi vorbestellt.«

»Ja, hat mir deine Mum gesagt. Ich hab's abbestellt.«

»Du hast was?« Clara war entgeistert.

»Hör zu, das geht auf mich, okay?«, sagte Martin. »Ich muss morgen wieder hier hochfahren. Ich geb den Mietwagen zurück. Wir haben alle was davon.«

»Es geht auf dich, aber ich zahle?«, spottete Richie. »Besten Dank. Wir nehmen den Zug.«

»Zug?« Jetzt war Martin mit Spott an der Reihe. »Denk nach, du bist in England. Das dauert Stunden, falls du je ankommst, und kostet ein Vermögen. Auto mieten ist billiger, glaub mir. Und du solltest mal die Schlange am Taxistand sehen. Der reinste Horror.« Sein Gesicht verzerrte sich beim Gedanken, ein Taxi auch nur in Erwägung zu ziehen.

»Nun, wir müssten nicht Schlange stehen, wenn du –«

Richie unterbrach Clara. Er sah ein langes, sich im Teufelskreis drehendes Streitgespräch voraus. »Wo ist deine Kreditkarte?«, fragte er Martin.

»Erklär ich dir später«, sagte Martin, fummelte an seinem doppelt gepiercten linken Ohr und wirkte dies eine Mal fast verlegen. Richie war schlau genug, nicht in der Öffentlichkeit nach Einzelheiten zu fragen.

»Na schön, du gibst mir jetzt die Hälfte in bar, dann rücke ich meine Kreditkarte raus«, sagte Richie.

»Ich hab kaum Geld dabei«, entgegnete Martin. »Ich zahl's dir zurück. Versprochen.«

»Okay, aber ich nehme deine Goldkette als Sicherheit.«

»Abgemacht«, stimmte Martin zu und hakte die dicke Kette um seinen Hals auf.

»Clara soll sie solange haben«, verkündete Richie. »Du weißt, was das bedeutet.«

»Klar. Wenn ich nicht bleche, schmilzt sie das Gold ein und macht einen Vibrator draus.«

Clara wog die Kette in ihrer Hand. »Nicht viel Gold dran, Martin. Reicht gerade, um einen in deiner Größe zu machen, und das kann keine Frau auf Dauer befriedigen.«

»Reib doch mal, dann siehst du's schon. He, he, he.«

Noch so eine Sache, die sie an Martin hasste – sein Lachen. Eine Abfolge lüsterner Laute nach dem Vorbild seines Helden Sid James aus den *Carry-on...*-Filmen.

Richie gab Clara die Kette. »Wenn ihr zwei damit fertig seid, euch gegenseitig die Augen auszukratzen«, sagte er, »können wir für das Auto bezahlen und aufbrechen.«

»Und du fährst, Martin«, sagte Clara. »Richie ist zu müde.«

»Kein Problem. Ich hab uns eines von diesen Toyota-Hybridautos geholt. Macht bestimmt Spaß.«

»Ein Hybridauto?«, frotzelte Clara. »Hätte nicht gedacht, dass dir was an einem umweltfreundlichen Auto liegt.«

»Genau, sonst wählst du doch deine Autos allein nach Tempo und Lärm aus«, pflichtete Richie bei.

»Ach was, ich liebe die Umwelt«, erwiderte Martin und streckte die Hand nach der Kreditkarte aus.

Richie war sicher, dass er irgendeinen eigennützigen Zweck mit der Wahl des Hybridautos verband, aber für einmal klang er beinahe überzeugend. Beinahe.

Bald hatten sie das Gewirr aus Flughafenzufahrtsstraßen hinter sich gelassen und strebten in dichtem Verkehr der Südküste entgegen. Lastwagenherden preschten hinunter zu den Häfen.

Richie saß vorn neben Martin, Clara auf der Rückbank.

»Habt ihr auch an das Geschenk für mich gedacht?«, fragte Martin.

»Wie könnten wir dich vergessen?«, sagte Richie.

»Dann schieb's rüber.«

Richie zog eine CD aus seiner Umhängetasche und gab sie Martin.

»Danke, Mann.« Martin betrachtete die Hülle und nickte zufrieden. »Mach schon, Rich.« Richie schob die CD vorsichtig in das Autoradio, und beinahe umgehend legte ein fetter Drumbeat los. Auf einer minimalistischen Basslinie drohte ein knurrender Rapper jedem, der ihm etwas Weibliches unterstellen sollte, mit Tod und Verderben.

»Cool«, sagte Martin. »Wirklich, danke, Mann.«

Er drehte die Lautstärke auf.

»Bitte, Martin«, klagte Clara. »Ich hab rasende Kopfschmerzen und Jetlag. Stell das ab.«

»Nein. Du darfst jetzt nicht schlafen. Sonst wird dein Jetlag nur schlimmer.«

»Du bist so was von rücksichtsvoll.«

Richie beugte sich vor, drehte die Musik einen Strich leiser und spielte damit wie schon so oft den Vermittler zwischen den beiden.

Der Verkehr auf der Autobahn war flüssig. Martin ging in der Musik voll auf, sodass Clara laut lachte.

»Sieh ihn dir an. Hält sich echt für 'n Rapper, was? Was weißt du schon vom Ghetto, Martin? Warst ja noch nicht mal in New York.«

Martin blickte sie im Rückspiegel belustigt an.

»So wie du häufig übers Wochenende zurück nach Wien im neunzehnten Jahrhundert flitzt, richtig?« Clara stand auf Mozart. Sie ignorierte die falsche Jahrhundertangabe.

»Immerhin mach ich nicht einen auf Mozart. Du wünschst dir doch nichts lieber, als in der Bronx geboren zu sein, oder? Du bist richtig angeätzt, weil du aus Bournemouth stammst. Und statt mit deinen harten Jungs abzuhängen, kannst du nur runter in den Pub gehen und Snooker spielen.«

»Pool, Lady. Wir spielen Pool. Von uns harten Jungs weiß keiner, was Snooker ist. Was für 'n Schwuchtelwort soll ›Snuka‹ sein?« Martin bekräftigte seinen Redeschwall mit den obligatorischen, ruckartigen Rappergesten. »Snu-ka? Kli
Schwuchtelwort für Küssen. Komm her, Big Bo
meine Arschhaare.«

Richie drehte sich zu Clara um. »Da hast du überschüssiges Testosteron«, meinte er zu ihr. »Viel ernster als Shoppingmüdigkeit.«

Clara verlor diese Sprachgefechte mit Martin fast immer. Er hatte kein dickes Fell, sondern etwas, das einer Mischung aus Elefantenhaut, Blei und Asbest glich. Und darüber lag eine fünfzehn Zentimeter dicke Schicht Stahlbeton. Martin liebte es, sich von Clara anfauchen zu lassen, denn dann fühlte er sich wie ein Tiger, der mit seinem Nachwuchs spielt. Aber sie konnte nicht anders. Er war so unausstehlich großkotzig, und sie war sich sicher, dass diese Großkotzigkeit Richie eines Tages tief in die Scheiße reiten würde.

»Irgendwas Geiles gekauft?«, erkundigte sich Martin bei Richie. Er war neugierig gewesen, als sie den mikrowellenherdgroßen Karton in den Kofferraum stellten, hatte aber nicht nachgefragt.

»Massenhaft Schuhe«, sagte Clara, ehe Richie den Mund aufmachen konnte.

»Na, die haben ja große Schuhkartons da drüben«, sagte Martin.

»Was hattest du überhaupt in Heathrow zu tun?«, fragte Richie und lenkte die beiden vom Thema geheimnisvoller Kartons ab.

»Ach, ich hab da oben ein Geschäft laufen.«

»Wollen wir uns das anhören?«, fragte Clara.

»Okay, muss nicht sein«, sagte Martin.

Richie drehte die Musik noch einen Strich leiser. »Nein, mich interessiert das«, sagte er.

»Na gut, hört zu. Flughäfen, das sind entscheidende Orte, klar? Dort findest du weltweit die größte Dichte an Rechnern auf einem Fleck.«

»Was? Mehr als in einer Computerfirma? Oder bei einem Aktienhändler?«, fragte Richie.

Martin räusperte sich ungeduldig. »Schön, ja, aber die Rechner sind mir egal. Mir geht's um die Namen.«

»Namen?«, fragte Clara und lehnte sich zwischen die beiden

Vordersitze. »Dann schau dir mal die Datenbank einer Hotelkette an.«

»Okay, vielleicht ist es nicht die allergrößte Dichte. Scheiß der Hund drauf.« Für diese Besserwisserei empfand Martin solche Geringschätzung, dass er tatsächlich ein paar Sekunden lang auf die Fahrbahn achtete. »Wie gesagt, mir geht's um die Namen, und oft taucht derselbe Name regelmäßig wieder auf.«

»Genau wie in einem Hotel.«

»Offenbar haust du deiner Schlampe zu selten eine runter, Rich«, sagte Martin. »Die lässt einfach keinen Mann zu Wort kommen.«

»Na ja, sie hat schon recht«, sagte Richie, »klingt auch für mich genau wie ein Hotel.«

»Ist ja gut, einen Bonuspunkt für jeden«, räumte Martin ein. »Erinnert mich daran, später darauf zurückzukommen. Könnte was dran sein. Jedenfalls erzählen einem alle diese Namen von all diesen Leuten, die Hunderte oder gar Tausende für ihre Flugtickets bezahlt haben, und davon, wo sie an einem bestimmten Tag sein werden.« Er schaute zur Seite, wie um festzustellen, ob Richie ihm folgen konnte.

Das tat Richie. »Und was ist jetzt deine Masche dabei?«, fragte er. Es gab immer irgendeine Masche.

»Halt dir mal die Ohren zu, Clara«, sagte Martin und grinste sie im Spiegel an. »Und du denk nach. Wenn du von einer Ferien- oder Geschäftsreise zurückkommst, bist du dann immer sicher, noch alle deine Kreditkartenbelege zu haben? Machst du dir wirklich Gedanken, wenn ein paar Pfund zugunsten von ›Smith's Restaurants, Inc.‹ auf deiner Monatsrechnung stehen?«

Richie nickte. »Wenn du also jemanden an einem bestimmten Tag in einer bestimmten Stadt weißt, kannst du ein paar fingierte Belastungen auf seine Karte buchen, ohne dass er oder seine Bank Verdacht schöpfen.«

»Ganz genau«, rief Martin. »Ohne seine Karte zu stehlen oder die PIN-Nummer zu kennen. Sehr gut, Rich. Du solltest ins Computerbetrugsgeschäft einsteigen.«

»Nur noch eine Frage«, sagte Richie. »Musst du tatsächlich nach Heathrow fahren, um das auszubaldowern? Was hast du da gemacht? Dem Buchungsfritzen über die Schulter gelinst, ob du hinter sein Passwort kommen kannst?«

»Sehr witzig«, sagte Martin und scherte aus, um ein paar Sonntagsfahrer zu überholen.

»Was also hast du da gemacht?«

»Nun, wenn du's unbedingt wissen musst, bin ich die letzten paar Tage nach London hoch, mir die Birne abfeiern. Schlimmer als auf Ibiza geht's da zu.«

»Und du hast dein ganzes Geld verjubelt?«

»Yeah. Da teilen sie die Pillen wie Bonbons aus.«

»Teure Bonbons.«

»Stimmt. Richtig Asche wechselt da die Hände. Echte Wachstumsbranche.«

»Lässt deine Wachstumsbranche schrumpfen, meinst du.«

»Oho, hört euch Oma an.« Martin gackerte und klatschte Richie aufs Knie.

Richie fiel nichts Schlagfertiges dazu ein. Es stimmte schon, dachte er, wenn man Vater wurde, verwandelte sich ein Teil von einem zum Großvater.

Martin gab Vollgas, um einen Laster voll Kartoffeln zu überholen.

»Egal«, sagte er, als er wieder in die Mittelspur eingeschert war. »Wegen dieser Datenbank in deinem Hotel, Clara.«

Clara lachte nur. »Du hast so viel Aussicht, einem unserer Rechner nahe zu kommen, wie du welche hast, meinen Richie zu vögeln.«

»Weiß nicht. Er hat 'nen tiefen Schlaf.«

»Und da du so interessiert daran bist«, fuhr Clara fort, »ja, wir hatten viel Spaß in New York, danke.«

»Hey, hab ich ganz vergessen.« Wieder sah Martin sie im Spiegel an. »Was habt ihr in dem Karton?«

»Geschenke für die Kinder«, sagte Clara rasch.

»Toll«, erwiderte Martin. »Kann's kaum erwarten, ihre Gesichter zu sehen, wenn sie ihn aufmachen.«

»Sehr witzig«, sagte Richie.

Martin kicherte und drehte seine Musik wieder voll auf.

*Anthony Burgess und* Uhrwerk Orange *nehmen Rang siebzehn ein. Oder besser Anthony Burgess und Stanley Kubrick. Der Film verdient ebenso viel Achtung wie das Buch.*

*Burgess hat einen gewaltigen Irrtum begangen – er ließ die Yobbos in* Uhrwerk Orange *russischen Slang sprechen, weil sein Augenmerk zu sehr dem amerikanischen Verfolgungswahn galt, wonach die Sowjets die freie Welt zu übernehmen versuchten.*

*Aber Ehre, wem Ehre gebührt – der Film scheint unter Skinheads die Mode ausgelöst zu haben, Landstreicher zusammenzuschlagen. So weit ich Zeitungsarchiven entnehmen kann, war es vor 1971 weit weniger angesagt als nachher, Pennern die Scheiße aus dem Leib zu prügeln. Soziologen mögen dagegenhalten, es liege daran, dass die Gewalt auf der Welt allgemein zugenommen habe, aber ich bin kein Soziologe.*

*Die Soziologen von Burgess, die einen Yobbo heilen wollen, indem sie ihm Beethoven vorspielen, scheinen einen wirklich bleibenden Eindruck auf die Welt gemacht zu haben.*

*Amerikanische Einkaufszentren mit Vandalismusproblem werden üblicherweise mit klassischer Musik berieselt. Im englischen Newcastle wurde dasselbe Verfahren in der U-Bahn eingeführt, worauf mutwillige Zerstörungen und Raubüberfälle um vierzig Prozent zurückgingen. Inzwischen wird überall in der westlichen Welt ähnlich vorgegangen. Anscheinend ist es dabei nicht etwa so, dass klassische Musik das wilde Tier besänftigt – Jugendliche verabscheuen diese »Mucke« ganz einfach und treiben lieber woanders ihr Unwesen.*

*Ein skandinavischer Schulleiter setzt Burgess' Vorschlag wortwörtlich um: In einer Schule im schwedischen Ytterby müssen Jugendliche, die beim Beschmieren von Schulgebäuden erwischt werden, in den Pausen im Gebäude bleiben und sich über Kopfhörer klassische Musik anhören.*

*Die Gefahr dabei liegt auf der Hand. Bald kann es eine ganze Generation von Schweden geben, die jedes Mal dann einen unwi-*

*derstehlichen Drang zum Erwerb von Sprühlack verspüren, wenn »Eine Kleine Nachtmusik« erklingt.*

Eine kurze Geschichte der Zukunft, Kapitel 17 (Auszug)

*

Der Präsident blieb der nächsten Sitzung des Verteidigungsausschusses fern. Überwiegend beglückwünschte man sich selbst, doch der jüngere General George McNulty, der Blender geholfen hatte, die Genehmigung des Präsidenten zu militärischen Versuchen zu erwirken, sah besorgt aus. Als sie den Sitzungsraum verließen, trat McNulty an Blender heran.

»Max, vielleicht können Sie mir etwas erklären, was mich die ganze Zeit umtreibt?«

»Ja?« Blender zog den General heraus aus der Menge und führte ihn auf einen der langen, teppichbelegten Flure des Pentagon. Falls sie Probleme erörtern würden, wollte er keine Mithörer.

»Ich meine, natürlich unterstütze ich vollends das Vorhaben. Aber ich habe einiges über die frühen Teleportationsversuche in Innsbruck nachgelesen. Und da ist dieser Bursche namens Braunstein –«

»Samuel Braunstein, ja.«

»Und der sagt, dass Teleporter so was wie 3-D-Faxgeräte seien und die Vorlage eher nachformen statt übertragen.« Der General blickte hinauf in Blenders unbewegte Augen. Blender ging einfach langsam weiter den Flur hinunter, vorbei an den schweren Bürotüren und wenig beeindruckt von der Bedeutung dessen, was der General gesagt hatte.

»Und es stimmt doch, nicht wahr«, fuhr der General fort, »dass die auf dem freien Markt erhältlichen Teleporter Gegenstände nachformen und die Vorlagen in einer Art Hochgeschwindigkeits-Mikrowellenherd vernichten?«

»Ja.« Noch immer wirkte Blender ungerührt. »Als wir die

Technologie freigaben, wollten wir keine Diamantenschwemme hervorrufen und haben deshalb den Vernichter hinzugefügt. Übrigens ist das streng geheim, George.«

»Natürlich. Aber legt das nicht nahe, dass, wer Menschen teleportiert, entweder Gefahr läuft, die originale Person zu zerstören, oder ein vollkommenes Ebenbild zu schaffen? Einen Instant-Klon?«

Blender lächelte. Sie näherten sich einem kleinen Vorzimmer mit zwei oder drei jungen Praktikanten an Schreibtischen. Blender ging schweigend ein paar Schritte an ihnen vorbei, blieb stehen und sah dem General direkt ins Gesicht.

»Haben Sie denn nie das Gefühl, dass die Wirklichkeit nicht ausreicht, George? Dass Sie einen Ort jenseits der Wirklichkeit erreichen wollen? Oder wenigstens die Reise dorthin planen?«

Der General wusste nicht, was er davon halten sollte. »Max, wollen Sie mir etwa erzählen, Sie sind Katholik geworden?«, fragte er.

»Sehr komisch, George. Ich will nicht bis zu meinem Tod warten, um da hinzukommen. Ich rede von einem irdischen Jenseits der Wirklichkeit.«

»Gehen Sie doch in eine Spielhalle. Oder schauen Sie mal nachmittags Fernsehen.«

Dem General war nicht danach, Blenders Andeutungen mit so viel Ernst zu begegnen, wie er offensichtlich sollte. Überhaupt ärgerte er sich über solche Wissenschaftler, die behaupteten, die Wirklichkeit »neu zu erfinden«. Der Erfahrung des Generals zufolge verbrachten Wissenschaftler die meiste Zeit mit Streitereien über die richtige Beschreibung der Wirklichkeit oder darüber, welche Partikel von ihr sie tatsächlich verstanden. Und allzu häufig schienen sie unfähig zu sein, dem zugänglichsten Teil der Wirklichkeit gerecht zu werden – dem menschlichen Leben, zwischenmenschlichen Beziehungen. Manche der Wissenschaftler, mit denen der General bei der Waffenentwicklung zusammenarbeiten musste, besaßen den gesellschaftlichen Schliff eines toten Walfisches und teilten dessen Geschmack bei Deodorants. Max war da anders – er war eher ein politisches Schlachtross. Was also sollte dieser ganze Quatsch von wegen einem irdischen Jenseits der Wirklichkeit? Sicher, jeder wollte hin und wieder mal aus allem raus. Dafür machte man Urlaub. Und was sollte dieses überlegene Lächeln, das nun Max' Gesichtsbräune in Falten legte? Der General kannte diese Gesichtsbräune – es war die Hautfarbe von Männern, die sehr geheime Dinge an sehr fernen Orten erprobt hatten; überdies draußen erprobt hatten, was auf große Objekte hindeutete. Jedenfalls größere als Diamanten. Ein, zwei Monate mit Versuchen genügten schon, um jeden Mann von der Wirklichkeit abzukoppeln.

Blender nahm den General beim Ellbogen und steuerte ihn weiter den Flur hinunter. »Haben Sie Zeit für einen Drink, George?«

*

Das Hybridauto kam vor dem kleinen, quadratischen viktorianischen Ziegelhaus zum Stehen, in dem Richie und Clara wohnten. Mochte es melodramatisch sein, doch Clara war erleichtert, dass es während ihrer Abwesenheit weder abgebrannt noch verwüstet oder überflutet worden war.

Es war kein sonderlich hübsches Haus. Es war typisch für das Dutzend Straßen ringsherum – rötlicher Backstein, kleine Gärten vorn und hinten, erdrückende Hypothekenlast. Das Haus war klein und lag für ihren Geschmack zu nahe an der Bahn. Aber es befand sich in einer ansonsten verkehrsberuhigten Seitenstraße nahe einem Park und anderthalb Kilometer vom Meer entfernt. Für Kinder kein schlechter Ort zum Aufwachsen.

Richie stieg aus dem Wagen, streckte seine origami-gefalteten Gliedmaßen und atmete tief ein. Schon besser. Eine Brise. Zwar konnte man das Meer nicht riechen, aber seine Frische spüren.

Während sie ihr Gepäck ausluden, tauchten aufgeregte Gesichter vorn im Erkerfenster auf. Claras Eltern hatten die Kinder ohne Umweg von der Schule heimgebracht. Die Haustür und darauf das Gartentor flogen auf.

»Mama!« Ella stürzte sich auf Clara und drückte ihr einen feuchten Kuss auf die Wange.

»Hey, Georgieboy!« Richie bückte sich, um seinen Sohn einzufangen, und warf ihn in die Höhe.

Claras Mutter winkte in der offenen Haustür.

»Hast du mir ein Geschenk mitgebracht?«, fragte George, als er in Richies Armbeuge landete.

»Du klingst wie Onkel Martin«, sagte Richie.

»Und, hast du?«, wollte George wissen.

»Na klar, aber gehen wir erst mal rein. Hallo, mein Kürbis.« Richie hob Ella auf seinen freien Arm.

»Nein, jetzt schon«, quengelte George.

»Wart's ab, du kriegst es, wenn ich damit fertig bin«, sagte Richie und tat so, als kaue er auf etwas herum. »Ich hab ein echt amerikanisches Kaugummi für dich vorgekaut.«

»Iih!« Beide Kinder lachten, als er sie hineintrug.

Noch ehe die Begrüßung beendet und Teewasser aufgesetzt worden war, wurde Geschenkpapier aufgerissen. Ella kreischte entzückt beim Anblick ihres Bonsai-Bisons, und George war dermaßen von der Abbildung seines Spielzeugs begeistert, dass er den Karton nicht aufbekam. Es war ein ferngesteuertes Polizeiauto mit jaulender Sirene, und auf Knopfdruck rief eine Stimme: »Aussteigen und Hände hoch!« und »Keine Bewegung, oder ich schieße!« Beinahe erwartungsgemäß hatte Richie kein Spielzeug finden können, worauf »Höflichkeit, Professionalität, Respekt« zu lesen war.

Er ging mit George nach draußen in den Garten, um eine Testfahrt mit dem Auto zu machen.

Ihr Garten war schmal – der Rasen war nur doppelt so breit wie der Gehweg –, aber ziemlich lang, fast zehn Meter. An seinem Ende befanden sich ein alter Schuppen mit Teeranstrich und dahinter Büsche auf einem hohen Eisenbahndamm.

Der Gehweg war die optimale Teststrecke für ein ferngesteuertes Auto. Richie demonstrierte George kurz die Fernbedienung und trat dann zurück, während der Junge sein Geschick ausprobierte.

»Pass auf, dass du den Zaun nicht umfährst«, sagte Richie und fühlte plötzlich eine drückende Last auf der Brust.

Von seinem Standpunkt an der rückwärtigen Hausecke aus musterte er der Länge nach den Zaun zu seiner Linken. Richie tat das, wann immer er hier hinauskam. Er suchte den unteren Rand des Zauns nach Wühlspuren ab. Ließ den Blick über die Latten wandern, ob irgendwo eine locker war. Alles schien in Ordnung, doch es ärgerte ihn, dass er von einem dämlichen Dreckszaun so besessen sein konnte. Noch mehr ärgerte er sich über seinen neuen Nachbarn. Der Zaun war anderthalb Meter hoch, der Pitbull-Staffordshire-Mischling auf der anderen Seite üblicherweise angekettet oder beaufsichtigt, aber wie lange mochte es dauern, ehe das Ungeheuer einen Riesensatz darüber machen und seine Kinder angreifen würde?

Er schaute über den Zaun. Der Nachbargarten war köterfrei, wies aber alle Anzeichen von Hundebesatzung auf: einen Halbkreis aufgescharrten Rasens am Ende einer Kette, die an einem Zaunpfosten befestigt war; die fast blumenlosen Blumenbeete, auf denen sein Nachbar die Pflanzen durch Düngung mit Hundehaufen vernichtet hatte.

Sie brauchten eine Eisenstange, dachte Richie. Zur ständigen Aufbewahrung im Garten für den Ernstfall. Er verurteilte Gewalt zwischen vernünftigen Menschen, aber Notwehr gegen einen tödlichen, teilweise vorschriftswidrigen Hund hielt er für vertretbar. Die Frage war, ob er schnell genug mit der Eisenstange eingreifen könnte. Ob nicht das Gesicht eines seiner Kinder schon verwurstet wäre. Oder ob ein Einbrecher die Hintertür damit aufbrechen würde. Unlängst war in mehrere Häuser in der Straße eingebrochen worden. Scheiße, wirst langsam paranoid, Richie, sagte er sich, wirst alt. Ein Großvater. Wieso verpisste sich der Nachbar nicht einfach wieder, um woanders zu wohnen mitsamt seinem Pitbull und seinem lautstark nagelnden Lieferwagen, der wochentags früh um sechs den Frieden zunichtemachte?

»Genau so, Georgieboy, das machst du prima!«, rief er, und der Junge drehte sich glückstrahlend um, derweil die Sirene über die angrenzenden Gärten heulte.

Richie ließ den Jungen spielen und ging wieder hinein. Nun war es Martin, der vor Entzücken hüpfte. Eigentlich kniete er auf dem Wohnzimmerfußboden, brachte aber eine Art Kniehüpfen zuwege, wie es Richie noch nie zuvor gesehen hatte.

Ella stand da, einen langen Streifen braunes Packpapier in der Hand, und sah verdutzt aus.

Das Gerät auf dem Teppich hätte der metallische Kern einer Sonnenblume mit Blütenblättern aus Einwickelpapier sein können.

Richie sah fragend zu Clara hinüber.

»Er hat Ella gesagt, es sei ein Geschenk für sie«, verkündete sie laut. »Er weiß nicht, dass man Kinder nicht anlügen sollte.«

Martin blickte ungerührt zu ihm hoch. »Fuck, das ist verdammt noch mal unglaublich!«

»Martin, sag solche Wörter nicht vor Ella«, ermahnte Richie ihn. »Und lass bitte die Finger davon. Der ist für mich, und ich hatte selber noch keine Gelegenheit, ihn mir richtig anzusehen.«

Ohne noch etwas anderes als den metallenen Würfel vor sich wahrzunehmen, fuhr Martin mit den Fingern über den Teleporter, als streichelte er eine Katze. »Hast du die Software dazu bekommen?«

»Klar hab ich die Software dazu bekommen.«

»Das ist sensationell!« Martin schnellte auf die Beine. »Lass ihn uns runter in den Laden bringen und ausprobieren.«

»Ausgeschlossen!« Richie lachte.

»Wo willst du's denn hier anschließen? An deinen Kühlschrank?«

»Nein, an den, äh, Computer?«, sagte Richie so betont ironisch, wie er konnte.

»Die olle Rappelkiste? Mit dem Schrottkasten würdest du

nicht mal ’ne halbe Erbse übertragen.« Martin schnalzte abschätzig mit der Zunge.

Richie tat sein Bestes, Clara nicht anzusehen. Er wusste genau, was sie dachte: eine Mischung aus »Hättest du nicht dran denken können, ehe du dein Geld ausgibst?« und »Warum zum Teufel hörst du nie auf mich, du Idiot?«.

»Niemand rührt das Ding jetzt an. Ich bin zu geschlaucht. Ich werde es morgen in den Laden mitnehmen. Dann bist du nicht da, nicht wahr?«, fragte Richie seinen Bruder.

»Doch, bin ich.«

»Was ist mit dem Auto?«

»Ach ja, richtig, das fahr ich besser jetzt zurück, spart einen Tag Miete. Ich nehm das Gerät mit und stell es unterwegs im Laden ab.« Martin konnte unangenehm systematisch vorgehen, wenn er wollte.

»Nein, ich behalte es hier.«

»Was, und nimmst es morgen früh im Bus mit?«

»Nein, Clara wird mich fahren.«

»Ich bin um sieben weg. Bist du dann bereit?«, fragte Clara.

»Okay, nimm’s mit«, hörte sich Richie wider bessere Einsicht sagen. »Aber die Betriebsanleitung und die Software behalte ich hier.« Claras Blick traf ihn mit einem Blitzstrahl exakt zwischen die Augen, der »Hab ich’s dir nicht gesagt« bedeutete.

»Und keine Sorge, Ella, ich besorg dir ein Geschenk.« Der Sieg machte Martin großmütig.

»Vor ihrem Hochzeitstag«, warf Clara ein.

»Aber was ist das für eine Maschine, Daddy?«, fragte Ella durch die Verheißung eines Ersatzgeschenks etwas zuversichtlicher gestimmt.

Richie war ratlos. Wie erklärte man so etwas einem kleinen Mädchen, das nie *Star Trek* gesehen hatte?

Richie trug seinen kostbaren Karton wieder hinaus zum Auto. Ihm war wie einem Bauernsohn zumute, der sein Lieblingskälbchen im Schlachthaus abliefern muss.

Martin öffnete den Kofferraum des schnittigen, orangemetallic lackierten Toyotas.

»Überlegst du, eins von diesen Hybridmodellen zu kaufen?«, fragte Richie.

»Warum?«

»Brauchst ganz schön lange, dein jetziges zu ersetzen.«

»Oh, na ja. Könnte sein. Fährt ganz flott.«

Martins eigenes Auto rostete unter einer blauen Plastikplane in der Gasse hinter seinem Laden vor sich hin. Einst war es ein silberner Mazda-Sportwagen gewesen, bis Martin eines Abends nach Geschäftsschluss versucht hatte, es hinaus auf den Pier zu fahren. Er war nicht weiter als bis an einen Betonpoller gekommen. In zwei Monaten stand der Fall zur Verhandlung an, zeitgleich sollte auch seiner Exfreundin der Gips abgenommen werden.

Vorsichtig hob Richie das Gerät in den Kofferraum und stellte sicher, dass es festen Stand hatte.

»Du probierst es nicht aus, ehe ich selber hinkomme«, warnte er Martin.

»Wie sollte ich auch? Du hast den ganzen Kram, der es zum Laufen bringt.«

Richtig, Richie hatte die Software selbst in seine Schreibtischschublade eingeschlossen. Doch als er Martin davonfahren sah, plagten ihn dennoch Zweifel.

*

Blender führte den General in eine Bar. Es war ein kleines Lokal, aber nicht von der Art, wo ein unter der Decke angebrachter, ständig laufender Fernseher fest auf einen Sportkanal eingestellt ist. Dies war eine alteingeführte Washingtoner Bar mit Chesterfield-Sofas, spiegelblank gebohnerten Dielen und gedämpfter Beleuchtung. Die Sorte Örtlichkeit, in der man sich ausmalt, zur Fortführung hochbedeutsamer politischer Gespräche angehalten zu sein.

Auch wenn der General gewohnt war, hochbedeutsame politische Gespräche zu führen, fanden diese üblicherweise in

Büros mit Wachposten draußen vor der Tür statt und nicht in der Öffentlichkeit auf einem grünen Ledersofa.

»Können wir hier reden?«, fragte er Blender, nachdem eine bildschöne Kellnerin, die wahrscheinlich von ihren Eltern hergeschickt worden war, um in die Kaste reicher Washingtoner Anwälte einzuheiraten, ihre Getränke gebracht hatte. Blender bevorzugte Perrier mit einem Zitronenschnitz. Der General hatte einen Jack Daniels nötig.

»Wir können reden, aber mit der nötigen Diskretion, wenn Sie verstehen.«

Der General sah sich um. Es war ungefähr zwanzig Uhr. Die meisten Tische waren von Männern mit Schlipsen und Hosenträgern besetzt und von Frauen im Ally-McBeal-Feierabend-Chic. Der General war sich bewusst, als einziger Anwesender Uniform zu tragen. Die Unterhaltungen, die er mithören konnte, waren belanglos. Zwei Tische gab es, an denen die Leute die Köpfe zusammensteckten und ernst dreinschauten. Von ihnen war gar nichts zu hören.

»Nun?«, fragte der General.

Blender neigte sich ihm zu und nahm erneut das Thema Teleportation auf. Auf der Fahrt vom Pentagon zur Bar hatten sie über den Sohn des Generals und seine Aussichten auf einen Studienplatz in Stanford gesprochen. Gut waren sie anscheinend nicht, es sei denn, Blender legte als Absolvent der Universität ein Wort für ihn ein.

»Wir haben dieses Thema nicht zum ersten Mal mit dem Präsidenten erörtert, wissen Sie. Oder sollte ich lieber sagen, er ist nicht der erste Präsident, mit dem wir ihn erörtert haben.« Blender lächelte vor sich hin. Präsidenten kommen, und Präsidenten gehen, die Wissenschaft schreitet voran. »Bush hat zuerst kurzerhand abgewinkt. Er sagte: ›Das kann ich nie rechtfertigen, Millionen von Steuergeldern für Science-Fiction auszugeben. Die halten mich doch jetzt schon alle für 'nen Spinner.‹« Blender imitierte die breite texanische Sprechweise recht gut. »Das gefällt mir so an unseren Präsidenten – bekommt man sie von den Mikrofonen weg, sind sie auf einmal geerdet.«

Er trank einen Schluck Perrier und biss in seinen Zitronenschnitz.

»Wie haben Sie ihn dann dazu gebracht, das Programm abzusegnen?«, fragte der General.

»Nun, wir haben ihn davon überzeugt, dass es keine hirnrissige Technologie ist. Und wir haben ihn daran erinnert, dass vor der Erfindung des Schießpulvers keiner auf den Gedanken gekommen wäre, eine Mischung aus Kalisalpeter, Holzkohle und Schwefel könnte eine gewaltige Explosion hervorrufen.«

»Und das hat ihn überzeugt?«

»Nun, es machte ihn nachdenklich.«

»Es gibt aber schon einen Unterschied«, sagte der General.

»Welchen Unterschied?«

»Na ja, im Gegensatz zu Explosionen ist die Teleportation etwas Unnatürliches. In der Natur verschwindet nichts Festes einfach so und taucht wieder auf. Na schön, man kann ein paar Moleküle zum Herumhüpfen bringen. Aber es wird nie gelingen, das mit ganzen Menschen zu tun.«

Diesmal war es Blender, der sich umsah, um sicherzugehen, dass niemand mithörte. »Wenn sich ein Gegenstand teleportieren lässt, geht das im Prinzip auch mit einer Person. Vorher muss lediglich eine ausreichend schnelle und eingehende Analyse ihrer Molekülstruktur erfolgen.«

»Richtig«, sagte der General, »und aus einer der Unterlagen, die ich gelesen habe, ging hervor, dass die erforderliche Information zur Analyse einer Person einen tausend Kilometer hohen Stapel Laptops füllen könnte.«

Blender nahm noch einen Schluck Wasser und lutschte erneut an der Zitrone, ehe er antwortete. »Und Sie wissen, was Bill Gates einmal über Computer gesagt hat – 640 k würden für jeden reichen. Heute bietet schon der einfachste Laptop – wie viel? – das Zehn- oder Zwanzigtausendfache.«

Der General war ungefähr im selben Alter wie Blender, fühlte sich aber auf einmal älter. Blender hatte es geschafft, sich die anmaßende Selbstgewissheit der Jugend zu bewahren.

Vielleicht war es das, was einen Spitzenwissenschaftler ausmachte.

»Was ist mit der Frage eines Ebenbildes? Werden Sie einen Menschen nachbilden und die originale Person damit vernichten? Oder erledigt das übertragene Ebenbild seinen Auftrag und wird dann ausgelöscht? Wer wäre freiwillig dazu bereit?«

Blender nickte. »Wir würden den Vernichter abschalten müssen. Aber Sie haben recht. Die menschliche Vervielfältigung ist eine ethische Frage, die erörtert werden muss, falls die Teleportation von Menschen durchführbar wird. Sie ist kein eigentlich wissenschaftliches Problem. Die Übertragung eines lebenden Menschen ist praktisch noch nicht möglich.«

Zum wiederholten Mal hatte der General das Gefühl, dass er, der militärische Arm des Projektteams, nicht von allen Tatsachen unterrichtet wurde. »Was haben Sie auf diesem Stützpunkt in Iowa gemacht? Das Gerät an Leichen getestet?«

Blender lachte. »Nein, nein, wir haben nur verschiedene Konzepte auf rein theoretischer Ebene untersucht.«

Der General stand kurz davor, die Ruhe zu verlieren. »Zum Teufel, Max. Ich bin ganz auf Seiten des Fortschritts, aber ihr Burschen habt zu viel *Star Trek* geguckt. Ihr versucht zu beweisen, dass all das auf wissenschaftlichen Tatsachen beruht. Als Nächstes wollen Sie noch das Gen entdeckt haben, das den Vulkaniern spitze Ohren beschert.«

Blenders Augen funkelten belustigt. »Komisch, dass Sie das sagen, George«, gab er zurück, hob eine Hand an einen Wangenknochen und tat so, als würde er eine Maske abstreifen.

Sie lachten beide, aber der General wollte sich nicht ablenken lassen.

»Kommen Sie, Max, Sie glauben doch nicht wirklich, jemals Menschen teleportieren zu können, oder?«

»Ich glaube«, entgegnete Blender, »dass wir in mein Büro gehen sollten. Ich muss Ihnen ein paar Sachen zeigen.«

*Die ersten grundlegenden Versuche zur Teleportation wurden 1997 in Innsbruck von einer wissenschaftlichen Arbeitsgruppe an Photonen durchgeführt. »Photon« ist ein Wort, das wir alle sehr gut kennen (dank der Photonentorpedos in* Star Trek*), aber ich zumindest hatte keinen Schimmer, was ein Photon wirklich ist.*

*Nun, tatsächlich ist es ein »Stückchen« Licht, Licht in seinem winzigst möglichen Teilchen, ein unvorstellbar kleines Gebilde.*

*Den Innsbrucker Wissenschaftlern gelang es, die Polarisierung (die Richtung, in die ein elektrisches Feld schwingt) von einem Photon auf ein anderes zu übertragen und ein makelloses Ebenbild des ersten Photons einen Meter entfernt erscheinen zu lassen.*

*Dabei handelte es sich mehr oder weniger um einen Unfall – eigentlich hatten sie rein gar nichts im Sinne von* Star Trek *teleportiert. Sie hatten nichts entmaterialisiert und irgendwo anders wieder rematerialisiert. Sie hatten schlicht bewirkt, dass andernorts ein Photon mit genau gleichen Eigenschaften erschien. Vervielfältigung statt Teleportation.*

*Nach Abschluss ihrer Versuchsreihe waren sie pessimistisch: Sie hatten lediglich eine Erfolgsrate von fünfundzwanzig Prozent erzielt und sagten voraus, vielleicht in einem Jahrzehnt das Experiment an Molekülen (die entschieden größer als Photonen sind) wiederholen zu können.*

*2006 führten Physiker in Dänemark die ersten Teleportationsversuche an etwas Feststofflichem durch, an einem atomaren Gebilde, das Milliarden Atome enthielt. Tatsächlich räumten sie jedoch ein, nur Informationen teleportiert zu haben – sie hatten die Eigenschaften eines atomaren Gebildes einen halben Meter weit auf ein anderes übertragen. Eigentliche Materie teleportierten sie nicht.*

*Das Thema Teleportation schien am Ende zu sein. Wieso also der plötzliche Durchbruch? Wie kommt es, dass nunmehr richtige Teleporter in New York erhältlich sind?*

*Da sind Sie genauso schlau wie ich – seit jenen Versuchen von 1997 scheinen sämtliche wirklich durchschlagenden Fortschritte auf dem Gebiet der Teleportation unter äußerster Geheimhaltung in den USA gelungen zu sein. Anscheinend hat das Pentagon die besten Wissenschaftler und ihre Ergebnisse eingekauft und in seiner eigenen Sparte die Arbeit aufgenommen.*

Eine kurze Geschichte der Zukunft, Kapitel 1 (Auszug)

*

Die Leute auf Blenders Stützpunkt in Iowa nahmen an, das ganz große Ziel war die Teleportation von Menschen. Beim Plausch in der Kaffeeküche malten sie sich als gemeinsames Endziel aus, zurück in ihre gemieteten Häuser gebeamt zu werden, statt mit ihren Geländekreuzern die einschläfernd öde Landschaft Iowas durchfahren zu müssen. Doch da irrten sie sich.

Blender und ein kleiner Kreis Gleichgesinnter hatten ein viel größeres Ziel vor Augen. Ein Ziel, so groß wie die Zukunft.

Die Mitglieder des inneren Kreises kamen nie auch nur in die Nähe des Stützpunkts und hatten häufig noch ein gesondertes Anliegen in der Außenwelt.

Das konnte sich von der Zusammenstellung von Erkenntnissen über den Fortschritt in der Raumfahrt über den Ankauf des Patents auf eine Erfindung wie den *Star-Trek*-artigen Phaser bis hin zur Ermittlung von Neuerungen bei auf Photonen basierender Technologie erstrecken. Alle teilten sie den Wunsch, ihr gemeinsames Endziel geheim zu halten, selbst ihren eigenen Angestellten gegenüber. Alle standen verhältnismäßig großen Organisationen vor.

Untereinander hatten sie keine Rangfolge, aber Blender stand weit oben in der informellen Hackordnung, weil er durch seinen Job Zugang zu staatlichen Geldquellen hatte.

Wollte er sich mit einem der anderen austauschen, erledigte er das auf ganz einfache Weise in privatem Rahmen. Dazu gehörten weder komplizierte Verschlüsselungsprogramme noch mit Urin geschriebene Botschaften zwischen den Zeilen einer Einkaufsliste.

Er ging die Leute besuchen, und zwar ohne jede Heimlichtuerei, denn es war kein Geheimnis, dass sie einander kannten. Niemals beschädigten sie dabei unmittelbare Berufsgeheimnisse des jeweils anderen. Derzeit waren es sechzehn Personen, und sie waren so ziemlich Blenders einzige Freunde. Er war der anderen vermeintlichen »Freunde« überdrüssig geworden, die sich über nichts anderes als die Familie, Baseball, ihre hirnlosen Chefs oder Viagra unterhalten wollten. Er zog es vor, über etwas Handfestes zu reden – die Zukunft und seinen Wunsch, sie zu formen.

Als er vor dem Tor eines hundert Jahre alten Herrensitzes gleich außerhalb von Washington eintraf, drückte er den Knopf der Gegensprechanlage und vermeldete laut: »Hey, Bill, ich bin's, Max.«

Er rollte die vierhundert Meter lange baumgesäumte Auffahrt zum Haus hinauf, stieg aus, um den Golden Retriever zu tätscheln, und schüttelte seinem Freund die Hand. Bill leitete ein Unternehmen, das politische Lobbyarbeit leistete. Er war ein jung aussehender Zweiundvierzigjähriger mit lockigem schwarzen Haar und einem breiten Lächeln. Er trug nichts weiter als eine Ray Ban, Sandalen und eine stahlblaue Badehose.

Blender ging zur Rückseite des Hauses durch, um den neuen Pool und das darüber installierte Schiebedach zu bewundern.

Er zog seine eigenen Schwimmsachen an und kam zurück, um sich auf einem Liegestuhl neben einem ähnlich lässigen Bill zu entspannen und einen Mint Julep zu trinken. Bills Frau trainierte unten im Fitnessraum, und die Kinder der beiden spielten auf dem Rasen Fußball.

Ein völlig normaler Sonntag auf dem Land, bis auf die Unterhaltung der beiden Männer.

»Du hast die Geburtsstätte gekauft?«, fragte Bill tief beeindruckt.

»Tja.«

»Mit deinem eigenen Geld?«

»Natürlich. Mein Ministerium besitzt schon mehrere Tausend Quadratmeilen Iowa. Es um den Ankauf von ein paar

Quadratmetern mehr zu bitten, wäre so, als brächte man einen Schweinebauern dazu, für Gülle zu bezahlen.«

Bill lachte. »Ich muss zugeben, Max, dass ich höllisch neidisch bin. Ein glänzender Schachzug. Wie willst du Nutzen draus ziehen? Wohnen irgendwelche Kirks in dem Ort?«

»Das schon. Aber da unten mischen sich ein paar Maisgene zu viel ins Blut. Auf sich gestellt würden sie wohl kaum den Captain eines Raumschiffs hervorbringen.«

»Verstehe.«

»Du solltest dir da unten ein Häuschen zulegen, Bill. Stehen viele zum Verkauf. Mit ein bisschen Glück kriegst du gleich einen Traktor dazu.«

Wieder lachte Bill und nippte an seinem eigenen Mint Julep. Er schaute über den besonnten Rasen hinweg nach seinen beiden Söhnen, die sich den Ball gegenseitig drei, vier, fünf Mal zuköpften, ohne dass er den Boden berührte.

»Sie machen sich«, sagte Blender. »Wie alt sind sie jetzt?«

»Neun und elf.«

Blender nickte. »Ich habe letzte Woche den Präsidenten getroffen«, sagte er. Genug Gerede über Familie.

»Ach ja?« Bill stellte seinen Drink auf den Terrakottafliesen ab, die rund um das Schwimmbecken verlegt waren, und wandte sich Blender zu.

»Ich hab gesagt, dass wir den Teleporter an Menschen ausprobieren wollen.«

»Menschen? Wow. Wusste nicht, dass ihr schon so weit seid.«

»Nun ...« Blender blickte bekümmert drein.

»Ihr seid gar nicht so weit?« Bill blickte sogar noch bekümmerter drein als sein Freund.

»Nun, nicht ganz. Ich war ein wenig ... vorschnell.«

Manche Männer hätten Blenders Dreistigkeit bewundert – den Präsidenten der Vereinigten Staaten bluffen? Aber Bill nicht. Er arbeitete oben auf Capitol Hill und wusste, wie die muffigen Altpolitiker dort auf Leute zu sprechen waren, die nationale Institutionen missachteten.

»Du hast den Präsidenten belogen?«

»Belogen? Nein, ich hab nur einen kleinen Schlenker über die Wahrheit hinaus gemacht.«

Bill fand das nicht lustig. »Max. Das ist schlicht und einfach gefährlich. Das könnte uns um Jahre zurückwerfen.«

»Aber es war die Bedingung, um das Okay für weitere Versuche zu bekommen. Wir sprechen hier von Teleportation, Bill. Damit entscheidet sich die langfristige Entwicklung des ganzen Projekts.«

Es war, als hätte ein Freimaurer einen Streifenpolizisten, der ihn wegen öffentlicher Entblößung verhaften will, mit dem geheimen Handschlag begrüßt. Der Polizist hätte sich weismachen müssen, Unterwäsche gesehen zu haben.

Bill nickte ergeben. »Schön. Was kann ich tun?«

»Ich will das Gerät in England testen.«

»Was hat England mit Menschenversuchen zu tun?«

»Noch nichts, jedenfalls nicht unmittelbar.« Blender berichtete seinem Freund von dem englischen Touristen, der in New York ein Gerät gekauft hatte.

Bill sah nicht sehr glücklich aus. Plötzlich waren da tiefe dunkle Falten unter seinen Augen und ließen ahnen, dass die Schwärze seines Haars nicht unbedingt natürlich war. »Aber Max. Willst du etwa im Hinterhof dieser verrückten Premierministerin rummurksen? Wenn nun was schiefgeht? Sie wird einen hysterischen Anfall vor laufenden Fernsehkameras haben.«

Blender bemühte sich, Ruhe auszustrahlen. »Bill, deinen Sexismus mal außen vor, ist ›Schiefgehen‹ der Grund, warum Penizillin entdeckt wurde? Schiefgehen kann das Beste sein, was einem Wissenschaftler widerfährt.« Er sah, dass Bill ihm etwas entgegnen wollte, und hob eine Hand. »Aber ich rechne nicht damit, dass irgendetwas im negativen Wortsinn schiefgeht. Ich habe alle notwendigen Vorsichtsmaßnahmen getroffen.«

Bill sah noch immer nicht hundertprozentig überzeugt aus. Er kratzte gereizt an der Armlehne seines Liegestuhls.

»Ich brauche nichts weiter von dir, Bill, als dass du mich mit jemandem in Verbindung bringst, der mir grünes Licht für die Versuche geben kann. Vorzugsweise jemand, der mit uns sympathisiert. Ich kenne niemanden, der mit dem Außenminister zusammenarbeitet.«

Bill erhob sich und hechtete in den Pool. Blender sah zu, während er zügig zwei Bahnen kraulte. Politische Lobbyisten hatten sichtlich viel Zeit zum Trainieren, denn Bill schwamm jetzt schneller als Blender mit fünfundzwanzig.

Nachdem er den Beckenrand am tiefen Ende berührt hatte, trieb Bill sachte wieder auf Blender zu und schöpfte Atem. Dann zog er sich in einer einzigen geschmeidigen Bewegung aus einem Meter achtzig Wasser und stand tropfend neben Blenders Stuhl auf den Fliesen. Rinnsale liefen an langen schwarzen Haaren seine Beine hinunter und bildeten Lachen um seine Fersen und Zehenspitzen.

»Okay, Max. Ich werde mit den entsprechenden Leuten reden. Sag mir einfach, was du brauchst.«

»Danke, Bill.« Blender listete seine wesentlichen Daten, Orte und Zahlen auf. Bill wiederholte alles laut und legte sich dann zum Trocknen auf seinen Liegestuhl.

»Es tut mir leid, dich damit zu belasten, Bill. Aber du weißt ja, dass es das Risiko wert ist«, sagte Blender. »Wenn die Menschheit überleben soll, braucht sie Kirk.«

»Yeah.« Bill nickte, und für einen kurzen Augenblick sahen beide zweihundert Jahre weit in die Zukunft.

*

Es war schon fast zehn Uhr, als Richie in den Laden kam.

Martin saß an der Theke und trank Kaffee.

»Auf den letzten Drücker«, sagte er.

»Wozu die Eile?« Es waren wie üblich keine Kunden da. »Oh, du willst das Gerät ausprobieren, ist es das?«, fragte Richie und gab sich wenig Mühe, Einfalt zu heucheln. »Ich hab die Software und Betriebsanleitung mitgebracht.«

»Nein, ich muss weg«, entgegnete Martin und hüpfte von

seinem Hocker herunter. »Ich möchte, dass du auf den Laden aufpasst.«

»Aha.« Richie war enttäuscht. Er hatte sich auf die Ungeduld seines Bruders gefreut. »Hey, ehe du gehst: Hast du das Geld, das du mir schuldest?«

»Nein, sorry, Rich.« Martin fasste sich an den Hals, wo seine Kette hätte sein müssen. »Morgen. Versprochen.« Er nahm sein Telefon und ging zur Tür.

»Clara wird die Kette verkaufen, du kennst sie.«

»Morgen, in Ordnung?« Martin lächelte kumpelhaft und trat nach draußen.

»Seltsam«, murmelte Richie vor sich hin und ging hinten nachsehen, ob noch Kaffee in der Maschine war. »Ach du Scheiße.«

Im Hinterzimmer hatte sich über die letzten paar Tage einiges geändert. Als Richie zu seinem langen Wochenende aufgebrochen war, hatten etwa zwanzig neue, in ihren Kartons eingeschweißte Computer hochgestapelt an einer Wand gestanden. Auf der langen Werkbank hatten sich zwei defekte Laptops befunden (Tarnung – sie waren immer da, immer defekt, weil einige von Martins Geschäften als Reparaturen verbucht wurden) und daneben zwei Rechner – ein PC und ein Mac –, die Martin für seine Arbeit benutzte.

Nun war der Stapel neuer Computer fort, die beiden kaputten Laptops lagen auf dem Boden, und an Martins PC war ein leise surrender Teleporter angeschlossen.

»Der Dreckskerl.« Richie untersuchte seinen kostbaren Metallkasten. Die Tür war geschlossen, und der Apparat machte das gleiche Geräusch wie dasjenige, bei dem Richie seinen Burger eingebüßt hatte. Richie schaute auf den Bildschirm des Rechners. Drüben in New York war das Gerät an einen eigens eingerichteten Computer angeschlossen gewesen oder zumindest an einen, dessen gesamter Monitor von der Teleporter-Software ausgefüllt war. Nun, da er Martins Bildschirm betrachtete, konnte er nicht sofort sagen, was da gerade lief. Bestimmt sollte doch das Gerät nicht andauernd surren wie jetzt? Das andere hatte nur ein paar Sekunden lang gesurrt, als es seinen Burger beamte. Da ihm nichts Besseres einfiel, nahm er einen Neustart vor. Das Surren hörte auf.

Er öffnete die Tür des Teleporters ebenso behutsam, wie es die Verkäuferin in dem New Yorker Souvenirladen getan hatte. Diesmal ging es allerdings schmutziger dahinter zu.

»Verdammter Mist«, stöhnte Richie.

Innen lag, was das Gerippe einer Maus zu sein schien, gesprenkelt mit schwarzen Staubflocken. Er stupste es an und fluchte erneut. Es war brennend heiß.

»Hoffentlich warst du schon tot, armes Vieh …«

Richie versuchte, seinen Bruder anzurufen, doch Martin hatte klugerweise sein Telefon ausgeschaltet, also trat er eine Weile unter Flüchen nach der Wand, gab schließlich auf und machte sich eine Tasse Kaffee, die er in den Verkaufsraum mitnahm. Dort und ungestört von Laufkundschaft ging er ins Netz, um die offizielle Website von IOA Instruments aufzurufen, dem Hersteller des Teleporters. Er machte sich Notizen darüber, wofür sich das Gerät eignete und welche Einschränkungen bestanden, und skizzierte ein neues Ende für sein *Star-Trek*-Kapitel. Sein Fazit würde unverändert bleiben. Er würde ihm nur größeres Gewicht verleihen.

Zufrieden streckte er die Arme aus und drehte drei Mal langsam Kopf und Hals – rechts, links, rechts. Die Genugtuung, etwas zu Papier gebracht zu haben, hatte seinen Ärger merklich entschärft.

Bis er seinen Bruder zur Tür hereinspazieren sah.

Martin summte vor sich hin, sah vergnügt aus und trug eine braune Papiertüte.

»Hier, willst du ein Croissant?«

Richie hatte sich eine Eröffnungszeile über verlogene, vertrauensunwürdige Saukerle zurechtgelegt, aber war auch hungrig und ließ sich deshalb vom unverhofften Angebot einer französischen Backware ein Stück weit aus dem Konzept bringen.

»Na gut.«

Martin ließ die Tüte auf Richies Tisch plumpsen und streifte seine Jacke ab.

»Ein bisschen von gestern, was?«, fragte Richie. »Die persönliche Lieferung?«

Martin grinste. »Du hast es gesehen?«

»Und ob ich's gesehen habe, verdammt noch mal. Und ich hab mich ziemlich gewundert, was diese halbe Ratte in meinem Gerät soll.«

»Halbe Ratte?« Falls Martin auf überrascht machte, war er ein guter Schauspieler.

»Sorry, zwei Drittel von einer Maus.«

»Was?« Martin lief ins Hinterzimmer. Richie folgte. »Warum hat er abgebrochen?«, fragte Martin über den Bildschirm gebeugt.

»Ich hab ihn neu gestartet.«

»Meine Fresse!« Tatsächlich sah Martin entzückt aus. Das erboste Richie mehr als alles andere, was sein Bruder an diesem Morgen getan hatte.

»Kannst du mal aufhören, so selbstgefällig auszusehen, und mir erklären, warum zum Henker du mit meinem Gerät eine beschissene Maus zu beamen versucht hast?«

Martin brach in lang anhaltendes krächzendes Sid-James-Gelächter aus.

Richie holte tief Luft und atmete langsam aus, um den Drang, seinem Bruder die Nase zu brechen, friedlich abflauen zu lassen. »Was ist so verdammt komisch?«, fragte er.

»Ist dir klar, dass wir wahrscheinlich die Ersten auf der Welt sind, die diese Unterhaltung geführt haben? ›Warum hast du versucht, mit meinem Teleporter eine Maus zu beamen?‹«

Wieder beherrschte Richie sich. »Ich geb einen Scheiß drauf, wie schöpferisch meine Wortmeldungen sind. Was zum Teufel ist in dich gefahren? Glaubst du, ich hätte mit dem Ding 'ne Art Schädlingsbekämpfungsgerät gekauft?«

Da er beinahe völlig unbelastet von einem Gewissen war, bekam Martin Spaß an der Sache. »Hey, gar kein schlechter Einfall«, sagte er. »Eine Maus klettert rein, und paff! Was noch unverbrannt übrig bleibt, wird an ein Katzenasyl teleportiert.«

»Sehr tierlieb.«

»Nun, ich hab die Maus nicht getötet.«

»Nicht doch!«

»Echt nicht. Ehrlich.« Trotz seiner diabolischen Gesichtsbehaarung konnte Martin engelhaft unschuldig aussehen, wenn er es wollte.

»Erklärung bitte?« Richie war die Verarsche durch seinen Bruder gewöhnt, aber selbst ihm fiel es jetzt schwer, noch durchzublicken.

»Das Gerät hat empfangen, nicht gesendet.«

*

Blender kannte Londons altertümliche roten Busse. Er kannte die königliche Garde in ihren roten Jacken und haarigen Mützen – irre nützlich im Fall eines Angriffs durch eine Armee aus leicht zu verwirrenden, kitzligen Leuten.

Aber er wusste, dass England sich nicht blind an all seine Traditionen klammerte. Beispielsweise saß er gerade in einer Limousine in einem uralt aussehenden Innenhof und wartete auf die Zusammenkunft mit Großbritanniens erster Ex-Punk-Premierministerin. Seit ihrer Wahl vor zwei Jahren war der politische Gegner unablässig auf ihrer »Jugendsünde« herumgeritten. Er konnte nur hoffen, dass sie die ehrwürdige Tradition der US-britischen Beziehungen achtete: Amerika berät sich mit seinem engsten Verbündeten, und dann macht sein engster Verbündeter, was Amerika ihm sagt.

Lief alles nach Plan, würde er die Bitte seines Landes darlegen, den Teleporter auf einem ehemaligen Flugplatz der Royal Air Force im Süden Englands, nahe diesem Ort namens Bornymouth oder so ähnlich, zu testen. Sie und ihr Verteidigungsminister würden versichern, man werde den Vorschlag sorgfältig prüfen. Und statt ihre Antwort abzuwarten, würde Blender unverzüglich hinunter auf diesen Flugplatz fahren, um sein Testvorhaben abzuschließen.

Der einzige vorhersehbare Stolperstein war diese neuzeitliche englische Sitte, Mörder nicht hinzurichten. Im Allgemeinen rümpften die Briten die Nase über die alttestamentarische Gerechtigkeit seines Landes, und insbesondere dann, wenn sie an Geisteskranken, Minderjährigen und Unschuldigen geübt wurde. Sie würden es nicht billigen, dass er menschliche Versuchskaninchen in den überfüllten Todestrakten texanischer Gefängnisse anwarb. Im Austausch dafür, teleportiert zu werden, werde ihre Strafe in lebenslängliche Haft umgewandelt, so lautete das Versprechen an die Männer. Er hatte keine Schwierigkeiten, Freiwillige zu rekrutieren.

Die Premierministerin könnte etwas zimperlich darauf reagieren, auch wenn die Männer im Todestrakt mit viel größerer Sicherheit sterben würden. Anscheinend war sie während ihrer Studentenzeit eine richtig altmodische Anarcho-Pazifistin gewesen.

Das war der eine Punkt, über den er ernsthaft mit der Premierministerin würde verhandeln müssen. Zum Glück war es ihm gelungen, General Colt zur Botschaft zu schicken. Bei allem, was mit Menschenrechten zu tun hatte, wies der alte Spinner das Taktgefühl eines B-52-Bombers auf.

Die Messingangeln einer schweren blauen Tür gleißten im Sonnenlicht, und sie trat hinaus in den Hof: eine kleine, schwarzhaarige Frau, begleitet von zwei sehr ehrerbietigen älteren Männern in zerknitterten Anzügen; ihr hinterdrein ein Mitarbeiter, der eine dicke schwarze Aktentasche und ihre Handtasche trug. Zumindest hoffte Blender, dass es ihre Handtasche war.

Sie sah zu den Männern hoch, um sich mit förmlichem Händeschütteln und dem stimmengewinnenden Lächeln, das er sie schon so oft im Fernsehen hatte lächeln sehen, von ihnen zu verabschieden. Dann wandte sie sich zur Limousine um und ging die Stufen hinunter.

Er bemerkte, dass sie ihn durch die getönten Scheiben der

Limousine nicht sehen konnte, da sie sich gehen ließ, kaum dass sie ihre Gastgeber hinter sich gelassen hatte. Sie plusterte erleichtert über ihr Entkommen die Wangen und blies sich den Pony mädchenhaft aus dem Gesicht.

Natürlich war sie ihrer Rolle angemessen in ein graues Kostüm gekleidet, aber Blender bezweifelte, dass der Rock althergebrachte Länge aufwies. Er endete deutlich oberhalb ihrer Knie. Und ihre Beine waren bloß. Falls sie das Einsteigen in Limousinen nicht ausgiebig geübt hatte, war er sich fast sicher, einen flüchtigen Blick auf premierministeriale Schenkel werfen zu können.

Es war vorgesehen, dass er mit ihr zu Mittag essen würde. Gott sei Dank war er den General losgeworden. Die internationale Politik erwies sich als ein weit größerer Spaß, als er erwartet hatte.

*

»Du hast eine Maus hergebeamt?« Richie schloss die Augen und hoffte, dass all das vorübergehen und wieder Frieden einkehren würde, doch als er sie wieder aufschlug, war Martin noch immer da und genoss es sichtlich, seinen Bruder um den Verstand zu bringen, wie er es die längste Zeit seines Lebens getan hatte.

»Na schön, ich hab versprochen, die Finger von ihm zu lassen«, sagte Martin fast entschuldigend, »aber du kennst doch meine natürliche Neugier. Da bin ich halt online gegangen, hab die Software runtergeladen und ein bisschen auf der Homepage der Firma herumgehackt, wie das eben so geht, und heute Morgen dann kam diese Anfrage von einem Typen, ob ich mein Gerät mal ausprobieren will. Ich hatte gerade auf ein Ergebnis gewartet, als du reinkamst.«

»Und du dachtest dir, besser nicht rumhängen und mir dabei zusehen, wie ich sauer auf dich werde?«

»So was in der Art.« Martin grinste.

»Weißt du, wer der Kerl ist?«

»Nein, natürlich nicht.«

»Und wenn er eine Bombe geschickt hätte?«

»Eine Bombe? Ach, komm schon«, spöttelte Martin. Richies Miene gab ihm aber zu denken – die Gefahr, etwas weniger Harmloses als eine Maus zu empfangen, hatte tatsächlich bestanden. »Scheiß drauf, Rich, hättest du das wirklich vermeiden wollen, hättest du auf Clara hören sollen. Sie hat dir gesagt, dass du das Gerät nicht kaufen sollst, und dich davor gewarnt, es dir von mir abnehmen zu lassen.«

Richie ballte die Faust. »Wenn du nicht mein Bruder wärst, würde ich ...«

Martin gab sich unerschrocken. »Wenn ich nicht dein Bruder wäre, würdest du nicht mal hier arbeiten. Wo wir gerade davon sprechen, ich werde dich leider freistellen müssen.«

»Was?«

»Tja – hier.« Martin langte in seine Hosentasche und zog eine kleine Rolle Banknoten hervor. »Deine Wahl. Entweder ist das die Kohle, die ich dir fürs Auto schulde, oder es ist deine Abfindung.«

Richie, der geglaubt hatte, endlich durchzublicken, war wieder völlig verwirrt. »Was redest du?«

»Harte Zeiten, Rich, hast du die *Financial Times* nicht gelesen? Diese Konzernheinis da draußen werden einfach in Sachen EDV-Sicherheit zu gut für so einen wie mich. Ich werd den Laden wohl dichtmachen müssen.«

»Was? Der ganze Mist von wegen Datenbanken im Flughafen war also –«

»Reinster Mist, ja. Und ich werde nie eins von diesen schicken Hybridautos kaufen. Mein alter Wagen war nicht mal versichert.«

Richie fragte sich, weshalb er sich überhaupt die Mühe machte, von Martin überrascht zu sein. Wieso baute er bei ihm nicht einfach darauf, dass immer alles den schlimmstmöglichen Ausgang nehmen wird?

»Verdammte Hacke. Der Richter wird dich killen. Fahren unter Alkohol, keine Versicherung.«

Martin schaute märtyrerhaft drein. »Tja. Bin ziemlich am Arsch. Außer natürlich ...«

Richie fiel ihm ins Wort. »Brauchst es nicht zu sagen. Du willst dich auf einen anderen Planeten beamen.« Er zeigte auf das Gerät und seinen knochigen Inhalt. »Nun, das scheint mir nicht ratsam.«

»So gesehen, ja. Ich habe eher einen anderen Plan, wie wir uns mithilfe dieses Babys auf einen anderen finanziellen Planeten befördern können.«

»O Gott.« Richie konnte förmlich spüren, wie ihm das Gerät entglitt. Es gehörte schon kaum mehr ihm.

»Nein, wirklich. Kann gar nicht schiefgehen. Hör zu –«

»Okay, okay.« Richie entschuldigte sich in Gedanken bei Clara dafür, nicht auf sie gehört zu haben. Er traf einen Entschluss. »Sieh her. Ich sag dir was. Du stellst mir einen Schuldschein über den Preis für dieses Ding aus. Ich verkaufe es dir.«

Martin grinste. »Ausgezeichnet.«

»Brauchst mir nicht zu danken. Ich mach das nur, um dich loszuwerden. Sobald du irgendwie Knete damit machst, zahlst du mich aus, in Ordnung?«

»Ja, ich –«

»Ich will nicht wissen, was du damit vorhast oder wohin du irgendetwas sendest. Egal in welche Scheiße du dich reitest – es ist ganz allein deine Scheiße. In Ordnung?«

Martin nickte. »Gut.«

Richie fühlte sich beinahe erleichtert. »Ich werde mein Kapitel darüber noch zu Ende schreiben, und danach ist es mir schnurz, was damit passiert. Ich hab genug von Teleportation. Sie hält nicht das, was man sich von ihr verspricht.« Er machte eine wegwerfende Handbewegung, die dem Gerät galt, als ihm noch etwas einfiel. »Halt mal, was ist mit all den neuen Computern, die hier standen – hast du gar kein Geld dafür bekommen?«

Martin stöhnte. »Oh, nein, das war ein Pech. Anscheinend waren sie Diebesgut.«

»Nicht möglich!« Richies ironischer Ton war nicht zu übertreffen.

»Ja, was für ein Schock. Jedenfalls haben die Bullen sie im Austausch gegen ein wenig, du weißt schon, Zusammenarbeit ganz still und leise abgeholt.«

Richie wusste nur zu gut. »Also wird der Kerl, der sie dir verkauft hat, vorbeikommen und den Laden abfackeln, geht's darum?«

»Nein, er hat seine Spuren verwischt. Die Bullen werden eine Niete ziehen. Kein Drama.«

Richie war nur halb überzeugt. Und wenn schon. Martin hatte sich sein Bett aus Bockmist selbst bereitet, nun sollte er auch drauf liegen. »Wieso war das Gerät imstande, Knochen zu übertragen?«, fragte Richie. »Ich dachte, es könne keine organischen Stoffe teleportieren?«

»Hat wahrscheinlich nur das Kalzium übermittelt. Sie dürften zu Staub zerbröseln, wenn du Druck auf sie ausübst.«

»Nun, wie du das Gerät sauber kriegst, ist deine Sache, nicht meine.« Er streckte seine Hand aus. Martin machte Anstalten, sie zu schütteln. Richie lachte. »Nein, die Kohle, Martin, nicht deine schmierige Pfote.« Martin reichte ihm das Geld. Darüber wenigstens würde Clara sich freuen. »Das ist fürs Auto, klar?«, sagte Richie. »Und jetzt stellen wir den Schuldschein aus.« Er folgte seinem Bruder in den Verkaufsraum.

»Wie teuer?«, fragte Martin.

»Zweitausend Dollar, weil du's bist.«

»Das zahl ich nicht – es ist aus zweiter Hand!«, begehrte Martin auf.

»Entweder so oder gar nicht.«

»Scheiß drauf. Ach, zum Teufel.« Martin stellte einen Schuldschein über zweitausend Dollar aus. Richie bestand darauf, dass er ihn mit Datum versah und unterschrieb. Und ausdrücklich »US-Dollar« vermerkte. Andernfalls würde Martin ihn wahrscheinlich in bolivianischen Dollars, Wert jeweils rund ein Lamakötel, auszuzahlen versuchen.

»Was ist mit meiner Kette?«, fragte Martin.

Richie lachte. »Darum musst du Clara bitten. Versprich mir, dass ich dabei zusehen darf.«

*Ich weiß noch gut, wodurch mein Interesse an Science-Fiction geweckt wurde.*

*Es war der Anblick von Mr Spock, wie er seine Feinde außer Gefecht setzte, indem er sie beim Druckpunkt an ihrem Hals packte. Damals war ich acht, neun Jahre alt, hatte gerade angefangen, im Fitnessstudio Wrestling zu lernen, und verbrachte meine Samstagnachmittage vorwiegend damit, von Elfjährigen erdrosselt zu werden.*

*Folglich war dieser spitzohrige, hagere Außerirdische, der stets ungerührt blieb und noch den gewaltigsten Muskelprotz durch Fingerauflegen zu Boden sacken ließ, eine Offenbarung. Außerdem beherrschte er diesen hübschen Gruß, bei dem er seine vier aufgerichteten Finger zu zwei Paaren spreizte. Ich konnte das nie.*

*Meine Freunde wollten alle Kirk sein, der großherzige Held, der alle Mädels belatschern durfte, ich aber wollte Spock sein. Mr Cool.*

*So verstörte es mich durchaus, bei der Recherche für dieses Buch festzustellen, dass Gene Roddenberry sich Spock ursprünglich als Frau gedacht hatte. Tatsächlich wollte Roddenberry, dass die halbe Besatzung einschließlich der Offiziere weiblich wäre. Aber so viel Gleichberechtigung zur Hauptsendezeit im amerikanischen Fernsehen galt damals als zu weitsichtig.*

Eine kurze Geschichte der Zukunft, Einleitung (Auszug)

*

Trotz der angenehm warmen Abendluft war Clara verstimmt, während sie die vielleicht hundert Meter vom Auto zum Haus ging. Es war ein langer, harter Arbeitstag gewesen – sie hatte ein paar Überstunden gemacht, um das lange Wochenende in New York auszugleichen –, aber das lag ihr gar nicht auf der Seele. Ihr gefiel die Stelle. Zumindest ihre Arbeit.

Es ging um ihren Chef Neil, den Hoteldirektor. Er und seine Hose nervten sie mal wieder. Es ging nicht so weit, dass sie sich offiziell beschweren könnte, nur verweilende Blicke, ein, zwei scheinbar unschuldige Bemerkungen über ihren Charakter (was für eine unnachgiebige Geschäftsfrau sie sei, aber das warme New Yorker Wetter habe sie doch sicher »geschmeidig gemacht«). Und am schlimmsten die Weise, in der er »unbedingt« mit ihr zu Mittag essen wollte, nur sie beide, damit er sie über die Entwicklungen während ihrer Abwesenheit aufs Laufende bringen könne.

Und dann hatte er die ganze Mittagszeit mit Gerede darüber verbracht, wie die Arbeit unsere wahren Persönlichkeiten unterdrücke, wie schwierig es sei, einen Menschen richtig kennenzulernen, blablabla, was nur bedeutete, dass seine Hose auf einen Rockzipfel nebenher aus war.

Entweder blies gerade ein rauer Wind zwischen ihm und seiner Frau oder seine Geliebte hatte ihn abgesägt oder beides, Clara jedenfalls hatte dafür keinen Bedarf. Wenn er sich auf seinen Job konzentrierte, war er ein guter Chef. Er kannte das Geschäft wie seine Westentasche und ließ sich von der Belegschaft nichts gefallen, behandelte sie aber fair, anders als in manchen anderen Hotels üblich.

Sein einziger Fehler bestand darin, dass er gelegentlich auf eine der Frauen scharf war und es dann auf einen Fick anlegte. In den drei Jahren, die Clara im Hotel gearbeitet hatte, war eine Kellnerin entlassen worden, weil sie ihn nicht rangelassen hatte, und eine der Empfangsdamen hatte ihm nachgegeben, dann aber, als die Sache allgemein bekannt wurde, das Hotel aus freien Stücken verlassen. Es schlug nie auf Neil zurück – er war gut darin, die Zimmer zu füllen, und das war alles, woran den Inhabern lag.

Clara hatte ihr Bestes getan, ihn zu ignorieren, und das kostete große Anstrengung. Es würde noch größere Anstrengung kosten, es Richie gegenüber nicht zu erwähnen. Er würde ja doch nur hingehen und am Ende wegen Tätlichkeiten verhaftet werden.

Daher ihr Verdruss, den sie nun auf ein neues Ziel richtete, den Nachbarn. Wie gewöhnlich hatte sie nicht gleich vorm Haus parken können, weil der Lieferwagen dieses haarigen Arschlochs seinen und ihren Platz fast vollständig ausfüllte. Schlimmer wurde es noch dadurch, dass er irgendwas da draußen im Lieferwagen trieb und sich nicht um sie geschert hatte, als sie auf Parkplatzsuche langsam vorbeigefahren war.

Nun ging sie auf seinen Lieferwagen zu und sah ihn mit einem grünblättrigen Bäumchen daraus auftauchen. Der Wurzelballen war in einen schwarzen Müllsack gewickelt.

»Er kriegt da drin wohl nicht genug Sonne«, sagte sie.

Der Nachbar war etwa fünfundzwanzig und arbeitete auf der Baustelle. Er hatte zerzauste blonde Haare wie ein Surfer und trug nie etwas anderes als Jeans und eine Jeansjacke, die so alt waren, dass sie gebleicht aussahen. Er sprang mit dem Bäumchen in beiden Händen von seinem Lieferwagen ab.

»Nein. Werd ich im Garten einpflanzen.«

Irgendwann während seiner Bauarbeiterlaufbahn musste ihn ein Ziegelstein am Kopf erwischt und seinen Sensor für fotzige Anmache ausgeschaltet haben, dachte Clara.

»Ein Rhododendron, stimmt's?«, fragte sie.

»Yeah«, sagte er.

Clara verabscheute Rhododendren. Während ihrer Schulzeit war sie freiwillige Helferin auf der nahe gelegenen Brownsea Island gewesen. Sonntags pflegte sie damals zum »Rhodo-Roden« hinauszufahren, fällte die glänzenden Sträucher mit der Säge und tötete ihre Wurzeln mit Bitumen ab. Die Rhododendren auf Brownsea erstickten den natürlichen Kiefernwald, was bedeutete, dass die kleine Kolonie von roten Eichhörnchen ihre Nahrungsquelle verlor. In Bournemouth drangen die Pflanzen auf jede freie Fläche vor und verwandelten die Gehwege von der Stadt an den Strand in ein düsteres Dickicht, in dem sich Straßenräuber verstecken konnten.

»Sie hätten den nicht kaufen müssen«, meinte sie zu ihm. »Noch ein Weilchen, und die Rhododendren marschieren ganz von allein im Viertel ein. Die übernehmen die ganze Stadt.«

»Ach ja? Kann aber nicht so lange warten. Brauche was Dichtes, Schnellwachsendes hinten im Garten«, teilte ihr der Nachbar mit.

»Dicht und schnell wachsend, hä?«, fragte sie. Wie dein Hund, dachte sie. Wie deine Haare. Wie du. Erfreut nahm sie erste Anzeichen dafür wahr, dass ihn das Gewicht der schweren Pflanze zu schmerzen begann.

»Hab noch vier Stück da drin.« Er nickte zum Lieferwagen.

»Vier? Wozu brauchen Sie die alle?«

»Für das hintere Ende des Gartens. Dass der Hund nicht mehr auf die Gleise kommt. Er wühlt sich immer wieder unterm Zaun durch.«

»Oh, ja, wir wollen doch nicht, dass er vom Zug zermalmt wird, nicht wahr?«

»Nein.« Wieder keine Argwohn in seinem Gesichtsausdruck.

»Wo ist übrigens der Hund?«, fragte sie.

»Hinten im Garten.«

»Hoffentlich angekettet?«

»Nein.«

»O Gott.«

Clara flitzte schnurstracks den Fußweg hinunter in ihren rückwärtigen Garten.

»Was ist los?«, fragte Richie, als Clara durch die Hintertür in die Küche kam.

»Dieser Hund.«

»Was?« Richie, der in der Spüle Zwiebeln geschnitten hatte, schnellte herum. Sein Griff schloss sich fest um das Messer. »Ist er in unserem Garten?«

»Nein, er liegt nebenan rum wie ein großer, schmutziger schwarz-weißer Knautschsack«, berichtete ihm Clara. »Ich wollte bloß, er säße in einem Käfig.«

»Tja.« Richie machte sich wieder ans Schnippeln. Seine Zwiebel war jetzt ein Hundehoden, und er schnitt sie besonders dünn. »Lust auf Nudeln?«

»Ja!«, tönte es im Chor unter dem Tisch hervor. George und Ella spielten dort Schule oder Kaufladen, irgendetwas in der Art. Das Linoleum – weiß mit grünen und orangefarbenen Karos – war das beste Geschenk, das Richie und Clara den Kindern je gemacht hatten. Die Karos wurden zu Inseln, Tellern, Schildkröten, egal was. Es hielt sie stundenlang bei Laune.

»Mit Schlabbersoße, Daddy«, rief George.

»Zweimal Schlabber, kommt sofort«, antwortete Richie. Schlabbersoße – Tomatenpüree mit Einlage aus dem, was gerade da war – war seine Spezialität.

Clara bückte sich, um unter den Tisch zu spähen. Ella schrieb etwas aus einem Urlaubsprospekt ab. George malte die weißen Felder in einem Kreuzworträtsel schwarz aus. »Sagt mir denn keiner Hallo?«, fragte Clara.

»Wir schließen über Mittag«, teilte ihr Ella mit einem Lächeln mit.

»Dann werde ich woanders Kunde.« Clara setzte sich und tat einen kräftigen Zug aus der Bierflasche, die auf dem Tisch stand. »Hast du deinem Bruder das Geld abgeknöpft?«, fragte sie Richie.

»Jawoll.«

»Saucool.«

»Sagt man nicht, Mummy.«

»Entschuldige.« Clara war erstaunt. Zum ersten Mal wäre irgendein Handel, der Martin, Richie und Geld einbezog, so rasch zum Abschluss gekommen. Natürlich ahnte sie nichts vom Verkauf des Geräts oder dem Schuldschein und dem absehbaren Lohnausfall. Richie fand, dass sie es nicht gleich sofort erfahren müsse und widmete sich weiter der Schnippelei.

»Wir hatten heute im Hotel Besuch von Sicherheitsleuten«, erzählte Clara. »Dir ist klar, was das bedeutet.«

»Sie haben rausgefunden, dass du letzte Woche zwei Rollen Klopapier hast mitgehen lassen«, tippte Richie.

Clara lachte. »Das waren Großkaliber«, sagte sie. »Amerikaner, die auf Nummer sicher gingen, dass keine Taliban bei uns als Kellner arbeiten.«

»Was, wegen der Öko-Tagung?«

»Tja. Bei uns steigen ein paar Staatsoberhäupter ab, während sie den Planeten retten.« Sie trank noch einen Schluck Bier und rülpste, ihre entschiedenste Form politischer Stellungnahme.

»Mummy!«, tönte eine Stimme unterm Tisch.

»Sorry. Verzeih mir. Und sag's nicht deinem Bruder«, trug Clara Richie auf.

»Sag Onkel Martin was nicht?«, fragte Ella von ihrem Horchposten am Fußboden aus.

»Dass ich gerülpst habe.« Natürlich hatte sie etwas anderes gemeint, und Richie wusste Bescheid. Martin sollte erst dann von den Staatsgästen des Hotels erfahren, wenn es völlig unvermeidbar wäre. Sie dachte an die letzte parteipolitische Tagungssaison zurück, als sie Martin untersagt hatte, im Hotel herumzulungern und auf irgendeine Info zu hoffen, die sich an einen Erpresser verhökern ließe. Er hatte es sich angewöhnt, an der Hotelbar mit hauptberuflichen Erpressern und Journalisten zu trinken, und ihr Ärger angedroht, sollte sie ihn rausschmeißen lassen.

Als Richies Zwiebeln eben angedünstet waren, goss er sein rotes Mus beziehungsweise den Schlabber in die Pfanne, und ein angenehm würziger Duft breitete sich aus.

»Hey, vielleicht weißt du ja dort einen Job für mich«, sagte er.

»Was, damit du für ihn schnüffeln kannst?« Wieder rülpste Clara. »Verzeihung.«

»Nein, aber da ich nun das Buch mehr oder weniger fertig geschrieben habe, könnte ich doch im Laden kündigen. Ich könnte ebenso gut eine Saison lang im Hotel arbeiten, bis ich mir was Anständiges suche.«

»Na, schönen Dank im Namen meines Berufsstands«, erwiderte Clara. »Aber ja, klingt viel besser, als für deinen Du-weißt-schon-wen zu arbeiten. Unter allen Umständen. Huch, da fällt mir ein, rate mal, wer schwanger ist.«

Richie hielt beim Rühren inne. »Du etwa?«

»Keine Chance«, gluckste Clara. »Nein, weiter. Rate, wer schwanger ist.«

»Keine Ahnung. Robbie Williams.«

»Jetzt komm, wirklich.«

»Deine Mutter?«

»Herrgott noch mal. Ich geb dir einen Anhaltspunkt. Hab heute in London angerufen.«

»Was? O nein, Angela?« Angela war Claras Schwester: Edelfriseurin mit erlauchtem Kundenkreis und drei Kindern. »Sie kriegt doch nicht noch eins? Ist ja der reinste Durchlauferhitzer, deine Schwester.«

»Bezaubernd. Nein, es ist eine ihrer Kundinnen.« Clara grinste über beide Ohren und platzte vor Mitteilungsbedürfnis.

»Doch nicht?«

»Ja.«

»Nein. Bist du sicher?«

»Ja. Absolut sicher.«

»Herrje.«

Richies Überraschung war begründet. Die Frau, von der sie sprachen, war Angelas Starkundin Ann Robson, die Premierministerin.

»Das ist der nationale Notstand«, sagte Richie. »Sie wird zurücktreten müssen.«

»Quatsch. Ein, zwei Wochen Pause werden ihr genügen.«

»Zum ersten Mal wird jemand bei einer Kabinettssitzung die Brust geben.«

»Glaub das ja nicht. Möchte wetten, dass Maggie schon alle ihre Minister an der Nuckel hatte.«

Clara beschrieb die Umstände, wie sie ihr wenige Stunden zuvor atemlos am Telefon geschildert worden waren. Angela hatte die Premierministerin frisiert, wie sie es alle paar Tage tat, wenn die Regierungschefin in London war, als ein Lakai mit einem Umschlag hereinkam. Die Premierministerin hatte ihm gedankt, tief Luft geholt und den Umschlag geöffnet. Beim Lesen keuchte sie laut auf, sodass Angela sie fragte, ob es ihr gut gehe. Die Antwort lautete ja, sie glaube schon. Die Premierministerin schwor Angela auf Verschwiegenheit ein und vertraute sich ihr an. Der Brief enthielt die Testergebnisse, und sie waren positiv.

Richie verteilte die Nudeln, klatschte Schlabbersoße obenauf und trug mehrere dampfende Teller zum Tisch hinüber. »Die ist verrückt«, sagte er lachend. »Plaudert Geheimnisse an ihre Friseuse aus.«

»So was kann man nicht für sich behalten. Sie musste es jemandem erzählen, meinte Angela. Ihren Kollegen konnte sie es schlecht offenbaren, und ihren Mann sähe sie erst in zwei Tagen wieder. Oh, sag es um Gottes willen nicht Du-weißt-schon-wem«, flehte Clara.

»Sag was nicht Onkel Martin?«, fragte Ella, die ein Geheimnis witterte und vom Essensduft unterm Tisch hervorgelockt wurde.

Clara rülpste erneut. »Sag ihm nicht, dass ich dauernd rülpse, Ella. Sonst hält er mich noch für ein Ferkel.«

Es klingelte an der Haustür.

»Ich mach auf.« Richie ging nach vorn.

»Falls einer übrig gebliebene Rhododendren verkaufen will, wir brauchen keine«, rief Clara ihm hinterher.

Es war Martin.

»Hey, Rich.«

»Hast das Abendessen gerochen, was?«, fragte Richie und trat beiseite, um ihn in den Flur zu lassen.

»Abendessen? Ausgezeichnet. Alles, nur nicht deinen Gemüsebrei«, gluckste Martin. »Nein, ich komme meine Kette abholen, so wie du gesagt hast.«

»Kann das noch warten?« Richie wollte die finanziellen Vereinbarungen mit seinem Bruder jetzt nicht mit Clara diskutieren.

»Du hast gesagt, du willst mich am Boden kriechen sehen, jetzt ist die Gelegenheit da. Sie ist verdammt wertvoll, diese Kette.« Martin ging in die Küche. »Abend allerseits.«

»Onkel Martin!«, kreischten Ella und George.

»Hallo, meine Kinder. Möge des Glückes warmer Schein euch lebenslang erleuchten.«

»Und dich auch!«, riefen die Kinder im Chor.

»Ich hab's gleich«, sagte Clara, »Carry On Down the Toilet, 1935.«

»Stimmt beinahe, liebe Schwägerin.« Martin lächelte milde.

»Dann isst du was?« Richie hielt einen leeren Teller hoch.

»Hmm, riecht nach Rind«, sagte Martin. »Ich nehme ein Stück Stierhintern.« Er schnitt den abermals artig kreischenden Kindern zuliebe eine Fratze.

Martin ging in die Knie und kitzelte die beiden, bis sie um Gnade winselten.

»Halt, halt, ich verrat dir ein Geheimnis«, jammerte Ella.

Martin ließ von den zweien ab. »Ach ja? Was denn?«

»Ella …«, ermahnte Richie seine Tochter, aber es war zu spät.

»Die Premi-Nisterin kriegt ein Baby.«

»Ella …«, stöhnte Clara.

»Was du nicht sagst!« Martin verzog ungläubig die Miene. Zunächst ging ihm die Bedeutung der Nachricht nicht auf. Wieso sollten Richie und Clara sie geheim halten wollen? »Kam das in den Fünfuhrnachrichten oder was?«, fragte er.

Wieder stöhnte Clara und lieferte dann eine kurze Erklärung, warum völlige Verschwiegenheit vonnöten sei.

»Wow«, schloss Martin. »Dann weiß es sonst keiner?«

»Nein.«

»Deine Schwester wird es an niemanden weitertratschen?«

»Nein, sie spricht nie mit Brian oder sonst wem über ihre Kunden.« Brian war ihr Ehemann.

Martin stand mitten in der Küche und war blind für die acht Augen, die ihn beobachteten. Immer noch stieg Dampf von den Tellern auf dem Tisch auf und erfüllte den Raum mit Kräuterduft. Hinter dem Garten fuhr ein Zug vorbei, ratterte langsam auf das hundertsechzig Kilometer entfernte London zu. Ella und George waren ganz gebannt, als rechneten sie damit,

Martin werde vor ihren Augen wie ein Ballon platzen und verschwinden.

»Ich werd das Essen nachholen«, sagte Martin schließlich. »Muss los und was im Netz abklären. Nachher Lust auf ein schnelles Bier, Rich?«

»Äh, klar.«

»Du wirst doch wohl keinem was davon sagen, oder?«, fragte Clara ihren Schwager. Sie hatte ehrlich Angst um den Job der Schwester.

»Nein, mach ich nicht«, antwortete Martin. »Hältst du mich für beknackt? Und du, kleine Miss«, wandte er sich an Ella, »wenn du irgendwem von unserem Geheimnis erzählst, kriegst du das Geschenk nicht, das ich dir versprochen habe.«

Ella schüttelte erleichtert, so glimpflich davongekommen zu sein, den Kopf.

»Schön, bis später«, sagte Martin und ging.

Anderthalb Stunden darauf lagen die Kinder im Bett, Clara schlummerte vor dem Fernseher, und die beiden Brüder brachen zu ihrem Stammlokal The Huntsman auf. Es war ein warmer, ruhiger Abend, nur die Wolken wurden von einem Höhenwind vor sich hergepeitscht.

»Also, was hast du vor?«, fragte Richie seinen Bruder.

»Geldverdienen natürlich«, antwortete Martin und rieb Daumen und Zeigefinger aneinander. »Du wirst mir helfen müssen. Wirst selbst ziemlich bald Knete brauchen, da du arbeitslos bist.«

Die Straße war leer, in fast allen Häusern brannte Licht. Ihre Bewohner waren von der Arbeit heimgekehrt, hatten ihre Autos am Bordstein geparkt und saßen in ihren Wohnzimmern. Es war eine friedliche Straße, in der hauptsächlich Familien wohnten. Viele jüngere Paare, die auf ein größeres Haus sparten, und ein paar alte Leute, die geblieben waren. Richie schaute in ein Zimmer ohne Vorhänge. Ein bläuliches Licht flackerte im Dunkeln an der Wand und beleuchtete einen jungen Mann beim Fernsehen.

»Du hast die Premierministerin im Netz gecheckt, oder?«, fragte Richie.

»Ja. Auf keiner Seite gab es irgendeinen Hinweis, dass sie schwanger ist.«

»Also?«

»Also schließen wir Wetten drauf ab.« Martin grinste über die eigene Gerissenheit.

Richie blieb schlagartig stehen. »Nein. Wir quatschen das Geheimnis nicht aus.«

Martin schnaufte ungeduldig. »Werden wir nicht. Keiner wird ein Wort davon glauben. Nicht bei dieser Kuh. Die ist machtversessen. Ausgeschlossen, dass sie sich von einem Baby ihre Karriere versauen lässt. Und sie ist fast vierzig – wahrscheinlich mampft sie schon Hormonersatz-Kaugummi. Jetzt komm, ich krieg Durst.«

Martin zog Richie beim Arm. Er hätte auch an einem Laternenmast ziehen können. Richie bewegte sich nicht.

»Schau, trinken wir erst mal eins und sehen dann weiter, okay?« Martin gab sich vernünftig. »Die Runde geht auf mich. Bitte, bitte!«

Richie setzte sich wieder in Gang. Martin erläuterte die Einzelheiten seines Schlachtplans, während beide auf die Hauptstraße und in Sichtweite eines hell erleuchteten Pubs gelangten.

»Wir legen los, indem wir über dein Buch reden. Dann fängst du an, die Zukunft vorherzusagen – alle wissen, es ist dein Ding. Weißt schon, bring deine Nummer von wegen in zehn Jahren kocht jeder seine Spaghetti mit dem Handy.« Richie schmunzelte vor sich hin. War er als Futurologe wirklich ein solcher Langweiler?

Sie betraten den Vorhof des Pubs und blieben unter dem großen Schild stehen, auf das ein fideler, rot berockter Jäger gemalt war. Mit Bart wäre er der Weihnachtsmann gewesen.

Martin beendete leise flüsternd seine Einweisung und suchte zugleich den Umkreis nach Lauschern ab. »Dann lenken wir die Unterhaltung auf die Premierministerin, okay? Sobald wir auf sie kommen, mach ich Ernst. Werd die alberne Kuh ein bisschen verunglimpfen, sie Lesbe und so schimpfen. Du sagst: ›Nie im verfickten Leben ist das 'ne Lesbe. Möchte wetten, die ist schwanger.‹«

»Martin, auch Lesbierinnen werden schwanger«, sagte Richie.

»Piss mich nicht an, Rich. Das ist ein Pub, kein beschissener studentischer Häkelverein.«

»Ich denke nur ans Geschäft, Martin. Da drin könnten weibliche Zocker sein. Die willst du doch nicht vergraulen.«

»Brauchbarer Gedanke. Keine Witze über kesse Väter, wenn Frauen zuhören«, stimmte Martin zu.

»Eins aber noch«, fragte sich Richie. »Heute Abend machen wir doch kein Geld hier, oder? Keiner wird heute Abend Knete für eine Wette auf die Zukunft abdrücken.«

Martin schüttelte den Kopf. »Denk langfristig, Rich. Wer ernten will, muss vorher säen.«

In Richies Ohren klang das nicht gut.

*Michael Crichtons* Jurassic Park *landet fünf Plätze über Aldous Huxleys* Schöne neue Welt*? Babys aus dem Reagenzglas ziehen gegenüber Dinosauriern aus dem Reagenzglas den Kürzeren? Puristen mögen jetzt aufjaulen, aber so wie ich das sehe, sind Wissenschaftler wesentlich stärker von Crichton als von Huxley beeinflusst worden. Nicht Huxley hat Wissenschaftler dazu beflügelt, Eizellen im Reagenzglas zu befruchten. Sein Buch hat uns vor derartigen Machenschaften gewarnt.*

Jurassic Park *hingegen hat alle Welt ins Träumen versetzt, und seither bekommen Wissenschaftler überall Forschungsgelder für eine DNS-basierte Nachschöpfung ausgestorbener oder bedrohter Arten bewilligt.*

*Sollte eines Tages das US-Open-Golfturnier von einer Herde grasender Mammuts oder Trizeratops unterbrochen werden, wäre Michael Crichton daran schuld.*

Eine kurze Geschichte der Zukunft, Kapitel 4 (Auszug)

*

Die »großkalibrigen« Sicherheitsleute, von denen Clara gesprochen hatte, waren nicht die ersten FBI-Besucher im Hotel Prince of Wales.

Eine erste Mannschaft, das sogenannte »A-Team«, war gleich zu Beginn der Planung für den Öko-Gipfel gekommen.

Die vier Teammitglieder flogen für achtundvierzig Stunden ins Vereinigte Königreich und erledigten Vorarbeiten an sämtlichen Schauplätzen, die der Präsident in London und Bournemouth aufsuchen sollte.

Im Prince of Wales bestand ihre Hauptaufgabe darin, eine vollständige Liste der Angestellten mit Fotos und Lebensläufen zu bekommen und Neil, den Hoteldirektor, über alle bisherigen Diebstähle im und Einbrüche ins Hotel auszuquetschen. Ihm wurde mitgeteilt, dass Angestellte mit Polizeiakte oder mutmaßlicher Mitgliedschaft in einer als bedenklich eingestuften politischen Gruppierung für die Dauer des präsidialen Besuchs nicht auf das Gelände zugelassen würden.

Außerdem machte das A-Team mehrere Hundert Fotos und über einstündige Videoaufnahmen in und um das Hotelgebäude, ehe es nach Washington zurückkehrte, um seine randvollen Kameras und Laptops in die riesigen Datenbanken des FBI zu entleeren.

Dort wurden die Angestelltendaten in eine Sondereinsatzdatei übertragen, die es einem mit Videoüberwachung gekoppelten Rechner ermöglichte, zeitnah jedes Personalmitglied zu erkennen, indem er das Videobild mit den gespeicherten Fotos abglich. Für den Fall, dass dies nicht genügen sollte, wurden Ausweise gedruckt, die von den Angestellten an bestimmten Sicherheitsschleusen durch Leseschlitze zu ziehen waren. Die Fotos und Videoaufnahmen vom Hotel wurden in eine aufwendige interaktive 3-D-Grafik umgewandelt, mittels derer sich die gesamte präsidiale Mannschaft die Anlage einprägen konnte, ehe sie von Washington aufbrach.

Der Bericht des A-Teams wertete den Einsatz als vollen Erfolg – die Briten seien »knallhart kooperativ«, so wie immer seit dem elften September.

Die einzige echte Hürde schien die Sprache zu sein. In London, an Orten wie Downing Street, den Abgeordnetenhäusern und Buckingham Palace, sprachen die meisten Leute (jedenfalls die, mit denen das A-Team Fühlung hatte) ein klares, leicht verständliches Englisch. Nicht so die Einwohner von Bournemouth. Der Direktor des Prince of Wales gehe ja an, aber einige seiner Angestellten seien schlichtweg unverständlich. Daher empfahl das A-Team, an sämtliche US-Mitarbeiter das FBI-Handbuch der britischen Umgangssprache, kurz *Britspeak*, auszugeben. Damit könne sichergestellt werden, dass künftige Teams auf keine Sprachhindernisse stießen.

Denn wie bereits erwähnt, war dieses A-Team nur der erste Agententrupp auf Besuch im Hotel. Vorgesehen war, die Datensammlung wiederholt (beispielsweise hinsichtlich neuer Angestellter) aufzufrischen. Die »Großkaliber«, die Clara sah, waren das zweite Team. Ihr Codename lautete A-Team 2. Wer will schon B-Team heißen?

*Bekanntermaßen erfindet das US-amerikanische Militär mit Vorliebe putzige Namen für alles andere als putzige Dinge. »Daisy cutters« etwa sind verheerende Brandbomben, und das sogenannte »friendly fire« ist alles andere als freundlich, wenn es einem den Kopf wegsprengt.*

*Besonders gern wählen die Amerikaner Hollywood-Namen für ihre Ausrüstung. In Kapitel 1 schildere ich, wie das Raumschiff Enterprise seinen Namen bekam. Und aus Kapitel 12 geht hervor, warum die USA in den 1980er-Jahren ihrem Raketenabwehrsystem den Spitznamen »Star Wars« verliehen (eine treffende Bezeichnung, da schon die Spielfilmreihe gleichen Namens eine ungemein verschwenderische Weise darstellte, aberwitzige Summen auszugeben).*

*Nunmehr gehört auch* Jurassic Park *auf diese ehrwürdige Liste. Der Tarnkappenjäger F-22 ist Raptor getauft worden zu Ehren von Michael Crichtons Veloziraptoren. Schön, er hat die Reptilienart nicht erfunden, aber wer hat schon vor* Jurassic Park *von Velozi-*

*raptoren gehört? Bestnote für Michael Crichton dafür, ihren Namen unserem kollektiven Bewusstsein einzuprägen.*

*Wie auch immer, vielleicht kommt es nur mir so vor – aber ist es nicht anstößig, einer echten Tötungsmaschine den Namen eines Hollywood-Dinos zu geben? Halt – Berichtigung – den Spitznamen eines Hollywood-Dinos?*

Eine kurze Geschichte der Zukunft, Kapitel 4 (Auszug)

*

Blender war schon ein paar Jahre nicht mehr im Vereinigten Königreich gewesen, also hatte er sich vor seiner Abreise aus den Staaten in die Bibliothek des Pentagon eingeloggt und etwas Hintergrundrecherche betrieben.

Aber er stieß dort nur auf lauter Fakten: Haushaltszahlen, Bruttoinlandsprodukt, militärische Schlagkraft, die Namen von Kabinettsmitgliedern. Gut, gestand Blender zu, ein paar der Namen mochten nützlich sein, aber er wollte einen echten Einblick hinter die Kulissen bekommen, wie er sich einstellt, wenn man an der Hautoberfläche eines Ortes kratzt und sieht, welche Farbe das Blut darunter hat.

Daher hatte er seine Mädels in Brooklyn gebeten, mal ein wenig zu graben und ihm einen Bericht über das Volk der Briten zu schreiben. Was immer dabei rauskommt, hatte er ihnen gesagt, lasst euren Gedanken freien Lauf.

An seinem ersten Tag in London schickten sie ihm eine E-Mail, wenige Stunden nach seinem Mittagessen mit der Premierministerin. Eine faszinierende Frau, fand er, mit rascher Auffassungsgabe und der Fähigkeit, Menschen zu führen, ohne menschliche Nähe einzubüßen. Er hatte schon viele Politiker kennengelernt, die sich daran versuchten und sich dabei zum Narren machten – die entweder zu volkstümelnd wurden und jedermanns Achtung verloren oder nach flüchtiger kumpelhafter Anwandlung auf herrisches Gebaren zurückfielen und jedermanns Vertrauen verloren. Mrs. Robson tat das nicht.

Blender lud die gemeinschaftlichen Denkübungen seiner Mädels über Großbritannien herunter und las sie in der Limousine auf dem Weg zur Südküste. Immerhin kam er auf diese Weise umhin, Konversation mit General Colt treiben zu müssen. Dessen Sätze schienen ausnahmslos damit zu enden, dass entweder jemand getötet oder für seine Tapferkeit geehrt wurde. Im Augenblick saß der alte Tor ausdruckslos da, die Hände auf seiner Aktenmappe, das altersfleckige Gesicht maskenhaft erstarrt, als wäre ihm bis auf Weiteres Untätigkeit befohlen worden, und er hätte darunter verstanden, weder zu denken noch zu blinzeln, noch zu atmen.

»Wissenschaftler«, las Blender, »irren sich gewöhnlich.« Er musste schmunzeln. Die junge Frau, die das geschrieben hatte, war selbst eine hervorragende Wissenschaftlerin. »Zumindest tun sie es laut öffentlicher Meinung. Beispiel aus der jüngsten Vergangenheit: der Ausbruch der Maul- und Klauenseuche 2001. Die Briten gaben regierungsamtlichen Wissenschaftlern die Schuld, weil sie die Impffrage verschlafen hätten, statt dem Farmer, der infiziertes Fleisch auf seinen Hof gebracht und so die Seuche ausgelöst hatte.

Wissenschaftler sind Tierquäler. Das britische Unternehmen ›The Body Shop‹ ist hauptverantwortlich für die Überzeugung der britischen Mittelklasse, ›Wissenschaftler‹ seien der Schlag Leute, die schadenfroh Chemikalien in Kaninchenaugen träufeln.« Darüber konnte Blender nicht schmunzeln – einige seiner letzten Versuche in Iowa hatten eine ziemlich große Zahl lebend gebratener Säugetiere zum Ergebnis gehabt.

»Besonders die Einstellung der Briten zu Tieren offenbart eine Neigung zum inneren Widerspruch – ihr gegenwärtiger Wohlstand beruht auf ihren großen Erfindungen zur Zeit Königin Victorias, heutzutage jedoch müssen die Erfinder ins Ausland abwandern, um sich Geldmittel zu beschaffen. Die Briten verachten angeblich die Franzosen, geben aber mehr Geld in Frankreich aus als irgendein anderes Volk. Sie verschaffen der jetzigen Premierministerin einen Erdrutschsieg und verspotten anschließend alles an ihr – ihr erstes graues Haar, ihre Wahl eines anscheinend schwulen Gatten. Usw., usw.«

Hier unterbrach Blender seine Lektüre und schaute nachdenklich hinaus auf die Autos, die auf der falschen Seite der Schnellstraße Richtung Londoner Innenstadt fuhren.

»Zurück zu den Tieren: Viele Briten werden nicht ihrer Gesundheit zuliebe Vegetarier, sondern weil sie Tiere süß finden. Sogar die Fuchsjagd – Schädlinge! – haben sie verboten. Vor ein paar Jahren wurden im ganzen Königreich die Liebhaber von Schweinswürsten bis in ihre verstopften Arterien von der Geschichte der ›Tamworth Two‹ erwärmt – zweier Schweine, die aus einem Schlachthof ausrissen und anschließend von einer überregionalen Zeitung gerettet wurden. Wenn das keine Selbstverleugnung ist …

Trotz des Rufs der Briten, kühl und zurückhaltend zu sein, gibt es wohl kaum ein gefühligeres Volk auf ihrer Seite des Atlantiks. Beispiel: was sie nicht essen. Sie sind Weltmeister im Angsthaben vor Lebensmitteln – BSE, Maul- und Klauenseuche, Genveränderung, Salmonellen, E-Kolibakterien, Botulismus – aber nur, weil sie genauer hinsehen, was auf ihre Teller kommt. Andere Länder machen schlicht weniger Wirbel um ein paar kranke oder tote Fleischesser. Selbst in angstfreien Zeiten sind die Briten sehr pingelig. Die übrigen Europäer gelten ihnen als herzlos, weil Verbraucher von Kalb- und Pferdefleisch, als schmutzig wegen ihres Verzehrs von Ziegen, als überspannt, weil sie Schnecken essen, und als regelrecht widerlich, wenn sie Froschschenkel und Hirn verspeisen. Und dabei nimmt die britische Mittelklasse heutzutage alles zu sich, solange es von einem Fernsehkoch empfohlen und in Balsamessig mariniert ist.«

Das ganze Gerede über Essen machte Blender hungrig – auf ein nachweislich genetisch unverändertes, aus Getreidefütterung stammendes, rauchfrei gegrilltes Bio-Steak. Was Nahrungsmittelsicherheit betraf, neigte er zu ähnlicher Vorsicht wie die Briten. Er glaubte, dass die überwiegende Mehrheit der

Amerikaner beinahe buchstäblich Dreck fräße, solange nur das richtige Logo draufsteht und die Portion groß genug ist.

Wieder schaute er aus dem Fenster. Der Wagen war nun aus der Stadt heraus und nahm seinen Weg durch einen alten Ortskern. Eine Gruppe Jugendlicher, die genau wie amerikanische Teenager gekleidet waren, begaffte die schwarze Limousine mit dem kleinen Sternenbanner auf der Kühlerhaube. Sie standen vor einem halb in Fachwerk ausgeführten Haus aus der Tudorzeit, das von den meisten Amerikanern ratlos ob seines Alters begafft werden würde. Gegenseitiger, gegensätzlicher Neid, dachte er.

Außerdem hatte er seine Mädels um ein paar Auskünfte über Bournemouth gebeten. Es war, las er, seit der viktorianischen Epoche ein »Badeferienort«. »Durchschnittliche Temperatur im Sommer: tagsüber 19,1 Grad. (Das soll Sommer sein???) Noch heute wird es in der britischen Presse gern als Nest vornehmer Ruheständlerinnen dargestellt. Aber dieses Klischee steht im Widerspruch (wieder dieses Wort) zu Artikeln in denselben Zeitungen. Der Strand hat inzwischen Rettungsschwimmer wie in *Baywatch* (wohl mit zentralgeheizten Taucheranzügen). Seine Grundstückspreise machen das nahe gelegene Sandbanks zu einer der teuersten Quadratmeilen der Welt (ja, einschließlich Hongkong, New York, Beverly Hills). Außerhalb der (drei, vier Augusttage langen) Sommersaison zieht die Stadt vorwiegend zwei Sorten Besucher an – Nachtschwärmer und Tagungsgäste – und scheint deren gemeinsame zwei Anliegen – saufen und bumsen – effektiv zu bedienen.«

Blender lachte vor sich hin.

»Worüber lachen Sie, Max?« Offenbar hatte der General Erlaubnis, wieder zu atmen.

»Dieser Bericht über die Briten. Ein schräger Haufen. Was halten Sie von ihnen, General? Mit einem Wort?«

»Mit einem Wort?« Der General machte hm! und hob die Brauen. Die Frage gefiel ihm. Er sah zu den getönten Scheiben hinaus. Schloss die Augen. Runzelte die Stirn. Lächelte zufrieden. »Mit einem Wort?«

»Ja.«
»Dünkirchen.«

*

Von außen war The Huntsman ein großes Haus mit Kieselsteinfassade, geteertem Vorgarten und einem seitlich gelegenen hässlichen Toilettenanbau aus Beton. Innen sah er aus wie ein richtiger ursprünglicher Pub. Ende der 1970er-Jahre war er aufpoliert worden, um einem viktorianischen Wirtshaus zu ähneln, mit langem Tresen aus dunklem Holz, Messingbeschlägen, Flocktapete und dunkelrotem Teppich, den über zwanzig Jahre Zigarettenrauch, Abrieb und verschüttete Getränke überzeugend gealtert hatten. Was vom Teppich übrig war, ließ an eine 100-jährige Geschichte denken.

Da er nicht im angesagten Ortskern lag, waren dem Huntsman Sägemehl auf dem Fußboden, blank gescheuertes Holzwerk und ein Namenswechsel in Richtung Erlebnisgastronomie erspart geblieben. Es gab im Huntsman keine Speisekarte, aber das Bier war ordentlich, zu vernünftigen Preisen. Neben Satellitenfernsehen und einem gut erhaltenen Billardtisch wurden auch Quizabende und DJs geboten, aber seit Richie Familie hatte, war er gewöhnlich zu müde, um sich derlei zu gönnen. Heutzutage ging er nur noch bei wichtigen Spielen hin oder wenn er ein brüderliches Wort mit Martin wechseln musste.

Heute Abend war der Pub gut besucht. Martin trat an den Tresen und ließ zwei Halbe örtlich gebrautes Bitterbier zapfen. Richie nickte hin zu einem Tisch, an dem drei ihrer Kumpel saßen, und beide setzten sich dazu. Alle waren um die dreißig wie Richie und Martin auch. Sie unterhielten sich gerade über das Ende der Fußballsaison, brachen das Gespräch aber ab, um Richie zu begrüßen und nach seiner Reise zu befragen. Er erzählte ihnen die schmerzliche Geschichte von der Hitze und die noch schmerzlichere von der Shoppingtour.

»Richie schätzt, dass wir hier drüben in zehn Jahren kalte

Luft aus Klimaanlagen in die Straßen blasen müssen, wegen der Erderwärmung.« Martin fing bereits mit der Ausführung ihres Plans an.

»Will ich verdammt nicht hoffen«, widersprach Richie. »Ich schätze, dass wir riesige Areale mit künstlichem Klima schaffen werden. Dann kommt so was wie die Oxford Street unter eine gewaltige Käseglocke mit sauberer Luft und Schutz vor äußeren Wetterbedingungen. Wir werden ganze Innenstädte in Einkaufszentren mit perfektem Klima verwandeln. Und natürlich mit Videoüberwachung, um unerwünschte Elemente fernzuhalten.«

»Nee, zu teuer«, meinte einer ihrer Kumpel.

»Habt ihr 'ne Ahnung, in New York hätte es so was beinahe gegeben«, sagte Richie. »Damals in den Sechzigern plante ein Bursche namens Buckminster Fuller eine geodätische Kuppel für einen ganzen Teil von Manhattan. Rechnete sich aus, sie würde sich durch Energieeinsparung binnen zehn Jahren bezahlt machen …«

Es wurde Ernst mit der Nachtschicht.

Ein paar Halbe später fühlte Richie die Anstrengung, und greifbare Ergebnisse gab es bisher keine. Er hatte immer noch Jetlag. War auch schon angetrunken. Martin hatte weitere Leute an ihren Tisch geholt, die Richie nicht alle kannte. Nur eine Frau war darunter.

»Wie viele Lesbierinnen braucht es, um eine Glühbirne auszuwechseln?«, fragte Martin.

Richie beobachtete genau, ob die Frau gereizt reagierte. Doch wie die Männer suchte sie nur nach der richtigen Antwort.

»Zwei«, verkündete Martin. »Eine für die Birne. Und eine, um mir einen zu blasen.«

Richie stöhnte, die Frau aber lachte lauter als irgendeiner der Männer.

»Ich sag euch, wer 'ne Lesbe ist«, schnaubte Martin. »Annie Muschileck Robson.«

Richie erkannte sein Stichwort. »Niemals, sie ist verheiratet.«

Allseits ungläubiges Aufheulen. »Was beweist das denn schon?«

Einmal mehr ertappte Richie sich dabei, eine telepathische Entschuldigung an Clara zu senden. Diese Kneipenwette würde Angela nicht den Job kosten und könnte uns dringend nötiges Geld einbringen, sagte er sich, als er den Sprung wagte. »Nein, sie ist 'ne echt scharfe Lady, unsere Premierministerin. Wette, sie lässt ihren Typen keinen Augenblick in Ruhe. Ich würde sogar wetten, dass …«

*Amerikanische Schwule und Lesbierinnen waren nur eine der Lobbygruppen, die ihre Aufmerksamkeit auf* Star Trek *richteten. 1991 versprach Gene Roddenberry, es werde »schwule Besatzungsmitglieder in alltäglichen Situationen« in* Star Trek *geben. Nach Roddenberrys Tod war die schwule Lobby entrüstet, weil die Produzenten sein Versprechen nicht beherzigten; sie forderte in einer flächendeckenden E-Mail-Kampagne »eine durchgängige, positive, voll entwickelte schwule, lesbische oder bisexuelle Figur« in der Fernsehserie. Ihre Vertreter hatten kaum Aussicht auf Spocks Outing als eine in einem Männerkörper gefangene Frau. (…)*

*Mehr Erfolg hatten die Trekkies jedoch mit anderen Kampagnen: Zum Beispiel wurde das erste amerikanische Space Shuttle auf den Namen Enterprise getauft, nachdem die NASA mehr als vierhunderttausend entsprechende Eingaben von* Star-Trek-*Fans erhalten hatte. Und die Handelskammer der kleinen landwirtschaftlichen Gemeinde Riverside, Iowa, setzte sich mit ihrem Anliegen durch, das Städtchen als zukünftigen Geburtsort von Captain James T. Kirk amtlich anerkennen zu lassen. Trekkies drängten die Gemeinde, »Nobelpreisträger und Kriegshelden einzuladen, sich am Ort niederzulassen und eure Frauen zu schwängern«. Der Erfolg dieser Kampagne bleibt abzuwarten.*

Eine kurze Geschichte der Zukunft, Kapitel 1 (Auszug)

*

Clara brachte Richies Namen nur zu gern für einen Sommerjob im Hotel auf den Plan. So würden sie nicht bloß zusätzlich Geld verdienen, es könnte auch Neil in die Schranken weisen.

Sie suchte Neil in seinem kleinen Büro mit Meeresblick auf. Wie immer trank er seinen frühmorgendlichen Tee so stark, dass er fast orangefarben war. Er hatte während seiner Zeit in der Armee Geschmack daran gefunden.

»Ah, Clara, welch angenehme Überraschung«, sagte er und schenkte ihr sein strahlendstes Lächeln. Seine Augen huschten von Kopf bis Fuß an ihr hinunter. Er lächelte noch breiter. Was bildete er sich ein, weshalb sie hier war – um sich zu erkundigen, ob ihm ein Fick zum Tagesauftakt genehm wäre?

Sie spielte mit offenen Karten und sagte ihm, was sie wollte – einen Job für ihren Ehemann (du erinnerst dich, dachte sie, der eins fünfundneunzig große mit den Riesenfäusten).

Neil schwenkte in seinem hochlehnigen Ledersessel herum zum Dienstplan mit seinen vielfarbigen Kärtchen, die ihm anzeigten, wer wann wo war.

»Im Augenblick haben wir am dringendsten Bedarf an Zimmermädchen. Da ist er nicht eigentlich der Typ für, oder?« Neil lachte oder vielmehr wieherte. Sein Lachen war genauso geschniegelt wie seine Aussprache.

»Nein, er hat es bis jetzt nicht mal fertiggebracht, sein eigenes Bett zu machen«, sagte Clara und wünschte auf der Stelle, sie hätte das Wort Bett in diesem Zusammenhang ausgelassen. »Was anderes hast du nicht?«

»Nun, da ist natürlich der Küchendienst, aber du würdest ihn wohl kaum mit Spülhänden an dich ranlassen, oder?« Clara schwieg. »Hm«, fuhr er fort. »Was ist mit Zimmerservice? Kannst du ihm vertrauen?«

»Ihm vertrauen?«

»Ja, du weißt schon, wenn er in Zimmer von reichen Witwen geht, um die Kissen aufzuschütteln.«

»Ich kann ihm vertrauen. Wir vertrauen einander«, erwiderte sie ungerührt.

»Hm. Wie gut kann er denn Kunden bedienen?«

»Oh, er arbeitet in einem Computerladen, da bedient er dauernd Kunden.« Wenigstens einen pro Monat, dachte Clara.

»Er müsste deutlich vor Sommerbeginn bei uns anfangen.«

»Kein Problem, ich denke, er wird verfügbar sein.« Je eher, desto lieber, solange es ihn nur von Martin loseiste.

»Und es könnte dann und wann Nachtarbeit bedeuten. Kommst du damit klar?«

»Ja, wir können unsere Terminpläne aufeinander abstimmen«, sagte sie. Zimmerservice wäre nicht übel. Gute Trinkgelder. So könnten sie ein paar Hunderter zurücklegen und Herbstferien machen.

»Also gut. Ich werde ihn eintragen.« Neil wählte die Farbe Hellblau, anschließend musterte er erneut den Dienstplan. »Glaubst du, er könnte schon rechtzeitig zum Gipfel anfangen? Langsam mache ich mir etwas Sorgen, dass wir unterbesetzt sind. Es brauchen nur ein, zwei Leute krankzufeiern, und der Präsident wird sich sein Frühstück selbst holen müssen.« Er schwenkte wieder zu Clara herum.

»Ja, ich bin sicher, dass er mehr oder minder sofort anfangen könnte.«

»Er wird überprüft werden müssen. Er ist doch wohl nicht in irgendwelche undurchsichtigen Machenschaften verwickelt, oder?« Wieder wieherte Neil.

Clara überspielte die heftige Rötung ihrer Wangen mit einem ebenso heftigen Niesen.

*

Zwei Flugzeuge befanden sich über Nova Scotia.

Sie hatten in Iowa gleich nach Eingang des Losungsworts abgehoben und waren nun auf halbem Weg nach England. In der vorderen Maschine war die Ladung – Geräte, Freiwillige, rangniedere Militärangehörige. Im hinteren Flugzeug und im Genuss der größten Annehmlichkeiten, welche die US-Luftwaffe außerhalb des Präsidentenjets aufbieten konnte, reisten mehrere Offiziere, Labortechniker und zehn der besten Wissenschaftler des Landes auf den Gebieten der Molekularbiologie, Quantenphysik, Elektronik und des vergleichsweise jungen Teleportationszweigs. Allesamt waren sie unter fünfzig und freuten sich darauf, nach Monaten theoretischer Vorbereitung an die praktische Arbeit zu gehen.

General McNulty gehörte nicht dazu. Nach mehreren offenen Aussprachen mit Max Blender an einem abgeschiedenen Ort hatte er beschlossen, an der Projektgruppe nicht länger teilzunehmen. Es gab zu viele Ebenen von Mitwisserschaft und Geheimhaltung. Er wusste, dass es Dinge gab, die er nicht wissen durfte. Das war so üblich. Aber zudem hatte er keine Ahnung, ob die Dinge, die er wusste, wahr waren. Oder nur halbwahr. Max Blender jonglierte mit Menschen und Wissen. Wenn nun aber mit Blender selbst jongliert wurde? Es erinnerte den General zu sehr an den Irakkrieg. Damals war so viel Jonglage im Spiel gewesen, dass ihn heute noch schwindelte.

Folglich hatte er Max mitgeteilt, er werde nicht nach England mitfliegen. Blender schien das nicht sonderlich enttäuscht zu haben.

Mark Johnson, siebenundvierzig, ein Molekülmann mit braun gefärbtem Haar, abnorm behaarten Armen und beinahe krankhaftem Streben nach einem Nobelpreis, saß zwischen einem kleinen Fenster und Jeb Hamlet, dem Fachmann für Teleportation. Jeb, sechsunddreißig, trug den bilderbuchartig wuchernden Bart eines Wissenschaftlers, eine von Glatzenbildung gezeichnete Hippiefrisur und eine lächerlich schlecht sitzende Hose, aber Mark Johnson sah in Jeb keinen echten Wissenschaftler, trotz seines MIT-Doktors in Physik. Für Johnson war Jeb wenig mehr als ein Berufstrekkie. Egal, wenn er ein Sprungbrett auf dem Weg zum Nobelpreis war, dann sei es so.

Hamlet arbeitete bereits seit zwei Jahren am Vorhaben, Johnson hingegen war einer von neun neu Angeworbenen. Doch trotz Hamlets höheren Dienstalters empfand Johnson eine gewisse Überlegenheit. Seiner Meinung nach warb man nur dann neue Fachleute an, wenn sich abzeichnete, dass die vorhandene Mannschaft der Aufgabe nicht gewachsen war.

»Sind Sie schon mal in Großbritannien gewesen?«, fragte Johnson seinen neuen Kollegen.

»Nur einmal in London als Kind. Sie?«

»Doch, mehrere Male, Vorlesungen in Cambridge halten.«

»Cool. Kennen Sie dieses Borny-mouth?«

»Hab davon gehört«, sagte Johnson und belächelte die falsche Aussprache. Er war stolz darauf, englische Ortsnamen richtig aussprechen zu können. Wooster, Glosster, Nyu-carsel, Sluff (oder war es Sludge?). »Randvoll mit Rentnern anscheinend, wie ein verregnetes Florida.«

»Klingt super. Bei Mädchen steh ich auf Falten und Zahnfleisch.«

»Glaube nicht, dass uns dort viel Zeit für Schürzenjagd bleibt«, sagte Johnson und wandte sich dem Fenster zu, um hinaus auf die Wolkenbäusche weiter unten zu schauen. Mal ehrlich, dachte er, dieser Knabe hat keine Ahnung, was für ein Wettrennen uns vor dem Nobelpreis bevorsteht. Wenn man Glück genug hatte, bei einem wirklich innovativen Projekt zu landen, musste man sich so lange den Arsch aufreißen, bis Ergebnisse da waren. Niemals nachlassen, sonst war ein anderer eher am Ziel.

»Scheiße«, brummte Jeb. »Wenigstens sollten wir mal ein paar dieser berühmten englischen Pubs austesten gehen. Er zerknüllte den Saftbecher aus Plastik in seiner Faust. Er wollte ein Bier haben, und Alkohol war in der Militärmaschine nicht erlaubt.

Johnson buchte ihn als geborenen Zappelphilipp ab, aber das war es gar nicht. Hamlet war nervös, wie es in England laufen würde. Er war Wissenschaftler, und Blender versuchte, einen Spion aus ihm zu machen.

Natürlich wurde die Forschungsarbeit weitgehend geheim gehalten. Doch als Blender Hamlet darin einweihte, was sie in England zu erzielen hofften, hatte er betont, dass ihre wahren

Absichten für Johnson und die anderen neu Angeworbenen im Dunkeln zu bleiben hatten.

Zum ersten Mal arbeitete Hamlet in einem Team, bei dem der überwiegende Teil der Mitglieder nicht wusste, worum es eigentlich ging. Er hatte in Teams gearbeitet, bei denen keiner gewusst hatte, worum es eigentlich ging, aber das hier war etwas anderes.

»Glauben Sie nicht, dass die Pubs da so spannend sind«, sagte Johnson weltklug. »Es ist ein wirklich ruhiger, altmodischer Ort.«

»Zeropolis, hä?«

»Zeropolis?«

»Ja, Sie wissen schon: zero action, tote Hose.«

Johnson lachte. »Richtig. Falls es da überhaupt Pubs gibt, werden sie wahrscheinlich toter sein als einer von diesen Freiwilligen nach unserem ersten Teleportationsversuch am Menschen.«

Hamlet war im Begriff, etwas richtigzustellen, bremste sich aber eben noch rechtzeitig.

*

Richie kam nicht wirklich zu Bewusstsein. Es war mehr ein Fall plötzlicher Erkenntnis, nicht ohnmächtig zu sein. Alles war schwarz. Nichts war zu hören. Doch er wusste, dass er nicht schlief, weil er wusste, dass er nicht schlief. Falls das logisch war.

Ein paar Augenblicke, nachdem sein Verstand erwachte, mussten seine Nervenenden Wind davon bekommen haben, denn auf einmal verspürte er Schmerz. Ein Feuerwerk in seinem Schädel. Nadeln in seinen Nebenhöhlen. Jemand führte eine Kurbel von oben in seinen Kopf ein und begann, sein Hirn um die Achse zu schleudern. Die Heuschreckenplage in seinem Magen hob an, die Speiseröhre hinauf in seine Kehle zu hüpfen.

»Daddy, wenn dir nicht mehr schlecht ist, bringst du uns dann zur Schule?«

Es war Ella, die um die Badezimmertür lugte. Sie war vollständig angezogen. Richie war auf den Knien wie ins Gebet zur Toilettenschüssel versenkt.

Er hustete, spuckte und schluckte. »Ja, Kürbis, keine Sorge.«

»Boa, Daddy ist schlecht gewesen. Zisch!« George stürmte herein und versuchte, auf Richies Rücken zu klettern. Er steckte noch in seinem Spiderman-Pyjama.

»Nicht, Georgie, bitte«, stöhnte Richie.

»Ja, komm von ihm runter, George, sonst wirst du noch mit Kotze vollgespritzt«, warnte Ella.

»Mit Erbrochenem«, berichtigte Richie. »Kotze ist kein schönes Wort.« Wie um es unter Beweis zu stellen, würgte er abermals und entließ einen dickflüssigen Strahl in die Toilette.

»Igitt.« Ella ging, das war zu viel für sie.

Vielleicht machte er sich Sorgen um seinen Papa, George jedenfalls blieb trotz des Geruchs.

»Daddy, weißt du noch, wie ich ins Auto gekotzt habe?« Richie war zu elend zumute, um den Jungen zu verbessern. »Ich hab über den ganzen Sitz gekotzt und den ganzen Fußboden und über Ella.«

»Ja, ja, Georgie.«

»Und dann kam Mami, um mich sauber zu machen, und ich hab sie vorn vollgekotzt.«

»Ja, toll.«

»Sie war wütend.«

»Ja, kann ich mir denken.«

Richie fühlte eine neue Welle der Übelkeit nahen. Diesmal aber keine körperliche. Es war etwas anderes. Etwas, das Clara allerdings sehr wütend machen würde.

»O Gott.«

»Wirst du dich vorn vollkotzen, Daddy?«

»O Gott.«

»Wirst du mich vorn vollkotzen, Daddy?«

»Geh und zieh dich an, Georgie, bitte.«

Richie stand auf und ging zum Waschbecken, um sich Wasser ins Gesicht zu spritzen. Er betrachtete seine Totenmaske im Spiegel und sagte zu sich: »Du beschissener Idiot.«

Er torkelte so rasch, wie ihn seine verkaterten Gliedmaßen tragen wollten, zurück ins Schlafzimmer und langte nach dem Telefon. Er wählte eine Nummer, erreichte einen Anrufbeantworter und legte auf. Versuchte eine andere Nummer. Dasselbe. Noch eine andere Nummer. Kein Glück.

»Verdammt.«

Falls sein Gedächtnis nicht durch Alkoholvergiftung beschädigt war, steckte er tief in der Scheiße. Er hatte alle drei Telefonnummern von Martin versucht – zu Hause, Handy, vom Laden – in der Hoffnung herauszufinden, wie tief genau.

Es fühlte sich seltsam an, mit häuslichen Pflichten beschäftigt zu sein, wenn er nichts anderes wollte, als zu Martins Haus zu preschen und zu brüllen: »Was zum Henker hab ich letzte Nacht getan?« Doch Richie kümmerte sich darum, dass die Kinder angezogen waren und ihre Schultaschen und Pausenbrote hatten. Auf dem Küchentisch lag ein Zettel von Clara – zwei Zeilen:

»Wenn Dir übel ist, mach's sauber.

Nein, ich will nicht bei ›Wer wird Millionär‹ mitmachen.«

Was hatte das zu bedeuten, fragte sich Richie. Wie viel hatte er ihr erzählt?

Richie, George und Ella gingen zur Schule, schweigsamer als gewöhnlich (abgesehen von Richies gelegentlichem Schmerzensgestöhn), und verabschiedeten sich wie üblich am Schultor. Der einzige wirkliche Unterschied zu ihren täglichen Gepflogenheiten bestand darin, dass Ella keinen Abschiedskuss haben wollte – wegen des Gestanks, wie sie sagte – und George Richie das Versprechen abverlangte, nicht auf Mami zu kotzen. Als sie das mithörte, warf die zur Toraufsicht eingeteilte Hilfslehrerin Richie einen merkwürdigen Blick zu, aber das tat sie ohnehin häufiger.

Es linderte seinen Kater keineswegs, dass jemand versuchte, ihm den Kopf mit einer Kettensäge abzutrennen, als Richie sich Martins Geschäft näherte.

Er schnellte so weit herum, wie es sein wehes Genick zuließ, um nachzusehen, wer so etwas tun würde, und duckte sich unwillkürlich, als zwei gewaltige Schatten vom Himmel herab auf ihn zustürzten. Das Kettensägengeräusch steigerte sich zu einem markerschütternden Geheul, und die beiden Flugzeuge der US-Luftwaffe zogen unmittelbar über seinem Kopf vorbei, um die letzten Kilometer vor der Landung zurückzulegen.

»Verpisst euch!«, schrie Richie und wusste, dass keiner ihn über dem Motorenlärm hören würde. Er konnte sich nicht einmal selbst hören.

Seine pochenden Kopfschmerzen waren vom bereits erreichten Niveau halbwegs erträglicher Pein auf den frühmorgendlichen Gipfel knapp unterhalb selbstmörderischer Besinnungslosigkeit zurückgekehrt.

Er wankte in den Laden und wurde von Martin begrüßt, der mit einer Zeitung und einem Becher Kaffee hinter der Theke saß.

Martin lachte. »Kopfweh?«

»Ja.«

»Wundert mich nicht. Hast wirklich mächtig getankt gestern Abend. Lampenfieber, was?«

Richie ließ sich in den Sessel am Schreibtisch plumpsen.

»Was war das für ein Krawall?«, fragte Martin.

»Zwei beschissen große US-Militärmaschinen.«

»US-Luftwaffe? Was macht die denn hier bei uns?«

»Woher soll ich das wissen? Wahrscheinlich halten sich irgendwelche Terroristen unterm Pier versteckt.«

»Verdammt. Hoffentlich fangen sie kein Flächenbombardement an. Ich hab die Versicherung noch nicht bezahlt.«

Richie stöhnte. Er hätte es begrüßt, wenn ihn eine nette, saubere Bombe von seinem Elend erlösen würde.

»Martin, sag mir, dass es nicht wahr ist.«

»Was? Ach, hast du noch immer deine Panikattacken? Du warst letzte Nacht schon schlimm genug drauf.« Martin schlug die Zeitung zu und ging um die Theke herum an den Schreibtisch. »Hör zu, Rich, keine Sorge, du hast auf einen todsicheren Tipp gewettet.«

»O Gott.« Es stimmte also. Richie war zu elend zumute, als dass ihm noch übel werden konnte.

Martin klopfte seinem Bruder mitfühlend auf den Rücken. »Du hast nicht auf irgendeinen Klepper oder Münzwurf gewettet. Du hast auf etwas gewettet, das schon passiert ist. Was kann da noch schiefgehen?«

»Was da noch schiefgehen kann? Das ist deine beschissene Erkennungsmelodie, Martin.« Martin gackerte. »Was ist mit dem Geld?«, fuhr Richie fort. »Ich hab das Geld nicht. Ich meine, gewettet hab ich ...?« Er hielt inne und hoffte, Martin werde fünf Pfund oder zehn Pfund oder sogar zwanzig sagen. Zwanzig Pfund konnte er sich leisten, wenn er den Rest der Woche auf Bier verzichtete.

»Na ja, zehntausend Pfund bei hundert zu eins. Du wirst Millionär sein.«

Richie jauchzte nicht vor Freude, wie es im Allgemeinen der Fall ist, wenn man erfährt, dass man Millionär sein wird. Er unterdrückte den Drang, sich zu erbrechen. »Aber wenn ich verliere, muss ich mein verdammtes Haus verkaufen. Sollte der Kerl auch nur den Einsatz verlangen, muss ich mein verdammtes Haus verkaufen. Wer war das überhaupt?«

»Terry. Ein Buchmacher. Der wird zahlen. Ich hol dir mal 'nen Kaffee zur Feier des Tages.«

»Nein, warte.« Richie packte Martin beim kurzen Ärmel seines T-Shirts und hielt ihn zurück. »Wie lautet die Wette genau?«

»Du hast gewettet, dass Mütterchen Robson binnen drei Monaten ihre Schwangerschaft vermelden wird. Du hast eigentlich schon gewonnen.«

»Aber warum hab ich so viel gewettet?«, klagte Richie. »Ich

meine, zehn ... tausend ... Pfund.« Er nannte die Summe, als glaubte er nicht einmal, es könne sie überhaupt geben.

Martin gluckste. »Besoffen bist du schon ein echter Schwachkopf. Kamst ja anständig in die Gänge, aber eine Halbe später hast du den Einsatz jedes Mal erhöht, wenn es wieder hieß: ›Niemals, die wird nie schwanger.‹ Zum Glück hab ich dich aufgehalten, sonst wärst du noch bis auf 'ne Million rauf.«

»Und dieser Terry hat mich ernst genommen?«

»O doch, hatte gar keine Wahl. Du wolltest ja unbedingt die Hand drauf geben.«

Richie fröstelte. Es war einfach zu grauenhaft. »Aber wenn er Buchmacher von Beruf ist, wieso hat er dann die Wette angenommen? Weiß er mehr als ich?«

»Nein, er hält dich einfach für einen betrunkenen Trottel mit ein paar Pfund zu viel. Das zumindest hab ich ihm gesagt.« Wieder gluckste Martin.

»Was hast du?«

»Die Chance deines Lebens, Rich. Eine Million Pfund!« Martin klatschte Richie auf den Rücken, diesmal viel heftiger, und stieß ihn beinahe aus seinem Sessel.

»Ich muss gleich kotzen.« Richie hielt sich mit beiden Händen den Kopf.

»Nein, musst du nicht, du wirst bald Millionär sein.« Martin legte beide Hände an Richies Wangen, hob sein Gesicht und starrte ihm in die Augen, als versuche er, ihn per Hypnose zuversichtlich zu stimmen. »Besser könnt's nicht sein«, sagte Martin und wich vor Richies Fahne zurück, der die gewohnte Morgenfrische fehlte, »denn ich bekam allmählich Schuldgefühle, dir keinen Lohn mehr zu zahlen. Aber jetzt wirst du mein Geld nicht länger nötig haben.«

Richie ging nicht auf sein Geschwafel ein. »Hast du auch eine Wette laufen?«

»Nee, ich wette nie. Ist ein Spiel für Schwachköpfe. Nur was für Verlierer.«

»Was? Du Dreckskerl!« Richie langte nach seinem Bruder, der ihm gackernd entwischte.

Während Martin an der Kaffeemaschine hantierte, fragte Richie sich, was zum Teufel er Clara sagen sollte. Und nach welchem Verfahren sie ihn kastrieren würde.

Seine Stimmung schwankte im Sekundentakt, wie sie das bei einem der Verdammnis Geweihten tun muss.

Es wird schon gut gehen, ich werde gewinnen.

Scheiße, ich werde mein Geld verlieren, mein Haus und wahrscheinlich meine Frau.

Beichte ihr, und wir werden einen Weg finden.

Beichte ihr, und sie wird mir den Schädel mit einer Gartenharke einschlagen.

»Hier, trink das.« Martin war zurück.

Richie hielt den heißen Becher umklammert. »Wenn ich verliere, kannst du mich dann auslösen?«, fragte er.

»Keine Chance. Ich hab meine Bücher gerade einem Wirtschaftsprüfer übergeben. Der ermittelt erst mal, wie hoch die Buße für meine Steuerschuld sein wird. Weiß der Geier, wie ich ihn bezahlen soll.«

Martin lachte stillvergnügt. Richie fragte sich, wie Martin all seine Geldnöte derart auf die leichte Schulter nehmen konnte. Vielleicht weil er Junggeselle und kinderlos war. Und zudem vollends amoralisch.

»Aber keine Sorge, nächste Woche um dieselbe Zeit sind wir Millionäre«, sagte Martin.

»Wir?«, fragte Richie.

»Nun, ich habe die Wette für dich eingefädelt. Ich verdiene einen Anteil.«

»Aber wenn ich verliere, hilfst du mir nicht aus der Patsche?«

»Du hast die Wette abgeschlossen, nicht ich.«

Richie traute seinen Ohren nicht. »Martin. Hast du noch nie was von Logik gehört?«

»Doch, spielt für Dynamo Belgrad, nicht wahr? Slobodan Lojic.« Er gab einen lang gezogenen dreckigen Lacher von sich. »Jedenfalls hast du die Wette mit diesem Schuldschein von mir gedeckt, sodass ich im Grunde sogar den ganzen Gewinn bekommen müsste.«

»Na, damit ist ja alles klar. Du bist vollkommen allergisch gegen jede Art von Logik.« Auch wenn Richie es seltsam tröstlich fand, dass sein Bruder einen ansehnlichen Teil des Einsatzes bezahlen müsste, falls er verlieren sollte. Das und der Koffeinschub hoben seine Laune um eine Stufe.

»Schön«, sagte Richie, »als Erstes müssen wir im Netz nachsehen, ob die Premierministerin schon was vermeldet hat. Dann muss ich mich mit ein paar Verlegern in Verbindung setzen. Falls ich verliere, könnte ich womöglich meine Schulden mit einem Vorschuss begleichen. Hey, vielleicht kann ich denen mit dem Teleporter so was wie eine Visitenkarte zubeamen. Würde mir Aufmerksamkeit verschaffen.«

»Das ist doch endlich mal ein Wort«, beglückwünschte ihn Martin.

Richie stand behutsam auf, um sich die Jacke auszuziehen. »Okay, an die Arbeit.«

»Genau«, sagte Martin. »Zuerst mal: Ich hab im Netz nachgeschaut, und es gibt null Nachrichten über eine Schwangerschaft der Premierministerin. Zweitens: Ich hab das Gerät sozusagen vermietet.«

Richie sackte wieder in die Tiefe.

Clara saß im Hotel auf dem Damenklo und sprach leise in ihr Telefon.

»Es tut mir wirklich leid, Angela. So was Blödes. Martin hat Richie in den Pub gezerrt –«

»Musste er gezerrt werden?«

»Nein, stimmt. Er war sturzbetrunken, als er heimkam. Bestimmt hat er nicht dichtgehalten.«

»Das ist höflich ausgedrückt.«

»Was? O nein, ich meine –«

»Ist schon gut, Clara. Mach dir keine Sorgen.«

»Aber du könntest deine beste Kundin verlieren. Glaubst du, sie hat es sonst schon jemandem gesagt?«

»Nein, es ist echt schräg. Gestern Abend rief sie an und erzählte mir, dass ihre Ergebnisse vertauscht wurden. Es waren gar nicht ihre Ergebnisse, die sie geschickt bekam. Sie könnte also doch nicht schwanger sein. Sie glaubt selbst, es nicht zu sein. Keine Ahnung, warum sie mir das alles sagen wollte, aber da hast du's.«

»Die Ergebnisse der Premierministerin sind vertauscht worden? Das glaub ich nicht.«

»So hat sie's gesagt. Sie fand es zum Totlachen – wenn es überhaupt jemanden im Land gibt, den das Gesundheitsamt nicht verwechseln will, dann doch wohl sie.«

»Sie ist sich also ziemlich sicher, nicht schwanger zu sein?«

»Ja.«

»Oh, Gott sei Dank. Mir fällt ein Stein vom Herzen. Ich dachte schon, wir hätten dich in was reingeritten.«

»Nein, alles okay. Hör zu, ich muss auflegen. Die Haare meiner Kundin werden orange werden, wenn ich die Farbe jetzt nicht ausspüle.«

Als Clara aus der Toilette kam, traf sie auf ihren Chef Neil.

»Oho, da scheint heute Morgen jemand zufrieden mit der eigenen Verdauung zu sein«, sagte er.

Statt ihm eine reinzuhauen, lachte Clara ihn fröhlich an.

*

Im Gegensatz zur landläufigen Meinung lässt die reine Wissenschaft durchaus Raum für Gefühle. Nehmen wir das einfache Beispiel der Suche nach einer Heilung für Krebs. Noch der klinischste Klinikarzt wäre gerührt beim Gedanken, wie viele Leben sich retten ließen. Und wie viele Lizenzgebühren verdienen.

Allerdings ist dies ein starker Einwand dagegen, dass ein Wissenschaftler mit Krebs oder einer von der Krankheit betroffenen Familie in die Krebsforschung ginge.

Genau deshalb war Blender nicht seinem Herzen gefolgt und hatte sich auf das Gebiet der Gentherapie spezialisiert. Bald nach der Geburt seines Sohnes war der Säugling als Bluter diagnostiziert worden, eine überraschende genetische Rückartung innerhalb der Familie von Blenders Frau. Das Leiden war behandelbar, aber quälend, und es erschwerte den Entschluss zu einem zweiten Kind.

Blender weigerte sich zuzugeben, dass der genetische »Makel« zu seiner Scheidung beigetragen habe, aber Schuldgefühle und Spannungen belasteten die Ehe. Seiner Auffassung nach war es ungerecht, ein weiteres Kind einem Leben aus erzwungener Untätigkeit und häufigen Krankenhausaufenthalten wegen nichts Ernsthafterem als Nasenbluten auszusetzen. Doch seine Frau hatte ein zweites Kind haben wollen und es bekommen. Ein Mädchen, und keine Bluterin.

Sie hielten mehrere Jahre durch, doch kaum wurden die Kinder zu Halbwüchsigen, drangen alte Streitfragen wieder an die Oberfläche und erstickten die Ehe.

Seit das Scheidungsverfahren eingeleitet war, hatte Blender sich immer wieder bei dem beunruhigenden Gedanken ertappt, dass es die einmalige Gelegenheit sei, seine genetische Seelenverwandte zu finden. Eine Frau mit der Schönheit und dem Verstand seiner ersten Gattin und dazu der Fähigkeit, eine Rasse vollkommener Blender hervorzubringen.

Nun hatte er ernsthaft zu rechnen begonnen. Wie viele Generationen würde es dauern?

*

Richies Vater starb einen plötzlichen Tod mit einundvierzig Jahren – zu viel Cholesterin, zu viele Kippen und einen Herzanfall zu viel. Martin war damals siebzehn, Richie fünfzehn.

Das Schlimmste für die beiden Brüder war der Umstand, so wenige Fotos von ihrem Dad zu haben. Die Kamera hatten sie nur im Urlaub hervorgeholt. Doch auch auf den Strandaufnahmen tauchte ihr Dad kaum je auf, da er derjenige war, der die Fotos knipste.

Wenn Richie in alten Fotoalben blätterte, sah er sich immer als jemanden, der einen Toten anlächelt.

Binnen sechs Monaten nach dem Tod seines Vaters hatte Martin eine große Sammlung gestohlener CDs, zwei Verwarnungen wegen Spritztouren in geklauten Autos, einen vierwöchigen Schulverweis und Richies Zahnabdruck auf seinen Fingerknöcheln angehäuft.

Wäre Martin Amerikaner gewesen, hätte er einen Therapeuten aufgesucht. Da er Engländer war, ging er in den Pub. Doch das machte ihn noch unzufriedener, denn er wurde immer wieder hinausgeworfen. Er war zu klein, um für achtzehn durchzugehen, selbst nachdem er achtzehn geworden war.

Ein Psychiater hätte gesagt, dass er die öffentliche Hand dafür bestrafe, ihn im Stich zu lassen, sich selbst dafür bestrafe, der neue Mann in der Familie zu sein, und Richie dafür bestrafen zu wollen, dass er der Mannhafteste war. Richie übernahm die Vaterrolle in der Familie, wenn auch nur deshalb, weil er öfter zu Hause war als Martin. Und anders als sein Bruder ging Richie aus alledem einigermaßen unbeschadet hervor dank des körperlichen Ausgleichs durch Wrestling und seiner geistigen Fluchten in die Welt der Science-Fiction.

Natürlich tauchte Richie auch heute noch in die Zukunft ab, um seinen Schwierigkeiten aus dem Weg zu gehen. Er verbrachte den größten Teil des Morgens damit, über Teleportation nachzudenken und damit der Grübelei über seine Schulden vorzubeugen. Und er hatte es sogar bewerkstelligt, die Nebel seines Alkoholkaters zu lichten, indem er ein Rätsel löste, das ihn seit seinem Gespräch mit Mrs Gonzales aus Dade County, Florida, geplagt hatte.

Nicht alle kennen die genaue geografische Länge, Breite und Höhe ihres Zuhauses oder Büros, richtig? So was steht nicht an der Tür: Fred Smith, Vertriebsleiter, 54 Grad West, 32 Nord, 64,5 Meter über dem Meeresspiegel, bitte anklopfen und eintreten. Wie teleportierten sie also die Dinge?

Die Antwort fand er auf der IOA-Website – ein Dingelchen namens Lokator, der dem Besitzer seine genaue geografische Lage angab. Anscheinend war so ein Lokator an sämtliche

Anschriften im amerikanischen Wählerregister geschickt worden. Somit konnten Leute ohne eigenen Teleporter Gegenstände empfangen. Sachgerecht angewandt verhütete das die Gefahr von Tofuburger-Missgeschicken.

Wenn er darüber nachdachte, lag es auf der Hand – wie sonst wäre der Lieferdienst in den USA eingerichtet worden? Es lief schließlich niemand herum und maß die Höhe über dem Meeresspiegel sämtlicher Häuser im Land. Man verteilte einfach diese Lokatoren.

Er hängte diese Fakten an das Ende seines Schlusskapitels und stöberte dann, während der Drucker sein Manuskript ausspuckte, nach Verlagen. Nur wenige Minuten später hatte er über zehn vielversprechende Adressen gefunden. Einen Verlag gab es sogar in Bournemouth. Sea-Fi Sci-Fi hieß er. Grässlicher Name, aber hol's der Teufel. Er würde dort anrufen und einen Termin vereinbaren.

»Kommst du, Rich?«

»Nein, ich hab doch gesagt, ich mach's nicht.«

Martin hatte erklärt, er wolle einen Bekannten wegen einer gewinnträchtigen, unzulässigen Nutzung des Teleporters aufsuchen. Richie hatte sich geweigert, ihn zu begleiten, und seinen Bruder an die Bedingung für den Verkauf des Geräts erinnert, wonach er (Richie) nicht wissen wollte, was er (Martin) damit anstellte. Martin schien sich mit dieser Begründung abgefunden zu haben und war im Alleingang aufgebrochen. Jetzt war er wieder da und hatte ihr vorheriges Gespräch offenbar vergessen.

»Du musst mit mir kommen, Rich.«

»Ich geh nirgendwohin außer wieder ins Bett.«

»Komm jetzt mit, und später setz ich dich zu Hause ab.«

»Du siehst doch, dass ich zu tun hab.«

»Ja, das sehe ich: an meinem Computer in meinem Laden.«

»Hat auch damit zu tun, nicht dafür bezahlt zu werden.«

»Genauso wenig wirst du je bezahlt werden, wenn du jetzt nicht mitkommst.«

Richie blickte von seiner Liste von Verlagen auf. Martin stand da, zuckte die Schultern, erforschte mit der Zunge seinen Goldzahn. Starrte Richie geradewegs in die Augen.

»Nein, Martin, tut mir leid.«

»Verdammte Kacke, Rich.« Martin hielt sich die Stirn, als hätte Richie soeben ein leer stehendes Tor verfehlt.

»Und hör auf, mich Rich zu nennen.«

»Wie soll ich dich sonst nennen – Ricardo?«

»Richie.«

»Na klar, oder Dick.«

Richie grunzte ein Lachen hervor. »Keine Ahnung, wo du dein Verhandlungsgeschick gelernt hast, aber du solltest dein Geld zurückverlangen.«

»Verdammt noch mal. Ich übe mich hier in Geduld.« Martin ging zur Theke hinüber und schlug heftig mit der Faust darauf. Ein paar Silberscheiben hüpften in die Höhe, und die alte, leere Ladenkasse sprang mit erwartungsvollem Klingeln auf. So viel Gefühlsregung machte Richie verlegen. Abgesehen von dem peinlichen Krach, den sie erzeugte, war sie besorgniserregend – selten, wenn überhaupt je, gestand sein Bruder etwas ein, was auf eine Niederlage hinauslief. »Richie, die Sache ist ernst«, sagte Martin.

Richie erkannte, dass sein Verleger würde warten müssen. Er lehnte sich zurück und verschränkte in voreingenommener Zuhörerschaft die Arme. »Erklärung bitte«, verlangte er.

Martin lehnte sich an die Theke und erläuterte. »Dieser Kerl, mit dem ich mich treffen will. Er heißt Biggs. Hab ich dir nie von ihm erzählt?«

»Nein.«

»Alle nennen ihn Mr Big.«

»Schlau.«

»Kein Thema, über das ich Witze machen kann. Er ist voll gestört. Ich geh ihm möglichst aus dem Weg. Er stellt für die meisten Clubs und Pubs in der Stadt die Türsteher. Und er kauft Schulden auf, weißt du, und als meine Rechner hier Beine bekamen« – Martin machte eine Kopfbewegung in Richtung Hinterzimmer, wo sich die Computer gestapelt hatten – »kam einer von seinen Rausschmeißern rüber und meinte zu mir, ich hätte die Schulden bei Big statt bei dem Burschen, von dem ich sie gekauft hatte.«

»Wie viel?«

»Oh, nicht viel. Ich hab sie gestern beglichen.«

»Und warum musst du dich dann jetzt mit ihm treffen?«

»Die Zinsen, wie er es nennt. Eine Art Bezahlung. Er will dein Gerät benutzen.«

»Dein Gerät. Wie hat er davon erfahren?«

»Ich hab natürlich was rumerzählt. Die Werbetrommel gerührt. Nennt man Reklame. Und er will, dass ich ihm ein paar Gefälligkeiten damit erweise.«

»Gefälligkeiten?« Langsam wurde es ungemütlich.

»Ja. Er will mich am Gewinn beteiligen. Aber ich brauche dich dabei. Er wird dich respektieren.«

»Soll heißen?«

»Er hat was für Wrestler übrig. Seine Jungs sind samt und sonders Wrestler, Boxer und Kampfsporttypen. Bei ihm läuft alles immer auf eine Kraftprobe hinaus.«

»Ich liefere mir keine Kämpfe mehr, weißt du doch.« Richie hatte seit seiner Schulzeit nicht mehr gerungen und war ohnedies nach dem Besäufnis der vergangenen Nacht noch weniger zur Teilnahme an irgendwelchem Treiben bereit, das heftige Schläge an den eigenen Kopf oder in den eigenen Magen mit sich bringen würde.

»Kein Kämpfen, ehrlich, Rich. Aber du musst mitkommen und mich beschützen. Mich und das Gerät.« Martin schaute aufrichtig oder wenigstens wie jemand drein, der sehr gründlich geübt hatte, aufrichtig dreinzuschauen.

Richie war klar, dass er stark sein musste. Sag einfach Nein. Ständig stürzte sich sein Bruder in irgendwelche Minenfelder und zerrte Richie gewöhnlich hinter sich her. Gelegentlich stieß er Richie auch vor sich her, um die genaue Lage der Minen zu erkunden. Doch was wäre das für ein Mann, der seinen Bruder allein in ein Minenfeld laufen ließe?

»Na schön, ich fahr mit«, sagte Richie. »Aber es ist das letzte Mal.«

Martin boxte in die Luft. »Du bist ein Lebensretter, Rich.«

»Ich verlange Vorzugsrecht auf alles Geld, das du bekommst, um deinen Schuldschein einzulösen. Dazu mein Gehalt.«

»Abfindung.«

»Wie auch immer.«

»Abgemacht.« Martin war wieder ganz sein heiteres Selbst. Richie war beinahe gerührt, dass die bloße Zusage seiner Gegenwart solche Freude auslösen konnte. Doch er nahm auch den einen kleinen Wermutstropfen wahr, der diesen Augenblick brüderlicher Eintracht störte.

»Du hast diesen Kerl gestern ausbezahlt?«, fragte Richie.

»Tja.«

»Aber mich hast du nicht ausbezahlt?«

»Ich hab dich für die Automiete ausbezahlt.«

»Ja, aber nicht für den Schuldschein.«

»Nein, ich nahm nicht an, dass du mir mit einer Eisenstange die Schienbeine zerschmettern wirst, wenn ich dich warten lasse.«

Scheiße, dachte Richie, das war einer der Nachteile des Pazifismus – man wurde als Letzter bezahlt. »Aber wo hattest du das Geld her? Du sagtest doch, du bist pleite.«

»Das willst du gar nicht wissen, Rich.«

Hatte da ein Gewissen flüchtig in Martins Augen aufgeblitzt? Nein, dachte Richie, es konnte kein Gewissen sein. Wahrscheinlicher war es die Schockwelle von einer in Martins Kopf teleportierten außerirdischen Bakterienform, die nun ihren neuen, dunklen und feuchten Lebensraum zu besiedeln begann.

»Wie kommt es, dass du mir nie die ganze Wahrheit sagst, Martin? Es würde mir das Leben entscheidend erleichtern.«

»Die Wahrheit, die reine Wahrheit und nichts als die Wahrheit, meinst du? So was gibt's nicht.«

*

Auf dem gemieteten englischen Flugplatz waren elf der schöpferischsten wissenschaftlichen Köpfe im holzgetäfelten Besprechungsraum versammelt. Durch die breiten, metallgerahmten Fenster überblickten sie eine weite Fläche englischen Rasens, der sich bis zu einem Bestand uralter Eichen ausdehnte, und einen riesigen Himmel voller Wolken, die wie Dampf von unsichtbaren Zügen nordwärts quollen.

Zum ersten Mal bekam Blender seine gesamte Teleportations-Mannschaft unter einem Dach zu Gesicht. Es war gleichermaßen ermutigend wie hoffnungslos. Ermutigend deshalb, weil sich offensichtlich keiner einen Deut um etwas so Kurzfristiges wie das eigene Aussehen scherte. Hoffnungslos, weil sicherlich jedem mit nur einem Pfennig Urteilsvermögen – über Wissenschaft und weltlichere Dinge – klar sein sollte, wann man schlichtweg scheiße aussieht.

Und nicht alle waren dadurch entschuldigt, dass sie ohnehin hässlich aussahen – wozu also dann die Mühe? Wussten sie nicht, dass es die heutige Technologie dem Menschen erlaubt, mehr mit seinem Haar zu tun, als es bloß wachsen zu lassen und seitwärts über den Kopf zu kämmen? Und dass wir inzwischen genügend feine Scheren erfunden haben, um damit in Ohren und Nasenlöcher vorzudringen?

Vielleicht lag es an ihrem Alter, dachte Blender. Die neue Generation von Physikern, zu denen seine Mädels in Brooklyn gehörten, hatte sich mit Computerfreaks vermengt, die reich geworden waren und sich einen Sinn für Mode erkauft hatten (eine Art autistisch anmutender Skater-Stil). Und die Erfindung knitterfreier Stoffe hatte ihr Übriges getan. Hamlet war der Jüngste in der Gruppe und sah nur seiner fehlenden Körperbewusstheit wegen furchtbar aus – keine Anmut, keine Muskeln, kein Rasierapparat.

Die anderen waren alle in den Vierzigern und gehörten in Modefragen der Schule farbenblinder Esel an. Einer trug ein blaugrün gestreiftes Hemd in der Farbe jenes Schimmels, der auf etwa vier Wochen alten gebackenen Bohnen wächst. In das Streifenmuster hatte er selbst ein verschlungenes Schweißring-Motiv eingearbeitet. Ein anderer trug eine Tweedjacke, vermutlich weil das englisch wirken sollte, deren »Form« darauf schließen ließ, dass sie in den letzten zwanzig Jahren einer Familie fettleibiger Pygmäen als Hängematte gedient hatte.

Sobald er sich auf die Arbeit konzentrierte, sah Blender zum Glück nur die Schönheit ihrer Gedanken.

Er selbst hatte schon immer einen eitlen Zug gehabt, da er früh begriffen hatte, dass man mit dem Look eines Schwachkopfs keinen sonderlich großen Einfluss auf seine Mitmenschen ausübt. Doch was seine Wissenschaftler betraf, hielt er es mit der Lehre seines Professors in Stanford: Sorge dich nicht wegen anderer Leute Aussehen, solange sie nicht etwas für dich verkaufen oder du mit ihnen ins Bett willst.

»Schön, meine Herren, Sie sind hier, um drei Probleme zu lösen«, sagte er. Er vergeudete keine Zeit damit, die Wissenschaftler nach der Annehmlichkeit ihrer Unterkünfte zu befragen. Den Atlantik hatte er nicht dazu überquert, sich Klagen über klumpig gefüllte Matratzen anzuhören.

Mark Johnson starrte in voller Absicht zur Decke. Er hasste es, wenn jemand ihm sagte, was er schon wusste, nur um klarzustellen, wer das Sagen hatte.

Tatsächlich war es eine recht ansprechende Decke. Niedrig und scheinbar mit echter Eichentäfelung. Edel und beständig. Ging wahrscheinlich auf die Zeiten zurück, als Luftstreitkräfte noch ziemlich herrschaftliche Fliegerklubs waren.

»Erstens, Genauigkeit«, sagte Blender. »Zweitens, Leistungsfähigkeit. Drittens, Teleportation von Menschen.«

Ha, dachte Johnson.

»Sie sind eine Elite und dazu auserwählt, ein Vorhaben von weltumspannender Bedeutung abzuschließen. Die von Ihnen erzielten Ergebnisse werden Entscheidendes in Bewegung setzen. Kurz, Sie sind ein kleines Team, von dem wir Großes erwarten.«

Huh, dachte Johnson, da hat sich einer in Stilkunde verstrickt.

»Wir sind ziemlich zuversichtlich, alle erforderliche Hardware und Software hier vor Ort zu haben. Aber Ihre Anforderungen können sich von einem Tag auf den nächsten ändern. Zögern Sie nicht, Ihre Wunschliste zu ergänzen, was es auch koste. Bevor Sie irgendetwas anderes anfangen, prüfen Sie sorgfältig Ihre gesamte Ausrüstung, und sollte das kleinste Teil fehlen, werden wir es sofort einfliegen lassen.«

O nein, spöttelte Johnson in Gedanken, ich dachte nicht daran, meine Ausrüstung zu checken. Ich wollte alles in den Kisten lassen.

»Dieser Auftrag hat Vorrang. Wir haben keine Frist festgelegt, brauchen aber schnellstmöglich Ergebnisse.«

»Herrgott, warum lassen Sie uns dann nicht endlich mal machen?«

»Wie bitte, Mr Johnson?«

Johnson fuhr in seinem Sessel hoch. Hatte er das laut gesagt? Alle sahen ihn an – Blender, General Colt, seine wissenschaftlichen Kollegen. Dieser haarige Hamletbursche schielte anzüglich.

»Ich wollte nur sagen, Max« – er hielt es für besser, kumpelhaft den Vornamen zu verwenden – »dass wir drauf brennen loszulegen. Uns bleibt nicht mehr lange, ehe die Vorschläge für den nächsten Nobelpreis anstehen.« Er lächelte, wie um nahezulegen, dass er scherze.

Blender spiegelte sein Lächeln wider. »Ich fürchte, Sie können die Auffrischung Ihres Schwedisch vorläufig bleiben lassen, Dr. Johnson. Hiermit ist kein Nobelpreis zu gewinnen. Falls und wenn die Versuche gelingen, wird nicht einmal ihre Tatsache anerkannt werden. Die Briten wissen grundsätzlich, was wir vorhaben, aber das heißt nicht, dass wir alle unsere Ergebnisse mit ihnen oder, was das anbelangt, mit sonst wem teilen werden. Die Preise, die Sie hier erringen werden, sind der Dank des Vaterlands, eine anständige Rente und Ihre derzeitige Forschungsstelle auf Lebenszeit.«

»Wow, das ist großzügig!«, jubelte einer der neu Angeworbenen.

»Ich hab meine schon auf Lebenszeit«, sagte Mark Johnson.

»Dann auf Ablebenszeit«, entgegnete Blender und löste bei allen außer Johnson Gelächter aus. »Kommt schon, Jungs, ich hab der Premierministerin von England eben noch erzählt, was für ein großartiger Haufen treuer Amerikaner ihr seid, obwohl die Tinte auf manchen eurer Einbürgerungspapiere noch nicht trocken ist. Ihr habt einen Regierungsauftrag. Was glaubt ihr wohl, verspricht die Regierung Kampftruppen, die in die Schlacht ziehen? Bargeldgewinne? Eine Waschmaschine?«

Ganz genau, dachte Johnson, während die anderen schallend lachten. Bargeldgewinne. Falls mir meine Arbeit keinen Nobelpreis einträgt, will ich einen noblen Preis kosten.

Zum Vorteil der US-Regierung und des wisschenschaftlichen Fortschritts verstand sich Dr. Mark Johnson wesentlich besser auf Molekularbiologie als auf Wortgefechte.

*Bis in die frühen 1990er-Jahre verwarfen Physiker (zumindest jene, die keine* Star-Trek-*Fans waren) den Gedanken an Teleportation.*

*Sie führten an, dass die Heisenbergsche Unschärferelation in der Quantenmechanik die genaue Untersuchung eines Gegenstands verhindere, die notwendig wäre, um diesen Gegenstand teleportieren zu können. Je genauer ein Gegenstand untersucht wird, lautete der Einwand, umso mehr werde sein Zustand durch den Prozess der Untersuchung gestört. Es sei nicht möglich, genügend Erkenntnisse über einen Gegenstand herzuleiten, um sein Doppel zu erzeugen, ehe besagter Gegenstand derart schwerwiegend beeinträchtigt wäre, dass er sich nicht länger im ursprünglichen Zustand befände. All das lief auf völlige Ungewissheit über den wahren physikalischen Zustand von allem hinaus.*

*Um ein grobes Beispiel zu geben, stelle man sich vor, ein britischer Tennisspieler würde in einen Teleporter gesteckt, der ihn zu analysieren beginnt, ehe er ihn nach, sagen wir, Melbourne in Australien beamt. Bevor jedoch der Teleporter ausreichend Informationen zum Beamen gesammelt hat, verwandelt sich der Tennisspieler durch den Analysevorgang in einen übergroßen Camembert.*

*Schön, der Camembert mag größere Aussichten haben, die Australian Open zu gewinnen, aber das ist hier nicht der springende Punkt.*

Eine kurze Geschichte der Zukunft, Kapitel 1 (Auszug)

*

Martin und Richie saßen in einem Taxi auf dem Weg zu Mr Big(gs).

Richie hatte sich geweigert, sein Auto von Claras Hotel abzuholen, da seine Frau ihm sonst Fragen stellen würde. Außerdem wollte er mit dem eigenen Wagen in keine so miese Gegend fahren. Er erkundigte sich, wieso ein Anführer des organisierten Verbrechens dort draußen in einer alten Sozialsiedlung wohnte.

»Es war das Haus seiner lieben alten Mutter«, erläuterte Martin.

»Liebe alte Mutter?« Richie schien nachzusinnen.

»Denk nicht mal dran«, trug ihm Martin auf. »Er ist dort aufgewachsen, er mag das Viertel, und die Polizei traut sich fast nie hinein. Seine Zuneigung zu seiner verstorbenen Mutter ist völlig normal.« Er schaute prüfend in den Rückspiegel, ob der Taxifahrer mithörte. Eines von Biggs' Nebengeschäften war ein Taxiunternehmen. Doch die Augen des Fahrers waren auf die Straße geheftet.

Martin flüsterte. »Überall in seinem Wohnzimmer sind Fotos von ihr verteilt, aber mach ja keine Bemerkung darüber. Ebenso wenig darüber, was sonst noch Seltsames im Haus zu sehen sein könnte. Oder im Garten.«

Richie nickte und versuchte, sich entsprechende Dinge vorzustellen.

»Ihr beide habt viel gemeinsam«, sagte Martin in normaler Lautstärke. »Er ist auch Vegetarier.«

»Hast du nicht gesagt, er sei voll gestört?«

»Das eine schließt das andere nicht aus.« Martin legte zwei Finger unter seine Nase und deutete im engen Fond einen Nazigruß an, um Richie daran zu erinnern, wer in der 1930er- und 1940er-Jahren den Vegetarismus in Verruf gebracht hatte. »Viele Nazis waren sogar tierlieb. Womöglich sind Menschenhasser die wahren Vegetarier und deinesgleichen bloß Freizeitmüslis.«

»Danke, Siegmund«, gab Richie zurück. »Hab's geschnallt. Mr B ist Psychopath, würde aber mit Vergnügen Sojawürstchen-Rezepte tauschen.«

Das Taxi schlängelte sich durch eine Reihe von Verkehrskreiseln und bog dann in eine Straße mit würfelförmigen Reihenhäusern ein. Sie waren ungefähr 1960 aus sandfarbenen Ziegelsteinen gebaut worden, die irgendein städtischer Architekt durch eine Holzverblendung im ersten Stock aufzuhübschen versucht hatte. Es war leicht zu erkennen, welche der Häuser von ihren Mietern gekauft worden waren – das Holz war gefirnisst oder in hellen Farben gestrichen. Die Fassaden, die noch der Stadt gehörten, faulten in der Nachmittagssonne beschaulich vor sich hin.

Vorpubertierende lungerten grüppchenweise an fast allen Straßenecken herum. Sie fixierten das Taxi wie Hyänen, die ein hinkendes Zebra beobachten.

Das Taxi hielt vor einem Würfel mit hellblau gestrichener Außenfront. Geschmackvoll, dachte Richie. Dieser Kerl konnte nicht grundböse sein – eine pastellige Sorte Verbrecher.

Der Garten wirkte gepflegt, aber eigenartig aufgescharrt. Und in einer Ecke des Rasens lag ein großer Haufen Hundescheiße. Richie verbannte, wie angewiesen, alle Fragen aus seinem Kopf und holte den Teleporter aus dem Kofferraum.

Sie klingelten an der Haustür. Ein Schemen dehnte sich hinter der Glasscheibe aus, und dann hatte Richie das seltene Erlebnis, vor jemandem zu stehen, der ebenso groß und breit wie er selbst war. Auch die Kleidung war ähnlich. Schwarzer Anzug, weißes Hemd. Ein Türsteher. Richie und der Türsteher musterten einander, und Richie wusste, dass sein Kampfvermögen eingeschätzt wurde. Er hielt dem Blick seines Gegenübers stand, bis Martin dazwischenredete.

»Mr Biggs erwartet uns.«

»Tragen die Herrschaften irgendwelche Waffen?«, fragte der Türsteher.

»Nein«, erwiderte Martin.

»Bitte treten Sie zurück. Ich muss das nachprüfen«, sagte der Türsteher und pflanzte sich vor ihnen im Eingang auf.

»Tasten Sie da ganz sicher nach Schusswaffen?«, fragte Richie, als ihn der Mann knapp unterm Hosenschritt filzte.

»Richie«, warnte Martin.

»Na, heutzutage ist Clara die Einzige, die so weit meine Schenkel hochkommt«, sagte Richie. »Hey, jetzt will er meine Titten befummeln.« Dem Türsteher fiel es schwer, Richie um den klobigen Teleporter herum zu filzen, bewahrte aber seine abgeklärte Miene.

Martin stand untätig da und ließ sich durchsuchen.

»Okay die Herren, bitte hier lang«, sagte der Türsteher und führte sie ins Haus.

Richie nahm als Erstes den Geruch wahr, der zu ihm durchdrang. Ein erdiger Geruch. Er konnte ihn nicht einordnen, aber es war keinesfalls ein gewöhnlicher häuslicher Geruch.

Der Flur war schmal und schlecht beleuchtet, und Richie sah überhaupt nichts, bis sie in ein Wohnzimmer abbogen, das sich über die ganze Länge des Hauses erstreckte. Hier erklärte sich der Geruch.

»Hey, nettes Vieh«, sagte Richie.

Martin drückte durch verhaltenes Stöhnen seine Missbilligung aus.

Aber Richie lag gar nicht so falsch – ein niedlicher junger Esel stand mitten im Zimmer.

Der Esel wirkte auf dem dunkelblauen Teppich ganz wie zu Hause, und die blassblaue Tapete passte ziemlich gut zu seinem grauen Fell.

»Er heißt Rufus.«

Als Martin und Richie sich umdrehten, sahen sie einen Riesen vom rückwärtigen Garten her das Wohnzimmer betreten. Der Mann hatte sich seinen Spitznamen redlich verdient. Er war so groß wie Richie und breiter gebaut. Er war Mitte fünfzig und hatte einen Schmerbauch, in den ein Sack Zement gepasst hätte, aber noch immer reichlich Muskelfleisch an Armen und Schultern. Er war auf liederliche Art lässig angezogen mit zerknitterter Trainingshose, schwarzem T-Shirt und einer alten grauen Adidasjacke. Das schüttere, fast weiße Haar trug er lang und zu einem zottigen Pferdeschwanz gebunden. In seinem gedunsenen Gesicht hingen große Lider träge herab wie im Halbschlaf.

»Mr Biggs, das hier ist Richie«, sagte Martin in seinem höflichsten Tonfall.

»Bring ihn lieber raus, ehe er auf den Teppich kackt.«

Richie hoffte, dass er vom Esel sprach. Seine Annahme erwies sich als zutreffend, da der Türsteher das Tier im Nacken packte und zur Tür zerrte.

»Sachte«, bellte Mr Biggs. Er wandte sich an Richie. »Der behandelt Tiere, als wären's Menschen«, erläuterte er.

Sollte es nicht andersrum sein?, dachte Richie.

»Das ist alles?« Mr Big zeigte auf den Teleporter. »Sieht nach nix Besonderem aus.«

»Aussehen ist nicht alles, Mr Biggs«, sagte Martin. »Dürfen wir Ihnen zeigen, was das gute Stück kann?«

»In Ordnung. Stellt es da rüber.« Mr Big deutete auf einen ovalen Esstisch nahe dem Fenster zur Straße.

Richie ging zum Tisch hinüber.

»Warte!«, befahl Mr Big, und Richie blieb stehen. »Hier, leg das drunter.« Er reichte Martin eine Ausgabe der Lokalzeitung. »Will keine Macken im Tisch haben. War Mutters bester.«

Martin schlug die Zeitung ehrerbietig auf der billigen lasierten Tischplatte auf, und Richie verkniff sich jegliche Bemerkung, als er das Gerät absetzte.

Während Martin den Computer anschloss, sah Richie sich nach den vielen Fotos an den Wänden um. Da hingen mehrere

Porträtaufnahmen einer unscheinbaren weißhaarigen alten Dame. Dann gab es eine von einem riesengroßen Halbwüchsigen, neben dem die Mutter zur Zwergin schrumpfte, und eine von einer lächelnden schwarzhaarigen Frau mit Strohhut. Ein Porträt der Mutter als junge Braut vermutlich. Keine Bilder des Vaters. Richie hatte nur wenige Fotos seines Dads, pflasterte aber die Wände auch nicht mit Bildern von Mummy zu. Offenbar ein Fallbeispiel für Vaterverleugnung.

Er trat näher an ein gerahmtes Doppelporträt über dem Kamin heran, das einen glücklich dreinschauenden Mr Big zeigte, der seiner alten Mutter einen Wangenkuss aufsetzte.

»Assi-Bandit«, sagte Richie.

Martin schiss sich beinahe in die Hose. Er wartete darauf, dass Richie entweder gleich erschossen oder totgeknüppelt wurde, aber Mr Big nickte einfach nur. Martin rätselte, ob er sich nicht verhört hatte.

»Wusst ich's doch, dass Sie das sind«, fuhr Richie fort. »Sie waren mein Held.«

Martin verstand nicht, was da vor sich ging, aber er hatte sich auch nie für Richies Hobbys interessiert, als beide noch Kinder waren.

Nun nickte auch Richie, während er sich erinnerte.

Ace Bandit war in Richies Kindertagen einer der Stars der Wrestlerszene gewesen. Er hatte als Schlimmster unter den Bösen gegolten, als derart übles Schwein, dass alte Damen mit ihren Handtaschen nach ihm schlugen, bevor er in den Ring trat. Er hatte kohlrabenschwarzes Haar wie ein Rocksänger gehabt und sich beständig geweigert, zur jeweils nächsten Runde herauszukommen, bevor ihm nicht seine Gehilfinnen die Frisur gerichtet hatten. Seine Gehilfinnen waren zwei scharfe Blondinen in Lederbikinis und Fischnetzstrümpfen, die an den Seilen standen und Aces einfältige Gegner anmachten, während Ace sich von hinten anschlich. »Pass auf!«, brüllte dann die Menge, aber da war es schon zu spät. Der Gegner bekam einen Genickschlag, seine letzte Geste vor dem Zusammenbruch ein vergeblicher

Ausruf in Richtung der bikinigewandeten Verräterinnen, unter deren Gelächter Bandit auf den halb ohnmächtigen Narren sprang und seine Unterwerfung erzwang.

Selbst als Kind hatte Richie geargwöhnt, dass die handtaschenbewehrten Damen bestellt und die Gegner nicht gar so leichtgläubig waren, wie sie aussahen, aber als er selbst mit Wrestling anfing, hatte er schon alle Kniffe und Gesten von Ace gelernt – einschließlich des Haarekämmens. Und hinter der verschlossenen Tür seines Zimmers hatte er gelegentlich seine Actionfiguren aufgestellt und zu seinen Gehilfen gemacht, auch wenn sie nicht mit Lederbikinis ausstaffiert waren.

Richie vertrat den Landkreis im Wrestling, doch noch mit vierzehn und als stolzer Besitzer eines Schranks voller Pokale und Medaillen war der sonnabendliche Fernsehnachmittag, wenn die Kämpfe übertragen wurden, der wöchentliche Höhepunkt.

Er war am Boden zerstört, als Ace auf einmal für immer von der Mattscheibe verschwand. Es gab zwar Gerüchte, aber keiner wusste Bandits Rückzug jemals überzeugend zu erklären. Nicht lange danach gab auch Richie den Sport auf.

Trotz Martins Warnung vor übermäßiger Neugier musste Richie seine Frage loswerden.

»Warum haben Sie sich zur Ruhe gesetzt?«

Mr Big schenkte Richie ein kurzes väterliches Lächeln und wackelte dann mit dem Zeigefinger.

»Ich red nicht über den Kram, okay, mein Sohn? Was du sagst, weiß ich zu schätzen, aber ich rede nie über die Vergangenheit. Sind ein paar sehr schlimme Sachen passiert. Hier wollen wir nur alle einen Job erledigen. Bist du jetzt damit fertig?«

»Ja, schalte gerade ein«, antwortete Martin.

»He, Michael!«, rief Mr Big, und der Türsteher kam aus dem Garten hereingetrabt. »Bind ihn fest, ja?«

Richie fand das etwas übertrieben dafür, eine einzige unschuldige Frage gestellt zu haben.

»Schon erledigt, Mr Biggs.« Wieder hatten sie anscheinend vom Esel gesprochen.

»Schön, haste den Schnee da?«, fragte Mr Big.

Michael, der Türsteher, angelte einen Umschlag aus seiner Jackentasche.

»Okay, das ist dein Test«, sagte Mr Big.

»Kokain«, sagte Richie.

»Yeah«, sagte Mr Big. »Du sollst es dir nicht reinziehen, sondern nur für mich teleportieren, klar?«

Richie fluchte im Stillen. Wie oft hatte er Martin das Versprechen abgenommen, sich nie auf harten Stoff einzulassen. Martin wich seinem Blick aus. Er musste davon gewusst haben. Der kleine Scheißer.

»Den werden wir brauchen«, sagte Martin. Er holte einen gefütterten Umschlag aus dem Gerätekasten und schüttelte einen kleinen Metallwürfel in seine Handfläche. Es war einer der Lokatoren, von denen Richie im Netz gelesen hatte.

»Hab ich per Eilboten aus den Staaten kommen lassen«, klärte Martin Richie auf. »Mr Biggs hat mir das Geld vorgestreckt.«

»Und durch dieses Ding kann man alles, was ins Gerät hineinpasst, egal wohin teleportieren lassen?«, fragte Mr Big.

»Nun, in Grenzen. Der Lokator ist über eine Satellitentelefonverbindung ans Gerät angeschlossen. Einfach anklicken zum Einschalten, und er sendet die Koordinaten.«

»Ist mir schnurz, wie das funktioniert«, sagte Mr Big. »Macht es einfach. Hier, versucht es erst mal damit.« Er klaubte ein Päckchen Pfefferminzdrops aus der Tasche seiner Strickjacke. »Rufus hat bestimmt nichts dagegen, wenn wir uns eins seiner Leckerlis borgen.«

Richie nahm einen Bonbon von Mr Big und reichte ihn an Martin weiter.

»Bist du sicher, dass es klappen wird?«, flüsterte er.

Martin nickte. »Hab's mit Zucker ausprobiert.«

»Nur mit Zucker?«, fragte Richie.

Martin legte den Bonbon ins Gerät und schloss die Klappe.

»Gut, eins noch«, sagte er. »Der Zucker lässt sich übertragen, aber wenn Gelatine dran ist, wird es wahrscheinlich nicht funktionieren.«

Mr Big bekam auf der Stelle einen Wutanfall. »Natürlich ist da keine beschissene Gelatine dran«, schrie er. »Ich esse keine Gelatine, so wenig wie mein Esel. Denkst du, ich könnte keine beschissenen Etiketten lesen?« Kleine Schweißteiche bildeten sich in den Falten unter seinen Augen.

Martin knickte nicht ein. »Ich sag's Ihnen ja nur, Mr Biggs. Wir haben Schwierigkeiten damit, tierische Stoffe zu teleportieren.«

»Zeig mir verfickt noch mal einfach, was das Ding draufhat. Ich werde bestimmt kein beschissenes Wurstbrot beamen.«

»Alles klar.« Martin hielt den Lokator zwischen Daumen und Zeigefinger in die Höhe, als würde er im Werbefernsehen eine Zahnpastatube präsentieren, und ging im Zimmer umher. Er führte den Lokator über die Tischplatte, den Kaminsims, Richies Kopf, den Kopf des Türstehers, das Fensterbrett, den Fernsehapparat.

»Was treibst du da? Die schönste Route suchen?«, wollte Mr Big wissen.

»Nein, ich werde es irgendwo auftauchen lassen und möchte, dass Sie den Ort erraten.«

»Ach du Scheiße. Hältst dich wohl für David Copperfield.«

»Nur noch eine kleine Anpassung.« Martin fingerte einen Augenblick lang am Rechner herum. »Okay, streck die Zunge raus, Richie.«

»Ich?« Richie dachte an die Temperatur der Mäuseknochen zurück, die er berührt hatte. Er wollte nicht, dass sich ein glutheißer Pfefferminzbonbon an seinem Mund festschweißte.

»Richie.« Martin warf seinem Bruder den wohlbekannten Blick zu, den er immer draufhatte, wenn er die Harmlosigkeit seiner Absichten beteuern wollte, mochten sie Richie auch noch so wahnsinnig/kostspielig/todbringend vorkommen.

Richie gehorchte. Sollte er mit einer verbrühten Zunge ins

Krankenhaus müssen, würde er wenigstens nicht hier sein, wenn sie zu den Drogen übergingen.

»Okay.« Mit schwungvoller Zauberkünstler-Geste drückte Martin die Eingabetaste, und Richie machte sich auf die Schmerzen gefasst. Er bemerkte das boshafte Vergnügen in Mr Bigs Gesicht.

Es surrte kurz – und schmerzlos. Richie schlug die Augen auf.

»Nichts«, sagte er.

»Ein Scheiß«, sagte Mr Big.

»Garg«, gab der Türsteher von sich.

Alle Augen richteten sich auf Michael, der die Zunge herausstreckte und damit einen kleinen runden Pfefferminzbonbon preisgab.

Es hatte geklappt. Mr Big lachte. »Gib mal her.« Er nahm Michael den Bonbon ab und untersuchte ihn. Beschwerte sich nicht, dass er heiß wäre. Richie sah Martin fragend an, der bloß selbstgefällig grinste.

»Wie hast du das gemacht?«, fragte Mr Big. »Du hast doch seinen Mund gar nicht angeklickt.«

»Nein, ich hab vor sein Gesicht geklickt und den genauen Punkt am Rechner definiert«, sagte Martin. »Die Koordinaten lassen sich von Hand verschieben.«

»Wie hast du die, äh, Temperaturfrage gelöst?«, fragte Richie seinen Bruder, ohne dem Türsteher zu offenbaren, dass ihm beinahe ein kreisförmiges Brandzeichen auf der Zunge geblüht hatte.

»Hab die Entmaterialisierung beschleunigt«, sagte Martin. »Führt wohl dazu, dass die Moleküle weniger zappeln.«

»Okay. Der Schnee. Du –«, Mr Big zeigte auf Richie, »gehst zur Ecke raus und holst mir einen von den Bengeln her. Den großen. Heißt Robbie.«

Richie rührte sich nicht. »Wollen Sie Kokain in die Nase eines Kindes beamen?«, fragte er.

Leute, die seine Anweisungen hinterfragten, war Mr Big nicht gewöhnt. Er dachte kurz über Strafmaßnahmen nach, ehe er antwortete. »Sieht ja vielleicht für dich nach Kind aus, aber der kleiner Pisser hat, was Drogen, Straßenraub und Einbruch angeht, mehr am Stecken als, ach, scheiß drauf. Michael, geh mal da raus, ja? Sag Robbie, er soll sich gegenüber unter die Laterne stellen.«

Der Türsteher ging, und Mr Big knirschte Richie mit den Zähnen an. »Immer noch Wrestler, mein Sohn?«

»Nein«, erwiderte Richie.

»Ich könnte Michael mal bitten, dich auszuchecken, wenn du nicht aufpasst. Klar?«

»Klar. Trotzdem versteh ich nicht, wieso Sie die Sache an einem Kind testen müssen.«

Mr Bigs träge Augen regten sich bedrohlich. »Halt einfach mal die Fresse, okay? Falls du dir keine einfangen willst.«

Richie sah, dass ihn sein Bruder wortlos zu einem Rückzieher drängte. Hier kam er ohnehin nicht weiter. »Okay.«

»Schön. Dies eine Mal vergebe ich dir um Bandits willen. Hier, geh und gib das Rufus. Schau mal, ob es ihm immer noch schmeckt.«

Als Richie den Bonbon nahm, fühlte er sich kühl an. Erleichtert, den verrückten Typen hinter sich zu lassen, trat er hinaus in den Garten.

Rufus stand an einen Pfosten gebunden in einer Ecke des Gartens nahe dem Haufen, der sichtlich doch keine Hundescheiße war. Richie kam da nicht mit. Nur weil man Vegetarier war, musste man doch kein großes, stinkendes Viech im Wohnzimmer halten, um sich als tierlieb zu beweisen. Hatte Martin recht? Stand der Esel für Mr Bigs Form derselben Liebe, die bei den Nazis Hunden und Schubertmelodien gegolten hatte – bewies ihm das Tier die eigene Menschlichkeit?

Er hielt den Bonbon auf der Handfläche ausgestreckt, und der Esel beschnüffelte und verschlang ihn. Richie streichelte seinen borstigen Hals und fuhr mit Daumen und Zeigefinger eines seiner langen, zuckenden Ohren entlang. »Kannst du irgendwas von Schubert?«, fragte er ihn.

Im Haus hatte Martin schlechte Nachrichten für Mr Big.

»Äh, wissen Sie, Mr Biggs, Richie liegt da gar nicht so falsch«, sagte Martin. »Ich weiß nicht recht, ob es eine so gute Idee ist, Koks zu beamen.«

»Was? Fang du nicht auch noch an.« Mr Big stand kurz vor einem weiteren Wutanfall.

»Ich bin nicht sicher, wie stabil es ist«, sagte Martin. »Deshalb habe ich eine Probe MDMA mitgebracht. Ecstasy.«

»Ich weiß, was Scheiß-MDMA ist. Wo soll da der Scheißunterschied sein?«

»Ah. Könnte einen großen Unterschied ausmachen.« Martin sprach schnell, wollte seine Überlegung an den Mann bringen. »MDMA ist eine Designerdroge, richtig? Künstlich erzeugt nach einer bestimmten chemischen Formel: $C_{11}H_{15}NO_2$. Unschwer rein herzustellen. Und daher unschwer durch einen Teleporter zu analysieren und zu übertragen.«

»Dann muss das Gerät das Zeug erst analysieren, bevor es gesendet werden kann?«

»Genau.«

Mr Big rieb sich das Kinn. Er dachte angestrengt nach, sicher über die vielen Verunreinigungen in seinem Kokain, die er von niemandem analysiert haben wollte.

»Und Sie wissen ja, dass es eine Menge weitere Designerdrogen mit ähnlicher Formel gibt«, fuhr Martin fort. Da wäre DXM mit der Formel $C_{18}H_{25}NO$. DMT ist $D_{12}H_{16}N_2$. Einfach die Zahlen ändern, und fertig ist die neue Droge. Der Gesetzgeber kommt da nicht nach. Zur Hälfte sind diese Sachen noch erlaubt und wunderbar zum Beamen geeignet.« Er kam sich vor, als verkaufte er einen Staubsauger, und Mr Big nahm allmählich die Miene einer Reklame-Hausfrau aus den Fünfzigerjahren an, die gerade einen ersten Blick auf ihr künftiges, von der Staubsaugertechnik verzaubertes Leben erhascht.

»Wäre also besser, Ware zu teleportieren, die man als rein kennt«, sagte Mr Big. »Heimische Erzeugnisse.«

»Genau.«

»Eine echte Marktlücke: Teleportation von reinen Designerdrogen.«

»Richtig.«

»Oder von Designerdrogen, die mit irgendwas Teleportationsfähigem verschnitten sind«, sagte Mr Big. »So was wie zermahlene Pfefferminzdrops?«

Martin hatte seinen Staubsauger verkauft.

Ein groß gewachsener Jugendlicher von höchstens sechzehn Jahren in einem Sportanorak kam daher und stellte sich auf den gegenüberliegenden Bürgersteig. Er grinste Richie herausfordernd an.

Martin trabte raus auf die Straße. Er erklärte dem Jungen etwas und bedeutete ihm, sich aufrecht hinzustellen. Dann hielt er ihm den Lokator an den linken Mundwinkel und klickte. Richie nahm an, er werde entsprechend nachjustieren, um das linke Nasenloch des Jungen mit Kokain zu beschicken. Ein paar weitere Halbwüchsige kamen neugierig herbei, aber Martin scheuchte sie fort.

Richie rief quer über die Straße: »Also wirklich, Martin.«

»Bleib cool, Rich«, gab Martin wenig überzeugend zurück. Er trabte zurück ins Haus, und Richie folgte ihm. Er wollte dem Tatort nicht am allernächsten stehen, sollte etwas schiefgehen.

Martin nahm eine letzte Kontrolle am Computer vor, hinter sich die Galerie aus drei großen Männern, die ihn beobachteten.

»Wer jemandem etwas unmittelbar in Mund oder Nase beamen will«, sagte Martin, »sucht sich am besten einen festen Punkt wie diesen und bastelt je nach Größe des Kunden an den Koordinaten.«

»O ja. Du könntest am Laternenmast noch die Zentimeter markieren«, fügte Richie beißend hinzu.

»Na schön, Laurel und Hardy, ihr kleinen Scheißer, jetzt macht mal hinne«, sagte Mr Big.

»Mr Biggs.« Michael zeigte nach draußen.

Eine paar andere Bengel versuchten, den großen Jungen von seinem Platz wegzudrängen. Der Große schrie sie an und stieß sie von sich.

»Ich zeig denen mal, wo's langgeht«, sagte Michael und marschierte zur Haustür.

»So kannst du nicht weitermachen«, sagte Richie. »Wenn du irgendwas senden willst, dann sende ein Pfefferminz.«

»Wahnsinnig lukrativ«, höhnte Mr Big. »Individuelle Scheiß-Pfefferminz-Lieferungen.«

Michael brüllte Drohungen, während er die Straße überquerte. Inzwischen sprangen die kleineren Jungen vor dem Laternenmast umher wie Punks beim Pogo-Gerangel. Eine Frau mittleren Alters kam aus ihrem Haus und schrie etwas von verdammten Gören und unfähigen Eltern und dass ihr Mann jetzt die Polizei rufe. Sie und der Türsteher mischten sich beinahe gleichzeitig in die Balgerei ein.

»Mach dich bereit«, trug Mr Big Martin auf, dessen Finger über der Eingabetaste schwebte.

»Tu's nicht, Martin«, sagte Richie.

Vom Eintreffen der Verstärkung ermutigt, kämpfte sich der große Junge mit zwei machtvollen Stößen frei und stand einen wundersamen Augenblick lang allein und aufrecht vor dem Laternenmast.

»Drück drauf!«, rief Mr Big, und Martin drückte drauf.

Das Gerät surrte, der Knoten aus Leibern zog sich wieder zusammen, und drei Männer und ein Esel warteten angespannt ab, was auf der anderen Straßenseite passieren würde.

Plötzlich erstarrte der Zwergenaufstand, und rings um die Laterne wich alles zurück, um der Frau mittleren Alters Platz zum Umkippen zu machen. Während sie auf dem Boden aufschlug, schnappte sie nach Luft wie ein gestrandeter Karpfen.

»Schafft dieses verdammte Gerät hier raus«, zischte Mr Big. »Michael wird euch fahren. Ich lass euch wissen, wenn ich eure blöden Fressen wiedersehen will.« Er fingerte ein Telefon aus seiner Tasche und wählte die Nummer des Rettungsdiensts.

Martin zog bereits das Kabel aus dem Computer.

Im Auto herrschte bleierne Stimmung.

Richie saß vorn auf dem Beifahrersitz und brannte darauf, seinem Bruder jene Fragen zu stellen, die er ihm vor Michael nicht wirklich stellen konnte. Zum Beispiel, wie viele Jahre Gefängnis darauf standen, einer Frau gegen ihren Willen Kokain zu verabreichen. Richie bezweifelte, dass der Richter sich von der Verteidigung besänftigen ließe, wonach die Droge als Geschenk für einen bereitwilligen Teenager gedacht war.

»Glaubst du, sie kommt klar?«, fragte er.

»Dumme Kuh«, sagte Martin.

»Ja klar, sie ist doch ganz alleine schuld«, stimmte Richie zu. Martin überhörte den Sarkasmus.

»Die kommt schon klar«, warf Michael ein. »Es war nur zu etwa vierzig Prozent rein.« So wenig wie Richie wusste er, dass das Koks durch eine Ecstasy-Pille ersetzt worden war.

»Womit war es gestreckt?«, erkundigte Richie sich.

»Backpulver, Puderzucker«, entgegnete Michael.

Klasse, dachte Richie. Sie würde also an keiner Überdosis sterben, sondern an einem Pfropfen aus Kuchenbackzutaten ersticken.

»Der Esel ist wunderschön«, sagte Richie und fühlte, wie Martin ihm durch die Lehne hindurch in die Nieren stieß.

Michael nahm die Augen von der Straße, um Richie auf Anzeichen für Hohn zu untersuchen. Richie setzte eine Unschuldsmiene auf.

»Was frisst er?«, fragte Richie und wurde durch einen weiteren Stoß in den Rücken belohnt.

»Warum? Haste vor, ihm eine beschissene Schachtel Pralinen zu kaufen?«, gab Michael zurück.

»Nein, ich dachte mir nur, dass es schwierig sein muss, sich im eigenen Zuhause um so ein großes Tier zu kümmern.«

»Mr Biggs ist Schirmherr eines Asyls für Esel«, sagte Martin. Er packte Richie unnötig kräftig bei der Schulter, um zu unterstreichen, dass dieser das Thema fallen lassen möge. »Dafür hat seine verstorbene Mutter am meisten gespendet, und Mr Biggs behält die Neuzugänge im Asyl immer ein paar Tage lang in seinem Garten, um sich ihrer Gesundheit zu versichern. Richie ist Vegetarier. Sehr tierlieb«, fügte Martin hinzu, falls Michael gesonnen war, seinem Chef von der Unterhaltung zu berichten.

Richie nickte. Für das Asyl hatte Mrs. Biggs am meisten gespendet? Das war es also. Er und Martin waren als Drogenhändler von einem Mann angeworben worden, der seine liebe alte Mutter als Maultier wiedergeboren glaubte.

*

Jeb lag auf seinem Feldbett im behelfsmäßig eingerichteten Schlafsaal und notierte sich einige neue Ideen, die ihm gekommen waren. Dass er sie jetzt noch nicht umsetzen konnte, wusste er, doch das spielte keine Rolle. Nach den Maßstäben wissenschaftlicher Arbeit war er noch immer sehr jung, eine ganze Generation jünger als die meisten seiner Kollegen bei diesem englischen Unternehmen.

Und viel wichtiger war es, Verbindungen zu knüpfen, die ihm eine strahlende Zukunft sicherten.

Als Blender ihn das erste Mal aufsuchte, hatte der Ältere der beiden sich ehrlich interessiert an Jebs Theorien zur Teleportation von Menschen gezeigt. Bei ihrem zweiten Treffen hatte ihm Blender einen Platz im Forschungsteam der Regierung angeboten – hier saßen sämtliche Wissenschaftler, die an den bahnbrechenden österreichischen Teleportationsversuchen aus den 1990er-Jahren beteiligt waren. Hamlet konnte sein Glück kaum fassen. Und er hatte die Zusammenarbeit mit einem Projektleiter, der seine Leute zum Träumen aufforderte und das nötige Geld selbst für die Umsetzung abenteuerlichster Eingebungen beisteuerte, wahrhaftig genossen.

Jeb war ehrlich bestürzt gewesen, als Blender ihm anvertraut hatte, das britische Unterfangen werde einige (das heißt viele) Täuschungsmanöver erforderlich machen. Doch er verspürte einen starken Anreiz, bei dem Vorhaben mitzuziehen, da Blender ihm im Erfolgsfall beträchtliche Geldmittel für ein langfristiges, von Hamlet allein zu leitendes Projekt versprochen hatte.

Er konnte sich immer noch an Blenders genaue Worte erinnern: »Es ist an der Zeit«, hatte er gesagt, »dass wieder ein Amerikaner das Schiff steuert.«

Jeb war es gleich, ob seine neuen Kollegen bei dem langfristigen Projekt leer ausgingen. Die Wissenschaft ist eine Welt ohne Gnade.

Er betete bloß, dass die Täuschungsmanöver nicht weiter reichten, als Blender es angedeutet hatte. Jedenfalls nicht viel weiter. Als er sah, wie diese Gefangenen in Ketten zu ihrer Baracke abgeführt wurden, hatte ihm geschaudert. Sollte irgendeiner davon in den großen Teleporter gesteckt werden, wäre er zu einem grauenhaften und keineswegs sofortigen Tod verdammt. Ein wenig so wie auf dem elektrischen Stuhl eigentlich, nur etwas schneller.

Mark Johnson trat durch die Schwingtüren, vergewisserte sich, dass Hamlet allein war, und ging hinüber an sein Bett.

»Hast du Lust, mal einen von diesen Pubs anzutesten?«, fragte er seinen jungen Kollegen. Zwar hatte Hamlet was Luschiges an sich, aber seine Gesellschaft war immer noch besser als die der übrigen Wissenschaftler.

»Ich dachte, Sie hätten keine Zeit für solche Ausschweifungen?«

»Diese Ärsche sind noch nicht fertig damit, die Ausrüstung auszuladen. Wir müssen mit allen ernsthaften Vorbereitungen bis morgen warten.«

Jeb kritzelte noch ein paar Worte mehr und legte den Schreibblock auf seinen Nachttisch. Seine Handschrift war für alle außer ihm vollkommen unleserlich, weshalb er sich keine Mühe gab, seine Aufzeichnungen zu verstecken.

»Okay, aber wenn wir in den Pub gehen, können wir nicht besprechen, was wir hier tun«, sagte er.

»Glauben Sie, die würden was davon verstehen?« Johnson lachte. Er langte in seine Hosentasche und zog einen metallischen Gegenstand hervor. Er sah wie eine kleine Taschenlampe aus.

Jeb keuchte auf. »Das nehmen Sie doch wohl nicht mit?«

»Natürlich nicht. Ich werd's im Labor abgeben auf dem Weg nach draußen.«

Er steckte die kleine Vorrichtung zurück, die sämtliche von Mr Bigs Problemen gelöst und den profitorientierten Martin in orgastisches Entzücken versetzt hätte.

*

Richie dachte, es wäre unhöflich, die Straßen zu überqueren, zwanzig Meter auf der falschen Seite zu gehen und dann wieder zurückzukehren, um das eigene Haus zu betreten. Aber es reizte ihn.

»Hi«, grüßte der Nachbar aus fünf Metern Entfernung. Er führte seinen Köter aus, um im Park zur bereits reichhaltigen Sammlung von Hundehaufen beizutragen. Das Ungeheuer trottete unschuldig an seiner Kette den Gehsteig entlang, als verberge seine Schnauze nichts Bösartigeres als ein Maulvoll Marshmallows.

»Hi«, gab Richie aus vier Metern Entfernung zurück, ohne langsamer zu werden.

»Was ist das, ein Buch?«, fragte der Nachbar und wies auf den Ausdruck, den Richie in der Hand hielt.

Richie befand sich noch immer im Grenzbereich jenes Lächelns, das zwar Höflichkeit, aber auch große Eile anzeigte. »Ja.«

»Ein selbst geschriebenes?«

»Ja.« Richie blieb neben seinem Nachbarn stehen, wandte sich aber seinem Haus zu. Er machte eine scheinbar unwillkürliche Trittbewegung mit dem Fuß und hoffte, sie werde den Hund zum Lospreschen bringen, samt seiner menschlichen Fracht im Schlepptau. Doch es glückte ihm nicht, der Hund blieb reglos. Cool wie ein Haifisch.

»Wovon handelt es?« Der Nachbar starrte auf den Packen Papier.

»Science-Fiction«, sagte Richie. Gewöhnlich reichte das, um Leute abzuwimmeln.

»Oh, ich bin ganz versessen auf Science-Fiction«, sagte der Nachbar, als wiederhole er jemand anderes Meinung über ihn. »Kennen Sie *Star Trek*?«

»Hab davon gehört«, antwortete Richie. Er schaute sehnsüchtig nach seiner Haustür, auch wenn sie keine Rettung bedeutete, denn dann würde er Clara alles über ihrer beider Neuverschuldung erzählen müssen.

»Haben Sie das Original gesehen? Mit William Shatner?«

»Ja, glaub schon.«

»Welche Folge gefällt Ihnen am besten?«

Die, in der ein Pitbull sein Herrchen zu Tode zerfleischt und dann von einem Panzer überfahren wird, dachte Richie. Er sagte aber: »Und Ihnen?«

Der Nachbar zögerte nicht eine Millisekunde, als wäre seine Antwort vorprogrammiert: »*Kennen Sie Tribbles*. Die, in der diese kleinen flauschigen Tierchen sich so rasend schnell vermehren, dass sie den ganzen Laden übernehmen. Hätte die Crew nicht rausgefunden, wie man ihre Fortpflanzung verhindert, wäre das Raumschiff Enterprise überfüllt gewesen.«

»Ja, stimmt.« Richie zog die geistigen Fähigkeiten des Mannes ernstlich in Zweifel. Er war ein menschlicher Tribble.

»Hab sie alle auf Video. Die neunundzwanzig Folgen der ersten Staffel, die sechsundzwanzig Folgen der zweiten Staffel und die vierundzwanzig Folgen der dritten Staffel. Sendetermin von *Kennen Sie Tribbles* war im Dezember 1967. Neunundzwanzigster.« Er errötete leicht. »29. Dezember, meine ich, nicht neunundzwanzigster Sendetermin. Es war die vierundvierzigste Folge. Ich kann Ihnen mal das Video vorbeibringen.«

»Ja, prima, wann immer«, sagte Richie schroff.

»Kann ich Ihr Buch lesen?«

Richie schaute auf seinen Ausdruck. So unangenehm das

Eingeständnis war, aber dieser Kerl klang wie seine Kernzielgruppe. »Ja, klar«, sagte er. »Ich werd's Ihnen dann später rübergeben, okay?« Er wandte sich zum Gehen.

»Nein, ich nehm's jetzt mit«, sagte der Nachbar und streckte seine freie Hand aus.

»Aber Sie gehen doch rüber in den Park, oder?«

»Schon, aber dann geh ich wieder nach Hause.«

»So, ja.« Scheiß drauf, dachte Richie, schlimmstenfalls flattern die Seiten durch die ganze Stadt und machen Stimmung dafür, dass ich veröffentlicht werde. Mit etwas Glück frisst der Hund ein Kapitel und erstickt dran.

Er übergab das Manuskript.

»Morgen sag ich Ihnen, was ich davon halte«, versprach der Nachbar.

»Morgen?«

»Ja, ich werd's über Nacht lesen. Hab nichts Besseres zu tun.«

»Okay. Schön.«

»Bis dann.« Der Mund des Nachbarn erstarrte zu einem flüchtigen Lächeln, dann schnippte der Mann mit der Kettenleine und setzte seinen Hund in Bewegung.

Richie sah den beiden hinterher. Nur für einen kurzen Augenblick fragte er sich, ob der Mann wohl ein Außerirdischer war. Aber nur für einen kurzen Augenblick, und keineswegs ernsthaft. Martin hätte davon gewusst, wenn Außerirdische in Bournemouth wohnten.

*Ich habe die vollständige Geschichte aller hier angeführten Science-Fiction-Bücher, -Fernsehserien und -Spielfilme aufgeschrieben.*

*Die erste Folge von* Star Trek *beispielsweise wurde am 8. September 1966 ausgestrahlt, und die Serie lief über drei Staffeln mit insgesamt neunundsiebzig Folgen. Als die neunundsiebzigste Folge am 3. Juni 1969 von NBC gesendet wurde, war schon eine ganze Generation von diesem verklärten Ausblick auf die Zukunft angefixt, in der das Schicksal der Menschheit von ihrer technologischen Überlegenheit und der Charakterstärke eines gut aussehenden, väterlichen Raumschiffkapitäns abhing.*

*Im wirklichen Leben wurden gleichzeitig junge Amerikaner von ihren rückgratlosen Führern in eine fremde, asiatische Welt entsandt, um dort von hoffnungslos unterlegenen Gegnern buchstäblich aufgespießt zu werden.*

Eine kurze Geschichte der Zukunft, Einleitung (Auszug)

*

Die Premierministerin wusste genau, wie es lief. Sie zog das Verhandlungsprozedere durch, ohne irgendeine Art von Groll zu zeigen, als verstünde sie nur zu gut, dass alles nur symbolisch war. Diese britische Konvention – ein guter Verlierer zu sein – schätzte Blender besonders.

Folglich verblüffte es ihn, wie unglaublich taktlos sie reden konnte.

Soeben hatte er eine E-Mail aus Brooklyn bekommen, die den Mitschnitt eines Ferngesprächs zwischen ihr und der britischen Botschaft in Washington enthielt. Es war über eine »sichere« Leitung geführt worden, aber sie war doch garantiert nicht so einfältig anzunehmen, die USA würden der britischen Botschaft eine sichere Leitung zugestehen?

»Darling, ich bin's«, begann das Gespräch.

»Wer?«

»Leck mich. Deine Ehefrau!«

Mein Gott, dachte Blender, verbannten denn die Medienberater der Premierministerin so etwas nicht aus ihrem Wortschatz?

»Wie läuft's in Amerika?«, fragte sie.

»Oh, ist die reinste Party. Bin nur froh, dass du nicht da bist.« Seine Stimme war geschmeidig und männlich. Er hatte diese englische Vornehmheit in der Aussprache, für die ein amerikanischer Snob sterben würde. Töten würde.

»Ja, vergiss nur nicht, dass ich Aschenputtel zur Arbeit rufen werde. Dein Vaterland braucht dich«, sagte die Premierministerin.

»O Gott, nicht noch ein königliches Begräbnis?«

»Nein, eine Tagung.«

»Eine Tagung? Würg.«

»Genau. Du musst herkommen und mein Würg mit mir teilen. Es steht in deinem Terminkalender, wie du sehr gut weißt.«

»Ja, ich hab Cocktails getrunken, um es zu vergessen. Ich könnte mich um ein, zwei Tage verspäten. Muss noch Klienten abklappern.«

Schweigen trat ein, als bemühe sich die Premierministerin um Selbstbeherrschung. »Du musst herkommen und deine Pflicht tun.« Etwas vage Bedrohliches lag in ihrer Stimme.

»Meine Pflicht? Nicht …?«

»Ja, es ist wieder Zeit.«

»Oh.« Er klang gekränkt. »Ich hab ja gesagt, dass es so weit kommen würde. Du meintest, nichts weiter als einen Ehemann zu brauchen, der sich gut in der Klatschpresse macht und dir zur Wahl verhilft. Ich hab eine saubere Weste behalten, und nur weil es jetzt zu deinem politischen Ehrgeiz passt, soll ich …« Seine Stimme verlor sich.

»Kannst du nicht einfach die Augen zumachen und an England denken?«, fragte sie und tat ihr Bestes, nicht zu flehen. »An die englische Fußballmannschaft, meine ich. Es drängt allmählich.«

Huch, dachte Blender. Eine Staatslenkerin mit Hormonen. Dem Präsidenten könnte ein heikler Öko-Gipfel bevorstehen. Und Blender hatte keine Möglichkeit, ihn zu warnen – es durfte nicht durchsickern, dass er die Hormone der Premierministerin angezapft hatte.

*

Zu Hause saß Clara auf dem Sofa und las den Kindern eine Geschichte vor. Sie handelte von einem kleinen Jungen, der nie Danke sagte. Noch gestern wäre das eins von Richies wichtigsten Anliegen überhaupt gewesen. O ja, Kinder, ihr müsst immer Bitte und Danke sagen, hätte er sie ermahnt. Heute dachte er, hol's der Teufel.

Er konnte Clara gar nichts beichten. Es würde dem Augenblick jeden Zauber nehmen. Zwei gesunde Kinder, die zu beiden Seiten ihrer liebevollen Mutter sitzen.

Martin hätte über so viel Ehrfurcht gelacht. Er war nie verheiratet gewesen und hielt es mit keiner seiner festen Freundinnen länger als zwei Monate aus. Er sagte es Richie geradeheraus: Es langweile ihn einfach, immer dieselbe zu vögeln. Früher oder später merke er, dass er irgendwas an ihnen nicht mehr ausstehen konnte. Abgekaute Fingernägel, schlaffe Titten, eine dämliche Lache (du hast gut reden, meinte Richie dazu).

Auf seine eigene verdrehte Weise hatte er recht, dachte Richie. Man weiß, dass man die Richtige gefunden hat, wenn man morgens aufwacht und sie einfach anschauen möchte. Eine so schlichte wie wesentliche Freude. Dasselbe bei den eigenen Kindern. Man wird nicht müde, sie einfach anzuschauen.

Er ließ sich in einen Sessel plumpsen und betrachtete Clara, wie sie sich auf das Buch konzentrierte und dabei George und Ella im Arm hielt, die mit dem Auf und Ab der Geschichte seufzten und keuchten. Er genoss es, sie zu betrachten. Ihr Gesicht sah fast unverändert aus wie mit einundzwanzig, bis auf die eine oder andere Sorgenfalte, die bei der ständigen Verantwortung für zwei Kinder unvermeidlich ist. Ihre Lippen waren scharf umrissen, ein wenig aufgeworfen und jederzeit küssenswert. Obwohl sie zwei Babys bekommen hatte, war ihr Körper insgesamt gut erhalten. Noch immer sah er gerne zu, wenn sie aufstand und etwas zum Anziehen über ihre leicht rundliche Figur streifte. Außer sie zog zuerst den BH an. Dann sah sie aus wie eine Kuh.

Einmal hatte er versucht, Martin seine häusliche Zufriedenheit zu erklären.

»Du weißt erst, was Glück ist, wenn du dein eigenes Kind

gefüttert hast«, meinte er. »Weißt du, wenn du ihm Nahrung gegeben hast, damit es leben kann.«

Martin reagierte verächtlich. »Aus dir spricht die Evolution, Rich. Du willst doch nur, dass sie groß genug werden, um deine Gene zu verbreiten. Du bist nicht besser als irgendein beschissener Pavian.«

Richie hätte ihm fast eine reingehauen.

Martin tat erschrocken. »Hoppla, ruhig Blut, Mann. Hab dich doch bloß aufgezogen.«

Richie war ehrlich überrascht von seiner gewaltsamen Anwandlung. Jemand hatte ein Wort gegen seine Familie gesagt und sogleich seinen Angriffsreflex ausgelöst. »Das war richtig unheimlich«, sagte er.

»Sieht du, ich hab recht, oder?«, sagte Martin. »Ist so 'n Sippending. Du bist wie dieser große Gorillapapa in dem Tarzanfilm. Weißt schon, der Anführer von einem, wie nennt man das, Schwarm?«

»Ein Gorillaschwarm?«

»Keine Ahnung, Rudel oder Herde oder was immer, und wer was an deinen Kindern aussetzt, greift damit die Herde an. Vergiss nicht, dass ich in derselben Herde bin, Mann. Wir haben die gleichen Gene.«

Es war eine Laune der Fortpflanzung, die Richie nie vergessen konnte.

Clara kam zum Ende der Geschichte.

»Zeit, ins Bett zu gehen«, verkündete sie. Die Kinder versuchten quengelnd, sich ihrem Griff zu entziehen. »Ach, übrigens, hätt ich fast vergessen«, wandte sich Clara an Richie. »Ich hab keine Ahnung, was für einen Unfug du und Martin gestern Abend ausgeheckt habt, ist aber auch egal: Ich hab nämlich Angela angerufen, und diese Neuigkeiten stimmten gar nicht.«

»Was?«, fragte Richie. Die Kinder kicherten laut, während Clara sie umklammert hielt. Hoffentlich hatte er sich verhört.

»Sie ist nicht du-weißt-schon. Die Premierministerin«, flüsterte Clara weithin hörbar. »Hast du was verloren?«

Richie hatte aus seinem Sessel zu kommen versucht und war nach vorn auf die Knie gefallen. Eingedenk seiner morgendlichen Darbietung auf dem Badezimmerfußboden schien das Gebet seine Haltung des Tages zu sein.

»Bin noch immer etwas verkatert«, brachte er mit Mühe hervor. Sein Brustkorb fühlte sich an, als sei er um die Hälfte geschrumpft. Jeden Augenblick würden ihm seine Rippen die Lunge zerquetschen.

»Und wer hat Schuld dran?«, schalt Clara.

»Daddy war heute Morgen auf dem Klo übel«, sagte Ella.

»Ich weiß«, sagte Clara. »Aber er hat alles sauber gemacht. Ist er nicht ein Musterdaddy?«

»Stinkedaddy!« George sprang auf Richies Rücken in der Annahme, gerade wäre gut Hoppereiterspielen.

»Weißt du zufällig«, frage Richie so beiläufig, wie er konnte, »ob sie tatsächlich schwanger werden will und es einfach falscher Alarm war?«

»Hä?« Clara runzelte die Brauen, und Richie erkannte, dass er nicht viel mehr sagen konnte, ohne zu offenbaren, dass sie seit eben ohne einen Penny dastanden und wahrscheinlich sehr bald mit ihrer Hypothek in Verzug kommen würden. Er hob George behutsam von seinem Rücken, stand auf und klopfte seine Tasche danach ab, ob das Handy noch drinsteckte.

»Ich geh nur mal auf 'ne Fluppe in den Garten«, sagte er.

»Aber du rauchst doch nicht.« Clara lachte unsicher.

»Hab ich Fluppe gesagt? Ich meine Furz. Ich geh auf 'nen Furz in den Garten. Muss der Kater sein.«

»Bin ich froh, dass ich ein Mädchen bin«, sagte Ella. »Mädchen furzen doch nicht, oder, Mummy?«

»Nein, Liebes, die haben Winde«, erklärte ihr Clara. Sie nahm Richie sehr sorgfältig in den Blick.

»Hunde furzen«, sagte George.

»Genau wie Zauberer«, meinte Ella. »Auf Lucys Party gab's einen Zauberer, und der furzte dauernd. Ihr Papa hat gesagt, der würde wohl nichts taugen, wenn er seine eigenen Fürze nicht wegzaubern kann.«

Richie stand am Ende des Gartens vor dem Zaun, ein breiter Schatten gegen den fahlen Lichtschein, der vom angestrahlten Bahndamm herabfiel. Seine Linke schien Mücken zu verscheuchen, aber tatsächlich galten die Hiebe seinem Bruder am fünf Kilometer entfernten Ende der Verbindung.

»Cool bleiben«, sagte Martin. »Uns wird schon was einfallen.«

»Martin, du hörst dich wie ein beschissenes Schulungsvideo für Samariter an. Was machen wir jetzt?«, wollte Richie wissen.

»Ganz ruhig. Dann müssen wir halt die Premierministerin schwängern. Hey, weißt du, wir könnten den Teleporter benutzen. Zum Spermabeamen …«

Richie klammerte sich Halt suchend an den Zaun. Hätte er nur etwas Geld übrig, hätte er sein Handy und symbolisch seinen Bruder gleich mit auf die elektrifizierte Bahntrasse geschleudert.

*

Geräuschlos bewegten sich ein paar Schweine durch die englische Nacht.

Geräuschlosigkeit ist, das wird jeder Schweinebauer bestätigen, nichts für Schweine. Es sei denn, es handelt sich um Würste.

Diese Geräuschlosigkeit wurde auf chemischem Weg herbeigeführt, getarnt durch das Grunzen anderer Schweine, um Argwohn vorzubeugen.

Das Borstenvieh war unterwegs zum neuen amerikanischen Luftstützpunkt bei Bournemouth, aber dies war kein Angriff Orwellscher Tiere auf den technischen Forschritt der Menschen. Drei englische Schweine fuhren (und grunzten) in einem gewöhnlichen Viehtransporter mit Stahlwänden. Zu ihrem Schutz während der Fahrt bedeckten drei große Heuballen einen Teil der Ladefläche.

Genau genommen waren die Heuballen illegal eingeführt worden, denn sie bestanden aus amerikanischem, just diese

Nacht aus den USA eingeflogenem Heu. Und in den Ballen schlummerten betäubt drei amerikanische Schweine, die Max Blender ehrenhalber zu Sonderbevollmächtigten ernannt hatte in Anerkennung dessen, was sie demnächst für ihr Land tun würden.

Alle sechs waren Yorkshire-Schweine. Eine weiße Zuchtrasse mit langer transatlantischer Geschichte. Die ersten Yorkshires waren um 1830 aus England in die USA eingeführt worden, und als Ende desselben Jahrhunderts ein amerikanisches Schweineforschungszentrum (zufällig in Iowa) eingerichtet wurde, stachen die Yorkshires bereits jede andere Zuchtrasse hinsichtlich schneller Gewichtszunahme aus.

Ihre Beliebtheit beidseits des Atlantiks machte die Tiere zur ersten Wahl für Blenders geheime anglo-amerikanische Unternehmung. Selbst nach fast zweihundert Jahren Trennung ist ein Iowa-Yorkshire kaum von einem Yorkshire-Yorkshire zu unterscheiden. Auch wenn ein Schweinefachmann bemerkt hätte, dass die drei amerikanischen Schweine wie im Durchschnitt auch die Menschen in ihrer Heimat breitere Hinterteile hatten als ihre britischen Gegenstücke, was hauptsächlich an einer fett- und hormongesättigten Mast lag. Doch ihre Hüter bei diesem nächtlichen Ausflug hofften, dass kein Schweinefachmann die Tiere zu sehen bekäme.

Der Lastwagen hatte die Schweine auf einem nahe gelegenen Hof geladen und anschließend auf einem Rastplatz ein Rendezvous mit einem amerikanischen Lkw, der die heubedeckten Sonderbevollmächtigten beförderte. Der Umstieg war zwar von englischem Grunzen und Quieken begleitet worden, doch diesen Verratsversuch der heimischen Schweine hatte zum Glück niemand in den wenigen vorbeifahrenden Autos wahrgenommen.

Nun ließ der Viehtransporter den spärlichen Verkehr vollends hinter sich und steuerte gemächlich über die laubüberdachten Landstraßen von Hampshire. Hier draußen gab es keinen, der sie bemerken könnte. Die Bauern waren zu erschöpft von ihren Tagesjobs, die sie zur Ergänzung ihrer schrumpfenden landwirtschaftlichen Einkünfte brauchten. Die Füchse waren zumeist in die Stadt abgewandert. Und die scharfäugige Eule hatte Fallen, Gift und Pflanzenschutzmittel fast schon ausgerottet. Die britischen ländlichen Verhältnisse schienen maßgeschneidert für US-amerikanische Operationen zu sein.

Der Lastwagen hielt neben einem Wachposten am Eingang zum amerikanischen Stützpunkt und folgte dann im Schritttempo und mit abgeblendeten Scheinwerfern einer anderthalb Kilometer langen Zufahrtsstraße.

Vor einem alten Feuerwehrhangar, der behelfsmäßig zum Schweinestall umgerüstet worden war, kam er zum Stehen.

Die Hangartüren wurden geöffnet, und der Lastwagen fuhr rückwärts hinein. Gedämpftes elektrisches Licht wurde eingeschaltet und brachte eine tennisplatzgroße Strohunterlage und mehrere Tröge voll frischem, kaltem Schweinefutter zum Vorschein. Die Heckrampe des Lasters wurde abgesenkt, und die englischen Schweine kamen nervös heraus. Sie blinzelten ein paar Augenblicke lang in das künstliche Hell und trotteten dann eines nach dem anderen schnüffelnd zu den Trögen hinüber.

Sobald die englischen Schweine eingepfercht waren, gingen vier Amerikaner daran, die Ballen auszuladen. Diese kleine Schweineeinsatztruppe setzte sich aus drei Labortechnikern und Jeb Hamlet zusammen.

Während er einen schweren Ballen vor sich herschob und das steife Heu in seine weichen Wissenschaftlerfinger piekste, ließ ihm ein Gedanke keine Ruhe: Hab ich hierfür meinen Doktor gemacht?

Die Antwort, entschied er, war Ja. Es machte Spaß. Es war was los. Das Heu roch nach Ferienlager und Schulausflügen zu den Lämmern und Entenkücken. Und sonst kam er nur dann bei seiner Arbeit ins Schwitzen, wenn die Klimaanlage ausfiel oder eines seiner Forschungsvorhaben zur Revision anstand.

Die Männer öffneten die verborgenen Klappen in den Heukisten und zerrten die amerikanischen Schweine heraus. Die Kisten waren klug gestaltet mit Schlaufen um die Hinterteile der Schweine, sodass zwei Männer nur lange genug daran zu ziehen brauchten, bis die Schweine auf den Boden rutschten.

Zehn Minuten später lagen drei Schweine aus Iowa aufgereiht auf dem Stroh, schliefen immer noch fest und träumten von der Heimat ihrer Vorfahren in Yorkshire.

*

Blender gingen die Terroristen nicht aus dem Kopf. Diese britischen Asiaten, die der Beihilfe zu den Flugzeugentführungen vom elften September beschuldigt worden waren. Und die Kerle hinter den Bombenanschlägen im Londoner Bus- und U-Bahn-Netz. Er erinnerte sich daran, dass ihre Häuser in den Nachrichten gezeigt worden waren und alle wie dieses hier ausgesehen hatten – eine kleine Ziegelkiste, die sich an eine weitere kleine Ziegelkiste drückte. Zu verschämt, um mit anderen zusammen ein Apartmentgebäude zu bilden, zu schüchtern, um sich auszubreiten und ein richtiges Haus zu werden mit richtigen Gärten statt eines handtuchgroßen Rasenfetzens hinten und eines Blumenbeets vorn.

Er saß in einem Auto – einem geliehenen französischen, um nicht zu sehr aufzufallen – gegenüber dem Haus von Richard Fisher. Es sah nicht wie das Heim jemandes aus, der mit Teleportation zu tun hätte. Es wirkte technisch denkbar anspruchslos. Aber er hatte die Akte im Schoß liegen und die Anschrift überprüft.

Es war ein Uhr früh, und drinnen bewegte sich nichts. In der ganzen Straße schien sich nichts zu bewegen. Keine Autos, keine Musik, nur Vorortstille.

Er spielte mit dem Gedanken einzubrechen und hätte es womöglich auch getan, wäre aus der Akte nicht hervorgegangen, dass der Teleporter tatsächlich nie von diesem Haus aus eingesetzt worden war. Fisher musste ihn woanders aufbewahren.

Blender stand noch immer unter leichtem Schock. In der Vergangenheit hatte er eigentlich nur London gesehen, die Universitäten von Oxford und Cambridge, und er kannte die Taxistrecke nach Heathrow, auf der er gewöhnlich las oder telefonierte. Nie hatte er sich ins vorstädtische Hinterland hinausgewagt.

Wie nur, rätselte er, fanden sich diese Briten zurecht? Er tippte etwas ins Navi ein. Er wollte sämtliche Adressen abklopfen, an denen das Gerät benutzt worden war. Aber die Straßen, die Straßen. In dieser Stadt explodierten sie nach allen Richtungen ähnlich einem Zufallsmuster bakteriellen Wachstums. Nein, nicht ganz so zufällig – es gab Inseln der Ordnung im Straßennetz –, hier und da fügte es sich zu einem Gitter, als sei es tausendmal aufgerissen und von tausend verschiedenen Spinnenarten geflickt.

Und alle Straßen hatten Namen. Sicher, in historischen amerikanischen Städten wie Washington und Boston gab es ein paar alte, kurze Straßen, doch die Briten mussten ihre jahrhundertelange Geschichte überwiegend der Benennung ihrer Straßen gewidmet haben. Alle zehn Meter änderten sich die Namen. Wahrscheinlich gab es in Bournemouth mehr Straßennamen als in ganz Amerika. Keine Main Streets oder Third Streets, nicht mal eine einfache Winston Churchill Street. Stattdessen diese abgefahrenen organischen Namen wie Wimbourne Road. Wimbourne? Bourne mochte ja ein Fluss sein, aber was zum Teufel ist ein Wim? Und warum nicht gleich Wimborn? Und Holdenhurst Road? Holdenhurst klang mehr nach einem Zauberer aus der Artussage als nach einer heruntergekommenen Einkaufsstraße.

Für die Bobbys musste es die Hölle auf Rädern sein. Bei einer amerikanischen Autoverfolgungsjagd funkt die Streife so was wie: »Verdächtige fahren auf der East Street ostwärts«, dann: »Verdächtige biegen auf die North Street nordwärts ein.« Weiß der Geier, wie es die englischen Kollegen machten. »Verdächtiger fährt eher nordwestmäßig auf der Wimbourne Road, halt, die Straße ist gerade nach Norden abgeknickt, äh, soll heißen

Nordost, jetzt biegt er mehr ostwärts in die Holdenhurst Road ein, Sekunde, er ist wieder abgebogen in die, bleibt dran, die Straße ändert ihren Namen, er ist jetzt in der … steht da Crescent oder Gardens … Scheiße, kann ich den Dreckskerl nicht einfach erschießen?«

Die Vorstellung, wie sich seine Teleportationstechnik auf diesen gewundenen Pfaden (und Crescents, Gardens, Drives, Rises usw.) bewegen würde, gefiel Blender nun wieder. Nicht über eine schnurgerade Main Street preschen, hinaus in die Prärie, sondern sich an Wims entlangschlängeln, von Holdenhursts fernhalten, in die Winkel der Gesellschaft einsickern wie Flutwasser, das sich den Weg des geringsten Widerstands sucht. Es hatte etwas erfrischend Regelloses an sich.

Eine Bewegung. Die Straße war doch noch wach. Ein sehr blonder Mann trat aus dem Haus neben dem von Fisher. Er trug einen dicken Packen Papier. Blender blickte von seinem Navi auf. Der Mann klopfte an Fishers Tür. Musste ein guter Freund sein, so spät nachts zu klopfen. Es dauerte eine Weile, ehe Fisher öffnete. Verdammt, aus diesem Winkel war sein Gesicht nicht zu erkennen, nur ein Arm, der »geh weg« zu sagen schien. Doch kein so guter Freund. Ah, nein, Fisher ließ ihn ein. Interessant.

Vielleicht auch völlig uninteressant. Wer wusste schon, was diese Briten nach Einbruch der Dunkelheit trieben.

Blender ließ den Motor an, kämpfte kurz mit dem Schaltknüppel (war diesem Land entgangen, dass die Dinger nicht mehr nötig waren?) und fuhr davon, um irgendwie die Hauptstraße in die Stadt zu finden (die natürlich nicht Main Road hieß).

Die nächste Adresse auf seiner Liste war ein Laden, der seinen Leuten zufolge einem Martin S. Ames gehörte.

*

Am nächsten Morgen entschied Richie, dass seine Vorfreude auf die Zukunft vor allem dem Augenblick galt, da sich seine Finger um Martins Gurgel legen würden.

Das Zudrücken und Abwürgen würde sich gut anfühlen. Der Moment des ersten Zugriffs auf diese Gurgel jedoch wäre kostbar. Wäre es womöglich wert, mehrmals loszulassen und erneut zuzupacken, um das Gefühl gehörig auszukosten.

Der Rest der Zukunft sah insgesamt beschissen aus.

Was betrüblich war, denn Richie hatte Jahre darauf verwandt, über die Zukunft nachzudenken, und beinahe jede Minute davon genossen. Neben der Berücksichtigung der von seiner bevorzugten Science-Fiction angeregten technischen Neuerungen hatte er zudem manche glückliche Stunde damit verbracht, von dem Zeitpunkt zu träumen, da er das Büro eines Verlegers betreten würde, um über den Verkauf seines Buches zu verhandeln.

Und nun war es so weit. Er stand in der Eingangshalle eines maroden viktorianischen Gebäudes in der Innenstadt, suchte nach dem Firmenschild von Sea-Fi Sci-Fi und hatte gar keine Freude daran.

Statt den Gedanken erregend zu finden, sich gleich mit jemandem zu treffen, der sein Buch tatsächlich drucken könnte, betete Richie einfach nur, dass der Typ ihm einen Vorschuss zahlen würde. Wenn er keinen Vorschuss bekam, war er geliefert.

Richie war eine Medienhure geworden, ohne je Medienstarlet gewesen zu sein.

Es hatte ihn überrascht, so schnell einen Termin zu bekommen. Der Verleger James Bishop hatte gesagt, er fände es »ungeheuer spannend«, einen hiesigen Schriftsteller kennenzulernen. Die meisten seiner Autoren lebten in den Staaten.

Die Örtlichkeit wirkte nicht unbedingt wie der Hauptsitz eines transatlantischen Medienimperiums. Die schmuddelbeige Tapete war feucht und löste sich vom Putz, als ob erst mehrere Pizzas an die Wand geklatscht und dann mit den Papierbahnen überkleistert worden wären. Die Holzstufen lagen bloß und knarrten, und irgendwer hatte große Mengen Bodenreiniger verschüttet, um zweifelhafte Gerüche zu überlagern. Die Treppe miefte wie ein Eimer abgestandener Urin hinter einer duftenden Kiefer.

Die einzige Tür auf dem Gang im ersten Stock war glänzend weiß gestrichen. Es war eine vornehme Tür mit schwerer Täfelung, deren altertümliche Wirkung vom billigen Kunststoff des Sea-Fi-Sci-Fi-Schilds verdorben wurde.

Richie war auf die Minute pünktlich – zehn Uhr vormittags –, klopfte folglich an und wartete auf Einlass. Er musste nicht lange warten. Nach etwa einer halben Sekunde wurde die Tür aufgerissen.

»Oh, sind Sie Mr Fisher?«, sagte die junge, sichtlich überraschte Empfangsdame.

»Ja.« Richie lächelte, obwohl er ihr ansah, was sie dachte: Dieser Typ ist kein echter Schriftsteller, sondern kommt die überfällige Miete kassieren.

»Treten Sie ein.« Sie huschte hinter ihren sandfarbenen Stahlschreibtisch. »Mr Bishop wird Sie gleich empfangen. Er telefoniert gerade mit New York.«

»Wow. Da drüben ist jetzt vier Uhr früh«, sagte Richie, dessen Körper sich immer noch undeutlich dieser Tatsache bewusst war.

»Echt? Science-Fiction-Autoren wie Sie brauchen offensichtlich wenig Schlaf.« Wieder schenkte sie ihm einen taxierenden Blick – ist er einer oder keiner? »Ich wollte gerade runterflitzen, die Post holen. Wenn Sie wohl kurz hier warten könnten?« Sie zeigte auf einen Stahlrohrstuhl. Die Büroeinrichtung schien als Partieware bei einem örtlichen Behördenausverkauf erworben worden zu sein. Die Wände hingegen waren weiß wie die Tür und mit Werbeplakaten für Sea-Fi-Sci-Fi-Bücher geschmückt. Es gab fünf Plakate, jedes mit mindestens zehn Buchtiteln. Ermutigend.

Richie setzte sich. Auf seinem Schoß lag sein Manuskript, das in einem großen, seidenglatten braunen Umschlag steckte. Er hatte tags zuvor die Inhaltsangabe und ein Probekapitel gemailt, und Mr Bishop hatte darauf bestanden, er solle den Ausdruck und eine Textdatei mitbringen. Unter anderen Umständen wäre Richie entzückt gewesen. Aber sein dringender Geldbedarf hatte alles verdorben. Er trommelte mit den Fingern auf dem Umschlag.

Die junge Frau, die um die zwanzig und mit einem aufreizend engen T-Shirt bekleidet war, kam mit einer kleinen Ernte von Briefen zurück. Sie legte sie in einen Eingangskorb und begann, auf einem Laptop zu tippen. Bögen mit Briefkopf kamen aus ihrem Drucker hervor. Sie sahen aus wie Abrechnungen. Honoraraufstellungen vielleicht? Richie, der ein schickes schwarzes Jackett passend zum weißen Hemd angezogen hatte, fühlte zwischen den Schulterblättern einen Tropfen Angstschweiß.

»Mr Fisher?« Ein lächelnder Mann von etwa vierzig Jahren mit zurückgebürstetem kastanienbraunem Haar und makellos gestutztem Bart hatte die Tür zum angrenzenden Büro geöffnet und strebte auf Richie zu.

Richie stand auf und schüttelte die ausgestreckte Hand. Sie war warm, aber trocken.

»Richie«, sagte er.

»James. Meine Freunde nennen mich Archie.«

»Danke, dass Sie Zeit für mich haben, Archie.«

»Carol, würden Sie uns bitte einen Kaffee machen?«

Auf einem Tisch neben Bishops Bürotür stand eine chromglänzende Espressomaschine.

»Natürlich. Wie hätten Sie Ihren gern, Mr Fisher?«

»Löslich, bitte. Mit Kondensmilch, falls Sie welche haben«, sagte Richie.

Carol blinzelte ihn an. War das jetzt ein Witz? Dann entspannte sie sich und lachte.

»Wir haben keinen löslichen, fürchte ich. Geht auch ein Cappuccino aus kolumbianischer Arabica-Bohne?«

»Klasse«, sagte Richie und folgte seinem potenziellen Verleger in die Besprechung.

Bishops Büro sah wie eine richtige Verlegerhöhle aus. Auf seinem Schreibtisch erhob sich ein Vulkankegel aus Papier mit dem Krater gleich vor seinem Sessel. Fußboden und Tische waren von Manuskripten und Bücherkartons bedeckt. Gebundene Titel von Sea-Fi Sci-Fi füllten die Regale. Richie las ein paar der Buchrücken: *Monroe erschoss JFK, Die Killerwarzenschweine von Iowa.*

»Ihre Idee gefällt mir«, sagte Bishop noch immer lächelnd. »Interessant.« Er zog Richies Inhaltsangabe vom Kraterrand seines Vulkans. »Stimmt das mit dem Teleporter? Erstaunlich.«

»Ja, ich hab einen aus New York mitgebracht. Äh, verzeihen Sie, wenn ich das frage, aber Sie machen doch auch ernsthafte Bücher, nicht wahr?« Richie zeigte auf die Buchtitel, die er gesehen hatte.

Bishop schwenkte herum. »Ach, die. Ich komme gern mal den Launen meiner Autoren entgegen. Auf jede mögliche *Odyssee im Weltraum* fallen tausend Einsendungen wie ›Ich war Sexsklavin im Ufo‹.« Er lehnte sich in seinem Sessel zurück und lächelte einmal mehr.

»Und Sie verlegen die.« Richie missfiel der Gedanke, diese Nieten sollten mit ihm im Wettbewerb um die weltweiten Papiervorräte stehen.

»Nun ja.« Bishop lehnte sich noch weiter in seinem Sessel zurück. »Wir betrachten uns selbst als postmodernen Science-Fiction-Verlag.«

»Postmodern?« Richie runzelte die Stirn. Postmoderne Science-Fiction? Das war wie post-nasses Wasser. Oder scherzte Bishop?

»Sie wären überrascht, wie gut sich das Monroe-JFK-Buch im Internet verkauft«, sagte Bishop. »Alles, was mit der JFK-Verschwörungstheorie zu tun hat, setzt mindestens tausend Exemplare ab. Bei Elvis mit Außerirdischen mal zehn genommen, wenn es überzeugen kann. Ich bezahle Leute dafür, die Chatrooms aufzusuchen und von diesen fantastischen neuen Büchern zu erzählen, die sie gerade gelesen haben. Klappt jedes Mal.«

»Wow.« Richie nickte anerkennend.

»Und wir verlegen auch Seriöseres, wissen Sie.« Bishop langte nach einer Seite seines Schreibtischs und zog unter einem Stapel Papier einige Comics hervor. Er reichte sie Richie. Es waren Bildergeschichten nach Kurt Vonnegut von einem der besten französischen Comiczeichner. Richie nickte erneut. Die schäbige Eingangshalle war schon vergessen.

»Und wir sind gerade im Begriff, *Per Anhalter durch die Galaxis* zu verlegen.«

»Als Comicband?«

»Nein, in Textform.«

»Was? Ein Nachdruck?«

»Nein, ein nagelneuer Text.« Bishop lächelte geheimnisvoll.

Richie war klar, dass ihm etwas entgangen sein musste. »Entschuldigung, ich komm nicht ganz mit«, sagte er.

»Sie denken an den Roman von Douglas Adams«, sagte Bishop. »Ich denke an den eigentlichen Reiseführer. Wo vorn ›Keine Panik‹ draufsteht und in dem der Eintrag zu finden ist, die Erde sei ›überwiegend harmlos‹.«

»Hat Adams den eigentlichen Reiseführer geschrieben? Mir ist gar nichts darüber bekannt.« Richie glaubte, ziemlich vertraut mit den veröffentlichten wie unveröffentlichten Werken der großen Science-Fiction-Schriftsteller zu sein, doch hier war ihm was durch die Lappen gegangen.

»Nein, er hat nur das geschrieben, was in den Romanen steht.«

Wieder mühte sich Richie, seine klaffende Wissenslücke zu schließen. »Dann veröffentlichen Sie die Auszüge, die er schrieb? So was wie die Beschreibung vogonischer Dichtkunst und dass es wichtig ist, ein Handtuch dabeizuhaben, wenn man per Anhalter mit einem Raumschiff fliegt?«

»Ja«, antwortete Bishop, doch es war ein lang gezogenes Ja-a und bedeutete, dass Richie noch nicht ganz drauf gekommen war.

»Aber schreibt er denn nicht, der Führer sei Hunderttausende Seiten lang?«

»Genau!« Bishop grinste. »Das ist das Wunderbare daran. Ehe er starb, gab er uns die Rechte an allen Auszügen aus dem Führer in den Romanen. Und wir bringen die Science-Fiction-Gemeinde dazu, das Übrige zu schreiben. Es wird das größte interaktive Online-Buch in, nun, in der Galaxis sein, so wie ich das sehe.«

Bishop lachte über sein Wortspiel und hörte sich dabei wie ein Mann an, der wusste, dass er großen Geldgewinn aus einem schlichten Einfall schlagen würde. Richie betrachtete ihn, und das Geniale an der Masche ging ihm allmählich auf wie Champagner, der ein Glas emporschäumt.

»Sie bringen sie dazu, dafür zu zahlen, dass sie ins Buch kommen?«, fragte Richie.

»Ja, Sie schreiben einen Eintrag über, sagen wir, Pluto, mailen ihn uns zu, zahlen zehn Dollar und sind dabei. Dann sind Sie offizieller Mitarbeiter am Reiseführer *Per Anhalter durch die Galaxis.*«

»Verdammte Hacke. Sorry.« Die Ungeheuerlichkeit des Weltraums, oder genauer der Profite, die sich aus den Spackos schlagen ließen, die jedem Steinchen im All ihren Stempel aufdrücken wollen, dämmerte ihm.

»Nein, Sie fluchen zu Recht. Die möglichen Einkünfte ergeben sich grob gesprochen aus der Zahl bekannter Planeten, Sterne, Kometen und dergleichen zuzüglich allem, was die Leute vielleicht gern erfänden, mal zehn Dollar. Verdammte Hacke, wie Sie schon sagten.«

Richie lachte. Dieser Mann hier würde niemals Geldsorgen haben, die jenen der Familie Fisher glichen.

Carol trat mit einem Tablett ein und fand die beiden Männer in bester Laune vor.

»Ich habe Mr Fisher gerade den Reiseführer erläutert«, teilte Bishop ihr mit. Sie lachte ebenfalls. Wurde offenbar gewinnabhängig entlohnt, folgerte Richie.

Er dankte ihr für den Kaffee und nahm einen großen Schluck. Er war sehr gut. Nobel.

»Und ehe Sie in Ihrer Rakete abzischen und sich auf einem Luxusplaneten Ihrer Wahl zur Ruhe setzen, könnten Sie mein Buch verlegen wollen?«

»Ach ja.« Bishop stellte seinen Espresso ab und schnellte vor, um nach der Inhaltsangabe zu greifen. Es machte ihm sichtlich nichts aus, von Richies persönlichem Anliegen zurück auf den Erdboden geholt zu werden. »Natürlich gibt es da noch einige Schwierigkeiten.«

»Schwierigkeiten?«

»Ja. Das Kapitel über den Film *Alien* …« Er überflog die Seite. »›Ärgern Sie keine Alleinerziehende – sie könnte Ihnen den Kopf abbeißen.‹ Das ist politisch nicht ganz korrekt.«

»Nein, das ist ironisch.« Für einen Typen, der *Die Killerwarzenschweine von Iowa* verlegte, schien Bishop seltsam wenig Humor zu haben. Oder machte er wieder Witze? Langsam wünschte Richie, er hätte einfach »ja bitte« gesagt, als ihm Kaffee angeboten wurde.

»Ironisch? Ho!« Bishop winkte über den Schreibtisch hinweg ab. »Heutzutage ist alles ironisch. Selbst Ironie ist ironisch. Sie ist keine Entschuldigung mehr, schon gar nicht, wenn es um Geschlechterpolitik geht.« Er musste Richie die gereizte Miene angesehen haben, da er mit erhobenen Händen hinzufügte: »Nur ein Hinweis, falls Sie in den USA verkaufen wollen.«

»Ich hielt es für einen ziemlich harmlosen Scherz«, sagte Richie.

Bishop gab ein weises Glucksen von sich. »O nein, besonders in der amerikanischen Öffentlichkeit bewegt man sich mit allem irgendwie politisch Unkorrekten auf einem rasiermesserscharfen Grat im Treibsand weitverbreiteter Empfindlichkeiten.«

Richie war sich jetzt sicher, dass der Kerl ihn verarschte, und es ätzte ihn langsam an. Dieser Mann stand anscheinend an der Schwelle zu ungeheurem Reichtum; er wusste, dass Richie in der Hoffnung hier war, sich einen ganz geringfügigen Teil dieses Reichtums zu verdienen, und schien mit ihm zu spielen.

Spar dir den Mist, wollte er sagen, sag mir einfach Ja oder Nein und wie viel.

»Ich wette zehn Altair-Dollar, dass Sie den letzten Satz nicht genau wiederholen können«, sagte Richie.

Die Botschaft schien bei Bishop anzukommen. »Ich will damit nur sagen«, meinte er lächelnd, »dass Sie sich nicht zu viele Hoffnungen auf eine Millionenauflage machen sollten.«

»Aber nein. Ein paar Hunderttausend würden reichen.«

»Ha. Ja. Ich kann für nichts garantieren. Nur damit das klar ist.«

»Dann möchten Sie es also verlegen?«

»Nun, nach allem, was ich bisher gelesen habe, scheint es mir ideal für unser Programm zu sein. Eine schlaue Verwendung weltbekannter Marken-Science-Fiction ohne Gefahr von Urheberrechtsstreitigkeiten.«

»Also, das war nicht ...«, setzte Richie an, hielt es dann aber für den falschen Zeitpunkt, seine eigene Schläue zu bestreiten.

»Zunächst mal«, fuhr Bishop fort, »haben Sie die ganzen Trekkies. Die werden es kaufen, auch wenn Sie ja offenbar nahelegen, es handle sich um einen Haufen Größenwahnsinniger. Wahrscheinlich wird es ihnen schmeicheln. Die Hälfte hält sich eh schon für klingonische Kriegsherren.« Bishop verstummte und starrte einen Punkt ziemlich unmittelbar vor Richie an. Ihm war offenbar ein Gedanke gekommen. »Sie deuten aber nicht an, es sei eine Art erdumspannende Bruderschaft mit der Weltherrschaft als Endziel, nein?«

»Äh, nein, so weit würde ich nicht gehen ...«

»Wie schade. Verschwörungstheorien gehen prima. Egal, was wollte ich sagen? Ach ja, unsere Verkäufe laufen zumeist über das Netz. Obwohl wir jetzt vermutlich die Bücher einfach auf den Boden legen könnten, und die Leute würden sie sich aus unserem Büro zu sich nach Hause beamen.«

Diesmal lachte Richie mit ihm mit. Er konnte kaum glauben, dass alles so einfach war. Schon der erste Verleger, an den er sich gewandt hatte, wollte sein Buch annehmen. Nachdem er sich jahrelang gegen die Sticheleien und Schwarzseherei seines Bruders, seiner Kumpel und recht oft auch seiner selbst hatte wehren müssen.

»Hör zum ersten Mal, dass es diese Geräte wirklich gibt«, sagte Bishop. »Muss was ganz Neues sein.«

»Sind in den Staaten erst seit ein paar Wochen im freien Handel, glaube ich.«

»Schon merkwürdig, dass so eine Erfindung kein größeres Aufsehen erregt.«

»Hab ich auch gedacht. Scheint sehr spärlich beworben zu sein. Wird von einer kleinen Firma vermarktet, von der ich noch nie gehört habe. Die hatten vielleicht kein großes Werbebudget.«

»Hm. Erstaunlich. Meinen Sie denn, jemand könnte einfach meinen Geldschrank leerbeamen?«

»Ich weiß nicht.« Richie schaute hinüber zur Zimmerecke. Dort stand unter einem Bücherstapel ein alter grüner Metalltresor wie aus einem Cowboyfilm. Er fragte sich, ob wohl zehntausend Pfund drin waren. Es würde die Sache recht hübsch abrunden. »Meines Wissens sind die Möglichkeiten des Geräts noch nicht vollständig erprobt.«

»Ja, Sie schrieben auch, Ihr Fazit sei kein eigentliches Fazit, eher ein Anfang. Schlau.«

»Danke. Ich geb mir Mühe.«

Schweigen trat ein.

»Jetzt wegen, Sie wissen schon …« Richie wusste nicht recht, wie er sich ausdrücken sollte. »Sie möchten mein Buch verlegen. Ich meine, unter welchen Bedingungen denn?«

»Ah ja, ans Eingemachte.« Bishop wurde mit einem Mal ernst. »Sie mögen das bei dem Anblick gar nicht vermuten« – er nickte einem seiner Kartons voll Taschenbücher zu – »aber ich hab mittlerweile viel für das E-Book übrig. Da geht's heutzutage lang. Ist auch schnell. Sie geben uns die Datei, und wir können sie online –«

Richie unterbrach ihn. »Was, das heißt nicht auf Papier?« Richie hatte sich darauf gefreut, ein paar Exemplare – signiert natürlich – seinen Kumpels unter die gerümpften Nasen zu halten.

Bishop kannte diese Enttäuschung nur zu gut. Schließlich war Richie beileibe nicht der erste Schriftsteller, den er zu Gesicht bekam.

»Wenn sich die E-Books gut verkaufen«, sagte er, »können wir Einzeldruck auf Bestellung in Betracht ziehen. Aber das passiert erst nach mindestens tausend E-Books.«

»Eintausend? Wie lange wird das dauern?« Richie brauchte sofort Geld, nicht erst in zehn Jahren.

»Oh, das dürfte etwa ...« Bishop suchte an der Zimmerdecke nach einer überzeugenden Zahl. »Irgendwo im Bereich zwischen ...«

»Was ist mit einem Vorschuss?« fragte Richie. »Wie viel pflegen Sie –«

Seine Frage versiegte, als Bishop vor Überraschung schnaubte. »Vorschuss? Tut mir leid, Mr Fisher – Richie. Ich fürchte, nun, wie soll ich's sagen?« Wieder suchte er Rat an der Decke.

»Ehrlich?«, schlug Richie vor.

Bishop nickte und legte seine Handflächen wie zum Gebet zusammen. »In Ordnung, hier kommt's, Richie, geradeheraus. Sie geben mir fünfhundert Pfund –«

»Ich.« Mehr konnte Richie nicht mehr sagen. Hoffnungen, Gebete und Wunschträume wirbelten um ihn herum wie zermalmte Kadaver unter den trampelnden Hufen eines Killerwarzenschweins aus Iowa.

Bishop sah, dass Richies Verstand mit Hochdruck Antikörper ausbildete. Er ging zur knallharten Verkaufsnummer über. »Hören Sie mich zu Ende an, Richie. Das ist doch nur der Preis von was? Ein paar durchgefeierten Nächten? Sie zahlen für Ihren eigenen Stand auf meinem Markt. Mehr nicht. Ich muss eine Markthalle unterhalten. Hab Kosten für Heizung, eine Sekretärin« – er zeigte durch die Tür auf Carol –, »Plakatdruck. Ich bezahle meine Chatroom-Leute.«

»Nein«, sagte Richie mehr zu sich selbst als zu Bishop.

»Und dann«, fuhr Bishop rasch fort, »wenn Ihr Marktstand anfängt, ordentlich viele Secondhand-Klamotten oder Fische oder Rüben oder sonst was zu verkaufen, richte ich den Einzeldruck auf Bestellung ein, Sie bekommen Ihre Auslage zurück, und beide machen wir ersten Gewinn. Ich kann mir kein Risiko leisten. Aber ich lasse Ihnen meine volle logistische Unterstützung zuteil werden, um Ihr Risiko zu minimieren«, sagte Bishop.

»Nein«, wiederholte Richie. Diesmal allein für Bishop. Er stand auf und griff nach seiner CD und seinem Ausdruck. »Jetzt verstehe ich, was Sie mit postmodern meinen«, sagte er. »Sie haben die lachhafte moderne Vorstellung abgelegt, Autoren zu bezahlen. Die bezahlen Sie.«

Er verließ das Büro.

»Sie haben recht«, meinte er zu Carol, der Sekretärin. »Ich sehe nicht nach einem Science-Fiction-Autor aus. Ich bin ein beschissener Rübenhändler.«

Er ging und knallte die Tür mit beinahe befriedigendem Krachen hinter sich zu.

Falsch, dachte Carol, du bist eindeutig schräg genug, um Science-Fiction zu schreiben.

Das Schlimmste war, dass Richie, hätte ihn nicht seine persönliche Wirtschaftskrise ereilt, in Versuchung geraten wäre.

Schließlich, sagte er sich, bot Bishop schnellen, bequemen Service. Es war die literarische Form von Wichsen. Das Dumme am Wichsen war nur, dass man danach keinen mehr für richtigen Sex hochbekam.

*Schriebe heute jemand* Gullivers Reisen, *würde wahrscheinlich ein Science-Fiction-Verlag die Rechte erwerben. Er ist zu verschroben, um Satire zu sein, und nicht koboldhaft genug für einen fantastischen Roman. Jawohl, er ist Science-Fiction.*

*Neben allem anderen enthält er ein erstaunliches Beispiel für wissenschaftliche Vorhersehung.*

*Jonathan Swift beschreibt, wie Himmelsforscher auf der Insel Laputa beobachten, dass die Marsmonde ihren Planeten in kürzerer Zeit umkreisen, als dieser für eine Achsendrehung benötigt. Das war im Jahr 1726. Entdeckt wurden die Marsmonde erst 1877, und einer davon umrundet den Mars in der Tat drei Mal binnen einer Umdrehung des Planeten.*

*Die einzige Erklärung dafür und für die blanke Menschenverachtung in der Satire* Gullivers Reisen: *Johnny Swift war überhaupt kein Ire – er war ein Marsmensch.*

Eine kurze Geschichte der Zukunft, Kapitel 20 (Auszug)

*

Max Blender sang leise seine Nationalhymne – jedenfalls eine der seinen. Eine junge Frau schaute ihn über den Rand ihres großen Pappbechers hinweg an, erkannte die Melodie, aber nicht den Text.

Auch ein Amerikaner hörte ihn und mochte Blenders Nase für verstopft gehalten haben. War sie aber nicht.

»*God bless Arabica*«, sang er, »*my foam, sweet foam.*« Er fühlte sich wohl, und das dank eines einfachen Espressos in der Filiale einer Kette von Coffeeshops, die Amerika ins Vereinigte Königreich importiert hatte.

Er fühlte sich wohl, weil er sich zu Hause fühlte, das wurde ihm jetzt klar. Der weiche Papprand an seiner Lippe, die Uniformen der Angestellten, das vertraute Markenzeichen auf allen erdenklichen Oberflächen, alles kam ohne Umweg und unverfälscht aus seinem Heimatland.

Sicher, die Umgebung war immer noch britisch. Der Coffeeshop befand sich in einer Zeile putziger kleiner Backsteingebäude, die in alten Zeiten kleine Geschäfte in Familienbesitz beherbergt haben dürften – den Fleischer, den Bäcker, so was halt. Gerade noch war er weiter unten am Hang in ein ganz ähnliches Haus eingebrochen und hatte es völlig mühelos rein und wieder raus geschafft. Die Sicherheitsvorkehrungen der Briten waren so putzig wie ihre Gebäude.

Das Ladenlokal war schmal, hatte hinten einen Tresen, längs jeder Wand eine Reihe Hocker und in der Mitte gerade genug

Platz zum Schlangestehen. Blender saß dem Fenster am nächsten und sah den sehr englischen Verkehr vorbeifließen – eine Mischung aus japanischen, koreanischen und französischen Autos, gelegentlich auch mal eine in deutschem Besitz befindliche »britische« Marke. Dennoch schienen ihm die Leute auf den vielleicht zehn Hockern ganz in dieser Pappbecher-Blaubeermuffin-Kultur zu Hause zu sein. Er hatte erwartet, die Briten würden auf chinesischem Tee in Porzellantassen beharren, dazu diese komischen Küchlein, die er einmal in Oxford bekommen hatte, eine Art heißer Badeschwamm mit Butter, die aus den Löchern sickert und einem das Hemd vollkleckert.

Einzig beanstandenswert war, dass die jugendlichen Angestellten – ein Halbwüchsiger mit rasiertem Schädel und eine müde wirkende ältere Frau (knapp über achtzehn) – kein anständiges Lächeln hinkriegten. Die Tresenkräfte in Des Moines oder Washington beherrschten ein beinahe blendend beifälliges Begrüßungslächeln. Diese Briten hingegen schienen manche Wahlmöglichkeit auf der importierten Angebotstafel schlechthin albern zu finden. Eine Frau in der Schlange vor Blender hatte eine doppelte Latte mit Schlagsahne und Schokostreuseln bestellt, und der junge Bursche hatte die Bestellung mit leichter Übertreibung in der Stimme wiederholt – doppelte Latte? Mit Schlagsahne? Und Schokostreuseln? –, als denke er, die Frau hätte etwas Bescheideneres verlangen sollen. In den USA hätte die Frau eine dreifache Latte mit vier Portionen steif geschlagenem Elefantensperma bestellen können, und die Bestellung wäre bestätigt worden, als sei sie die beste Idee aller Zeiten, das Rad, eisgekühlter Champagner und Oralsex mitgerechnet.

Es war das Gleiche wie mit Einbruchssicherheit und Straßenbenennung. Der Brite hatte noch eine Menge über Kaffee dazuzulernen.

Trotzdem, insgesamt fühlte Blender sich wohl auf der älteren Seite des Atlantiks.

Noch besser fühlte er sich, als sein Telefon klingelte (Klingelton: Erkennungsmelodie einer bestimmten klassischen

Science-Fiction-Fernsehserie) und es eines der Mädels aus Brooklyn war mit Neuigkeiten über Richard Fisher.

Er hörte ihr ein paar Sekunden lang zu und fragte dann: »Sorry, er hat worauf gewettet?« Die junge Frau, die ihn seines Gesangs wegen angestarrt hatte, wandte sich erneut nach ihm um, diesmal wegen seiner Aussprache. Hier unten traf man nur selten auf Amerikaner.

Blender hörte sich die Antwort an und überlegte einen Augenblick lang.

»Und das sind – was – fünfzehntausend Dollar? Wow. Wer ist dieser Kerl?«

Wieder starrte die Frau herüber und grummelte dazu ein leises »Ha«. Nicht nur Amerikaner, schien sie zu denken, sondern redet auch noch laut und über Geld. Was sonst.

Blender drehte sich ganz dem Fenster zu und sah sein Spiegelbild undeutlich gegen die englische Straße, wo gerade ein hoch aufragender gelber Bus an den unteren Ästen einer Kiefer vorbeistreifte.

»Nach seinen Telefonaten zu schließen, ist er kein Gewohnheitsspieler. Der flippt aus, wenn er verliert«, erläuterte die Stimme in Brooklyn.

»Warum hat er dann so viel gewettet?«

»Er hatte Insiderwissen.«

»Ist sie denn nun schwanger oder nicht?«

»Da sind wir nicht so sicher. Aus ihren Anrufen entnehmen wir, dass es, falls sie schwanger ist, künstliche Befruchtung sein muss. Ihr Mann spricht völlig offen zu ihr über seinen schwulen Liebhaber. Der Typ heißt Andrew, ein Attaché an der Botschaft hier in Washington.«

»Wirklich? Sie und er haben also keinen ...«

»Nicht allzu oft. Sie sagt, sie sei eifersüchtig, wenn er von Andrew erzählt, aber sie hat eigentlich nichts gegen die Sache an sich. Sie neidet ihm eher den Spaß, den er hat. Scheint eine von diesen altmodischen offenen bisexuellen Ehen zu sein.«

»Hmm.« Blender dachte daran zurück, wie die Premierministerin in die Limousine gestiegen war, hatte wieder ihre flüchtig erblickten Schenkel vor Augen. »Sie haben mich auf einen Gedanken gebracht«, sagte er. »Prima Arbeit. Danke.«

»Okay.« Die junge Frau in Brooklyn freute es, ihren Chef erneut inspiriert zu haben. Und es überraschte sie, wie voll des Lobes er war. Bei sich selbst legte er die Messlatte so hoch an, dass er die Arbeit seiner Helfer oft für selbstverständlich nahm. Ihm war nicht aufgefallen, dass sie ihn mitten in der Nacht ihrer Zeit angerufen hatte, doch das wäre wohl auch zu viel verlangt.

*

»Du musst nur den Lokator ganz dicht an ihren Schlüpfer bekommen, und schon ist Bob dein Onkel.«

»Was?«

»Du kriegst deine Schwägerin dazu, eine Nanoausgabe des Lokators in einen Schlüpfer der Premierministerin zu stecken, dann beamen wir das Sperma einfach in sie rein.«

»Martin, du bist krank. Mal von allem anderen abgesehen, meinst du, sie merkt nicht, wenn ihr Schlüpfer beim Rumlaufen plötzlich ganz klebrig wird?«

»O Gott. Klebriger Schlüpfer. Und mich nennst du krank.« Martin drehte sich auf seinem Stuhl weg und schüttelte den Kopf, um das Bild loszuwerden.

Richie saß ihm gegenüber nahe der Eingangstür eines innerstädtischen Pubs und rätselte einmal mehr, wie Martin seine Masche durchziehen konnte. Da beratschlagten sie über Mittel und Wege, Richie aus dem Schlamassel zu ziehen, und Martin, der selbst tief im Schlamassel steckte, behandelte das Problem wie eine Denksportaufgabe, als hätte ihn jemand aufgefordert, von Southampton nach Bournemouth zu fahren, ohne an einem einzigen Pub vorbeizukommen.

Richie trank einen großen Schluck Bier. Es war ruhig im Lokal bis auf das geschäftige Treiben des beschürzten Personals, das nach der mittäglichen Stoßzeit aufräumte. Die Büroangestellten hatten ihre Tresenmahlzeiten hinuntergeschlungen und waren wieder an die Arbeit gegangen. Nur ein Touristenpaar und die Fisher-Brüder waren dageblieben. Das Bitterbier schmeckte bitter, viel bitterer als das Bier im Huntsman, aber Richie dachte bei sich, es könne an einem bitteren Nachgeschmack in seinem Mund liegen. So wie unlängst sein Leben schmeckte.

»Jetzt labere keine Scheiße, sondern denk nach«, sagte Richie. »Wenn sich weder Burger noch Mäuse beamen lassen, kann auch kein Sperma gebeamt werden, und das weißt du. Die Frage lautet, können wir Gold beamen?«

»Gold?«

»Ja. Glaubst du, wir könnten welches aus dem Schaufenster eines Juweliers in unser Gerät beamen?«

»Du meinst mein Gerät?«

»Wie auch immer.«

Martin schaute zweifelnd drein.

»Meinst du, die chemische Formel von Gold ist zu komplex, um es in unser Gerät zu beamen?«

»Weiß nicht«, sagte Martin »Vielleicht nicht. Das heißt, wenn es reines Gold ist.«

»Du hast recht«, gab Richie zu. »Es könnte nicht immer rein sein. Anders als –«, er senkte die Stimme, »– Diamanten …«

Martin gaffte ihn ungläubig an. »Was, Richie Fisher, der nicht wissen wollte, wie ich Geld mit dem Gerät mache, weil es ihm zur Last gelegt werden könnte, und der mir wegen Übertragung von Drogen in den Ohren lag? Derselbe Richie Fisher will jetzt einen Handel mit gestohlenen Diamanten aufziehen?« Martin zappelte vergnügt auf seinem Stuhl herum.

»Nun, wenn ich meinen Wetteinsatz bezahlen muss und meine Familie auf dem Spiel steht, dann ja.« Richie sah keine andere Wahl. Zumindest dürfte ein Teleportationsverbrechen sauber ablaufen. Kein Reinstürmen mit einer Schrotflinte, keine unschönen Drohgebärden. Einfach die Schätze wegbeamen.

»Na, das würde ich mir liebend gern ansehen. Ich würde nicht mal meinen Anteil wollen«, sagte Martin. »Zu schade, dass es undurchführbar ist.«

»Warum denn?«

»Wir sind nicht in *Star Trek*. Die Geräte können nur Zeug herbeamen, das ihnen von einem anderen Gerät gesandt wird. Sie können nicht einfach hinlangen und Sachen aufs Geratewohl entmaterialisieren. Der Zielgegenstand muss in einen Teleporter eingeschlossen und von der Software untersucht werden. Wie sonst sollte das Gerät wissen, was zu übertragen ist?«

»Kacke.«

Martin trank einen Schluck aus seinem Glas, und eine imaginäre Glühbirne über seinem Kopf schien plötzlich aufzuleuchten. »Hey, eine Möglichkeit gibt es, die du noch nicht ernsthaft in Betracht gezogen hast.«

»Die wäre?« Richie wappnete sich für das Schlimmste.

»Nun, du fängst doch in dem Hotel an, oder?«

»Yeah.«

»Zimmerservice, richtig?«

»Hat Clara so gesagt, ja.«

»Na dann. Sieh zu, dass du täglich die Unterhose wechselst. Welche Premierministerin könnte schon so einem strammen Burschen wie dir widerstehiiih.«

Martins Redefluss wurde jäh unterbunden, als ein runder Viertelliter Bitterbier in seine Lendengegend floss.

*

Sie trafen in zwei Personenwagen und einem Kastenwagen ein. Zwölf Agenten – neun Männer und drei Frauen – mit der Aufgabe, letzte Vorkehrungen für die Ankunft des Präsidenten zu treffen.

Es war das dritte Team auf Besuch im Hotel Prince of Wales. Folgerichtig war es das A-Team 3.

Sein Auftrag war keineswegs geheim. Die Fahrzeuge, sämtlich Modelle, die man normalerweise nicht in England zu sehen bekam, waren mit einer Militärfrachtmaschine aus Washington eingeflogen und im Konvoi an die Südküste gefahren worden – mit kaum neunzig Stundenkilometern, was zwar der zulässigen Höchstgeschwindigkeit auf vielen amerikanischen Straßen entsprach, dem durchschnittlichen britischen Temposünder aber bereits als ärgerliche Verkehrsbehinderung galt. Der Konvoi wurde von jedem überholenden Fahrer als das erkannt, was er war, und verflucht. Geheimhaltung stand nicht auf dem Plan.

Neun Mitglieder des Teams trugen dunkelblaue Anzüge und weiße Hemden. Sie gehörten zum Außendienst. Drei hatten weiße Sweatshirts, schwarze Nahkampfhosen und Lederjacken an. Das waren die Techniker. Alle bewegten sich, als sei jede Geste eingeübt. So war es auch.

Die drei Fahrzeuge – ein Kasten-, zwei Personenwagen – bogen in Formation auf den Hotelparkplatz ein. Sie parkten v-förmig, der Kastenwagen an der Spitze. Aus jedem der Fahrzeuge stieg ein Insasse, während die Fahrer die Motoren laufen ließen.

Die drei in Anzüge gekleideten Männer suchten die Umgebung nach möglichen Bedrohungen ab. Jeder war für einen Winkel von hundertzwanzig Grad verantwortlich. Im Kastenwagen meldete eine Technikerin, dass keine Laserzielvorrichtungen vom großen Hotel her auf sie gerichtet wurden. Die Motoren wurden abgestellt.

Plötzlich befand sich einer der Männer in Bereitschaft. »Zugänger«, ließ er die anderen wissen. Ein Uniformträger hatte das Hotelgebäude verlassen und trabte auf sie zu. Drei Hände schnellten umgehend an drei Achselhöhlen.

Gerettet wurde das Leben des potenziellen Angreifers nur durch beinahe sofortige Abgleichung seiner per Kamera an den Rechner im Kastenwagen übertragenen Gesichtszüge mit den Fotos der Belegschaft, die das Hotel vor einigen Wochen bereitgestellt hatte.

Eine weibliche Stimme kam aus den Ohrhörern: »Es ist der Portier.«

Hände tauchten aus Achselhöhlen auf.

»Benötigen die Herren Hilfe bei Ihrem Gepäck?«, fragte Paul Taylor (neunzehn, männlich, Hautfarbe weiß, Haar kastanienbraun, Augen blau, kleine Narbe linke Kinnhälfte), ohne zu ahnen, dass er nur eine Computerpanne von einer Schusswunde entfernt gewesen war.

»Begleiten Sie uns bitte ins Hotel«, erwiderte einer der amerikanischen Anzugträger. »Wir würden gern mal mit dem Manager plaudern.«

Neil trat hinaus in die Empfangshalle, lächelte breit und streckte seine Hand aus.

»Willkommen im Prince of Wales«, sagte er.

»Wie läuft's, Kumpel«, sagte der vorderste der Amerikaner.

Er bat um eine aktualisierte Personalliste, schlug das Angebot einer Tasse Tee aus und schickte sein Team an die Arbeit. Die Technikerin blieb in dem (bombensicheren) Kastenwagen, bewacht von einem Außendienstler und einem unsichtbaren Schutzwall aus Kameras. Die übrigen Agenten trugen drei große schwarze Koffer und mehrere kleinere Taschen ins Hotel. Sie enthielten mitnichten die präsidialen Socken und Schlafanzüge, sondern waren randvoll mit der neuesten Ausrüstung zur Abwehr von Lauschangriffen und Eindringlingen gefüllt, dazu dem Grundriss des Hotels und den vom A-Team 1 beschafften Personalakten.

Die eigentliche Zimmerflucht, worin der Präsident schlafen sollte, war bereits geräumt und von der US-Regierung angemietet.

Hier begann das Team mit einer lückenlosen Abtastung auf Abhöreinrichtungen, Kameras und sämtliches andere herkömmliche Spionagewerkzeug. Da die Welt mit dem elften September in ein neues Zeitalter eingetreten war, musste das Team zudem mit einem umgerüsteten Staubsauger nach biologischen Waffen suchen und einen Sprengstoffdetektor auf Fußhöhe am Türrahmen anbringen für den Fall, dass ein Schuhbomber vordringen sollte.

Zwei Stunden lang hörten und sahen die Hotelangestellten nichts von dem Team. Kellner, Zimmermädchen und Köche kamen in die Empfangshalle, um die Fahrzeuge zu bestaunen. Neil saß an seinem Schreibtisch und fragte sich, wann die Amerikaner wohl hungrig oder durstig werden würden. Die jedoch schwiegen sich aus, bis er einen Anruf bekam.

»Wir haben ein Problem mit Ihren Fenstern«, sagte eine Amerikanerin.

»Ein Problem?«

»Wir müssen sie entfernen.«

»Ich bin gleich oben.«

»Halt!«, rief die Stimme, um Neil am Auflegen zu hindern. »Klopfen Sie vier Mal. Eins-zwei, eins-zwei. Klar?«

»Ja, *knock-knock knocking on heaven's door*«, sang Neil.

Es klickte in der Leitung.

»Okay, sagen Sie stopp, wenn Sie irgendwas nicht verstehen, Kollege.« Einer der Techniker, ein schmächtiger Hispanoamerikaner mit gepflegtem Bart, zeigte auf ein Schlafzimmerfenster. Die übrigen Amerikaner schauten zu.

»Mach ich, äh, Kumpel«, sagte Neil. Er war überrascht, dass die Suite nach zwei Stunden Umtriebigkeit fast genau so wie vorher aussah, wenngleich sie nach Farbe, Elektrik, Parfüm und Schweiß roch. Eine gelbe Plastikplane lag auf dem Boden ausgebreitet, darauf angeordnet waren eine Bohrmaschine, Drahtrollen und kleine Bestandteile elektrischer Ausrüstung.

»Diese Fenster sind fest zu«, sagte der Techniker.

»Nein, sind sie nicht«, sagte Neil.

»Sie gehen nicht auf.«

»Doch, tun sie.«

»Wir müssen sie im Fall einer notfallmäßigen Evakuierung öffnen können«, sagte der Techniker.

»Davon würde ich abraten«, sagte Neil. »Geht ziemlich tief.«

»Wir haben eine aufblasbare Rettungsrutsche«, erwiderte der Techniker und zeigte auf einen der Koffer.

»Ah.«

»Aber die Fenster sind fest zu.«

»Nein, sind sie nicht. Lassen Sie mich mal.« Neil machte einen Schritt nach vorn.

»Halt!« Der Techniker packte ihn beim Arm. Er gab dem Kollegen ein Zeichen, der darauf hinter den Vorhang trat, dann wieder auftauchte und nickte. Neil wagte nicht zu fragen, was er da getan hatte. »Jetzt können Sie«, sagte der hispanische Techniker.

Oben an der unteren Scheibe ergriff Neil den Rahmen des Schiebefensters. Er platzierte eine Hand in jeder Ecke und legte sich ins Zeug. Nichts. Er verlagerte das Gewicht etwas seitwärts und stemmte erneut. Das Fenster knarrte und schoss in die Höhe. Seeluft wehte herein.

»Bitte«, sagte Neil und wischte sich Farbsplitter von den Fingern. »Gehört ein Kniff dazu. Ist ein altes Gebäude, wie Sie wissen.« Er lächelte, verfluchte innerlich jedoch die Generationen von Anstreichern, die ohne vorheriges Abschleifen die Fensterrahmen überlackiert hatten.

Die Techniker waren unbeeindruckt. Sie wechselten einen missfälligen Blick mit einem der Anzugträger. Der Mann nickte.

»Wir müssen diese Fenster ersetzen«, sagte der Techniker.

Neil lachte. »Ich bin hundert Prozent dafür, aber das können Sie nicht, fürchte ich. Das Gebäude steht unter Denkmalschutz. Es ist ein historisches Monument. Nicht mal 'ne verdammte Glühbirne kann ich auswechseln, ohne vorher im British Museum rückzufragen.« An einer Wand der Empfangshalle hing eine alte sepiabraune Fotografie des Hotels. Sie zog die Gäste an, für Neil jedoch war sie wie eine gespenstische Heimsuchung. Er würde am liebsten sämtliche Fenster herausreißen und durch Alu-Doppelverglasung ersetzen lassen – die eingesparten Heizkosten wären enorm. Aber die Stadtverwaltung ließ das nicht zu.

»British Museum?« Die Anzugträgerin schaute nervös auf Fußboden und Wände.

Neil mutmaßte, dass man sich grabungstechnisch in gewissem Umfang an Putz und Teppich zu schaffen gemacht hatte, obwohl alles gänzlich unversehrt schien. »Nein, nein, sorry«, sagte er. »Das war eine Übertreibung. Schlechte Angewohnheit von mir. Es geht nur um die Fassade. Daran dürfen wir nichts verändern. Dach, Mauerwerk und all so was. Und die Fenster, fürchte ich.«

»Hätten Sie was dagegen, wenn wir alle diese Fenster einfach abschleifen, damit sie ordentlich auf- und zugehen?«, fragte der Techniker.

»Uh.« Neil versagte beinahe die Stimme. In seinem ganzen Berufsleben hatte er diesen Satz noch nie gesprochen gehört. Er war so unglaublich, als wäre eine Schar wundersamer Engel vom Himmel herabgekommen und hätte ihn gefragt, ob ihm eine ewige Ganzkörpermassage mit warmem Öl genehm wäre.

»Hinterher sind sie so gut wie neu«, sagte der Techniker.

»Huh.« Neil fröstelte. Die Engel würden nackt sein. »Sie haben freie Hand«, antwortete er und rechnete sich im Stillen aus, wie viele Wochen sein üblicher Malerbetrieb für dieselbe Arbeit brauchen würde – um sie so zu verpfuschen, dass die Fenster nie wieder aufgingen.

»Okay, Problem gelöst«, sagte der Chefanzugträger. Er wandte sich an Neil. »Danke, *mate.*«

»Gerne, äh, *buddy*«, entgegnete Neil.

Keiner sah mehr etwas vom A-Team 3, bis die Mannschaft am frühen Nachmittag aus den Zimmern des Präsidenten auszuschwärmen begann. Seine Mitglieder wurden dabei angetroffen, mikrofonartige Dinger auf Wände und Türen zu richten und auf einem Satz dreidimensionaler Pläne Schlüsselstellungen einzuzeichnen.

Sie riefen an und baten um Stühle.

»Stühle?«, fragte Neil.

»Ja. Anscheinend haben Sie im Speisesaal Stühle mit Metallgestell, blau gepolstert, keine Armlehnen, Gewicht schätzungsweise vier Kilo.« Es war der hispanische Techniker.

»Haben wir?«

»Wir brauchen sechzehn. Können wir sie aus dem Speisesaal holen?«

»Gewiss. Brauchen Sie auch Tische?«

»Nein, nur Stühle.«

Danach wurde das A-Team 3 dabei beobachtet, die Stühle zu sondieren, abzuhören und neben Aufzugstüren zu fotografieren. Dann verschwanden die Stühle.

Später nahmen die Amerikaner ähnliche Sondierungsarbeiten auf Parkplatz und Rasenflächen vor, ehe sie hinten in den Kastenwagen kletterten, dessen Inneres viel größer zu sein schien, als seine äußeren Dimensionen es vermuten ließen – wie bei der TARDIS aus *Doctor Who*.

Der Chefanzugträger kam kurz nach achtzehn Uhr zu Neil ins Büro.

»Wir sind fertig. Bitte versuchen Sie nicht, die Präsidentensuite zu betreten. Sonst gehen dort Sirenen los«, sagte der Amerikaner.

»Hier auch.«

»Wie bitte?«

»Ich meine, gut, okay, ich verstehe.«

»Ausgezeichnete Zusammenarbeit, Sir.« Der Agent streckte die Hand aus. Neil schüttelte sie.

»*See y'all*«, sagte Neil.

*

Nachdem Martin oben in seiner Wohnung aus seiner biergetränkten Hose gestiegen war, schaltete er seinen Laptop ein, um eine Weile herumzusurfen.

Sein Bruder war eine Niete, hatte aber ein paar gute Ideen, fand er. Und obwohl dieses Science-Fiction-Ding bisher nichts gebracht hatte, könnte es sich doch noch als recht einträglich erweisen.

Martin rief eine Suchmaschine auf, tippte »Per Anhalter

durch die Galaxis« ein und wartete ab, was herauskommen würde.

Da gab es zwei Websites von Verlagen, die üblichen Buchhändler, ein paar Fans, die ihr Beileid zum Tod von Douglas Adams bekundeten (einschließlich der Volldeppen mit Sprüchen wie: »Vielleicht ist er nur per Anhalter auf zu einem anderen Planeten«) und – da entdeckte er, wonach er suchte.

»Scheiße«, sagte er. »Zu schön, um wahr zu sein.«

Er surfte noch ein paar Minuten lang auf der gefundenen Seite herum, schaltete dann seinen Laptop ab und ging hinunter in den Laden, um Richie die schlechte Nachricht zu überbringen.

»Vergiss deinen Science-Fiction-Verleger«, begann er.

Richie saß an einem Computer und mailte Inhaltsangaben und Probekapitel an Verlage.

»Warum?«, fragte er. »Abgesehen vom Geld, das er will und ich nicht habe.«

»Sein Einfall, den echten Reiseführer online zu veröffentlichen. Das hat vor ihm schon jemand getan.«

»Was? Bist du sicher?«

»Doch, hab's selbst gesehen. Ist auch noch umsonst.«

»Aber seiner wäre der offizielle«, wandte Richie ein.

»Ganz toll. Du hast die Wahl zwischen einer etablierten Seite mit Gratisleistung und einer neuen Seite mit genau derselben Dienstleistung, für die du aber blechen musst: Auf welche würdest du gehen? Vergiss ihn. Er ist eine Niete. Scheißdreck!«

Richie war gerührt. »Hey, ist schon in Ordnung, Martin. Ich hatte eh nicht vor, sein Angebot anzunehmen. Aber danke für die Anteilnahme.«

»Was? Der Typ ist mir doch scheißegal. Aber wir hätten bis morgen früh unseren eigenen verfickten galaktischen Reiseführer im Netz haben und erste Kohle abgreifen können. Kacke.«

Martin stieß einen kurzen, frustrierten Urschrei aus und kündigte an, zurück in den Pub zu gehen und das von Richie unterbrochene Besäufnis fortzusetzen.

Richie sah ihn wütend bergab traben. Na schön, es war ein angesagter Pub, aber Richie fragte sich, ob sie Martin ohne Hose reinlassen würden.

*

Mr Big hatte nicht nur deshalb Erfolg, weil er äußerste Gewalt bei allem anzuwenden bereit war, was weniger Fell und geringere Ohrspannweite als ein Esel hatte, sondern auch aufgrund seines ausgezeichneten Informationsnetzwerks. Seine Taxifahrer lauschten sämtlichen Gesprächen, und die meisten örtlichen Pubs und Clubs beschäftigten seine Jungs als Rausschmeißer und Türsteher. Und die waren nicht nur da, um Unruhestifter aufzugreifen, sondern auch, um mitzuhören.

Aber auch Martin hatte sein Netzwerk. Er verbrachte sein halbes Leben damit, in Pubs abzuhängen, und konnte nie still bei einem Drink sitzen, solange sich noch ein Mensch zum Quatschen oder Anbaggern fand.

Als folglich zwei Amerikaner sich die Pubs von Bournemouth vornahmen und dabei mit abwechselnd lauten und verdächtig leisen Stimmen über Computer und Teleportation unterhielten, musste Martin sie früher oder später gewahr werden.

Ihr erster Pub-Besuch war nicht gerade erfolgreich. Sie hatten sich für einen in der Nähe des Stützpunkts entschieden, The Dog, ein Schuppen gleich außerhalb der Stadt, der bei den Einwohnern für seine unfreundliche Bedienung und das schlechte Bier bekannt war.

Die Professoren Hamlet und Johnson traten an den Tresen des beinahe menschenleeren Pubs und unterbrachen die Unterhaltung des Wirts über das bevorstehende Freundschaftsspiel zwischen England und Portugal mit dem Ausruf: »Barkeeper, ein Bier, bitte.«

Der Wirt zwinkerte seinem Gesprächspartner zu und stellte

sich vor seine sechs Zapfhähne und den verglasten Kühlschrank voller Bierflaschen.

»Ein Bier?«, fragte er.

»Ja.« Es war Johnson, der als der Reiseerfahrenere bestellt hatte.

»Budweiser, Rolling Rock, Samuel Adams?", fragte der Wirt, der scharfsinnig die Nationalität seiner neuen Kunden erraten hatte. Natürlich hatte er wie jeder andere hier in der Gegend das Eintreffen der Amerikaner bemerkt, und es war ihm bereits gelungen, ein paar vom Wechselkurs verunsicherte Truppenangehörige übers Ohr zu hauen.

»Sie haben Bud?«, fragte Jeb.

»Nein, wir hätten gern ein englisches Ale«, berichtigte ihn Johnson.

»Englisches Ale?«, fragte der Wirt.

»Ja, so eins, wie Ihr Freund dort trinkt«, sagte Johnson mit einer Geste zum Glas des Gesprächspartners.

»Das ist belgisches Lagerbier.« Der Wirt grinste.

»Und das, was Sie trinken?« Johnson nickte zum andern Glas auf dem Tresen.

»Das ist deutsches Lagerbier.«

»Was ist mit diesem Zapfhahn?«, fragte Johnson und zeigte auf den für Bass.

Der Wirt lächelte. »Tja, ich denke mal, das könnten Sie Ale nennen. Möchten Sie 'ne Halbe?«

»Ja, bitte«, sagte Johnson. Dieser Dorfschuppen glich in keiner Weise den gemütlichen Lokalen, die er in Cambridge besucht hatte. Dieser Hinterwäldler hatte eindeutig noch nichts davon gehört, dass die Worte »Dienst« und »Leistung« zusammengehörten.

»Okay.« Der Wirt drehte sich nach einem Glas um und zwinkerte seinem Kumpel erneut zu. Das Fass mit Bass war gerade angeschlossen worden. Es war noch nicht zapfbereit. Er zog am Hebel und füllte das Glas mit beigefarbenem Schaum. »Hmm, wunderschön«, sagte er und stellte es vor einem verdutzten amerikanischen Wissenschaftler ab. »Zehn Pfund, bitte.«

»Äh, ich bekomme ein Bud«, sagte Jeb, der soeben beschlossen hatte, die örtliche Kultur lieber ein andermal zu erforschen.

Es lag nahe, dass die beiden Wissenschaftler bei ihrem nächsten Ausflug beschlossen, lieber gleich in die Stadt zu gehen und sich einen gepflegteren Aufenthaltsort zu suchen. Sie hatten sogar Rat beim englischen Kommandanten des Stützpunkts (der wenig Ahnung hatte, was auf seinem Flugplatz vor sich ging, da der Zutritt zu den meisten Bereichen allen außer US-Personal vorübergehend verboten war) eingeholt und ein paar unentbehrliche Wendungen gelernt, damit sie in Zukunft fehlerfrei bestellen konnten.

Die beiden Wissenschaftler fuhren in die Stadt und ließen sich dabei über ihre Arbeit aus. Sie hatten erfolgreich einen laufenden Motor teleportiert, der zwar während der Übertragung ausgesetzt hatte, nach ein wenig Bastelei aber wieder angesprungen war. Sie hatten ein totes Huhn hundert Meter weit gebeamt. Das teleportierte Grillhähnchen schien molekular völlig intakt gewesen zu sein und nicht toter als vorher, nicht einmal erwärmt. Also, fand Johnson, der unbedingt etwas möglichst Menschenähnliches teleportieren wollte, waren sie nun bereit zu einem Lebendversuch mit einem Schwein.

Was er nicht wusste: Jeb Hamlet und Blenders Labortechniker hatten den Hühnerversuch fingiert. Tatsächlich war das entmaterialisierte Huhn weit über die Fähigkeiten selbst des schlechtesten Grillmeisters der Welt hinaus verbrannt. Es war Asche.

»Warum keine Küchenschabe?«, schlug Jeb vor. Blender hatte ihm mitgeteilt, dem Schweinetest würden wichtige Leute beiwohnen. Er sollte erst stattfinden, wenn der Öko-Gipfel bereits im Gange wäre, und Jeb hatte nicht genug Schweine, um vorher schon welche über den Jordan zu schicken.

»Küchenschabe? Warum sollten wir unsere neuesten Erfindungen an so einem kleinen, unbedeutenden … Heilige Scheiße!«, zischte Johnson und ließ für einen kurzen Augenblick das Lenkrad los.

»Was ist los?«

Johnson zog einen schlanken metallischen Gegenstand ähnlich einer Taschenlampe aus seiner Jacke. Ihre neueste Erfindung.

»Du Schwachkopf! Warum zum Henker behältst du das Ding immer in der Tasche?«, herrschte Jeb ihn an.

»Soll ich umkehren?«, fragte Johnson.

»Nein, wir sind schon zu weit. Trinken wir erst mal eins. Wir halten am ersten Pub, den wir sehen, okay?«

Zwei Minuten später erkannten sie ein Schild und bogen auf den großen Parkplatz ein, der zu dem Pub gehörte.

»The Huntsman? Wenigstens eine Sprosse höher auf der Evolutionsleiter als The Dog«, bemerkte der Biologe Johnson.

In der Hoffnung, ein harmloses Bild abzugeben, betraten sie schweigend den Pub und brachten es fertig, sich ebenso unauffällig einzufügen wie der Kleinbus voll sibirischer Mathematikstudenten, die sich 1979 in den Huntsman verirrt hatten und anscheinend beweisen wollten, dass sowjetische Textilfabriken größere Hemdkrägen als irgendwer im überzüchteten Westen herstellen konnten.

Jeb trug zwei T-Shirts – ein dunkelblaues (kurzärmelig) über einem schokobraunen (langärmelig) –, dazu eine Trainingshose mit Elastikbund und eine gefütterte gelbe Weste, deren Taschen sich von Kugelschreibern und halbvollen Kaugummipäckchen beulten. Blaue Socken in klobigen Gesundheitssandalen verpassten seinem Look den letzten Schliff.

Unter seiner wasserdichten Allzweckjacke trug Mark das, was er immer trug – ein angeblich bügelfreies Khakihemd aus einer Sammlung, die seine Putzfrau jahrelang gekocht und mit Kernspaltungshitze geplättet hatte, bis jegliche Form und Farbe daraus entwichen waren. Seine Hose gehörte zu der Sorte, die einem die rumänische Fluggesellschaft im Fall eines Gepäckverlusts leihen würde.

Als sie eintraten, drehten sich ihnen alle Köpfe zu. Einer in unmittelbarer Nähe gehörte einem jungen Burschen am Tresen, der sie teuflisch angrinste.

Jeb nickte und sagte Hi.

»Hm, ihr seid wohl nicht aus der Gegend, was, Jungs?«, sagte Martin . »Was trinkt ihr denn?«

*

Am nächsten Morgen erwachte Richie mit einem Ruck.

Du bist ein Genie, dachte er.

Oder ein Idiot, weil du nicht eher dran gedacht hast.

Es war keine acht Uhr, aber er rief Martin trotzdem an.

»Es ist mitten in der Nacht«, stöhnte Martin. »Was ist los, Rich?«, erkundigte sich Martin.

»Warum sollte was los sein?«

»Na, sonst würdest du mich wohl kaum wecken. Oder hast du gerade gute Nachrichten im Radio gehört?« Martin klang hoffnungsvoll.

»Nein, nichts Neues. Ich möchte, dass du mir hilfst, Terry von der Rücknahme der Wette zu überzeugen.«

Martin lachte. »Aussichtslos, Rich.«

»Ich gebe ihm einen Hunderter als Schadenersatz.«

»Er wird's nicht tun.«

»Ich muss es versuchen.«

»Er wird's nicht tun, sag ich dir.«

Martin tat sein Bestes, es Richie auszureden, aber vergeblich. Schließlich willigte er ein, Richie abzuholen.

»Aber lass mir die Zeit für mein SDRV, in Ordnung?«

»SDRV?«, fragte Richie.

»Na, Scheißen, Duschen, Rasieren, Vögeln. Vielleicht lass ich das Rasieren aber aus.«

Als Richie auflegte, schallte ihm Martins Gelächter noch in den Ohren.

Zwei Stunden später hielt Martin in einem silbernen BMW vor Richies Haus. Terry, der Buchmacher, saß auf dem Beifahrersitz.

»Rein mit dir, Rich«, sagte Martin und schmunzelte über die erstaunte Miene seines Bruders.

Richie kletterte in den Wagen, und Martin fuhr los, während sich seine beiden Mitinsassen durch die Lücke zwischen den Vordersitzen hindurch die Hände schüttelten.

Richie erinnerte sich nur undeutlich an Terry aus dem Pub. Fast alle seine Erinnerungen an jene Nacht waren undeutlich. Terry war kein Stammgast im Huntsman. Er sah mehr nach Golfklub aus – in den Vierzigern, Anzug und Schlips, gebräunt, längliches, aber gepflegtes Haar –, wie ein etwas halbseidener Zweigstellenleiter einer Bank. Und genau das war ja ein Buchmacher, dachte Richie, außer dass seine Kunden selten dazu kamen, ihre Einlagen wieder abzuheben.

Er rätselte, was zum Geier Terry hier zu suchen hatte. Machten Buchmacher Privattermine?

»Martin hat mir dein Problem geschildert«, sagte Terry mit heiserer Raucherstimme.

»Problem?«, fragte Richie und versuchte, Martins Blick im Rückspiegel einzufangen.

»Na ja. Du willst die Wette abblasen, oder nicht?«

»Richtig. Ich war betrunken, es war ein Fehler.«

»Was vermutlich bedeutet, dass du es dir nicht leisten kannst zu verlieren«, fuhr Terry fort.

»Nun ...« Richie rang nach Worten. So gesagt, klang es wirklich nicht gut. Was hatte Martin ihm erzählt?

»Es ist eine sehr hohe Wette. Mit die höchste, die ich je angenommen habe«, sagte Terry. »Eigentlich hätte ich den Einsatz unbedingt im Voraus verlangen sollen.«

Zum Glück drückte Terry kein Stethoskop auf Richies Herz, sonst hätte er ein lautes Klopfen gefolgt von mehreren Sekunden völliger Stille vernommen.

»Nur wegen Martin hier hab ich nicht danach gefragt. Er meint, du stehst dafür ein.«

»Yeah«, sagte Richie und versuchte, überzeugend zu klingen. »Aber das ist nicht der Grund, warum ich die Wette zurücknehmen möchte.«

»Du hast das Geld, willst es aber nicht verlieren«, sagte Terry.

»Äh, ja«, gestand Richie zu. »Andererseits bekomme ich eine Million, wenn ich gewinne. Stehst du dafür ein?«

»Ha!« Terry drehte sich um und sah Richie in die Augen. »Da triffst du den Nagel auf den Kopf. Ich nämlich kann es mir keinesfalls leisten zu verlieren. Ich kann die Wette jetzt nicht sausen lassen, sonst steck ich selber bis zu den Eiern in Schulden. Sieh mal, dein Problem ist mein Problem. Wir sitzen im selben Boot.« Er wandte sich wieder zur Windschutzscheibe um. Gerade erreichten sie einen großen Verkehrskreisel. Martin nahm die Ausfahrt zur Innenstadt.

»Was du wohl gesagt hättest, wenn ich morgen zu dir gekommen wäre und dich gebeten hätte, die Wette abzublasen?«

Jippiee! Ja! So machen wir's, Terrybaby!, wäre die Antwort gewesen, aber Richie zuckte einfach die Achseln.

»Du hättest gedacht, ich hätte kalte Füße bekommen, weil ich die berechtigte Ahnung hätte, dass ich verlieren würde. Du selber hast nichts gehört, oder, Richie?«

»Nein«, teilte Richie ihm mit, »sonst würde ich jetzt meinen Gewinn einfordern.«

Terrys gutmütiges Gelächter endete in einem Keuchhustenanfall. »Nun, du kommst mich besuchen, wenn du was hörst. Und ich komm dich besuchen, wenn nicht.« Wieder lachte er. Schließlich war der Gewinn und Verlust großer Summen sein tägliches Brot. Richie war eher gewohnt, Kleingeld beim Lotto und Pokalendspiel zu verplempern.

Martin hielt vor einem Coffeeshop, einer amerikanischen Kettenfiliale mit Markenzeichen überall und hohen Hockern aufgereiht an allen Wänden.

»Hier wolltest du doch raus, oder?«, fragte er Terry.

»Jau, bester Cappuccino in der ganzen Stadt«, sagte Terry. »Ich habe noch ein bisschen Zeit, bevor ich aufmache. Danke, Martin. Wir sehen uns nachher, okay?«

»Ich werde da sein«, versprach Martin mit Händedruck.

Terry und Richie stiegen aus.

»Richie, sorry, Kumpel«, sagte Terry. »Ich kann's nicht ändern.«

Sie schüttelten sich die Hände, und Terry betrat den Coffeeshop.

Richie stieg auf der Beifahrerseite ein.

»Scheiße«, sagte er. »Bist du sein Chauffeur oder so was?«

Martins Erwiderung war ein schnaubendes Auflachen.

»Aber echt«, sagte Richie. »Wieso krieg ich das Gefühl, ihr beiden seid zu dicke, als dass es mir guttun würde?«

Martin schnalzte verächtlich mit der Zunge. »Hör auf zu heulen, Rich. Du leidest unter Verfolgungswahn. Solltest mehr Fleisch essen.«

»Was zum Henker hat das damit zu tun?«

»Du hast keinen Jagdtrieb mehr. Aus dir ist ein beschissenes Mäuschen geworden.«

»Martin. Hör verdammt noch mal auf mit diesem Doktor-Dolittle-Scheiß und verrat mir, wieso du und Terry auf einmal gemeinsam durch die Gegend karriolt. Und dazu noch in so einem Angeberschlitten. Du hast ihn doch hoffentlich nicht gerade gekauft?«

Martin schüttelte seufzend den Kopf. Die Unschuld unter falschem Verdacht. »Er gehört Terry. Ist den Lappen wegen Trunkenheit am Steuer los und braucht jetzt Leute, die ihn fahren«, sagte Martin. »Dachte mir heute früh, dass er vielleicht milde gestimmt ist, wenn ich ihm Hilfe anbiete.«

»Hat offensichtlich nicht funktioniert.«

»Was soll das denn heißen?«, keifte Martin entrüstet. »Du willst die Wette absagen, da wird er doch als Erstes den Einsatz verlangen, oder? Gar keine Frage. Zum Glück hast du mich angerufen, statt da auf eigene Faust reinzutölpeln.«

»Ach ja? Du hast mir doch überhaupt erst geholfen, in die Wette reinzutölpeln«, grollte Richie. »Vielleicht waren die zehn Riesen Einsatz ja gar nicht mein eigenes Angebot? Vielleicht habt ihr das gemeinsam ausgeheckt?«

Martin schaute aufrichtig traurig drein angesichts Richies

mangelndem Vertrauen. »Frag jeden, der dabei war«, sagte er. »Betrunken hältst du dich doch für unschlagbar. Weißt du noch, wie viel Geld du früher beim Darts verloren hast? Die standen doch Schlange, um dich im Huntsman an die Wand zu spielen, wenn du erst ein paar getankt hattest. 'ne Runde war da immer rauszuholen.«

Richie musste über die Erinnerung unwillkürlich schmunzeln. Damals war ihm der Preis für eine Runde Bier wie eine Menge Geld erschienen.

»Wo wir davon sprechen«, sagte Martin, »gestern Abend hab ich ein paar interessante Typen kennengelernt. Spielen sogar noch schlechter Darts als du.«

»Toll. Meinst du, sie setzen zehn Riesen pro Punkt?«

»Vielleicht.« Martin trommelte einen Paradiddle auf dem Lenkrad. »Du solltest sie wirklich mal kennenlernen. Wir haben im Suff ein großartiges neues Spiel erfunden. Teleportations-Darts. Einfach den Lokator ans Schwarze halten und die eigenen Pfeile hineinbeamen. Eine todsichere Sache.«

»Todsicher? Das hab ich schon mal gehört.«

Martin überging den Missmut seines Bruders. »Also wohin, Rich? Ich muss das Auto erst heute Nachmittag wieder abliefern.«

»Nach Hause, falls du keinen glänzenden Einfall hast, wo ich zehn Riesen auftreiben kann.«

»Dann auf nach Hause«, sagte Martin und machte eine Kehrtwende hinaus aus dem Stadtkern.

*Ich habe da eine Theorie zu Marvin, dem paranoiden Androiden aus* Per Anhalter durch die Galaxis, *und seiner Rolle in der britischen Rockszene.*

*Marvin jammert dauernd, er habe ein Gehirn von der Größe eines Planeten, bekomme aber nur Hirnlosigkeiten zu tun wie Türen öffnen.*

*Nun, auf* OK Computer, *dem dritten Album von Radiohead (der Albumtitel ist übrigens ein Zitat aus Kapitel 12 von Douglas Adams' Roman), findet sich der Song »Paranoid Android«.*

*Hinzu kommt, dass etwa um das Jahr 1997, als* OK Computer *erschien, der Sänger von Radiohead, Thom Yorke, ins Dauerjammern verfiel und bei Interviews regelmäßig den Eindruck vermittelte, sein Gehirn werde an den Austausch mit bloßen Menschen vergeudet. Das Grundthema des Albums lautet: bloß verdammt schnell von diesem beschissenen Planeten wegkommen.*

*Mir scheint, als habe Marvin nunmehr einen menschlichen Parteigänger, der sich dazu verschrieben hat, uns die Botschaft des Androiden mitzuteilen, nämlich dass Menschen Scheiße sind.*

Eine kurze Geschichte der Zukunft, Kapitel 14 (Auszug)

*

Richie saß im Laden, als er die Tür aufgehen hörte. Er war so an das Alleinsein gewöhnt, dass er nicht weiter auf den Eindringling achtete und ihn für Martin hielt.

»Entschuldigung.«

Richie blickte von einigen Umschlägen auf, die er gerade an Verlage adressierte, und sah auf einen Mittvierziger in Leinenanzug und Polohemd. Ein wohlhabend und gereift wirkender Erwachsener. Die Sorte hatten sie nur selten im Laden, selbst früher, als sie noch stärker um den Anschein bemüht gewesen waren, Sachen zu verkaufen und zu reparieren.

»Ja?«

»Ich suche nach einem von diesen Beam-me-up-Scotty-Geräten.«

»Was?« Richie musterte das Gesicht des Burschen. Grauer Bürstenhaarschnitt, kalte Augen.

»Sie wissen schon, einen Teleporter.« Der Bursche hatte eine schräge Aussprache mit so was wie einem transatlantischen Näseln.

»So was gibt's doch gar nicht, oder?«, fragte Richie.

Einen Augenblick lang rätselte er, ob es irgendeine Art Falle sein könnte. Ein Bulle vielleicht, der wegen der Geschichte mit dem teleportierten Kokain ermittelte. Könnte sogar der amerikanische Zoll sein, der nun wünschte, er hätte ihn das Gerät nicht ausführen lassen.

»Doch, gibt es. Die Dinger wurden vom amerikanischen Militär erfunden. Man kann sie in den Staaten kaufen. Werden sie noch nicht importiert?«

»Sorry, Kumpel, davon hab ich noch nie was gehört.« Richie lächelte bedauernd und hoffte, der Typ würde sich bald verkrümeln.

Tat er nicht. »Sie sind anscheinend unglaublich. Man bekommt ein kleines Gehäuse und schließt es an eine Entmolekularisations-Software an und –«

»Haben Sie's in der Army-Resterampe versucht?«, unterbrach ihn Richie. »Die haben haufenweise amerikanische Militärsachen. Helme, Wasserflaschen, Latrinenschaufeln. Vielleicht haben sie auch ein Entmolekularisationsgerät.« Richie lächelte erneut und diesmal etwas weniger bedauernd.

Der Typ sah Richie an, als präge er sich sein Gesicht ein. Irgendetwas kam ihm seltsam vor. Dann entspannte er sich und setzte ein Kein-Problem-Lächeln auf. »Okay. Bis die Tage«, sagte er und ging.

*

»Max, wir müssen den anderen im Team sagen, was wir hier treiben.«

»Warum?« Blender wandte sich von der Tür der alten RAF-Baracke ab, die er gerade in Augenschein nahm, und blickte Jeb Hamlet stirnrunzelnd an.

»Entweder kommen sie von selbst drauf, oder es gibt eine undichte Stelle, und dann haben wir einen Bürgerkrieg am Hals.«

»Nun, sollte es eine undichte Stelle geben, werde ich sie wohl zu stopfen wissen, oder?« Blender ging an einer Seitenwand der Baracke entlang, die aus Asbestplatten zu bestehen schien. Hoffentlich faserten sie nicht zu sehr. »Wie groß ist die Entfernung von hier bis zum Kontrollturm?«

Er blickte über seine Schulter auf die geweißten Backsteine des Bauwerks.

»Etwas über hundert Meter«, antwortete Hamlet. Er stand auf dem Rasen im fahlen Sonnenschein und wog im Geiste seine Möglichkeiten ab – er konnte entweder seiner Überlegung Nachdruck verleihen und damit seinen Chef verärgern oder das Vorhaben langfristig gefährden. »Ich werde nichts durchsickern lassen, Max. Natürlich nicht. Aber da wir jetzt alle tagtäglich zusammenarbeiten, scheint es mir –«, sein nächstes Wort wählte er sorgfältig aus, »– kontraproduktiv zu sein, wenn nur einige in der Gruppe von den Versuchen wissen. Ich meine, herrje, wir haben doch Riesenfortschritte gemacht. Der neue Lokator –«

Blender unterbrach ihn. »Jeb, bitte. Ich dachte, wir hätten ein größeres Ziel vor Augen. Seit Hiroshima ist die Wissenschaft ebenso Teil der Weltpolitik wie die Stärke des Dollars oder die Gesundheit des Präsidenten. 1945 hatten wir einen doppelseitig Gelähmten im höchsten Amt, aber alles war in Butter. Wenn sich heutzutage der Präsident in die Hose pisst, geht die Wirtschaft der Vereinigten Staaten den Bach runter. Und glauben Sie mir, Jeb, der Präsident würde sich in die Hose pissen, wenn er eine Ahnung davon hätte, was hier vor sich geht.«

»Wenn das so ist, tun wir es dann zu Recht?«, fragte Jeb.

Blender gab von sich, was Hamlet als anmaßendes Auflachen auffasste. »Jeb, Sie reden wie ein Mann, der soeben in ein Becken mit Eiswasser gestiegen ist.«

»Hä?«

»Ihre Eier sind geschrumpelt.« Blender tat einen Schritt auf Hamlet zu, sodass weniger als eine Armlänge zwischen ihnen lag. Der Ältere schaute Jeb in die Augen, als würden sie ihm seine Hodengröße verraten. »Die Teleportation von Menschen wird ein weit größerer Fortschritt sein als die Kernspaltung, Jeb«, sagte er und versuchte anscheinend, den anderen gleichzeitig in Trance zu versetzen. »Er wird größer sein als die Reise eines Menschen zum Mars. Teufel auch, wir könnten ein ganzes verdammtes Baseballstadion dort raufbeamen, für die allererste World Series in einer fremden Welt. Ein Präsident wird für vier Jahre gewählt oder acht, wenn die Wirtschaft oder irgendein Krieg ihm in die Hände spielt. Wie können Sie auch nur erwägen, die Zukunft wissenschaftlichen Strebens aus Pflichttreue zu jemandem zu gefährden, der nicht mehr ist als ein Fliegenschiss auf dem Kalender der Menschheit?« Blender sah, wie Hamlets Pupillen eng wurden, und wusste, dass er zu weit gegangen war. »Als Politiker natürlich. Menschlich kann ich den Kerl gut leiden.« Er trat von Hamlet zurück, der sich sichtlich entspannte. »Genau wie wahrscheinlich die neuen Mitglieder des Teams. Sie sind noch nicht lange genug dabei, dass ich ihnen voll vertrauen könnte. Und deshalb machen wir jetzt einfach weiter mit dem Job und zeigen der ganzen Welt, wie gnadenlos gerissen wir sind, ja?« Er deutete mit einem Daumen auf das Hauptgebäude, wo die übrige Gruppe arbeitete und die Techniker eine Videostandleitung zum Kontrollturm verlegten. »Warum schenken wir ihr nicht mal einen flüchtigen Blick in die Zukunft statt auf die Gegenwart?«

Hamlet schmunzelte zustimmend. Blender gab ihm einen mannhaften Klaps auf den Oberarm.

»Und, Jeb, Sie haben doch gewiss nicht die wichtigste Regel wissenschaftlichen Arbeitens aus den Tagen Ihrer Hochschulforschung vergessen?«

»Die wäre?«

»Je kleiner der wahrgenommene Abstand zwischen Ihnen und Ihrer Zielvorgabe, umso üppiger die Finanzierung.«

Blender lachte über seinen eigenen Witz und trat gegen die Wand der Baracke. Ein paar krebserregende Staubflocken schwebten langsam zu Boden, um das Gras zu bestäuben.

*H. G. Wells – ein Gigant und Zweiter gleich nach dem gewaltigen Roddenberry.* Krieg der Welten *beispielsweise war nicht nur eine der ersten Geschichten über außerirdische Ungeheuer überhaupt, sondern auch eine Satire auf den britischen Kolonialismus.*

*In diesem Kapitel möchte ich Ihnen schildern, wie H. G.s Buch von der Kolonisierung Tasmaniens angeregt wurde – die er als »ein überaus schreckliches Unglück für die tasmanischen Eingeborenen« beschrieb. Das tat er 1898, ein Jahr nach dem diamantenen Kronjubiläum Königin Victorias, Herrscherin über Britannien und das halbe bekannte Universum, und zweiundzwanzig Jahre nachdem die Ureinwohner Tasmaniens buchstäblich allesamt zu Tode gejagt worden waren. Er war seiner Zeit ein wenig voraus. Australien rang sich erst Mitte der 1970er-Jahre dazu durch, ihm beizupflichten.*

Eine kurze Geschichte der Zukunft, Kapitel 2 (Auszug)

*

Jeden Sonntagmorgen ging Richie eine Zeitung kaufen. Wochentags ließen sie sich die Zeitung immer zustellen, die Sonntagsausgabe hatten sie aber schon lange abbestellt. Richie und Clara waren es müde, dass der Austräger ihren Postkasten als Reißwolf benutzte. Beim heutigen Umfang von Sonntagszeitungen brauchte man schon einen Briefschlitz von der Größe einer Katzentür.

Er schlenderte den Hügel hinunter zum Zeitungskiosk. Es war wieder ein warmer Morgen. Ein paar Wolken zogen vom Meer her auf, aber später würde es aufklaren. Das hoffte Richie jedenfalls, denn er wollte mit seiner Familie im New Forest picknicken. Martin hatte tags zuvor angerufen und mitgeteilt, er habe einen Renault Espace geliehen bekommen und bestehe darauf, seinen Bruder, seine Schwägerin, die Nichte und den Neffen auf einen Tagesausflug einzuladen. Sogar für das Essen sorgte er und versprach, nichts davon selbst zuzubereiten.

Richie hatte eben noch Zeit für den Schlenker hinunter zu Dave, ehe Martin kommen wollte.

Dave war der örtliche Zeitungshändler und derjenige, der mehr als irgendein Englischlehrer Richies Literaturgeschmack geprägt hatte, ihn erst von den Comics hin zu Fußballgazetten führte und dann vom *New Musical Express* zu schöngeistigerem Lesestoff wie *Big Tits.*

Noch heute ließ Richie sich stets von Dave beraten, ehe er etwas kaufte, als wäre Dave Oberkellner und damit Sachwalter einer sich laufend verändernden Speisekarte.

Nur war Daves Geschäft seit Richies letztem Besuch zwei Sonntage zuvor verschwunden. An seiner Stelle befand sich jetzt eine schicke Ladenfront mit Werbeplakaten für Hochglanzzeitschriften und Schokolade. Es war zweifellos die richtige Straßenecke, zwischen dem Autoteilehandel und dem Handyladen, aber das alte Schild – das wunderbar eindeutige »Dave's« – war durch ein orange- und purpurfarbenes Logo ersetzt, »Gnu's 4 News«, aus dem heraus eine, wie es aussah, bärtige Kuh die Passanten angrinste.

Richie ging hinein. Die Türglocke läutete nicht wie früher, vielmehr löste die Fußmatte ein elektronisches Muhen aus.

Dave war da.

»Dave.«

»Richie.«

Dave sah völlig verändert aus. Anstelle seines gewohnten Fußballtrikots in den Farben von Bournemouth trug er eine Art orangefarbenen Trainingsanzug mit der bärtigen Kuh auf der Brust. Seine schütter gewordene Rocker-Tolle war abrasiert, und jetzt schmückte er sich mit einem feschen grauen Kahlschnitt. Auch sein Laden sah völlig verändert aus. War nicht mehr so gerammelt voll, mit weniger Regalen, aber größeren Reklameaufstellern. Vor der Theke standen Behälter mit Bonbons und Taschenbüchern im Sonderangebot. Früher waren Daves einzige Sonderangebote Sachen gewesen wie: »Magste die Chips haben? Das Haltbarkeitsdatum ist rum.«

»Wie war's in Nuh Yoik?«, fragte Dave.

»Großartig. Nur verdammt heiß. Wie ein Dschungel ohne Grünzeug.«

»Haste dir deshalb den Kopf rasiert?«

»Yeah, und was ist deine Entschuldigung?«

Dave erzählte. Er war von einer Kette aufgekauft worden und jetzt stellvertretender Geschäftsführer seines eigenen Ladens. Er hob eine Plakette von der Theke auf.

»Die steck ich mir an, wenn ich das Auto vom Chef vorfahren seh.«

Es war ein Namensschild aus Plastik mit Daves Porträt, einkopiert in den Kopf eines Gnus.

»Und wer ist Geschäftsführer?«, erkundigte sich Richie.

»So ein aalglatter Einundzwanzigjähriger mit Allrad-Mitsubishi. Er leitet sämtliche Läden in der Stadt und schneit jeden zweiten Tag rein, um den ›Point of Sale‹ zu überprüfen«, höhnte Dave.

»Das kommt alles ziemlich plötzlich, oder?«

»Nein, ich hab schon vor zwei Monaten unterschrieben. Hab nicht viel verdient, weißt du, trotz deiner regelmäßigen Besuche bei der Lottoannahme. Wenigstens bekomme ich so ein Gehalt.«

»Schon, nur könnten sie dich jetzt aus deinem eigenen Laden rausschmeißen.«

»Und aus meiner Wohnung.« Dave wohnte mit seiner Frau über dem Ladenlokal.

»Scheiße verdammt, Dave.« Waren hier inzwischen alle von Obdachlosigkeit bedroht?

»Tja, aber nun hab ich Bares in der Rückhand. Und scher mich einen Dreck um die Gören, die Süßigkeiten und Kippen klauen. Sind ja nicht mehr meine Süßigkeiten, oder?«

»Musst du dich jetzt zu Weihnachten als Gnu verkleiden, Dave? Und deinen Kunden ein ›Happy Gnu Year‹ wünschen?«

»Leck mich, Richie. Welche Zeitung willste?«

Die Sonntagszeitungen lagen alle auf der Theke aus wie riesige Brieftaschen.

»Welche empfiehlst du?«

»In der *Sunday Times* sind ein paar tolle Rezepte für frische Feigen«, sagte Dave und zeigte auf den dicksten Beilagenpacken. Gelegentlich hatte Richie Anfälle von Kochlust.

»Klasse, mit Rohkakaobohnensoße und gewürfeltem Känguru«, sagte Richie.

»Ich glaube, das verwechselst du mit püriertem Känguru.«

»Jetzt mach schon, Dave, was liegt an?«

»Ferrari zu gewinnen? Von Schumacher signiert.«

»Nein danke.«

»Im *Express* gibt's ein Haus zu gewinnen.«

»Gutscheine?«

»Ja, einer täglich vier Wochen lang, dann Hotline anrufen.«

»Verdammt, dafür könnte ich das Haus ja gleich kaufen. Na schön, nehme ich. Gar nichts mit Bargeld?«

»Bloß Bingo.«

»Scheiß drauf. Überhaupt nichts, weißt schon, Einfallsreicheres?«

»NASA-Preisausschreiben.«

»NASA-Preisausschreiben?«

»Yeah. Reise nach Cape Canaveral für Sie und Ihre Familie zu gewinnen. Interessiert?«

»Komm schon, Dave, du Hund. Wo ist es?«

»Im *Independent*.«

Richie nahm die Zeitung in die Hand und fing an zu blättern.

»Seite vier, Reiseteil.«

»Danke.« Richie las eine halbe Seite mit verhältnismäßig verzwickten Fragen zum Wettlauf ins All. Gut. Je schwieriger, umso größer seine Aussicht zu gewinnen. Es gab zu viele Preisausschreiben à la »in welchem Bundesstaat liegt Houston, Texas? Sie wissen die Antwort? Wählen Sie 0898 bla, bla, bla. Es entstehen Verbindungskosten von 10 000 Pfund/Minute.« Schwachsinn.

Dave fragte: »Glück gehabt gestern?«

»Nee.«

»Willst 'nen Lottoschein für kommenden Samstag?«

Richie nickte.

»Die üblichen Zahlen?«

»Hä? Ja. Oh, und gib mir besser auch einen für Mittwoch, hab's dringend nötig.«

»Wie wär's dann mit einem Rubbellos?«

»So dringend nun auch wieder nicht. Ach, okay, schieb's rüber.«

Während er darauf wartete, dass Dave die Lottoscheine ausfertigte, zog Richie eine Münze aus seiner Tasche und warf einen bohrenden Blick auf die Beschichtung aus Plastik oder was immer die Zahlen auf dem Rubbellos verdeckte. Wäre es nicht zum Schießen, dachte er, wenn er jetzt zehntausend Pfund gewinnen würde? Alle seine Probleme wären mit einer kleinen Münze gelöst, nach so vielen Sorgen und Lügen. Und natürlich hatte er immer noch die Wette laufen. Sollte die Premierministerin wirklich schwanger sein, würden ihm eine Million zehntausend Pfund gehören. Ein kleiner Bonus, um Clara hundert Paar Schuhe zu kaufen.

Beim Schaben wurde ihm leicht benommen zumute. Vielleicht war es den Losherstellern ja gelungen, ein Hoffnungselixier aus dem menschlichen Herzen zu destillieren und es der Beschichtung auf dem Rubbellos beizumengen. Richie schniefte und schabte weiter.

»Das glaub ich nicht.«

Hatte er sich wirklich mit einer Münze und ein bisschen Schaben aller Sorgen enthoben? Hatte er wirklich genug gewonnen, um seine Schulden beim Buchmacher zu begleichen und seine Ehe zu retten? Hatte er natürlich nicht.

»Kein Glück?«, fragte Dave und tat sehr überzeugend, als sei er überrascht. Es war seine allergebräuchlichste Redewendung, seit er Rubbellose verkaufte.

*

Irgendetwas stimmte da nicht, aber Johnson wollte Hamlet oder Blender nicht Hilfe suchend beknien.

Die letzten drei Stunden hatte er damit verbracht, die Software für Molekularanalyse in jenem Rechner durchzuackern, der an den größten Teleporter angeschlossen war. Es war Sonntagmorgen, und er war als Einziger bei der Arbeit. Blender hatte allen den Tag freigegeben.

Johnson aber war ins Labor gegangen – den alten Einsatzbesprechungsraum, in dem die Staffelführer während der Luftschlacht um England anfeuernde Ansprachen gehalten hatten –, weil er Lunte gerochen hatte und ihm das keine Ruhe mehr ließ. Ihm schien es, als fehle da eine ganze Latte Daten. Entweder war die Software eine Million Mal leistungsfähiger, als sie aussah, oder – oder was?

Sollte er richtigliegen, und das tat er gewöhnlich, hätte der Teleporter bei dem Huhn nicht funktionieren dürfen. Und der für morgen geplante Versuch würde ein völliger Reinfall werden. Die Software war einfach nicht leistungsstark genug, um die Molekülstruktur eines Schweins zu analysieren und zu speichern.

Selbst wenn keine Messung der Atomgeschwindigkeiten in einem Lebewesen versucht wurde und man sich damit beschied, seinen atomaren Aufbau zu beschreiben, besaß die Software nicht annähernd die nötige Kapazität, um so viele Informationen in der vorgegebenen Zeit zu verarbeiten und zu übermitteln. Es würde Stunden dauern, um ein Schwein zu teleportieren, und sei es nur ein Ferkel.

Er fragte sich, ob Hamlet Zugriff auf irgendeine Art Beschleuniger hatte. Vielleicht bestand er ja deshalb vor jedem Versuch darauf, die Endkontrolle selbst vorzunehmen.

»Schei-ße!« Er versetzte dem Bildschirm, der seine Geheimnisse hartnäckig für sich behielt, einen Schattenboxhieb. Wenn es etwas gab, das Johnson über alles hasste, so war es die Tatsache, irgendetwas nicht zu verstehen. Deshalb, sagte er sich, war er ein guter Wissenschaftler.

Irgendwas ging da vor sich. Irgendetwas Großes. Vielleicht, sann Johnson, gab es ja doch noch Aussichten auf einen Nobelpreis. Nicht für die Arbeit an der Teleportation als solcher. Die einzige mögliche Schlussfolgerung lautete, dass Blender oder Hamlet oder beide etwas Neues über die Molekularanalyse herausgefunden hatten. Einen neuen Ansatz zum Einstein-Podolski-Rosen-Paradoxon etwa.

Einstein updaten? Von so was träumte jeder Wissenschaftler. Sofern sie jedoch etwas entdeckt hatten, beabsichtigten sie offensichtlich nicht, die Ehre mit irgendwem zu teilen, diese Dreckskerle. Wussten sie etwa nicht, was Zusammenarbeit bedeutet?

»Hey, Mark.«

Johnson erstarrte, fand aber die Zeit, ein Lächeln in sein Gesicht zu zwängen, ehe er sich umdrehte.

»Hey.«

»Machst du dich für morgen bereit?« Es war Hamlet.

»Kennst mich doch, Jeb. Workaholic.«

»Na ja, übertreib's nicht. Ich fahr in die Stadt. Kommste mit?«

»Nein danke. Ich, äh, möchte mal allein ausfahren. Mir in Ruhe ein paar Gedanken machen«, sagte Johnson.

»Alles klar. Hast du den Laserlokator da?«

Johnson räusperte sich. »Ja, im Schlafsaal.«

»Es wäre mir wirklich lieber, du würdest ihn im Labor lassen.«

»Yeah, hast recht. Ich bring ihn noch heute zurück. Versprochen.«

Johnson war nicht religiös, betete aber im Stillen, dass er sein Versprechen würde halten können.

*Seit seiner Veröffentlichung hat das Einstein-Podolski-Rosen-Paradoxon zu mehreren neuen Theorien angeregt. Zumeist wurden sie aufgestellt, lange bevor irgendjemand auch nur davon träumte, sich praktisch an der Teleportation zu versuchen. Es waren reine Gedankenspiele.*

*1964 beispielsweise brachte ein Ire namens John Bell ein Theorem vor, das auf den Socken eines seiner Kollegen beruhte, eines gewissen Bertelsmann, der nicht einen Tag zur Arbeit erschien, ohne verschiedenfarbige Socken zu tragen.*

*John Bell untersuchte, ob sich gewisse Dinge über Bertelsmanns zweite Socke vorhersagen ließen, wenn man nur die erste Socke gesehen hatte.*

*Vermutlich war Bells Theorem doch etwas vielschichtiger, aber vielleicht auch nicht. Schließlich handelte es sich um die Sechzigerjahre.*

Eine kurze Geschichte der Zukunft, Kapitel 1 (Auszug)

*

Die Fahrt in den Forest wurde vom Klirren der Flaschen begleitet, die Richie zusätzlich in Martins Picknickkorb gelegt hatte. Er ahnte, dass etwas mehr Wein als üblich nötig sein würde, um ihm sein sonntagnachmittägliches Nickerchen zu verschaffen.

Richie saß vorn und grübelte über seiner NASA-Seite. Wann fand der erste bemannte US-Raumflug statt? Wow. 1961? Wer war der erste Amerikaner, der einen Weltraumspaziergang unternahm? Gute Frage, da müsste er auch recherchieren.

Die Kinder saßen zusammen mit Clara angeschnallt auf dem Rücksitz. Ella sang einen Song von Madonna, den sie in der Schule gelernt hatte. George saß hinter Martin und stachelte ihn an, schneller zu fahren. »Überhol ihn! Überhol ihn! Ramm seine Stoßstange!«

»Bist wohl völlig übergeschnappt, Kumpel, und wie«, gab Martin mit seiner Sid-James-Stimme zurück.

Clara beugte sich über Richies Schulter. »Mach bloß nicht den Hauptgewinn«, sagte sie. »Cape Canaveral ist nicht mein Ding.«

»Okay, dann gewinn ich halt ein Haus.« Richie zog den *Express* nach oben auf seinen Zeitungsstapel.

Clara feixte.

»Keine Sorge, Clara«, sagte Martin, »das Gerät, das Richie mitgebracht hat, wird uns noch ein paar Kröten einbringen, kann ich dir versprechen.«

»Wie denn?«, fragte Clara. »Nein, ich will's gar nicht wissen.«

Martin zwinkerte Richie zu und schielte lüstern. Richie versuchte, die Mimik einzuordnen. Ja, so schaute Martin, wenn er bei einer gelandet war. Die Miene setzte er auf, wenn er den Pub mit der Glücklichen verließ. Ein merkwürdiger Gesichtsausdruck für ein harmloses Picknick, dachte Richie.

Martin war noch nicht weit aus der Stadt heraus, als er von der Hauptstraße abbog und über einen Feldweg hinein in ein Gehölz holperte.

»Warum halten wir hier?«, fragte Richie. »Das ist noch nicht der Forest.«

»Weiter raus wird alles voller Ausflügler sein. Den Fleck hier werden wir ganz für uns haben. Da sind Pferde!« Den letzten Satz rief Martin über seine Schulter und erntete Jubel vom Jugendchor.

Sie befanden sich auf einer Lichtung nahe einer Koppel, auf der vier Pferde weideten.

»Man hört immer noch die Hauptstraße«, sagte Clara beim Aussteigen. »Fahren wir doch weiter in den Forest hinein. Dort ist es ruhiger.«

»Willst du etwa 'ne ganze Stunde lang fahren? Ist doch toll hier. Außerdem ist der New Forest ein Beschiss, nicht wahr, Kinder? Der ist überhaupt nicht neu. Den gibt's doch schon seit Wochen!«

Die Kinder kicherten über ihren albernen Onkel Martin und tollten davon, um Gras für die Pferde zu pflücken.

Richie lud das Essen und die Getränke aus. Martin hatte gute Arbeit geleistet. Er hatte alles bei einem Restaurant in der Stadt bestellt, sogar den Korb. Es gab Salate, verschiedene Käsesorten, kleine Cocktailwürstchen, jede Menge Obst. Selbst an Wolldecke und Korkenzieher hatte er gedacht.

Martin bot an, er werde alles auspacken, und die anderen sollten sich vergnügen. Richie und Clara nahmen die Kinder mit zum Pferdefüttern, hielten im Wald nach Eichhörnchen Ausschau und spielten eine Runde Frisbee.

Dann kehrten alle zurück, um über das Picknick herzufallen. Während sie aßen, flog ein kleines Frachtflugzeug mit der Aufschrift USAF über sie hinweg, um irgendwo in nächster Nähe zu landen. Richie sah Martin fragend an.

»Daddy«, sagte Ella, während sie auf einer Selleriestange kaute und in den Himmel starrte, »warum haben sie den Forest neben einen Flugplatz gepflanzt?«

»Das haben sie wohl gar nicht, Kürbis. Ich glaube, der Flugplatz kam zuletzt.«

»Du meinst, dass sie die Bäume gefällt haben?«, fragte Ella entsetzt.

»Ja. Früher war England fast völlig von Bäumen bedeckt, weißt du.«

»Was, sogar die Häuser?«, fragte George.

»Nein, die Häuser nicht. Ich sagte, fast.«

»Was, sogar der Strand?«, beharrte George.

Martin lachte. »Sieh mal zu, wie du dich da rauswindest, David Attenborough.«

»Nein, die Strände nicht. Aber alle Berge und alle Felder«, sagte Richie. »Bis vor ungefähr fünfhundert Jahren bestand Großbritannien fast ganz aus Wald. Überleg mal, wie wunderschön das gewesen sein muss.«

»Wie schrecklich«, widersprach George. »Man kann kein Fußball spielen, wenn überall Bäume im Weg sind.«

»Man könnte aber leichter Tore schießen – es gäbe überall Torstangen«, sagte Richie und ließ es mit der Geschichtsstunde gut sein.

Sie aßen auf und streckten sich für ein Nickerchen in der Sonne aus. Clara lehnte mit dem Kopf an Richies Schulter. Gerade schlummerten sie ein, als Richie einen Knuff in die Rippen spürte. Es war Martin.

»Komm mal kurz mit«, flüsterte er.

»Was ist los?«, fragte Clara im Halbschlaf.

»Nichts. Nur ein kleiner Spaziergang«, versicherte Martin ihr. Er gab Richie einen Wink.

»Ich möchte dir etwas richtig Aufregendes zeigen«, sagte Martin zu seinem Bruder, während sie durchs Gehölz stapften. Er beschleunigte seine Schritte, und Richie war sich nur zu bewusst, dass fast eine ganze Flasche Sauvignon in seinem Magen schwappte.

Sie erreichten einen weiteren Feldweg, und Martin schaute auf seine Armbanduhr.

»Fünf Minuten«, sagte er. »Wir werden hier warten.«

»Auf was?« Richie lehnte sich an einen Baum und sah sich um. Nichts außer weiteren Bäumen und einem leeren Feldweg.

»Auf allermindestens mehrere Tausend Pfund«, sagte Martin.

»Dauernd versprichst du Geld, aber nie taucht welches auf.«

»Diesmal wird es was «, beteuerte Martin.

»Leck mich am Arsch, Martin. Warum sagst du nie, was Sache ist? Glaubst du, ich verdrück mich, wenn du es mir sagst?«

»Du könntest. Aber du tätest besser dran zu bleiben, denn du hast das Geld sogar noch nötiger als ich.«

Ein Auto kam den Feldweg herunter. Martin duckte sich und zog auch Richie außer Sicht. Es war ein weißes Auto, ein Kombi mit einem einzelnen Insassen. Der Mann parkte und stieg aus. Er sah nervös aus. Martin suchte die Bäume ringsum ab und lauschte, als gehe er sicher, dass keine weiteren Fahrzeuge unterwegs waren. Dann war er zufrieden, trat ins Freie und winkte Richie, ihm zu folgen.

Der Mann sah sie kommen und wirkte noch nervöser, vor allem beim Anblick Richies.

»Hi«, sagte er. Amerikanische Aussprache.

»Hey, Mark«, grüßte Martin kumpelhaft. »Wie läuft's so?«

»Ja, toll«, sagte der Mann und wischte sich mit einem behaarten Arm über die Stirn.

»Das ist Mark. Hab dir doch von ihm erzählt. Wir haben zusammen Darts gespielt. Er ist Wissenschaftler«, teilte Martin Richie mit.

Richie schaltete unwillkürlich auf seine Rolle als Wachhund um und blieb völlig teilnahmslos. Er hatte festgestellt, dass sich die Leute auf diese Weise einschüchtern ließen. Diesmal konnte er zudem hinter der Teilnahmslosigkeit seine völlige Unkenntnis verbergen.

»Er ist Molekularbiologe, stimmt doch, oder?« Martin war immer noch übermäßig kumpelhaft.

»Ja, richtig«, sagte Johnson. »Haben Sie ihn dabei?«

»Zuerst sind Sie an der Reihe, dann ich«, sagte Martin.

Johnson zog zwei gefaltete Seiten aus seiner Jackentasche und überreichte sie. Martin faltete sie auf und runzelte die Brauen.

»Das ist alles?«, fragte er.

»Das reicht schon. Es sind die Codes und Anweisungen, um Zugang zu den Dateien mit den eigentlichen Plänen zu bekommen.«

»Schön, gut.« Martin nickte.

»Nun, haben Sie ihn da?«, fragte Johnson mit verzweifeltem Beiklang in der Stimme.

»Machen Sie Witze?«, erwiderte Martin. »Ihre Codes da könnten mir doch Zugang sonst wohin verschaffen. Ich muss das erst nachprüfen.«

»Dreck verdammt! Wenn Sie ihn nicht zurückgeben, finden sie's raus und ändern sowieso sämtliche Codes.« Während er das sagte, schaute Johnson beunruhigt zu Richie.

»Na, kann mir ja egal sein, schließlich hab ich den Prototyp, richtig?«

»Scheiße. Sie haben ihn aus meiner Tasche gestohlen, schon vergessen? Ich werde hier erpresst.« Johnson litt beinahe körperlichen Schmerz. Was zum Teufel hatte Martin ihm abgenommen?, rätselte Richie.

»Keine Sorge, Mark. Morgen Abend unten im Huntsman bekommen Sie ihn wieder. Sollten Sie irgendwie Ärger kriegen, rufen Sie mich an, und ich hinterlege ihn am Tresen. Der Wirt wird dann sagen, er sei liegen geblieben und als Fundstück aufbewahrt worden. Wir sind doch so dämlich, wir Briten, oder? Wir hätten eh nicht geschnallt, wozu das Ding gut wäre. Zum Henker, was wissen wir denn schon von Teleportation?« Martin funkelte Johnson auf fiese, höhnische Weise an. »Und damit bye-bye, Markie, wir sehn uns morgen Abend. Eine Runde geht auf mich.«

Damit drehte Martin sich um und ging fort ins Gehölz. Richie blieb stehen und sah, wie sich Entsetzen in Johnsons Gesicht ausbreitete. Dieses fahrige Wrack war also ein Fachmann für Teleportation? Scheiße. Allein im Wald mit einem Fachmann für Teleportation – das wäre die Gelegenheit, um ein paar Fragen zu stellen.

Aber dem stieren Blick Johnsons nach zu schließen, hatte der Wissenschaftler das Gefühl, als habe er hier schon viel zu viele Geheimnisse preisgegeben. Richie folgte Martin. Als sie zehn Meter tief im Wald waren, hörten sie das Auto losfahren. Richie packte seinen Bruder beim Arm.

»Erklärung, bitte.«

Martin boxte vergnügt in die Luft. »Wir sind die Größten, Rich!«

»Warum genau, Martin?«

Martin zog einen kleinen, taschenlampenartigen Gegenstand aus seiner Tasche.

»Davon«, sagte er, »war bisher noch nicht mal im Netz die Rede.« Er drückte einen Knopf, und ein roter Lichtpunkt tauchte auf einem nahe stehenden Baumstamm auf. »Das ist ein Laserlokator. An den Teleporter angeschlossen, lassen sich damit Sachen punktgenau beamen, ohne auch nur in die Nähe des Zielbereichs gehen zu müssen. Und sieh mal.« Er drückte einen weiteren Knopf, und der Lichtstrahl verschwand.

»Toll«, sagte Richie. »Man kann ihn ausschalten.«

»Nein. Ein ultravioletter Strahl. Erstaunlich, oder?«

Das musste Richie zugeben.

»Und«, fuhr Martin fort, »es gibt nur drei Stück davon. Zwei auf dem Luftstützpunkt da drüben und eins in meiner Hand. Und dank meinem unvorsichtigen Trinkkumpan Mark kann ich jetzt in die Herstellung gehen.« Er hielt die gefalteten Seiten hoch.

»Bis sie dich schnappen«, sagte Richie.

»Wer das Leben so sieht, wird nie zu etwas kommen«, sagte Martin und schlug den Rückweg zu den schlafenden Picknickausflüglern ein.

*

Es war Montag. Der Ruhetag war vorbei.

Jeb Hamlet und Mark Johnson schlossen einen Computer an die vergrößerte Ausgabe des Teleporters an, der wie eine kleine Behelfsgarage auf dem Asphalt des Rollfelds stand.

Die Absicht (zumindest jene, die Blender der Gruppe verkündet hatte) war, ein Schwein etwa hundert Meter weit in eine kleine Baracke zu beamen, indem sie den Lokator vom ersten Geschoss des Kontrollturms aus auf jene richten würden. Jeb und Johnson waren im Kontrollturm und ihre Kollegen unten auf Höhe des Teleporters. Blender befand sich im Hauptgebäude des Flughafens und trank mit seinen VIP-Gästen Kaffee.

Jeb war nicht scharf darauf, in ein paar Minuten den Knopf zu drücken. Falls alles nach Plan lief, traute er Blender durchaus die Bereitschaft zu, einen Versuch mit einem der Gefangenen abzusegnen, nur um den symbolträchtigen Schritt zu tun und sein Vorhaben voranzutreiben.

Sollte er das tun, befände sich Jeb in einem Zwiespalt – entweder verweigerte er den Versuch und büßte damit die Aussicht ein, sein eigenes Projekt zu leiten, oder er führte ihn durch und tötete so mit Sicherheit einen Menschen. Dass dieser Mensch ein geständiger Mörder und Freiwilliger war, änderte eigentlich nichts an der Sache.

»Okay, alles bereit«, sagte Johnson.

»Gut, hast du den Lokator?«

Johnson wurde rot. »Ich geh einen holen.«

Er lief nach unten, und Jeb richtete sein Fernglas auf ihr Ziel, die alte weiße Baracke. Sie würden einen Laserstrahl durch das Fenster auf den Fußboden der Baracke werfen, der von ihrem erhöhten Aussichtspunkt aus einsehbar war, und das Schwein an genau diese Stelle teleportieren. Theoretisch würden die Beobachter aus der Ferne verfolgen, wie sich das Tier auf ihrem Überwachungsmonitor vor ihren Augen materialisierte. Theoretisch.

Johnson kehrte mit einem Laserlokator zurück, einem der beiden, die Martin nicht anvertraut worden waren.

Unter der Eichendecke des Großen Saals im Flugplatzgebäude drängte sich eine Menge aus etwa zwanzig Leuten um eine Reihe von Fernsehschirmen und betrachtete ein zittriges Stillleben. Ein angebundenes amerikanisches Schwein stand im Zwielicht des Teleporters und zuckte gelegentlich mit Kopf und Gliedmaßen, da sein träges Hirn versuchte, seinen Körper aus der Betäubung zu befreien.

Die Beobachter waren je zur Hälfte Amerikaner und Nicht-Amerikaner, unter ihnen britische, chinesische und russische Militärangehörige sowie die britische Premierministerin, die auf ihre Anwesenheit bei dem Versuch, den sie auf ihrem Hoheitsgebiet zu dulden gezwungen worden war, bestanden hatte.

Überwiegend gab sie sich wie gewohnt als Technokratin, die sich in ernsthaften Gesprächen mit den Soldaten auseinandersetzte. Blender wusste, dass sie von den Medien wegen des gekürzten Verteidigungsetats eins auf den Deckel bekommen hatte, und wenn dies auch die armseligen britischen Aufwendungen in Höhe von gerade mal einer Erdnuss um eine halbe Erdnuss vermindert hatte, hingen ihre Aussichten auf eine Wiederwahl teils davon ab, ob sie der Öffentlichkeit ausreden konnte, dass die Soldaten ihres Landes im Verwundungsfall selbst für ihre medizinische Behandlung aufkommen müssten.

Doch als sie mit Blender sprach, fiel sie für einen kurzen Moment aus der Rolle.

»Armes Schwein«, sagte sie. »Hoffentlich wird ihm nichts passieren.« Die beiden standen etwas abseits der Menge und tranken schwarzen Kaffee aus zierlichen Porzellantassen.

»Es ist freiwillig hier«, entgegnete Blender. »Außerdem britisch. Ein Sinnbild für den Mut Ihres Volkes.«

Die Premierministerin lachte höflich. »Oje, Dr. Blender, Sie scheinen mir das alles etwas zu locker zu nehmen.« Sie nickte in Richtung einiger ausländischer Uniformträger, die von Blenders Leuten mittels Dolmetschern unterwiesen wurden. »Sind Sie sicher, dass es funktionieren wird?«

»Bin voll stiller Zuversicht.«

»Hmm, diese Haltung bringt Ihre Person so ziemlich auf den Punkt, nicht wahr, Dr. Blender?« Sie nippte an ihrem Kaffee und sah ihn über die Tasse hinweg an. »Als Vertreter Ihres Volkes, meine ich.«

Sie gab Blenders freier Hand die Tasse und Untertasse zu halten und ging davon.

Blender betrachtete mit Kennerblick ihre schwarz berockte Kehrseite beim Durchmessen des Raums. Sie hielt vor einer chinesischen Uniform inne und drehte sich so, dass Blender ihr Profil bewundern konnte. Er prägte sich die Rundung ein und sah dann auf die Tasse in seiner Hand hinunter. Er fragte sich, ob sie wohl Speichel enthielt.

Jeb rief Blender an und bekam grünes Licht für den Versuch. Er erhielt die Bestätigung, dass die Videokamera lief, worauf Johnson sein Fernglas hob und den Lokatorstrahl über den Asphalt warf. Er sah den roten Lichtpunkt die Barackenwand entlangflackern und sich dann auf das Fenster einpegeln. Nun zitterte der rote Punkt innen auf dem Fußboden, und Johnson setzte das Fernglas ab, um die andere Hand ruhig halten zu können – sie hätten den Lokator an einer Art Scharfschützengewehr anbringen sollen, dachte er. Er konnte nicht gleichzeitig den Strahl ausrichten und beobachten, was in der Baracke geschah. Trotz seiner Skepsis dem Versuch gegenüber fühlte er sein Herz aufgeregt schlagen. »Nun pass auf«, wies er Jeb an, der die Tastatur bediente. »Drei, zwei, eins, jetzt!«

Er wünschte, er hätte sich »Energize« zu sagen getraut, nur hätte das irgendwie zu flippig geklungen.

Jeb drückte den Knopf. Der Computerbildschirm zeigte einen grünen Schattenriss des angebundenen Schweins. Die Bildpunkte verblassten langsam. Johnson wartete darauf, dass Hamlet Enttäuschung markieren und den Versuch abbrechen würde.

Eine, zwei Sekunden vergingen, die Johnson den Lichtstrahl ruhig auf einen Punkt heftete, drei Sekunden, dann begann etwas Rosafarbenes, sich in der Baracke zu materialisieren. Noch eine Sekunde, und es nahm Gestalt an. Zu Johnsons Staunen war es ganz zweifelsohne ein Schwein.

Einen Augenblick später ertönte ein lautes Quieken, und das rematerialisierte Schwein verschwand aus dem Blick, doch das Geräusch, das aus der Baracke drang, war unverwechselbar: Die Sau versenkte ihren Kopf in den Bauch des Labortechnikers.

»Wir haben's geschafft.« Johnson konnte der Versuchung nicht widerstehen, seine erhobene Handfläche auf die Hamlets klatschen zu lassen. Er wusste nicht, wie sie es geschafft hatten, aber den Beweis konnte er mit eigenen Augen sehen. Ausnahmsweise kümmerte ihn sein Unverständnis nicht.

Menschliche Schreie wurden aus der Baracke laut, während drei weitere Labortechniker hinüberliefen. Ehe sie eintrafen, wurde die Tür aufgestoßen, und ein Mann in weißem Kittel flog mit dem Hintern voran nach draußen. Ihm folgte sogleich das grunzende und wie ein Rodeopferd austretende Schwein.

Walter Nusbaum, ein Physiker aus Houston, kam die Stufen heraufgesprungen, um einen besseren Blick zu erhaschen. »Scheiße«, sagte er, »es dreht durch. Haben wir irgendwas für einen Gehirnscan von diesem Viech?«

»Na klar«, sagte Jeb, der erleichtert war, dass es mit Blenders Plan nicht hundertprozentig geklappt hatte. »Wir ziehen ihm einfach eine Hose an und bringen es ins örtliche Krankenhaus, ja?«

*Vielleicht scheint das Beam-me-up-Scotty-Gerät ja nur deshalb so abgefahren zu sein, weil es in das zivile Leben eingetreten ist.*

*In den frühen Folgen von* Star Trek *war es allem voran ein militärisches Werkzeug. Bei aller Menschenfreundlichkeit Captain Kirks waren die ersten drei Teile der Serie die futuristische Entsprechung eines US-Flugzeugträgers auf Weltreise, um die Einheimischen zum Benehmen von anständigen, demokratischen Amerikanern anzuhalten.*

*So gesehen sollten wir Kirks Mannschaft nicht als wirkliche Menschen ansehen. Denn wenn sie überhaupt etwas mit echten amerikanischen Seeleuten gemein hätte, würde sie eine Schneise aus Massagesalons und irdischen Geschlechtskrankheiten mitten durchs Weltall geschlagen haben.*

Eine kurze Geschichte der Zukunft, Kapitel 1 (Auszug)

*

Richie hatte einen Traum. Er träumte von diesem wunderschönen Mädchen, das unbedingt Sex mit ihm haben wollte. Sie lag auf dem Bett und war bereit. Immer wieder ging er auf das Bett zu, wich aber im letzten Augenblick zurück, weil er pinkeln musste. Er ging also auf die Toilette, kehrte ins Schlafzimmer zurück, wo sie noch auf ihn wartete. Er trat ans Bett, doch wieder musste er dringend pinkeln. Und so weiter. Es war frustrierend, aber nicht ganz unangenehm.

Der Reigen wurde jedoch unterbrochen, als Krabben in sein Gesicht und seinen Hals zu kneifen begannen. Große, scherenbewehrte Krabben wie im Meeresfrüchterestaurant. Ihnen gesellten sich einige Hummer hinzu, die Richie anscheinend beim Namen kannten.

Er schlug die Augen auf und sah Clara, die ihn anfunkelte. Sie trug noch ihr Nachthemd und blickte zornig auf ihn herab. Eine Hand kniff ihm in die Wange, die andere hielt einen Bogen Papier mit verschwommener Schrift darauf.

»Lies das«, sagte sie. »Kam eben per Einschreiben.«

Richie befreite seine Arme von der Steppdecke und hielt das

Blatt Papier still, bis sich seine Augen scharf stellen konnten. Als Erstes fiel ihm der farbige Klecks ganz oben auf dem Bogen auf. Es war das Logo einer Autovermietung. Als Nächstes vermochte er, seinen Namen auszumachen. Na so was auch. Er setzte sich auf, um klarer schauen zu können, und begann zu lesen. Das konnte nur ein dummer Scherz sein.

»O Gott. O Scheiße. O verdammt. O verfickt«, sagte er, während sein Blick von Absatz zu Absatz die Seite hinunterwanderte. Er beendete die Lektüre und plumpste auf sein Kopfkissen zurück.

»Das eine oder andere hast du gerade ausgelassen, aber du liegst ungefähr richtig«, sagte Clara. Sie bebte vor Wut.

Richie war jenseits der Wut. Ihm war zumute wie dem Mann, der einen zwanzig Stockwerke tiefen Aufzugsschacht hinabstürzt und zwei Geschosse über der Stelle, an der er zerschmettern wird, ein Bett aus Zimmermannsnägeln am Boden des Schachts erspäht. Und die Nägel sind rostig.

Der Brief unterrichtete ihn davon, dass der von ihm am Flughafen gemietete Wagen nie zurückgebracht worden sei. Er habe die Wahl, ihn entweder umgehend abzuliefern und mehrere hundert Pfund Mietgebühren und Strafgelder zu zahlen oder ihn als gestohlen zu melden und den Selbstbehalt in Höhe von zwei Riesen zu tragen oder (das stand nicht im Brief, aber er hielt es für zutreffend) selber den Diebstahl zuzugeben und im Gefängnis zu landen.

»Ich ruf Martin an«, sagte er. Schließlich war es Martin, der das Auto weggefahren und versprochen hatte, es in Heathrow abzugeben.

»Nein, ruf ihn nicht an«, widersprach Clara. Sie hob etwas vom Teppich auf. Offensichtlich hatte sie diese Unterredung gut vorbereitet. »Geh hin und weck ihn.«

In der Hand hielt sie eine Nussknackerzange.

Richie hatte keine Schlüssel für die Wohnung über dem Laden, fiel also dies eine Mal in den Modus des Höhlenmenschen zurück und rammte die Tür mit der Schulter auf. Es war überraschend einfach und befriedigend, fand er. Sollte er öfters machen.

Er ging geradewegs in Martins Schlafzimmer und wurde von einem Paar bloßer Möpse begrüßt. Die Brüste hingen in sehr vorteilhaftem Winkel an einem schönen Mädchen von indischem Aussehen, mit kurzen schwarzen Haaren und dunklen Augen. Sie war jung, neunzehn oder zwanzig, Typ Clubgängerin. Einer ihrer Nippel war mit einem großen Goldring gepierct. Statt aufzukeuchen und das Laken über ihre Blöße zu ziehen, machte sie lediglich große Augen beim Anblick des kahl rasierten Riesen, der da auf sie zukam.

»Keine Sorge«, sagte Richie. »Ich bin sein Bruder. Ich wecke ihn jeden Morgen.« Er lächelte und zeigte auf Martins schlafenden Kopf gleich neben der hübschen, kaffeebraunen Schenkelaußenseite des Mädchens.

»Kann ich mir mal kurz Ihren Tee ausborgen?« Die junge Frau trank aus einem großen Homer-Simpson-Becher. Sie reichte ihn Richie.

Er überlegte einen Augenblick, wo er ihn hinschütten sollte, und nahm einen Schluck, um die Restwärme zu testen. Der Becher war halb leer und der Tee lau, worauf Richie beschloss, dass kein bleibender Schaden entstünde, würde er ihn in Martins Ohr einfüllen.

»Ach du Scheiße!« Es war offensichtlich wirkungsvoll. Martin schoss kerzengerade in die Höhe und war hellwach. »Sauverdammterdreckskerl. Oh, hi«, sagte er und lächelte erfreut, als er das Mädchen bemerkte. Die Freundschaft der beiden schien recht frisch zu sein.

»Wo ist der Hybride, Martin?«, fragte Richie.

Die junge Frau kniff die Hinterbacken zusammen und vermutete anscheinend, die Rede sei von einem vermissten mutierten Haustier.

»Der was?« Martin täuschte Schläfrigkeit vor.

»Ich will die Autoschlüssel und, sagen wir, zweitausend Steine, sofort.«

»Ach, werd erwachsen, Richie.« Er gähnte und streckte sich.

»Du weißt, dass ich das Auto nicht habe. Hab's verkauft. Was glaubst du denn, wie ich dir die Miete so schnell hab zurückzahlen können?«

»Was?« Einmal mehr hatte Martins unmöglich verdrehte »Logik« Richie in eine Abwehrhaltung getrieben.

»Ja doch, ist aber ein rundum gutes Geschäft, oder?« Martin grinste das Mädchen an, das ihn mit verhaltenem Lächeln im Gesicht betrachtete. Mr Cool zog mal wieder seine Masche durch. »Dich kostet es nur die Versicherung, aber ich krieg fünf Riesen dafür, sobald Mr Big es weiterverkauft.«

»Und jetzt soll ich die Versicherung zahlen? Womit? Blut?«

»Nein, mein argwöhnischer Bruder. Du hast die Papiere vergessen, die wir im Wald gefunden haben. Deine Hälfte vom Erlös wird locker ausreichen, um die Deckungslücke zu schließen. Du musst mich nur zu Mr Big begleiten und kassieren.«

»Kommt nicht infrage.« Richie wandte sich demonstrativ ab. »Du kriegst mich nicht noch mal in die Nähe dieses Irren oder seines Esels. Geh du hin und hol das Geld.« Die junge Frau kicherte. Diese Brüder machten richtig Spaß, dachte sie.

»Ein letztes Mal.«

»Bei dir ist es immer das letzte Mal, Martin.«

»Stimmt nicht.« Martin schaute lüstern nach dem Mädchen. »Es wird auf jeden Fall sehr bald ein nächstes Mal geben.«

»Martin.« Richie versuchte, seinen Bruder an etwas anderes als Sex denken zu lassen.

»Du musst mitkommen, sonst wirst du nicht bezahlt. Sorry, Rich.«

»Scheiße!« Weit entfernt davon, den frühmorgendlichen Attentäter zu geben, hatte es Richie selbst völlig umgehauen. Aber es war kein gerechter Kampf gewesen. Er achtete die Queensberry-Regeln. Martin benutzte das Regelwerk als stumpfe Tatwaffe.

Das Mädchen kicherte, als Martin seine Nase an ihrem Ohr rieb.

»Warum zum Henker hast du mir nicht schon früher von dem Auto erzählt?«, fragte Richie.

»Weil du dann wütend geworden wärst und alles verkorkst hättest, ehe ich diesen wunderbaren Handel hätte einfädeln können, mit dessen Hilfe du bald die Mietwagenleute auszahlen kannst.« Martin zuckte die Schultern. Klarer Fall, oder nicht?

»Ich kann jetzt nicht zu Mr Big mitkommen. Ich muss los, im Hotel anfangen.«

»Gut. Dann seh ich dich später. Jetzt habe ich eh schon was vor. Muss mich mit der kleinen Pam hier wieder bekannt machen.«

»Param«, berichtigte ihn die junge Frau mir rollendem »r«.

»Magste das«, sagte er und beugte sich vor, um ihren Nippelring zwischen die Zähne zu nehmen. »Ramm, Bamm, danke, Param.«

»Kleiner Rat, Param«, sagte Richie, während die junge Frau Martins Hinterkopf streichelte. »Wenn du nachher aufbrichst, geh sofort zu einem Juwelier und lass diesen Ring da einschätzen. Er wird ihn wahrscheinlich ausgetauscht haben.«

»Ja«, sagte das Mädchen, aber sie sprach mit Martin.

*

Die Täuschung hatte auf der grundlegenden Regel aller Zauberkunststücke beruht: Die Zuschauer sehen bevorzugt, was sie zu sehen wünschen. Das erste (amerikanische) Schwein war, die arme Sau, im Teleporter verglüht. Selbst seine Asche war in Asche verwandelt worden. Das zweite (englische) Schwein wurde von einem Labortechniker mit einem kleinen Projektor und einem von Blenders Mannschaft in Iowa vorbereiteten Film seiner »Materialisierung« zum Auftauchen gebracht. Als der Techniker allerdings die Falltür entriegelte, um das echte englische Schwein aus seinem schalldichten Loch im Boden zu befreien, war das Tier trotz der Beruhigungsmittel, die in seinem Blut zirkulierten, wild geworden.

Zum Glück hatte es die Kamera zertrümmert, die den Versuch aufzeichnen sollte. Auch sie enthielt einen Film von einem sich materialisierenden Schwein. Was sie freilich nicht vorbereitet hatten, war Bildmaterial von einem Mann, der von einem aufgebrachten Borstentier zerfleischt wird.

Blender war weniger angepisst, als Jeb erwartet hatte. Er hatte Jeb mit den Worten »gutes Ergebnis« die Hand geschüttelt. Wäre es zu glatt gelaufen, sagte Blender, hätten manche vielleicht Verdacht geschöpft. So waren die Beobachter leise lachend, doch offensichtlich beeindruckt aufgebrochen.

Johnson rührte unter den Wissenschaftlern die Werbetrommel dafür, geradewegs zu Menschenversuchen überzugehen. Als wolle er an die Grenzen der Technologie stoßen und dann so schnell er konnte aus England rauskommen.

Hamlet versuchte, Zeit zu schinden, musste aber zuerst Fühlung mit Blender aufnehmen, der mit den Politpromis in die Stadt gefahren war. Angesichts der Umstände hatte Blender angeordnet, dass keine heiklen Inhalte fernmündlich übermittelt werden dürften, nicht einmal als verzerrtes Signal. Aber Jeb musste ihn sprechen. Er stand gerade unter der Dusche, als ihm die zündende Idee kam.

Klingonisch. Ein Schnüffler ohne Kenntnis der Sprache würde dahinter einen auf Englisch beruhenden Code vermuten und scheitern. Und wer sie verstünde, dürfte zumindest teilweise auf ihrer Seite stehen.

Jeb hatte die erfundene Trekkiesprache auf der Highschool gelernt und sich später im College zahllose Nächte in klingonischsprachigen Chatrooms um die Ohren geschlagen. Geklappt hatte es nie.

Vorerst schickte Jeb nun eine sondierende SMS an Blenders Handy: »Quavan! PongwIj nuq?« (Ich grüße dich! Wie heißt du?«) Sollte Blender die Sprache nicht kennen, hätte es vorerst keinen Sinn, im Netz nach ausgefalleneren Begriffen zu suchen, mit denen er seine Befürchtungen hinsichtlich Johnson ausdrücken könnte. Seine Erinnerung an Klingonisch erstreckte sich nicht auf »Menschenversuche« oder »verlorener Laserlokator«.

Zu seiner Verblüffung erhielt er beinahe sofort eine Antwort. Zu schnell, um eine Übersetzungsanwendung zwischengeschaltet zu haben.

»Quavan!«, schrieb Blender, »NuqneH?« (Was willst du?) Und er verabschiedete sich mit »Qapla«, was »Auf Wiederhören«, wortwörtlich aber auch »Erfolg« bedeutete. Blenders Klingonisch war offenbar einwandfrei.

*

Ein paar Dinge gibt es, die ein Stanford-Ehemaliger wie ich nie vergisst, dachte Blender. Wie man Dim Sum in der Chinatown von San Francisco bestellt. Wie man sich von einem Surfbrett fallen lässt. Und wie man auf Klingonisch flucht.

Er und seine Studienfreunde hatten sich gedacht, dass die klingonische Sprache mehr hergeben müsse als das, was in *Star Trek* zu hören war. Also taten sie ihr Bestes, es in unendliche Weiten auszudehnen, indem sie neue Wörter erfanden. Blenders Lieblingsschöpfung lautete Ovunq'O – ein Begriff, der die sanfte Rundung einer wohlgeformten Frauenbrust bezeichnete, die sich seitlich aus einem Bikinioberteil wölbt.

Na schön, Klingoninnen trugen vielleicht gar keine Bikinis, aber Wörter würden sie trotzdem brauchen, um das Gesehene zu beschreiben, falls und sobald sie einmal Kalifornien als Urlaubsgegend entdeckten.

Nun saß Blender in seinem Wagen auf einem leeren Parkplatz und hielt Telefon und Laptop bereit. Während er abwartete, dass Hamlet eine deutlichere (aber hoffentlich nicht zu deutliche) Nachricht darüber verfasste, was ihm eigentlich Sorgen bereitete, klickte Blender den Videoanhang einer E-Mail an, die er erhalten hatte.

Die Auflösung war überraschend gut. Der Film war aus großer Entfernung aufgenommen worden, quer über einen Rosengarten hinweg und durch ein aus zwölf kleinen Glasscheiben bestehendes Fenster, aber das Bild wackelte kaum. Und obwohl in den Nachtstunden gedreht worden war, hatte man den Kontrast sehr geschickt gepuscht.

Zu Blenders Ärger fehlte der Ton, die Unterhaltung wurde von einem Lippenleser gesprochen. Oft war das Gespräch einseitig, und es trat völliges Schweigen ein, wenn alle der Kamera den Rücken zukehrten.

Das war Pech, denn Blender hätte gern gehört, auf welche Weise die Premierministerin mit dem Präsidenten redete. War sie die bescheidene Verbündete, die unerfahrene Frau? Oder schaltete sie auf kokett ironisch? Er würde warten müssen, bis beide Staatsführer auf dem Gipfeltreffen waren, um es herauszufinden.

Besagter Film zeigte die Premierministerin, wie sie einen Anruf des Präsidenten entgegennimmt. Blender wusste, weshalb er anrief – um sein frühes Eintreffen im Vereinigten Königreich anzukündigen. Nun, diplomatisch gesprochen war es eine Bitte um die premierministerielle Erlaubnis, seine Sicherheitsvorkehrungen frühzeitig entfesseln zu dürfen, wobei beide wussten, dass sie sich nicht weigern würde. Vor allem weil der Präsident bereits unterwegs in der Air Force One war.

Wer immer den Film gemacht hatte (aus Sicherheitsgründen kannte Blender nicht immer die Quelle des ihm zugespielten Materials), hatte einige Zeit damit zugebracht, am Rocksaum der Premierministerin zu verweilen.

Das war erfreulich anzusehen, brachte Blender aber nicht aus der Fassung. War es bloßer Zufall, wenn sie flüchtig die Schenkel entblößte? Oder pflegte sie bewusst diese Angewohnheit? Vielleicht übte sie sich in der Kunst ungekünstelter Geschlechtlichkeit. Vielleicht meinten ihre Spindoktoren ja, die Wählerschaft werde wohlwollend auf »unbeabsichtigt« enthüllende Fotos ansprechen. Vielleicht würden sie es sogar mit der Prinzessin-Diana-Masche versuchen – ein paar »nicht genehmigte« Schnappschüsse von der Premierministerin beim Workout in hautenger Lycra. Würde Sex eine britische Wahl bestimmen, oder würde sich die schweigende Mehrheit erschüttert abwenden? Blender kannte sie nicht gut genug, um das zu beantworten.

Im Augenblick war der einzige Mensch, vor dem sie wissentlich ihre Schenkel bloßlegte, ein Mitarbeiter. Sie saß in einem Armsessel, hatte die Schuhe ausgezogen und die Füße untergeschlagen. Sie befand sich in einem Privatraum in Chequers, ihrem Landsitz aus rotem Backstein.

Sie – oder vielmehr der Lippenleser – spulte die Begrüßungsfloskeln ab. Was kann ich für Sie tun, Mr Präsident, so was eben. Es war befremdlich, das tonlose Geleier des Lippenlesers anstelle der Stimme zu vernehmen, die er so oft in den letzten paar Tagen gehört hatte.

Sie neigte den Kopf, und Neugier lag in ihrem Gesicht. Blender wusste, dass der Präsident ein Treffen zwischen beiden für den folgenden Abend vorschlug, noch vor dem Gipfel, um gewisse »sicherheitsrelevante Entwicklungen auf dem Luftstützpunkt« zu erörtern, die Blender ihm vorgetragen hatte.

Nun schaute die Premierministerin unverhohlen argwöhnisch drein. Sie setzte sich aufrecht hin, Füße auf dem Teppich und Knie aneinander. Der Einstellung auf die Schenkel beraubt, zoomte der Kameramann ihren Kopf näher heran.

»Was genau meinen Sie mit Entwicklungen?« Ihre besorgte Miene fand keine Entsprechung in der gleichförmigen Begleitstimme.

Natürlich wollte der Präsident das nicht am Telefon ausführen. Ihre Besorgnis schlug in sichtbare Gereiztheit um, doch sie gab einfach ein paar höfliche Abschiedsworte von sich und legte auf.

Der Lippenleser steuerte Versatzstücke des anschließenden Zwiegesprächs über den Anruf bei.

»... ein paar Geigerzähler da unten«, sagte die Premierministerin.

»Was wir am wenigsten brauchen ... dort Serienmörder überall materialisieren.«

»... Polizei rund um den Zaun?«, fragte der Mitarbeiter.

Nun fingen sie an zu erörtern, wo der Präsident landen würde. Blender wusste, dass es auf »seinem« Luftstützpunkt sein sollte.

»Die Landebahn sah nicht lang genug für Air Force One aus«, sagte die Premierministerin.

Ihr Mitarbeiter wirkte bestürzt. »Soll ich Erkundigungen einholen?«

»Nein, nicht nötig. Er wird früh genug herausfinden, ob sie zu kurz ist.«

An dieser Stelle erlaubte sich sogar der Lippenleser, natürlich ein Amerikaner, die Stimme um eine Note anzuheben.

Blender blieb unbesorgt. Bloß Briten, die einen ihrer Scherze machten. Einzelheiten wie diese wurden überprüft und nochmals überprüft.

Jeb Hamlets klingonische Nachricht erreichte ihn. Er unterrichtete Blender, dass »der Wissenschaftsoffizier, dessen Titel mit MJ anfängt, die menschlichen Geiseln umgehend zu teleportieren wünscht«, und bat den »imperialen Botschafter MB um das offizielle Verbot solchen Vorgehens.«

Was sollte er nun darauf antworten, fragte sich Blender. Dunkel erinnerte er sich an eine klingonische Wendung etwa mit dem Wortlaut: »Hör auf, Asteroiden in mein Sonnensystem zu scheißen«.

*Ein Wort der Entschuldigung an alle, die sich in diesem Buch mehr Superhelden wünschen.*

*Sorry.*

*Schön, mehr als ein Wort, eine Erklärung. Der Grund dafür, dass Batman, Spiderman, der unglaubliche Hulk, die X-Men u. a. hier nicht vorkommen, ist ihr mangelnder Einfluss auf die Wissenschaft. Niemand hat je einen Bat-Bumerang erfunden oder ein Mittel, um grün vor Zorn zu werden.*

*Es gibt nur einen Superhelden, den ich aufnehmen werde – Superman. Als Figur war er eine Art Abklatsch, eine Amerika-*

*nisierung von Nietzsches Übermensch und Hitlers arischem Wunschbild. Doch als Jerry Siegel und Joe Shuster Superman in den 1930er-Jahren erschufen, waren sie ihrer Zeit in einer Hinsicht um fünfzig Jahre voraus.*

*Die Dreißiger waren ein Jahrzehnt weit geschnittener Unterwäsche. Sofern eine Unterhose nicht von kräftigen Gummibändern gestrafft wurde, war das Gemächt des Mannes verurteilt, um seine Schenkel herumzubaumeln (im Fall Erol Flynns um seine Wade). Und ein rascher Sprung ins Schwimmbecken oder Meer machte die üblichen Baumwollbadeanzüge sofort labberig. Ständig scheuerte man sich wund.*

*Superman hingegen und viele der ihm nachfolgenden Helden trugen hautenge Anzüge, die für Normalsterbliche nicht verfügbar waren. Das scheint einige Wissenschaftler zum Träumen angeregt zu haben, und 1959 meldete der Chemiekonzern DuPont ein Patent auf Lycra an, das hautfreundliche, anschmiegsame, hinternformende Gewebe, das später mithilfe von Jane Fondas Titten und Olivia Newton Johns Arsch aus der langweiligen alten Körperertüchtigung sexy Aerobic werden ließ.*

*In den 1980er-Jahren wimmelte es in den Turnhallen auf einmal von Supermännern und Superfrauen. Und wenn man sich diese frühen Aerobicfotos anschaut, was sieht man dann? Alle Welt trägt Turnanzug oder kurze Hose über Lycra-Leggings.*

*Besten Dank, Superman.*

Eine kurze Geschichte der Zukunft, Kapitel 16 (Auszug)

*

»Ich glaub, ich hab's«, sagte Richie. »Wenn ein Gast unten anruft und um ein Käsesandwich bittet, bringe ich ein Käsesandwich rauf auf sein Zimmer. Bittet er aber um zwei Martinis, darf ich ihm unter keinen Umständen ein Käsesandwich bringen. Richtig?«

»Komm schon, Kumpel, mach's mir nicht so schwer«, flehte der Mann, der ihn einarbeitete. Das war Filipe, Oberkellner und aus Madeira stammend, ein groß gewachsener Mittvierziger, der einen Singsang aus Portugiesisch und Oxford-Lernkassetten sprach. Er arbeitete seit zehn Jahren im Hotel und änderte nie etwas an seinem Einführungssermon für den Zimmerservice, ob die Neulinge nun einigermaßen helle Dreißigjährige oder hirntote Heranwachsende waren.

»Schön, aber denk auch dran, dass meine Frau hier im Hotel arbeitet, mir also schon erklärt hat, was eine Tür ist und wie man anklopft«, sagte Richie.

»Ich weiß, dass deine Frau hier arbeitet, sonst wärst du längst gefeuert dafür, frech zum Oberkellner zu sein.«

»Sorry, Filipe, ich hab gerade unerfreuliche Nachrichten bekommen.«

»O ja, ich auch, und du bleibst mir die ganze Saison erhalten.«

»Darf ich Clara noch schnell etwas sagen, ehe ich anfange?«

»Gut, gerade ist wenig zu tun. Kommst du in einer Viertelstunde wieder?«

»Klasse, danke, Filipe.« Richie verließ die Küche, und Filipe wandte sich seinem Schwager zu, dem Assistenzkoch, um über Leute zu jammern, die ihren Verwandten Jobs besorgen.

Clara arbeitete in einem kleinen Büro hinter dem Empfang und damit knapp außer Sicht der Gäste. Da keiner vorn am Tresen stand, lehnte sich Richie drüber und versuchte, ihren Blick auf sich zu ziehen.

Für Neil, den Direktor, der gerade vom Kellerschwimmbecken heraufkam und damit seine tägliche Kontrollrunde beendete, sah Richie wie ein ungezogener Bengel aus, den man für eine gehörige Tracht Prügel über den Tresen gezogen hatte. Nicht dass dies die Sorte Vorstellung war, die Neil häufig hatte.

»Hören Sie, es gehört nicht zu Ihren Pflichten, den Empfangstresen mit Ihrem Bauch abzustauben«, sagte er, und Richie schnellte hoch.

»Sorry, Neil, äh, Mr, äh«, stammelte Richie verdruckst. Es war gerade so, als würde er wieder zur Schule gehen.

»Ich sag ihr eben Bescheid«, sagte Neil. Er freute sich über die Gelegenheit, Claras Ehemann vorzuführen, aber ein Zimmerkellner, der in der Öffentlichkeit seine Würde nicht wahren konnte, war ganz schlecht, besonders wenn der zu bedienende Gast eine Weltmacht anführte. Filipe würde sich um die wichtigeren Gäste selbst kümmern müssen, entschied Neil. Um diejenigen ohne eigene Verpflegungsmannschaft.

»Clara«, rief Neil, als er das kleine Büro betrat. »Du wirst die Neuordnung der Zimmerzuweisungen für das vorgezogene Eintreffen des Präsidenten abbrechen müssen. Dein Mann will mit dir plaudern.« Seine Armeelaufbahn hatte ihn mit einem beinahe unerschöpflichen Sinn für Ironie ausgestattet.

»Tut mir leid, ich schick ihn wieder runter in die Küche.« Clara legte betonten Wert darauf, ihre augenblickliche Tätigkeit abzuschließen, ehe sie aufstand, obwohl sie darauf brannte, Martins gewaltsamen Tod in allen Einzelheiten geschildert zu bekommen.

»Mach's kurz, Richie. Ich hab die Premierministerin und den Präsidenten früh auf der Matte. Da drin ist die Hölle los.«

Sie zog ihn durch die Empfangshalle zur Personaltreppe.

»Die Premierministerin? Wann trifft sie ein?« Richies Fantasie blühte auf, als sei sie kräftig gedüngt worden.

»Morgen. Aber lass das meine Sorge sein – was ist mit dem Auto?«

»Geht in Ordnung, Martin wird zahlen.« Diese gute Nachricht hatte nicht die von Richie erhoffte besänftigende Wirkung. Claras Augen flammten auf.

»Wo hab ich das schon mal gehört? Was zum Teufel hat er mit dem Auto angestellt?«

»Er hat es verkauft.«

Clara drehte eine lautlose Pirouette des Leidens und raufte sich dabei mit beiden Händen die Haare. »Er hat den Mietwagen verkauft?«, zischte sie.

»Ja, und jetzt wird er ihn bezahlen.« Richie wollte seine Hände auf ihre Schultern legen, aber sie schüttelte sie ab.

»Dafür wirst du nicht geradestehen, Richie. Es ist dein Name – unser Name –, der auf der Schuldnerliste landen wird.«

»Nein, nein. Ich werde denen sagen, dass ich vermutet hätte, Martin habe den Wagen nach Heathrow zurückgefahren, und er dasselbe von mir vermutet hätte. Deshalb wäre der Diebstahl von beiden unbemerkt geblieben.«

Einen Augenblick lang war Clara sprachlos. Nur für einen Augenblick. »Um Gottes willen. Hältst du die für blöde?«

Was vermietet jemand auch sein Auto, dachte Richie, wenn es nicht kaputt gefahren oder geklaut werden darf?

»Das spielt keine Rolle, Clara«, sagte er. »Sie müssen es nicht glauben, sondern nur widerlegen können, und dazu sind sie nicht imstande.«

Neil steckte seinen Kopf zur Bürotür heraus und hustete nachdrücklich.

»Ich glaube, dein Land braucht dich«, meinte Richie zu Clara. Er küsste sie auf den Kopf und hüpfte dann die Treppe zur Küche und in die Freiheit hinunter.

Acht Stunden später war Filipe erleichtert. Richie hatte Sandwichs, Martinis und aufwendigere Bestellungen an den entsprechenden Orten abgeliefert und ein paar recht eindrucksvolle Trinkgelder bekommen.

Und das, obwohl im halben Hotel Platz für die Gefolge der anreisenden Politiker gemacht wurde. Filipe wusste nicht, dass Richie seine Trinkgelder durch Preisgabe von Insiderwissen über die Schmerzschwelle des Hotels bei Schadenersatz verdient hatte.

»Weigern Sie sich, die Rechnung zu begleichen«, riet er einem verstimmten Gast. »Sagen Sie nicht, dass es von mir kommt, aber wenn Sie sauer genug sind, das Zimmer einen Tag zu früh zu verlieren, müssen Sie keinen Penny zahlen. Glauben Sie mir, meine Frau verwaltet die Buchungen.« Worauf ein saftiges Trinkgeld in Richies Hemdtasche wanderte.

Folglich entließ Filipe ihn auf die Minute pünktlich, und Richie rief bereits bei Martin an, als er gerade erst aus dem Hintereingang des Hotels getrabt kam.

»Geh einfach oben die Klippe entlang, ich gabele dich dann auf«, wies Martin ihn an.

»Was, Richtung Innenstadt?«

»Nein, die andere. Scheiß-Bullenschaukeln überall. Machen mich nervös.«

Richie schlenderte weiter und schaute über die silbrige See hinweg auf die Purbeck Hills. Als Schüler war er den Hauptkamm dieser Hügelkette entlanggewandert. Er lächelte stillvergnügt, als er an den Ausflug zurückdachte. Die Klasse hatte die Wanderung auf Studland Beach begonnen, einem anderthalb Kilometer langen Streifen schimmernd weißen Sands mit einem berüchtigten schwulen Nacktbadestrand in der Mitte. »Augen geradeaus!«, hatte der Erdkundelehrer gebellt, während nackte Männer aus den Dünen getollt kamen, um eine postkoitale Runde zu schwimmen. Tage der Unschuld. Mist, selbst die Tage eine Woche zuvor fühlten sich jetzt nach Unschuld an.

Der Renault Espace hielt an seiner Seite, und er hüpfte hinein. Hinten stand der Teleporter, wie er feststellte.

»Du hast dieses Auto immer noch?«, fragte er Martin. »Bist du sicher, dass es eine Leihgabe ist?«

Martin gackerte. »Klar ist das eine Leihgabe. Glaubst du, so was würde ich klauen?«

Martin und Richie hätten sich nicht in der Innenstadt treffen können, selbst wenn sie es gewollt hätten.

Martin hatte Mannschaftswagenladungen Polizei Einzug halten sehen, und das waren nur die Nachzügler gewesen. Die Nacht über war die Küste Schauplatz der hektischsten Umtriebigkeit gewesen, die sie seit 1995 erlebt hatte, als die Stadt die Weltmeisterschaft im Sandburgenbau ausgerichtet hatte. Unter einhundert Flutlichtmonden hatte ein Heer aus Blaumännern begonnen, eine drei Meter hohe Absperrung rings um die sogenannte Zone zu errichten.

Bis zu seiner Fertigstellung am Mittag des folgenden Tages würde die Zone vom Tagungszentrum die Küstenstraße entlang bis zum Hotel Prince of Wales wie ein Korridor verlaufen, der es den Anführern der Welt ermöglichte, bei einem ökologischen Morgenspaziergang gefilmt zu werden. Vielleicht würden sie auch teilweise ihre Limousinen benutzen – schließlich waren es fast achthundert Meter, und es ging bergauf.

Die Zone sollte sich zudem rund vierhundert Meter weit landeinwärts ausdehnen, im Westen bis zum Wintergarten und im Osten bis zum Pavilion Theatre. Die Geschäftsführung des Theaters war nicht sonderlich erfreut darüber, denn nun würde jeder Besucher des ersten Festivals der Weltmusik in Bournemouth darüber verhört werden, ob er an die Globalisierung glaube. Wer einen Haarschnitt hatte, der nicht in den Katalog eines Hauptstraßenfriseurs passte, würde nicht mehr hineinkommen – einschließlich vermutlich neunzig Prozent der Musiker. Ein Auftritt des iranischen Armeechors war bereits abgesagt worden.

Nach viel Lobbyarbeit war man übereingekommen, dass sich die Zone nicht auf die Promenade, den Pier (die touristischen Brennpunkte der Stadt) oder die Hauptgeschäftsstraßen erstrecken würde. Hätten also Demonstranten wirklich Ärger machen wollen, hätten sie nur ins Café Debenham's im fünften Stock zu gehen und die Verteidiger des Kapitalismus mit Käsesalatbrötchen zu bombardieren brauchen.

Gegen Morgengrauen hatten die Arbeiter das Tagungszentrum mit einer Doppelreihe Absperrungen vollständig eingezäunt. Jede Reihe bestand aus teflonbeschichteten Metallstangen (festen Halt vereitelnd), die oben in tödliche, aber zumindest desinfizierte Spieße ausliefen, falls ein Polizist während der erwarteten Krawalle irgendwie dort hinaufbefördert werden sollte. Die Stangen hatten zehn Zentimeter Zwischenraum und keine waagerechten Verbindungsstäbe, die sich erklettern ließen, bis auf einen etwa auf Kniehöhe und noch einen gleich unterhalb der Zaunspitze. Nichts Größeres als eine Maus wäre daran vorbeigekommen, außer vielleicht eine eingefettete Schlange oder ein gepanzerter Gibbon. Und den jüngsten Erkenntnissen der CIA zufolge waren selbst die extremsten Globalisierungsgegner noch nicht so weit, ein Anschlagskommando aus gepanzerten Gibbons aufzustellen. Dennoch war dies nur eine Frage der Zeit, und die Zauntechnologie würde ihnen zuvorkommen müssen.

Die Absperrungen sollten von der britischen Polizei bewacht werden, darunter örtliche Kräfte (um dem Polizeipräsidenten der Grafschaft Dorset Gelegenheit zu geben, eine kugelsichere Weste anzulegen und sich dies eine Mal wie ein echter Bulle zu fühlen), zumeist aber aus dem Landesinneren herangezogene Sondereinheiten zur Aufruhrbekämpfung.

An jenem ersten Morgen ähnelten die Lustgärten, die den alten Bourne bis zum Meer säumten (oder vielmehr bis an einen geheimnisvollen Tunnel ungefähr fünfzig Meter vor dem Meer, worin der Fluss auf Nimmerwiedersehen verschwand), einem römischen Feldlager mit Zelten in jeder Größe, die auf den Rasenflächen aufgeschlagen wurden und (rein männlichen) Polizeitrupps bei der Anprobe ihrer Gladiatorenausrüstung dienten.

Sie verfügten über die Brustpanzer, Helme mit Visieren, Schilde und sogar Schienbeinschützer von Gladiatoren. Ihre Schlagstöcke erinnerten an römische Kurzschwerter. Was sie einzig nicht anhatten, waren Röcke. Und insgesamt sahen sie eintöniger aus als ihre antiken Vorläufer. Was immer sie trugen, hatte die gleich blauschwarze Farbe – die Farbe von Teflon, vermutlich damit nichts an ihnen hängen blieb, nicht einmal die Schmähungen eines gewalttätigen Pöbels.

Außerhalb der Zone waren unauffällig Gruppen von SAS und Geheimdienst im Einsatz – Männer und Frauen. Auf einmal wimmelte die Stadt von Touristen, die viel muskulöser aussahen als der gewöhnliche Schlag Nachsaisonbesucher. Und die wesentlich aufmerksamer waren – noch nie waren die Rhododendren so eingehend in Augenschein genommen worden.

*

»Ah, Richie der Wrestler, schön, dass du kommen konntest.«

Mr Big begrüßte Richie, als handelte es sich um eine Gartenparty und nicht um den Gedankenaustausch unter Gesetzesbrechern. Er legte seinen massigen Arm um Richies Schultern und lenkte ihn über den scheckigen Vorgartenrasen. Das Hemd des Älteren roch nach Deodorant mit Zitronenduft.

»Ja, danke auch für die Einladung«, sagte Richie. »Schöner Tag heute.«

Mr Big lachte laut. »Darum mag ich dich, Richie, mein Sohn«, sagte er. »Du bist ein Wrestler. Wrestler wissen, wie man das Publikum für sich gewinnt. Meine Jungs treiben fast alle diesen beschissenen Kampfsport.« Aus seinem Mund klang es wie eine neue Form von Nahkampfsodomie. »Wrestler brauchen mehr als schwielige Hände und Seidenpyjamas. Sie müssen eine Beziehung aufbauen.« Er nahm Richie fester in den Arm. »Du hast zu mir eine Beziehung aufgebaut und zu meinem Rufus.«

Richie sah, wie ihm sein Bruder ermutigend zuzwinkerte, während er das Gerät ins Haus trug. »Finden Sie?« Richie schaute zu Rufus hinüber, der an seinem Pfosten stand und nicht eben begeistert über das Eintreffen seines neuen Kumpels wirkte.

»Ja, er hat dich nicht gebissen, oder? Die meisten Leute beißt er. Deshalb habe ich dir einen kleinen Gefallen getan.« Mr Big hörte auf, Richie im Kreis zu führen, und wandte sich ihm zu, um in sein Ohr zu flüstern. »Ich hab von deiner Wette gehört. Hab 'ne Versicherung für dich abgeschlossen.«

»Haben Sie?«

»Ja. Ich hab achtzig Prozent von deinem Einsatz aufgekauft. Solltest du verlieren, schuldest du den Buchmachern nur noch zwei Riesen.«

»Wirklich?« Das war unglaublich. Nur zweitausend? Das könnte er in drei Monten verdienen, falls die Trinkgelder so hoch blieben.

Richie war entzückt, Mr Big ebenso.

»Yeah«, Mr Big grinste. »Die anderen acht Riesen schuldest du dann mir.« Duftend wie eine Zitronenpresse drückte er abermals Richies Schulter.

»Ah. Sicher. Klasse.« Richie ahnte, dass acht Riesen Schulden bei Mr Big der Gesundheit unzuträglich waren.

»Genau. Bleibt alles unter Freunden. Was habt ihr Jungs denn jetzt für mich dabei?« Martin trat raus in den Garten, und Mr Big winkte ihn zu sich herüber. Martin zog den Laserlokator schon aus seiner Tasche.

Sie machten einen Versuch mit dem Laserstrahl. Als Erstes ließ Mr Big die beiden ein gewöhnliches Weinglas quer über die Straße vor die Tür der Nachbarin teleportieren. Als es sich materialisierte und splitternd zu Boden fiel, brach Mr Big in schallendes Gelächter aus.

»Mach's noch mal«, sagte er. Martin ging in die Küche, ein neues Glas holen, und sie wiederholten die Aktion. Und noch einmal, bis Mr Big des Lachens müde wurde.

»Die Schlampe ist fast gestorben«, sagte er. »Ihr Alter hat die Polizei gerufen. Die Polizei. Wegen mir. Nachdem ich den Notarzt angerufen und ihr beschissenes Leben gerettet hab.« Martin und Richie gaben ungläubige Laute von sich. »Tja, ihr Glück«, fuhr Mr Big fort, »dass sie früher für Mutter einkaufen ging, wenn ich beim Wrestling war. Kann schlecht alte Freunde von Mutter von meinen Jungs aufmischen lassen.«

Die Brüder erkundigten sich nicht, was Mr Big mit der Polizei gemacht hatte. Vermutlich hatte er mit ihnen gehandelt, sonst säße er jetzt in einer Zelle.

»Schön, ich möchte noch ein paar Versuche mehr machen, bevor ich mich von meinem schwer verdienten Geld trenne. Also dann …« Mr Big suchte sein Wohnzimmer mit den Augen ab. »Nehmt das.« Er hob einen Teller vom Kaminsims. Es war ein Zierteller mit einer Malerei der Jungfrau Maria auf einem Esel. Eines der »limitierten Angebote« aus den Sonntagszeitungen. »Der ist sehr kostbar«, warnte er sie. Wahrscheinlich deshalb, dachte Richie, weil er seine ganze Religion versinnbildlichte – die Verklärung der Mutter zur Heiligen und dann ihre Reinkarnation als Esel.

»Du nimmst jetzt dein Laserdings und gehst die Garagen am Ende der Straße lang«, trug er Martin auf. »Da parkt mein Auto – Telefon hast du?« Martin nickte und klopfte auf seine Jeanstasche. »Okay, dann leuchtest du durchs Fenster auf den Rücksitz. Dann rufst du an und sagst Bescheid, und wir beamen ihn rüber. Klar?«

Martin nickte, hielt es aber für keine gute Idee. »Was ist, wenn sich die Farbe nicht mit überträgt? Wir würden die Verzierung verhunzen.«

»Scheiße.« Mr Big stellte den Teller zurück an seinen Platz und streckte die Hand nach Richie aus. »Wir nehmen deine Armbanduhr.«

Richie seufzte und legte seine Uhr in das Gerät. Mit Sicherheit enthielt sie Teile, die nicht überleben würden. Wenn schon, dachte er, sie zählte ja doch bloß die Sekunden bis zu seinem endgültigen Ruin.

Während sie auf Martins Anruf warteten, schien Mr Big zufrieden zu sein, jedenfalls nicht unzufrieden. Er stand schweigend da und sah zum Fenster hinaus auf seinen gelangweilten Esel. Richie war weniger behaglich zumute.

»Wissen Sie noch, damals, als Sie Big Daddy schlugen?«, fragte er.

»Yeah.« Mr Big ließ seinen Nasenflügel zucken, was abschrecken sollte, doch an diesem Thema lag Richie wirklich viel.

»Wahrscheinlich war ich als einziger Junge in ganz England froh darüber.«

Bandit wandte sich um und starrte Richie einen Augenblick lang an. »Glaubst du?«, fragte er und schaute wieder weg.

»Doch. Sie waren nicht sonderlich beliebt.«

Wieder kehrte sich Bandit seinem Bewunderer zu. »Nein. Du irrst dich. Säckeweise bekam ich früher Post. Ich hatte massenhaft echte Fans.« Er sagte das ohne jede Wehmut in der Stimme.

»Aber warum –«

»Bin ich dann ausgestiegen?« Mr Bigs Stimme klang höhnisch, als hätte er die Frage schon eine Million Mal gehört. »Mein Sohn, würde mir sonst einer zum zweiten Mal diese Frage stellen, wär er jetzt bewusstlos.«

»Aber es ist wichtig für mich. Deshalb habe ich selbst das Wrestling aufgegeben.«

»Dann bist du ein hirnerweichter Furz«, teilte ihm Mr Big mit. »Wo ist das Oberweichei von deinem Bruder hin?«

Eine weitere Minute lang standen sie schweigend da. Diesmal war es Mr Big, der sprach.

»Hör zu, mein Sohn. Das eine sag ich dir über meinen Ausstieg: Menschen können fiese Arschlöcher sein. Trau ihnen niemals. Nicht einem von ihnen. Bei Eseln weißt du, woran du bist.«

*Ich bin kein großer Fan von* Star Wars, *aber der Film und seine Fortsetzungen sind aus zwei Gründen in mein Buch eingegangen.*

*Zum einen weil die USA unter der Präsidentschaft Ronald Reagans in den 1980er-Jahren ihr Raketenabwehrsystem »Star Wars« nannten. Ich meine, was dachten sie sich dabei – dass sie damit Kindern das nukleare Wettrüsten schmackhaft machten? Zum anderen weil diese* Star-Wars-*Verrückten so besessen sind. Einige von ihnen haben die letzten Volkszählungen in Neuseeland, Australien und Großbritannien zu verfälschen versucht. Ihnen war zu Ohren gekommen, es müssten sich nur zehntausend Leute zu einem bestimmten Glauben bekennen, damit dieser Glaube zu einer anerkannten Religion im jeweiligen Land würde. Ließen sich also genügend Leute mobilisieren, müssten die Regierungen dieser Länder ohnmächtig zusehen, wie aus Jedi eine heimische Religion würde.*

*Die dunklen Mächte in der australischen Regierung antworteten mit brutaler Unterdrückung. Ihr Statistikamt drohte jedem, der »Jedi« im Kästchen für Religion eintrug, mit tausend Dollar Bußgeld (und vermutlich drei Strahltreffern des Todessterns). Dumm dabei war nur der Hinweis eines Rechtsanwalts, wonach die Behörden zur Verhängung des Bußgelds beweisen müssten, dass die Beschuldigten gar nicht aufrichtig glaubten, Jedi zu sein.*

*Nicht glaubten? Natürlich glaubten sie. Man führe sich nur die gewaltigen Erlöse aus den Filmen, mehr als hundert Büchern, Bettbezügen, Kühlschrankmagneten, Monopolyspielen, Badehandtüchern, Lichtsäbeln, Spielfiguren in »limitierter« Auflage und vor allem Klemmzöpfen (erhältlich in den Ausführungen Anakin Skywalker oder Obiwan Kenobi) vor Augen.*

*Fans von* Star Wars *sind besessen von ihrem Glauben.*

Eine kurze Geschichte der Zukunft, Kapitel 12 (Auszug)

*

Einige Minuten später und zur selben Zeit, als Martin den geglückten Eingang von Richies Armbanduhr auf dem Rücksitz von Mr Bigs Auto meldete, hielten die amerikanischen Wissenschaftler im Fliegervereinslokal auf dem Landeplatz bei Bournemouth eine dienstliche Schweinekrisensitzung ab.

Das englische Yorkshire-Schwein war tot, und sie gingen die Ereignisse durch, die zu seinem Ableben geführt hatten. Jeb Hamlet war der Einzige im Raum, der das genaue Geschehen kannte.

Nach seinem Ausbruch aus der Baracke war das aufgebrachte Schwein über den Asphalt der Landebahn gerannt und hatte versucht, sich seinen Weg durch die Umzäunung zu rammen. Die Labortechniker hatten ihm einen Betäubungspfeil in die Flanke geschossen und es zurück zu den Ställen getragen. Schon auf dem Weg dorthin starb es, wahrscheinlich an den Unmengen von Beruhigungsmitteln, die ihm die vergangenen zwölf Stunden über verabreicht worden waren.

Die zehn Wissenschaftler hatten sich die Videoaufnahmen des Versuchs angesehen und saßen nun rings um einen Tisch über einigen von der USAF eingeflogenen Flaschen Budweiser, während das Schwein in der Kühlkammer der Küche lag und auf seine Leichenöffnung durch einen Tierarzt wartete.

»Meine Annahme lautet«, sagte Jeb zu den aus der ganzen Welt versammelten Fachleuten auf dem neuen (und bereits umstrittenen) Gebiet schweinischer Teleportation, »dass lebendes Gewebe einschließlich des Gehirns erfolgreich rematerialisiert werden kann. Die Psyche hingegen oder die Seele, wenn Sie so wollen, kann nicht so einfach zerpflückt und wieder zusammengesetzt werden. Wenn es diese Auswirkung auf ein Schwein hat, dürfen wir es mit Menschen nicht wagen.« Ein anderes Argument war ihm nicht eingefallen, das Johnson davon abbringen könnte, noch vehementer auf Menschenversuche zu drängen.

»Das ist küchenpsychologischer Bockmist«, widersprach Johnson und blies eine Rauchwolke über den Tisch. »Das Schwein hat schlicht unter einem vorübergehenden Trauma gelitten. Es begriff nicht, wie es dazu kam, sich an einem anderen Ort zu materialisieren, und brach in Panik aus. Schweine haben keine Seele. Und nach allem, was ich ihren Fallakten entnehme, auch die meisten unserer Verurteilten nicht.«

Er erntete allgemeines Gelächter, nur Jeb verzog keine Miene.

»Jeb hat recht. Wir sollten das Hirn dieses Schweins von einem Veterinär untersuchen lassen, ehe wir fortfahren.« Der Vorschlag kam von Walter Nusbaum.

»Kleine Berichtigung. Ich würde sagen, wir holen uns einen Tierverhaltensforscher aus den Staaten herüber«, sagte Jeb. Das dauert mindestens zwei Tage. »Dann machen wir ein, zwei weitere Schweineversuche. Mir scheint, wenn es eine einfache physiologische, durch die Teleportation bedingte Erklärung gäbe, wäre das Schwein gelähmt oder entstellt gewesen oder so was. Rein körperlich wirkte es recht gut in Form. Es rannte wie ein Athlet. Bis es tot war natürlich.«

»Aber genau dafür haben wir die Gefangenen doch mitgebracht, nämlich um Theorien wie diese zu überprüfen?«, schnaubte Johnson. »Allmählich hab ich das Gefühl, dass du überhaupt nicht zu Menschenversuchen übergehen willst.«

»Nicht vorschnell, nein«, sagte Jeb.

»Hast du das etwa zu entscheiden? Deine Stimme wiegt hier nur zehn Prozent.«

»Wir müssen das Okay von Max einholen. Und mir reichen unsere Fortschritte nicht, um darum zu bitten.«

»Und du bist auf einmal der Forschungsleiter?«

Jeb erkannte, dass Johnsons Heftigkeit gegen ihn arbeitete. Dem übrigen Team war sie peinlich oder lästig. Jeb achtete darauf, dass seine Entgegnung ruhig und vernünftig ausfiel.

»Nein, der Leiter ist Dr. Blender. Und es dürfte nicht in seinem Sinne sein, wenn wir überstürzt und ohne Durchführung weiterer –«

»Wir haben keine Zeit für Psychotherapie an unseren beschissenen Schweinen«, unterbrach ihn Johnson. »Wenn es im Übrigen ein sanftmütiges Schwein wahnsinnig gemacht hat, könnte es sich gegenteilig auf diese Irren auswirken, die wir mitgebracht haben.«

»Wow, Mark, du bist an die Wissenschaft vergeudet«, sagte Jeb. »Du solltest Richter sein.«

*

Richie saß in der Klemme. Die Frage war, wie er seine Ehefrau überreden könnte, ihre Schwester anzurufen und zu bitten, im Badezimmer der Premierministerin herumzuschnüffeln, ohne das Misstrauen besagter Ehefrau zu erregen. Es gibt, wenn überhaupt, nur wenige Nachschlagewerke zu dieser Thematik.

Ausgehend von der Annahme, dass Ehrlichkeit die beste Vorgehensweise sei, doch nur sofern sich keine brauchbare Lüge fände, stieß er auf die goldene Mitte.

Kaum war er im Haus, marschierte er in die Küche und bot an, gebratenen Reis zu machen, natürlich mit Schlabbersoße. Das löste zustimmendes Gebrüll unter dem Tisch aus, wo George und Ella für ihre Stofftiere einen Hundezwinger eingerichtet hatten. Hunde hatten sie keine für ihre Zucht, sodass vorläufig ein Tyrannosaurus Rex von einem Bison umworben wurde. Da hätten wir mal eine Kreuzung, die den Pitbull nebenan ausschalten würde, dachte Richie.

»Hey, Clara.«

Sie deckte gerade den Tisch, wandte sich um und sah ihren Gatten eine dicke Rolle Banknoten hochhalten. Es war sein Anteil an dem Batzen, den Mr Big für die Lokatorpläne bezahlt hatte. Rückzahlbar, sollten sich die Pläne als Fälschung erweisen, aber Martin hatte ihre Echtheit beschworen. »Mein Ehrenwort, oder ich will impotent sein«, hatte er seinen heiligsten Eid gesprochen.

»Dein Trinkgeld?«, frage Clara.

»Zwei Riesen«, erwiderte Richie völlig ungerührt. »Für die Autovermietung.«

Clara konnte nicht anders als lächeln. »Martin hat geblecht, was? Es gibt doch noch Wunder. Na, da fällt mir ein Stein vom Herzen. Ich hasse es, wenn uns solche Schulden belasten.«

»Na klar. Wo wir davon reden …« Richie fing an, mit größter Teilnahmslosigkeit Gemüse zu schälen. Die Zeit war reif für die goldene Mitte. »Glaubst du, dass die Premierministerin sich das Haar machen lässt, ehe sie hier herunterkommt?«

»Warum?« Clara war wieder auf Alarmstufe Rot und hielt einen gefährlich aussehenden Teller in der Hand.

»Nun, ich hab gedacht, du könntest vielleicht Angie anrufen und nachhaken, ob die Premierministerin inzwischen schwanger ist.«

»Ist sie nicht. Hab ich dir doch gesagt.«

»Aber sie will es werden, oder? Warum sollte sie sonst Tests und so 'n Kram machen?«

Clara stellte den Teller ab.

»Was hat das mit unseren Schulden zu tun?«, fragte sie.

Verdammt, dachte Richie, warum musste ich auch »wo wir davon reden« sagen? Noch im günstigsten Fall klingt das dämlich.

»Nun, ich hab einen kleinen Betrag drauf gewettet«, sagte er und pellte energisch einen Pilz zum zweiten Mal.

»Einen kleinen?«

»Nun, eigentlich einen großen.« Es war nicht der richtige Zeitpunkt dafür, dass sie die Besteckschublade aufzog, dachte er. »Hundert Kröten.«

»Hundert Kröten!?« Eine Faustvoll Gabeln rasselte zurück in die Schublade.

Richie versuchte sich vorzustellen, was passiert wäre, wenn er ihr die Wahrheit erzählt hätte. Ihr Gekreisch hätte sich um – wie viel? – das Hundertfache verstärkt.

»Nun, fünfzig. Martin ist mit der Hälfte dabei.«

»Natürlich ist er das. Wessen glänzender Einfall war das denn, wenn ich es nicht schon wüsste?«, herrschte Clara ihn an und klaubte zornig gefährliche Metallgegenstände zusammen.

»Meiner. Ich krieg hundert zu eins, wenn sie binnen drei Monaten schwanger ist. Das sind im Fall eines Gewinns zehn Riesen. Das Glück war einfach zum Greifen nah, fand ich, wo wir schon solches Insiderwissen haben.« Er kehrte ihr noch immer den Rücken zu und wappnete sich für den Augenblick, da sich die erste Gabel zwischen seine Schulterblätter graben würde.

»Mein Gott, Richie.« Eine kurze Weile herrschte Schweigen. Während er pellte, hörte Richie, wie Clara den Tisch deckte.

Mürrisch ergriff sie wieder das Wort. »Na ja, wahrscheinlich eine bessere Wette als Lottoscheine für ein ganzes Jahr.« Sie legte weiteres Besteck auf den Tisch. »Darum also warst du so erschüttert, als ich dir sagte, sie sei nicht schwanger. Und«, sie legte die letzte Gabel aus und lächelte ihn an, »davon hast du gequasselt, als du aus dem Pub zurückkamst. Dauernd hast du ›zehntausend Pfund‹ gemurmelt. Zehn Scheiß-Riesen.«

Richie dachte, was für ein verdammtes Glück, dass er den Einsatz mit hundert Pfund angegeben hatte. Blindes Glück. Es hielt ihn über Wasser.

»Eben, und ich dachte, wenn du Angie jetzt anrufen würdest, könnte sie uns sagen, ob die Premierministerin noch irgendwas darüber gesagt hat. Oder ob es irgendwelche, weißt schon, Hinweise gibt.«

»Hinweise?«

»Yeah.« Richie senkte der Kinder wegen die Stimme. »Pillenschachtel im Mülleimer. Jahresabo auf Pampers. Du weißt, was ich meine – finde einfach raus, ob sie verhütet. Wenn nicht, bedeutet das für uns gute Aussichten zu gewinnen. Wäre beruhigend, es zu wissen.«

»Yeah«, sagte Clara. »Zehntausend Pfund. Es ist den Versuch wert. Ich geh sie jetzt anrufen.«

»Klasse.«

Clara eilte zum Telefonieren ins vordere Zimmer. Es war alles so viel besser gelaufen, als Richie erwartet hatte. Viel besser, als wenn er die Wahrheit erzählt hätte. War das nicht immer so?

*

Wäre Angst mithilfe eines Gerätes messbar, wäre der Zeiger schon ausgeschlagen, noch ehe Johnson in seinem weißen Kombi auf den Parkplatz des Huntsman eingebogen wäre.

Richie war im Pub, nachdem er soeben erfahren hatte, dass Angela unter keinen Umständen im Badezimmer der Premierministerin oder sonst wo in Downing Street herumstöbern würde, selbst wenn sie Gelegenheit dazu hätte, denn eine lächerliche Hundertpfundwette lohne das Risiko nicht, erwischt zu werden. Natürlich konnte Richie sie nicht wissen lassen, wie lohnend die Sache wirklich war.

Außerdem hatte Angela erzählt, sie sei dem Gatten der Premierministerin ein paarmal bei seinen seltenen Besuchen in Downing Street begegnet (er war ein international tätiger Anwalt), und nach ihrem bescheidenen Urteil war der erste Mann im Staat so hetero wie ein Beutel Lockenwickler. Inzwischen misstraute sie dieser ganzen Schwangerschaftsgeschichte. Es könnte bloße Vernebelungstaktik sein, um den Gerüchten über das Schwulsein des Gatten zu begegnen.

Äußerlich hatte Clara den wahrscheinlichen Verlust von fünfzig Pfund recht gelassen genommen. Bei Richie hingegen führte der Anruf zu einem extrem hohen Messwert auf seiner Angstskala.

Unterdessen betrat Dr. Mark Johnson mit schwitzigen Handflächen den Pub. Heute Abend musste er unbedingt den Laserlokator zurückbekommen, denn morgen würde der gesamte Präsidententross sein Gastspiel geben. Das bedeutete auf jeden Fall zusätzliche Sicherheitskontrollen.

Martin saß mit Richie und zwei Kumpeln an einem Ecktisch. Johnson sah sie und war unschlüssig, ob er in die Runde hineinplatzen sollte.

»Ich sag's euch«, führte Martin das Wort. »Der müssen sie in der Pubertät das verfickte Kamasutra in den Schlüpfer genäht haben. Mein Schwanz hat auf Scheiß-Arabisch um Gnade gefleht.«

»Inder sprechen doch kein Arabisch, oder, Richie?«, fragte einer der Kumpel.

»Panjabi wahrscheinlich«, sagte Richie. »Ich weiß, dass Martins Arsch auf Panjabi furzen kann, warum sollte sein Schwanz es dann nicht sprechen können?«

»Nein, Rich. Muss Arabisch gewesen sein. Deshalb hat sie's nicht kapiert. Ist einfach weiter auf dem armen Ding rumgehüpft.«

Endlich nahm Martin Johnsons Anwesenheit zur Kenntnis. »Hey, Markie Mark. Wir haben dich erwartet. Komm mit nach hinten.«

Martin und Richie standen auf.

Johnsons Handflächen schwitzten kräftig weiter, während er den beiden zum Billardraum folgte. Als sich die Tür vor ihm öffnete, wollte er unwillkürlich wegrennen. Dahinter spielte ein weiterer Richie (es war Michael) Poolbillard, und ein riesiger, aufgedunsener alter Kerl mit Pferdeschwanz saß in einer Ecke und fummelte an einem Laptop herum.

»Isser das?«, fragte Mr Big. Martin nickte. Michael beendete sein Solospiel, und Johnson hörte hinter sich die Tür ins Schloss fallen. Er wandte sich an Martin.

»Ich muss ihn nur an mich nehmen, den –« Er zögerte, den Lokator beim Namen zu nennen.

»Dr. Johnson, richtig?«, sagte Mr Big. »Derselbe, der die Babylotion erfunden hat?« Er lachte, und Michael und Martin fielen ein. Johnson lächelte gequält. »Wie dem auch sei, Doc«, fuhr Mr Big fort, »Sie wirken etwas nervös. Setzen Sie sich doch, ganz locker.«

Johnson sah sich nach einem freien Stuhl um. Es gab keinen. Er kehrte sich wieder Mr Big zu, der lächelte ungerührt. Es war eine Probe auf seine Nervenstärke, entschied Johnson.

»Sorry, äh, Kumpel«, sagte er zu Michael und hockte sich auf eine Ecke des Billardtisches. Es war unbequem, aber er schaffte es, seine Würde zu bewahren.

»Also dann«, sagte Mr Big, »ich habe das Teil ein paar chinesischen Freunden gezeigt.«

Holy Shit, dachte Johnson, wie viele haben es noch gesehen? Er verspürte einen Adrenalinschub.

»Und die sagen, dass es ziemlich einfache Grundbausteine sind«, fuhr Mr Big fort. »Eigentlich können sie kaum glauben, wie einfach alles ist. Im Grunde wie ein Bombenzielgerät, sagen sie.«

»Ja, aber er ist aufgewertet worden«, warf Martin ein, »wurde zielgenauer gemacht. Und dazu eingerichtet, mit dem Teleporter zu kommunizieren.«

Mr Big machte eine wegwerfende Geste. »Martin ist voreingenommen.« Er deutete auf den Computer und winkte. Johnson stand auf, um auf den Bildschirm zu blinzeln. Er erkannte die Pläne für den Lokator.

»Meine Freunde glauben, dass diese Pläne Fälschungen sein könnten«, sagte Mr Big.

Diese Möglichkeit war Johnson nicht in den Sinn gekommen. »Mann, ich hab die Pläne einfach aus einer Akte genommen. Ich bin Biologe. Ich weiß nicht, ob das Fälschungen sind.«

»Ah, aber Sie müssen jemanden kennen, der es tut. Und wir wollen, dass Sie ihn fragen.«

»Ich kann nicht einfach hingehen –« Johnson war sprachlos. Er hatte angenommen, sich heute Abend wenigstens teilweise aus der Scheiße ziehen zu können. Jetzt sah es so aus, als versinke er immer tiefer darin.

»Wir brauchen von Ihnen die Bestätigung, dass diese Pläne echt sind. Als Zeichen unseres Vertrauens und um Ihnen morgen keine Schwierigkeiten beim Besuch des Präsidenten und seiner Freunde zu bereiten, werden wir Ihnen das Teil zurückgeben. Das Projekt soll jetzt nicht abgebrochen werden.«

»Sie wissen, dass er früher eintrifft?« Johnson war entsetzt.

»Aber ja, wir haben unser Quellen.« Mr Big grinste. Die vorgezogene Ankunft des Präsidenten in Bournemouth war landesweit vom Fernsehen gemeldet worden, aber Johnson hatte kein BBC gesehen. »Sie tun also Folgendes, wenn Sie's nachgeprüft haben: Sie schicken eine E-Mail an eine Adresse, die Martin Ihnen geben wird. Sind die Pläne in Ordnung, schreiben Sie: ›Du lagst richtig.‹ Sind sie nicht in Ordnung, dann: ›Du lagst falsch.‹ Ganz ohne Firlefanz. Abgemacht?«

Johnson nickte stumm. Sein wissenschaftlicher Verstand rechnete schnell. Er hatte schon genug dabei riskiert, sich die Pläne überhaupt zu beschaffen. Keinesfalls konnte er irgendwen zu ihrer Echtheit befragen, ohne sich damit selbst reinzureiten.

Doch wenn er keine Bestätigung beibrachte, würden diese Kerle, die offensichtlich gut vernetzt waren, auch wenn sie wie Hinterwäldler redeten und aussahen, ihn reinreiten. Kurz – er war dazu verdammt, bis zum Hals reingeritten zu werden. Es sei denn …

»Hören Sie, egal ob echt oder gefälscht – und ich bin mir ihrer Echtheit ziemlich sicher –, diese Pläne sind alles, was ich kriegen kann. Falls wir gefälschte Pläne im System haben, dann deshalb, weil die echten versteckt sind, richtig?«

Mr Big nickte. Die Logik schmeckte ihm nicht, aber sie war überzeugend.

Johnson fuhr fort. »Ich bin inzwischen ziemlich ungehalten über die Lage draußen auf dem Flugplatz. Die Projektleiter versuchen, alle Verdienste für sich zu verbuchen. Da sag ich mir, fickt euch ins Knie. Jetzt kämpft jeder für sich allein.« Er hielt inne, dann wagte er den Sprung. Ihm blieb keine Wahl. »Was zahlen Sie«, fragte er, »für den Bauplan eines Teleporters, der etwas von der Größe eines Autos übertragen kann? Und Lebewesen dazu. Menschen.« Eine leichte Übertreibung, aber Schweine waren biologisch gesehen den Menschen ähnlich, das wusste jeder.

Es herrschte Stille im Raum bis auf Richies Einatmen. Sein Buch hatte soeben einen weiteren Angriff durch systemimmanente Veralterung erlitten.

»Nein, nicht nur die Pläne«, berichtigte Johnson sich. Er war hochzufrieden mit der Sensation, für die er gesorgt hatte. »Wie wir beim Laserlokator gesehen haben –«, er streckte eine Hand nach Martin aus, der ihm das Teil übergab, »– ist es besser, Eigeninitiative zu ergreifen. Ich könnte Ihnen verraten, wie Sie sich dieses neue Gerät verschaffen können. Und«, fügte er als plötzliche Eingebung hinzu, »menschliche Versuchskaninchen obendrein.«

»Erstaunlich«, sagte Richie. »Sie stürmen in technologischen Siebenmeilenstiefeln vorwärts. Wie haben Sie –«

»He! Ihr müsst euch nicht gleich verbrüdern«, schnitt Mr Big die Frage ab, aber Richies Stimme erstarb ohnehin angesichts Johnsons Wer-ist-dieser-Amateur-Grimasse.

Mr Big dachte angestrengt nach. Er sah sich im Raum um. Martins Augen leuchteten. Richies Blick bohrte sich in Johnsons Kopf, als versuche er, alle Geheimnisse darin zu lesen.

»Äh«, sagte Martin und ging zu Mr Big hinüber, um ihm etwas ins Ohr zu flüstern. Johnson verlagerte sein Gewicht unbehaglich von einem Fuß auf den anderen. Er kannte Martin noch nicht lange, aber schon gut genug, um seine Geistesblitze zu fürchten.

Nach etwa dreißig Sekunden trat Martin schließlich zurück. Mr Big kehrte sich Johnson zu und sagte: »Okay. Bei den Versuchskaninchen müssen wir passen, trotzdem danke, aber das Gerät nehmen wir Ihnen ab. Zahlbar bei Lieferung, einverstanden?«

Als der Amerikaner sich mit seinem Lasergerät und dem Versprechen großer Bargeldsummen getrollt hatte und zwei militärisch aussehende Männer ihm vom Parkplatz aus in einem Wagen, der dem seinen exakt glich, gefolgt waren, kam Mr Big herüber und legte Richie seinen Baumstamm von Arm um die Schultern.

»Du bist derjenige, der diese Absahne angeschoben hat«, meinte er zu Richie. Es war dankbar gemeint, doch Richie konnte sich einen Staatsanwalt vorstellen, der dasselbe mit anderer Absicht sagte. »Hättest du dies Gerät nicht nach Hause mitgebracht, wären wir hier alle noch von gestern.«

»Ja, richtig, danke.« Richie wollte sich lösen, aber der Baumstamm hielt ihn zurück.

»Und deshalb möchte ich, dass du zu mir kommst und für mich arbeitest. Einer von meinen Jungs wirst.«

»Ich hab einen Job«, sagte Richie, vielleicht ein wenig zu hastig.

»Als Kellner? Nennst du das 'nen Job?«

»Nein, ich bin Schriftsteller.«

Damit hatte Mr Big nun nicht gerechnet. Er zog seinen Arm zurück.

»Was für 'ne Sorte Schriftsteller?«

»Ich habe ein Buch verfasst und versuche jetzt, es zu verkaufen. Sobald es verlegt ist, werde ich eine Fernsehserie konzipieren, die auf dem Buch beruht, und auch die werd ich verkaufen.« Es klang so einleuchtend, auch wenn Richie an jenem Morgen sein erstes Ablehnungsschreiben bekommen hatte.

»Worum geht's in dem Buch?«

Richie setzte es ihm auseinander.

»Also darum hast du das Gerät gekauft?«, fragte Mr Big.

»Tja.«

Mr Big nickte langsam, als bestätige sich eine Ahnung.

»Schon irgendwelche Einfälle für andere Bücher?«

»Nein. Nicht wirklich.« Das stimmte nicht ganz. Richie hatte für ein weiteres Buch recherchiert, aber ihm war nicht danach, Mr Big seine Idee mitzuteilen.

»Meinst du, du kannst ein Buch über die Misshandlung von Eseln schreiben?«

»Weiß nicht«, sagte Richie. Wie sollte er darauf antworten, ohne dass ihm sein Schlüsselbein gebrochen wurde? »Bin mir nicht sicher, ob ich der Richtige bin. Obwohl ich das Thema sehr interessant finde.«

Mr Big nickte, und sein Arm kehrte auf die Schulter zurück.

Er lächelte Richie an und blies ihm Whiskyatem ins Gesicht. »Trag nicht zu dicke auf, mein Sohn. Ich mag ja eine Schwäche für Esel haben, aber ich bin kein Schwachkopf.«

»Sorry«, sagte Richie, »Sie haben recht. Es hat immer was Beleidigendes, wenn einem die Leute nicht sagen, was sie wirklich denken.«

»Yeah«, sagte Mr Big. »Sie schmeicheln einem die Hucke voll und ficken dich dann bei der erstbesten Gelegenheit in den Arsch. Darum werde ich, solltest du deine Wette verlieren, das Geld, das du mir schuldest, dem Asyl spenden. Ist für 'ne gute Sache.«

»Hmm«, gab Richie unverbindlich von sich. In eigener Sache waren ein Dach über dem Kopf und sein Familienleben retten sogar noch besser.

»Wie auch immer, wenn du nicht kommst und für mich arbeitest, muss ich deinen Einsatz im Voraus verlangen, und ich bin nicht sicher, ob du dir das leisten kannst.«

Richie fühlte den Arm seine Schulter niederdrücken.

»Du würdest doch nicht wollen, dass deine Frau herausfindet, wie hoch du gewettet hast, oder?« Mr Big verstärkte den Druck noch mehr. Dieser Dreckskerl von Bruder, dachte Richie, er hat zu viel geredet. Er sträubte sich, richtete sich zu voller Größe auf. »Wie wird sie's aufnehmen, wenn sie rauskriegt, dass du mir acht Riesen schuldest?«, fuhr Mr Big fort. Richies

Gesicht bekam einen weiteren Schwall Whiskyatem ab, und er fühlte seine Schultern nachgeben.

»Na schön, ich kann ein paar Stunden für Sie da sein, wenn ich im Hotel dienstfrei habe. Aber beim ersten Deal mit harten Drogen bin ich weg.«

Mr Big tätschelte ihm väterlich die Wange. »Richie, mein Sohn, sag keine Sachen, die du später bereuen könntest.«

Später, draußen auf dem Parkplatz und unter dem sachte schaukelnden Schild des Huntsman, versuchte Martin, seinen Arm verschwörerisch um Richies Schultern zu legen wie zuvor Mr Big. Doch ihre unterschiedliche Größe verhinderte das, und Richie würde sich nicht für seinen Bruder bücken. Folglich gab sich Martin mit einer Hand auf Richies Bizeps zufrieden.

»Wenn du mich genug befummelt hast, kann ich dann nach Hause?«

»Ja doch, Rich. Aber hör zu. Du weißt, wofür Mr Big den neuen Teleporter haben will, oder?« Martin sah seinen Bruder von der Seite an wie ein Schuljunge, der damit rausrücken will, wo die Lehrerin die eingezogenen Handys versteckt.

»Nein.«

»Immigranten«, sagte Martin. »Kannst du dir vorstellen, wie viel Geld sich damit machen lässt? Ich meine, statt Zehntausende Kröten zu zahlen, um drei Monate lang in Laster und lecke Schiffe gepfercht zu werden, steigen die Illegalen einfach in Asien oder Südamerika in ein Gerät und tauchen in Europa oder den Staaten oder sonst wo wieder auf.«

»Verdammte Scheiße. Das hat er gesagt?«

»Nein, das habe ich ihm vorgeschlagen. Hast du Lust, bei dem Geschäft einzusteigen? Hast du natürlich nicht«, redete Martin weiter und gab Richie keine Gelegenheit zu moralischen Einwänden. »Ergo werdet ihr zwei auf einen Riesenkrach zusteuern, sobald du die Zusammenarbeit verweigerst. Und damit hast du zwei Wahlmöglichkeiten: das Geld besorgen, um ihm deinen Einsatz zu löhnen, den er vermutlich eh nicht annehmen würde, da du Teil seines neuen Masterplans bist. Oder …«

Martin machte eine Kunstpause.

»Oder du benutzt das.« Martin hielt in die Höhe, was verdächtig nach dem Laserlokator aussah, auch wenn das nicht sein konnte, da Richie gerade erst Zeuge seiner Rückgabe an Johnson gewesen war. Richies offener Mund schien all das auszudrücken, denn Martin setzte zu einer Erklärung an.

»Ich hab ihm nicht den echten gegeben. Ein Kumpel von mir erfindet Modelle für Spielzeugfirmen und hat eine Attrappe für mich gebaut. Sei ganz einfach gewesen, sagt er.« Er warf einen abschätzigen Blick auf das Objekt. »Sah sowieso aus wie aus einem Laserpointer gebastelt.«

»Das ist also der echte?«, fragte Richie.

»Jau.«

Richie kam ein unerfreulicher Gedanke. »Weiß Mr Big, dass du den echten behalten hast?«

Martin brachte ihn zum Schweigen. Ausgerechnet du, dachte Richie.

»Nein. Scheiß auf Mr Big«, flüsterte Martin. »Man muss ihm einen Schritt voraus bleiben. Er wäre sich nicht zu schade für einen Anschlag auf die Eierstöcke der Premierministerin, um sich die Wettauszahlung zu sparen. Und hier kommt der Laserlokator ins Spiel.«

Martin erläuterte seinen Plan. Mit jedem Satz fiel Richies Unterkiefer weiter nach unten. Am Ende trat Richie zurück und ließ seine Augen der Länge nach über die durchgeknallte Erscheinung seines Bruders schweifen, vom stoppeligen Kopf bis zu den trendigen Trainingsschuhen und zurück. Er starrte in den Himmel. War dieses wandernde Licht ein Flugzeug oder ein Spionagesatellit? Sollte es ein amerikanischer Satellit sein, würden sie sich im Pentagon jetzt gerade bepissen vor Lachen.

»Du meinst das ernst, ja?«, fragte Richie. »Du meinst das wirklich ernst.«

»Eine Million Pfund ist ernsthaft viel Kohle, Rich. Und überhaupt, du hast den leichten Part. Du musst nur ins Zimmer der Premierministerin gelangen. Ich bin der arme Tropf, der Freund Johnson dazu bringen muss, in seinen aufgemotzten Teleporter zu wichsen.«

*

Die Air Force One raste über die Landebahn hinaus und bekam einen Platten beim Aufprall auf eine alte englische Eiche, die bei der satellitengestützten Vermessung der Piste unberücksichtigt geblieben war.

Alle Insassen mussten eine Notrutsche hinunterschliddern und sich über den Flugplatzrasen hinweg eilends in Sicherheit bringen. Der Präsident verlor gleich zweimal die Würde. Einmal wurde er eine aufgeblasene Notrutsche hinuntergeschubst und landete mit dem Hinterteil im Gras. Als ihn dann zwei Leibwächter auf die Beine gezerrt hatten, wurde er erneut flachgelegt, weil irgendein Trottel »Runter auf den Boden!« brüllte.

Etwa eine Minute verstrich, bis ein Mann von der Royal Air Force (der britische Standortkommandant, derzeit nur für die Landebahn verantwortlich) herübergeschlendert kam und dem waagerechten Präsidenten mitteilte, dass alles in Ordnung sei. Terroristen seien keine in der Nähe, und der Schaden am Flugzeug beschränke sich auf eine Reifenpanne.

Der Präsident stand auf, strich sich englisches Gras vom Anzug und sah sich nach seinem Flugzeug um, das die alte Eiche zu beschnüffeln schien wie ein Hund, der unschlüssig ist, ob er den Baum anpinkeln soll.

»Wer hat den da hingepflanzt?«, knurrte der Präsident und wiederholte damit unwissentlich eine Frage, die eine gewisse Ella Fisher, sechs Jahre, zwei Tage zuvor gestellt hatte.

»Heinrich der Achte, glaube ich, Sir«, sagte der RAF-Mann mit diesem englischen hochnäsigen Lächeln um die Lippen.

»Na, hätte er doch bloß meinen verdammten Piloten angerufen und ihn gewarnt«, sagte der Präsident.

Es hieß, das Staatsoberhaupt sei nun in Stimmung für ein Opfer. Er war hungrig und frustriert und hatte obendrein Jetlag. Er und die britische Premierministerin waren unterwegs zu einer Krisensitzung zum Thema Teleportation, und der Präsident hatte Max Blender angewiesen, ihn unverzüglich über die genaue Tragweite der Krise ins Bild zu setzen. Er wartete im Büro des Standortkommandanten und ging seine Grundsatzrede für den Gipfel durch.

Blender trieb die Wissenschaftler, seine Mitarbeiter, General Colt und zwei Soldaten zusammen und unterbrach die Lektüre des Präsidenten.

Der Präsident blickte von seiner Rede hoch, um die Aufstellung von Leuten vor ihm zu erfassen. Seine Augen zwinkerten Blender eine Begrüßung zu, musterten den Pulk ungepflegter Kerle, die er zutreffend als Wissenschaftler ausmachte, und verweilten auf Johnson, der unrasiert und angsterfüllt dastand, Schulter an Schulter zwischen zwei riesige Bewacher geklemmt.

»Okay, Max, wie sieht's aus?«, fragte der Präsident. Sie hatten ihre Golfpartie noch nicht gespielt, aber die Einladung dazu war raus, somit wurde Blender mit Vornamen angesprochen.

»Ich bat Sie zu kommen, weil sich die Dinge anscheinend zugespitzt haben, Sir.«

»Wie genau?«, fragte der Präsident.

»Nun, natürlich wurde jeder bei Verlassen des Stützpunkts verfolgt«, sagte Blender. »Zunächst kam es nur zu geringfügigen Unregelmäßigkeiten, etwa dass kleine Ausrüstungsgegenstände hinter die Umzäunung gelangten.« Anklagend hob er eine Augenbraue in Richtung von Hamlet und Johnson. »Als jedoch einer dieser Ausrüstungsgegenstände – ein Laserlokator – gestohlen wurde, war das keineswegs mehr geringfügig.« Der Präsident nickte. Weiter, weiter. »Wir haben nun das gestohlene Eigentum wiedererlangt, aber es ist eine neue Entwicklung eingetreten. Jeb, würden Sie das erläutern?«

»Okay, nun«, setzte Hamlet an, den die Aussicht auf ein derart bedeutendes Gegenüber nervös stimmte.

»Sie sind?«, sagte der Präsident.

»Professor Jeb Hamlet, Sir. Ich bin hier der Fachmann für Teleportation. Beamen oder nicht beamen war die Frage.«

Der Präsident runzelte lediglich die Stirn.

»Professor Hamlet?«, soufflierte Blender, der diesen kleinen Auftritt unter seiner Regie hatte. Das eine oder andere sei etwas schiefgelaufen, aber die wesentliche Stoßrichtung von Blenders Unterfangen ließe sich beibehalten.

»Richtig, ja. Also, einige Außenstehende, jene im vorübergehenden Besitz des Laserlokators, haben sich Zugang zu den Plänen für den Prototyp verschafft. Wir wissen, wer ihnen die Zugriffscodes gegeben hat.« Hamlet wandte sich Johnson zu, um seine Aussage zu unterstreichen und jegliches Eigenverschulden von sich zu weisen. »Und nach unserer Einschätzung bestehen Gefahren, sollten diese Lokatoren nachgebaut werden und in falsche Hände gelangen. Durch Ausdehnung der Empfangsreichweite des Lasers ließe sich theoretisch alles überallhin beamen. Jemand könnte ein völlig unverfängliches funkferngesteuertes Modellflugzeug herüberschicken und uns damit orten, während jemand anderes auf der anderen Seite der Welt eine thermonukleare Vorrichtung hereinbeamte. Keine Vorwarnung, nichts. Bumm.«

»Von dieser Gefahr haben Sie nie gesprochen«, schnauzte der Präsident Blender an.

»Ich sah sie nicht voraus, Sir«, sagte Blender. »Offensichtlich haben wir über eine theoretische Gefahr hinaus nicht damit gerechnet, dass unsere eigenen Leute einfach so rumlaufen und militärische Geheimnisse ausplaudern.« Er warf Johnson einen derart giftigen Blick zu, dass dem Wissenschaftler übel wurde.

»Es gibt jedoch eine Lösung«, fügte Hamlet hinzu und freute sich über die erwartungsvolle Miene des Präsidenten. »Wir können Störsender entwickeln und damit das Eindringen von Teleportationsstrahlen unterbinden.«

»Wie lange wird das dauern?«, erkundigte sich der Präsident.

Hamlet zuckte die Achseln und sah seine Kollegen Hilfe

suchend an. Alle machten ahnungslose Gesichter. »Wochen? Monate? Jahre?«, schätzte Hamlet.

Der Präsident schnaubte ernüchtert.

»Ja, aber es wird Kriminelle und Feindmächte ebenso viel Zeit kosten, die Teleporter zu Waffen weiterzuentwickeln«, fuhr Hamlet fort. »Wir können Teleportations-Sonden aufstellen und die Geräte ausschalten, sobald sie getestet werden. Ich halte das für keine große Hürde, sofern wir umgehend die Arbeit daran aufnehmen.«

»Na, warum zum Henker haben wir sie entwickelt, wenn sie sich so leicht kampfunfähig machen lassen?«, fragte der Präsident.

»Einmal mehr, Sir«, erwiderte Blender, »hätten wir die Einzigen sein sollen, die von den vergrößerten und verbesserten Teleportern auch nur wussten. Gemeinsam mit unseren britischen Verbündeten natürlich.«

»Und Sie haben dieses vergrößerte Gerät an einem Schwein ausprobiert?«, fragte der Präsident.

»Ja«, entgegnete Hamlet. Er errötete leicht. »Es hat überlebt, schien aber irgendwie verrückt zu werden. Und es starb kurz darauf. Wir beschlossen daher, Menschenversuche vorläufig zu unterlassen.«

»Kann ich diesen Schweineteleporter mal sehen?«, wollte der Präsident wissen.

»Ah, äh, nun«, stammelte Hamlet.

»Das führt uns zu Schwierigkeit Nummer zwei«, sagte Blender. »Er wurde heute Nachmittag von einer Bande bewaffneter Männer mutmaßlich fernöstlicher Herkunft geraubt.«

Der Präsident verschluckte sich beinahe vor Unglauben.

»Wir haben eine sehr unauffällige Militärpräsenz am Standort«, fuhr Blender fort. »Wir wollten keine Aufmerksamkeit erregen.«

»Nun, die Rechnung ist ja wunderbar aufgegangen, was?«, höhnte der Präsident. »Wie groß war das Ding?«

»So groß wie eine durchschnittliche Einzelgarage«, sagte Hamlet.

Der Präsident gab ein unwillkürliches Auflachen von sich.

»Wir haben die Polizei und Sicherheitsdienste alarmiert, auf jeden zu achten, der mit einer verdächtigen Garage unterwegs ist«, sagte Hamlet.

Wären die Augen des Präsidenten mit Maschinengewehren bestückt, hätten sich Hamlets Eingeweide über die ganze Wand verspritzt. Der Präsident war im Begriff, der Premierministerin von England zu erklären, dass seine Mannschaft nicht nur erhebliche Sicherheitslücken zugelassen, sondern auch noch ihre Versuche vermasselt und die gesamte Ausrüstung eingebüßt hatte, und jetzt machte diese haarige kleine Teppichwanze Witze?

Der Präsident hatte soeben volle Lautstärke erreicht und fast seinen ganzen Vorrat an Kraftausdrücken erschöpft, als seine Zuhörer erleichtert hörten, wie es an die Tür klopfte.

»Was gibt es, zur Hölle?«, schrie der Präsident, offenbar außerstande, eine abrupte Dezibelminderung zu bewerkstelligen.

Eine uniformierte Wache kam verschüchtert herein, in den Händen ein Tablett mit deftigen Sandwichs.

»Mehr konnte ich nicht finden, Sir.« Der junge blonde Soldat salutierte.

»Recht schönen Dank, Jerry.« Er nahm ein zweieinhalb Zentimeter dickes Sandwich in die Hand. »Was ist drin?«

»Schinken, Sir«, sagte der Unteroffizier. »Tut mir leid, wenn es etwas unschön aussieht. Ich musste die Scheiben mit einem Bajonett abschneiden.«

Die Augen sämtlicher Wissenschaftler verfolgten den Weg des Fleisches vom Teller in den Mund des Präsidenten. Konnte es sein? Nein. Wo genau hatten sie die Schweineleiche nach der Autopsie gelassen?

Der Präsident fing an zu kauen.

Jetzt war Johnson nicht der einzige Wissenschaftler im Raum mit elendem Gesichtsausdruck.

*

Clara sah zu, wie der Tross des Präsidenten im Prince of Wales eintraf, und fragte sich, ob der Anführer der freien Welt immer so mürrisch war. Die gesamte Hotelbelegschaft war in der Empfangshalle versammelt (ein Zimmermädchen mit gepiercter Nase und eine zum Platzen schwangere minderjährige Küchenhilfe hatte Neil aus dem Verkehr gezogen), doch der Präsident marschierte schnurstracks an ihnen vorbei. Er ließ die ausgestreckten Hände des Bürgermeisters, seiner Gattin, Neils und der Vorsitzenden des Ortsvereins der Ehefrauen anglo-amerikanischer Militärangehöriger im Ruhestand außer Acht, und strebte geradewegs in den Aufzug.

Als sämtliche Amerikaner außer zwei Sicherheitsleuten verschwunden waren, klatschte Neil in die Hände und wies alle an, auf ihre Posten zurückzukehren. Richie eilte wieder nach unten, um sich die Liveübertragung des Freundschaftsspiels England-Portugal weiter im Radio anzuhören. Die Küchenmannschaft bestand exakt zu gleichen Teilen aus Briten und Madeiranern, sodass es ein echtes Derby war mit einer Totowette darauf, welcher Spieler das erste Tor schießen würde. Zum Glück für Richie hatten sie nur je ein Pfund in den Pott eingezahlt, denn er hatte den britischen Torwart und damit als Schützen wohl den zweitunwahrscheinlichsten Mann auf dem Platz nach dem Schiedsrichter gezogen.

Der Präsident hatte eine zusätzliche Entschuldigung für seine besonders schlechte Laune, als er das Hotel betrat. Er fühlte sich aufgebläht und träge, obwohl sein Verdauungstrakt gewöhnlich wie ein gut geöltes Räderwerk funktionierte.

Im *elevator*, wie die Angestellten den Lift zu Ehren des Präsidenten zu nennen gebeten worden waren, rieten ihm seine Berater, dem britischen Volk etwas umgänglicher zu begegnen, aus politischer Rücksicht, versteht sich. Reporter würden nach Wie-er-wirklich-ist-Geschichten suchen. Die Headline »Ein eingebildetes Arschloch« wäre unvorteilhaft.

Der Präsident gab darauf ein Rülpsen von sich und machte eine verkniffene Miene.

Als er seine Zimmerflucht erreicht hatte, verlangte er sofort nach Kaffee.

»Das war mit die unverdaulichste Scheibe Schinken, die ich je gegessen habe. Ich könnte auf der Stelle einschlafen.«

Ein Berater bot an, den Zimmerservice anzurufen.

»Nein«, sagte der Präsident. »Lassen Sie mich das tun, so pflege ich gleich den Umgang mit ganz gewöhnlichen Briten.«

Richie hatte gerade die Küchenhilfe nach dem Spielstand befragt (1:0 für England, doch das Tor war nicht vom Torwart geschossen worden), als das Servicetelefon klingelte.

»Ach, Scheiße«, sagte Richie. Filipe, der Oberkellner, wollte jeden von internationalem Rang selbst bedienen. Doch Filipe war noch nicht wieder heruntergekommen, und so ging Richie an den Apparat.

Ein Mann gab an, der Präsident der Vereinigten Staaten von Amerika zu sein. Er wolle gern Kaffee haben. Unter anderen Umständen hätte Richie erwidert, er sei der Sultan von Brunei und habe keine Zeit, Spaßvögeln Erfrischungen zu besorgen, doch in diesem Fall ahnte er, der Anruf könnte echt sein.

»Sie wissen, dass sich in jedem Zimmer eine Kaffeemaschine mit entsprechendem Zubehör befindet, Sir?«, brachte er hilfreich vor.

Nach kurzem Schweigen kehrte die Stimme zurück. »Mir wäre aber lieb, wenn Sie mir Kaffee in die Suite brächten.«

»Sehr gern, Sir«, sagte Richie, »aber ganz ehrlich, es ginge schneller und billiger, wenn Sie die Maschine auf dem Zimmer benutzen würden. Sie füllen einfach die Kanne unterm Wasserhahn im Bad und –«

»Hören Sie, Kumpel«, unterbrach der Präsident. »Ich bin der Präsident der Vereinigten Staaten von Amerika und würde gern Kaffee beim Zimmerservice bestellen. Kennen Sie das Wort hier drüben? ›Service‹?«

»Gewiss, Sir. Aber Sie haben bereits Kaffee auf Ihrem Zimmer. Es gibt normalen und entkoffeinierten.«

Der Präsident gab die Diplomatie auf. »Bringen Sie mir einfach den verdammten Kaffee«, schnarrte er, »frisch gebrüht, auf einem Tablett, mit Sahne und Zucker und vier Tassen, und ja, ich weiß, dass ich Scheiß-Tassen in der Suite habe, aber ich will frische Scheiß-Tassen, klar?«

»Natürlich, Sir. Ihre Zimmernummer?«

»Meine verfickte Zimmernummer? Wir viele verfickte Präsidenten der USA wohnen in diesem verfickten Hotel?«

Er knallte den Hörer auf. Verlegenes Schweigen breitete sich in der präsidialen Zimmerflucht aus.

»Klang für mich nicht nach Brite«, sagte der Präsident.

Er hatte recht. Richie hatte seiner Stimme einen ganz schwachen, singenden portugiesischen Unterton verliehen.

Filipe kam durch die Küchentür und roch nach Zigarettenrauch.

»Noch Tore gefallen?«, fragte er.

»Nein«, sagte Richie.

»Irgendwelche Anrufe?«

»Ja. Eben gekommen. Vier Mal Kaffee in die Präsidentensuite. Den wirst du wohl selbst hochbringen wollen, oder?«

Als Filipe gegangen und ein weiterer Zimmerkellner herunter in die Küche gekommen war, nutze Richie die Gelegenheit, um an seinem Plan, die Wette zu gewinnen, zu arbeiten.

Natürlich hatte er Martins Masche verworfen. Die Vorstellung, er könne nachts ins Zimmer der Premierministerin gelangen, ihr mit dem Laserlokator zwischen die Beine leuchten und dann Johnson veranlassen, eine frische Samenprobe in den für das Beamen von Lebewesen geeigneten Teleporter einzubringen, hatte selbst den verzweifelten Richie nicht zu überzeugen vermocht. Im Übrigen musste Martin einräumen, dass Johnson auf einmal völlig abgetaucht zu sein schien.

Richie hatte sich etwas viel Simpleres einfallen lassen. Jedenfalls etwas weniger Kompliziertes.

Die Frage lautete, wie ein Laie wie er die Sicherheitsvorkehrungen für zwei erstrangige Staatsführer durchbrechen könnte.

Tatsächlich war die Antwort einfach.

Es gab nur ein Problem mit den amerikanischen Sicherheitsvorkehrungen für das Hotel Prince of Wales. Nämlich dass es amerikanische waren.

Keinesfalls sollte dies den Eindruck von hoher Güte und Einsatzbereitschaft der US-Sicherheitskräfte schmälern. Sie hatten die Zimmerflucht des Präsidenten in eine vor Abhörwanzen, Milzbrandsporen und Sprengstoffen abgeriegelte und dennoch mit altmodischen Fenstern versehene Festung verwandelt. Doch sie hätten vielleicht britischen Sicherheitsbeamten einen gewissen Einfluss auf die Vorkehrungen zubilligen sollen, statt auf alleiniger US-Aufsicht zu bestehen.

Als es dem Hotel seinen ersten vorbereitenden Besuch abgestattet hatte, war das A-Team (genauer das A-Team 1) von der irrigen Annahme ausgegangen, es sei grundsätzlich mit einem amerikanischen Hotel zu vergleichen und beruhe folglich auf einem von zwei Modellen: dem Motel-Modell – Empfangsbereich plus eine bestimmte Anzahl von Zimmern in einem oder mehreren gesonderten Gebäuden. Oder dem Hotel-Modell – zentrale Eingangshalle und darüber mehrere Stockwerke.

Das Prince of Wales hingegen bestand aus zwei alten Gebäuden und dazu zahllosen Anbauten. Teile davon waren (anders als neunundneunzig Prozent aller Bauwerke in Amerika) vor der Erfindung des Fahrstuhls errichtet und der Aufzugsschacht nachträglich vom weit von der Hotelmitte entfernt gelegenen Empfang her durch die Geschossdecken gestemmt worden. Aufzug und Haupttreppe befanden sich im größeren der beiden Gebäude, die das Hotel bildeten, sodass die Gäste in billigeren Zimmern oft einen kleinen Fußmarsch über schmale Treppen vom Fahrstuhl bis zu ihren Zimmertüren einlegen mussten.

Die Geschossunterteilung war planlos. Beispielsweise lag der »dritte Stock« auf zwei Hauptebenen. Es gab eine Gruppe Zimmer eine kleine Treppe hoch und dem Fußweg nach näher an der Aufzugstür im vierten Stock gelegen – eigentlich hätten sie als »dreieinhalbter« Stock bezeichnet werden müssen. Die Zimmerkellner suchten diese Räume stets über den Aufzug im vierten und dann die kleine Treppe hinunter zum dreieinhalbten Stock auf. Sie oder irgendwelche Eindringlinge konnten dann weiter zum dritten Stock absteigen, ohne dort eine Wache an Aufzugstür oder Haupttreppenabsatz zu passieren.

Das A-Team 1 hätte jeden Zentimeter Treppen und Flure selbst abgehen sollen, was es aber nicht tat. Oder einen Zimmerkellner nach den Abkürzungen zwischen Zimmern und Geschossen befragen sollen, was es aber nicht tat.

Die Leiter von FBI und CIA klagen heutzutage oft darüber, ihre Agenten seien keine echten Außendienstler mehr – es sind Schreibtischarbeiter und Computerknilche, die Ermittlungen mit der Nase im Dreck durch DNS-Vergleiche, Satellitenaufnahmen und Datenbankfahndungen ersetzt haben.

Es war nicht die Schuld von A-Team 2, das die Sicherheitsvorkehrungen getroffen hatte, wenn die 3-D-Grafiken, nach denen es gearbeitet hatte, ungenau waren. Schließlich mochten die Grafiken zwar auf mangelhafter Recherche beruht haben, aber sie sahen tadellos aus.

Als der Präsident und die Premierministerin im Hotel untergebracht wurden, hatten sie natürlich jeweils eigene Leibwächter dabei, und der persönliche Polizeibeamte der Premierministerin war ständig an ihrer Seite. Außerdem wurden das Hotel, die Parkplätze und umgebenden Baulichkeiten selbstverständlich Tag und Nacht von Menschen und Maschinen auf Bomben und verdächtige Individuen durchkämmt. Aber Richie war kein verdächtiges Individuum, wie der um seinen Hals baumelnde rockstarmäßige Backstage-Pass belegte.

Er hatte seinen Schlachtplan vorbereitet, indem er sich mit dem Zimmermädchen anfreundete, das letzte Hand an das Zimmer der Premierministerin legen sollte. Er hatte ihr zwanzig Pfund für ein schlichtes Versprechen gegeben. Das Zimmermädchen musste nichts weiter tun, als Richie nach Feierabend ihren Hauptschlüssel zu leihen gegen die Zusage, dieser würde bei ihrer Rückkehr am nächsten Morgen wieder in ihrer Wäschekammer liegen. Ein einfacher Plan. Dumm war nur, dass sie vor einer Weile auf eine Tasse Tee hinunter in die

Küche gekommen war und Richies Lächeln mit Kopfschütteln und den Lippenbewegungen für »Nein« erwidert hatte.

Richie trat im vierten Stock mit Unschuldsmiene aus dem Fahrstuhl.

»Hi«, sagte er.

Der Wachposten legte seine Lektüre beiseite. »Wo wollen Sie hin?«, fragte er und prüfte Richies Ausweis.

»Nur auf ein Wort mit dem Zimmermädchen. Maria.« Richie ließ die leiseste Andeutung eines zweideutigen Grinsens vieldeutig über sein Gesicht huschen.

Der Wachposten, der fast so groß wie Richie war, aber eine JFK-Frisur hatte, wie sie US-Soldaten tragen, wenn sie Leuten weismachen wollen, dass sie Zivilisten sind, sah Richie in die Augen. Aus seinem ausdruckslosen Blick in dem frisch rasierten Gesicht war unmöglich abzulesen, was er von dem Gedanken hielt, Zimmermädchen nachzustellen, aber die Vorstellung wurde eindeutig irgendwo verarbeitet. Sie war glaubwürdig.

»Okay«, sagte er und nickte Richie vorbei.

»Cheers«, sagte Richie, und der Posten blieb verdutzt zurück. Seit er auf der Insel gelandet war, sagten die Engländer ständig »Cheers« zu ihm, wenn sie eigentlich »Danke« oder »Bis bald« hätten sagen sollen. Er rätselte, was für ein Volk von Trunkenbolden die Briten sein mussten, redeten sie doch mit jedem, als hätten sie ein Bier in der Hand.

Marias Wäschewagen stand vor ihrer Kammer an der Treppe. Richie klopfte an die Tür und ging hinein.

Als er die Kammer betrat, kam ein verstimmter Filipe die Treppe herunter. Ihm war ein sehr undiplomatischer Empfang in der Suite des Präsidenten zuteil geworden. Der Präsident hatte einfach dagesessen und Filipe finster angeblickt, und eine Sicherheitskraft hatte ihn ohne Trinkgeld zur Tür hinausbefördert, als er gerade die nützlichen Einrichtungen im Zimmer zu erläutern anfing: Bügelpresse, Kaffeemaschine … Filipe argwöhnte, dass Richie etwas damit zu tun gehabt haben könnte. Er würde sich erkundigen müssen, was genau am Telefon gesagt worden war, als der Präsident seine Bestellung aufgab.

Als er also Richie, der ohne Tablett in den Händen nichts auf den oberen Stockwerken zu suchen hatte, beim Betreten der Zimmermädchenkammer beobachtete, eilte Filipe zum nächsten Telefon.

»Versteh doch, Maria«, sagte Richie. »Du bekommst keinen Ärger. Niemand wird heute Nacht deine Kammer überprüfen.«

»Nein«, sagte die junge Frau. »Du willst ins Zimmer der Premierministerin.«

»Nein, will ich nicht. Möchtest du dir dieses Geld denn nicht verdienen?«, fragte Richie. »Bloß damit, dass du mir hilfst, einen kleinen Streich zu spielen?«

»Nein. Hier.« Sie gab die zwanzig Pfund zurück. »Du willst sie vergiften.«

»Sie vergiften? Hältst du mich für bekloppt?«

Der Ausdruck in ihren Augen verriet ihm die Antwort.

Richie versuchte, ihr die Geldscheine wieder in die Hand zu drücken, aber sie behielt die Fäuste geschlossen.

»Nimm den Schlüssel von einer anderen.«

»Kann ich nicht. Es ist dein Stockwerk.«

»Frag deine Frau.«

»Kann ich nicht. Nun komm schon, Maria.«

»Nein.« Allmählich ängstigte sie sich ein wenig vor diesem großen Mann in ihrer kleinen Kammer, und Richie war klar, dass ihm nicht mehr viel Zeit blieb, sie zu überzeugen, ehe sie die Fassung verlor.

Er fummelte in seiner Gesäßtasche herum und hob fünf Zehnpfundnoten in die Höhe. Er fächerte sie auf und wedelte ihr den Duft des Geldes ins Gesicht.

»Du würdest es nicht tun, nicht mal für so viel?«, fragte er und schenkte ihr sein beruhigendstes Lächeln.

In diesem Augenblick öffnete Clara die Tür zur Kammer.

Sie nahm die Szene in sich auf: ihren Ehemann, einen flehenden Blick, eine große Menge Geld und ein durchaus anziehendes junges Zimmermädchen in beengter Räumlichkeit.

»Wie kommt es, dass du mir nie Bezahlung dafür anbietest, Richie?«, fragte sie.

*

Richie jagte ihr treppab hinterher und lächelte im Vorbeilaufen schuldbewusst den wacheschiebenden JFK-Doppelgänger an. Der Posten lächelte nicht zurück. Angesichts von Claras Namensschild hatte er erraten, was hier vor sich ging. Es bestätigte ihn in seiner Ansicht, wonach die Briten ein von Grund auf undiszipliniertes Volk seien.

»Ehrlich, Clara, es ist nicht, wonach es aussieht«, sagte Richie und wusste schon mitten im Satz, dass keinem derjenigen, die ihn aussprechen, jemals geglaubt wird.

Sie scherte sich nicht um ihn und ging weiter. Sie waren bereits unten im zweiten Geschoss. Noch zwei Treppen, und sie wären dem Empfang zu nahe für ein Gespräch. Er sah keine Wache und ließ es drauf ankommen.

Als sie sich dem Treppenabsatz näherten, beschleunigte er seine Schritte und wuchtete Clara in die Höhe.

Noch immer gab sie keinen Laut von sich. Vielmehr hob sie ihre nicht an seine Brust gepresste Hand und verpasste ihm eine saftige Ohrfeige.

»Du wirst mir jetzt zuhören«, sagte er und öffnete die Tür zur Wäschekammer für den zweiten Stock.

Filipe, der im Treppenhaus herumlungerte, um dieses Vergnügen, das er sich selbst bereitet hatte, auszukosten, pfiff vor sich hin. Erst das Zimmermädchen, dann Clara, alles im Zeitraum von fünf Minuten. Da sage noch einer, britische Männer wären unterkühlt.

Richie stellte Clara in der Kammer zwischen den gefalteten Bettlaken, Handtüchern, Gebäcktütchen und Milchkännchen ab und baute sich vor der Tür auf.

»Lass mich raus, Richie.«

»Nein. Hör mir zu.«

»Ich werde schreien.«

»Das würde uns beide den Job kosten.«

»Was ist los? Hast du einen Ständer, und ich bin die Zweitbeste?«, fragte Clara.

»Ich hab versucht, meine Wette zu gewinnen.«

»Ach ja? Wie?«

»Indem ich sie dazu kriege, mir ihren Hauptschlüssel zu leihen, damit ich ins Zimmer der Premierministerin komme.«

»Du wolltest ihr – wie viel zahlen?«

»Fünfzig Pfund.«

»Fünfzig Pfund, damit sie dir hilft, eine Fünfzigpfundwette zu gewinnen? Entweder lügst du das Blaue vom Himmel runter oder du bist noch schlechter in Mathe, als ich dachte.« Clara schaute nicht ganz grundlos misstrauisch drein.

Richie erkannte seinen Fehler und lehnte sich mit geschlossenen Augen zurück an die Tür.

»Wolltest du sie also ins Bett kriegen?«, fragte Clara.

»Nein.« Richie sah ein, dass er keine andere Wahl hatte, als ihr alles zu erzählen. »Ich habe versucht, die Wette zu gewinnen. Sie ist etwas höher, als ich dir gesagt habe.«

»Wie hoch?«

Richie holte tief Luft und sprang ins kalte Wasser. »Wenn ich gewinne, bekomme ich eine Million Pfund.«

»Eine Million?« Clara glaubte ihm nicht.

»Ja, eine Million. Ich hab zehntausend bei hundert zu eins gewettet.«

Clara plumpste auf einen Stapel sauberer Laken. Sie ließ sich in die weiche Baumwolle einsinken.

»Zehn?« Sie brachte den Rest nicht heraus. »Richie …«

»Ich weiß. Es tut mir leid. Ich glaubte, Insiderwissen zu haben. Die Aussage deiner Schwester.«

»Versuch nicht, mir oder Angela die Schuld zu geben.«

»Tue ich nicht.«

Sie schüttelte den Kopf. »Du hast mich angelogen.«

»Ich weiß. Ich hab versucht, die Sache geradezubiegen, um sie dir nicht beichten zu müssen. Das heißt, bis ich die Million nach Hause bringe.«

Richie bemühte sich um ein Lächeln, aber es misslang ihm. Clara mobilisierte alle ihre Verstandeskräfte, um sich von einem verbalen Raketenangriff auf Richie abzuhalten. Unter diesen Umständen, das war ihr klar, würde sie alles nur noch schlimmer machen.

»Du hast zehntausend Pfund gewettet? Wo hast du die her?«

»Nirgends. Ich hab versprochen zu zahlen, wenn ich verliere.«

»O mein Gott.« Clara war den Tränen nahe. Auf einmal schien die Vorstellung, Richie hätte das Zimmermädchen für Sex bezahlen wollen, nicht länger die tragischste Sache auf der Welt zu sein. Hätte er es doch nur zugegeben – ja, mir war nach einem schnellen Fick im Besenschrank –, dann wäre alles in Ordnung.

»Wozu musst du ins Zimmer der Premierministerin?«, fragte sie.

»Natürlich um dafür zu sorgen, dass sie schwanger wird.«

»Du willst –« Clara ballte eine Faust. Richie schloss seine eigene, doppelt so große Hand darum.

»Nein, das hat Martin vorgeschlagen«, sagte er. »Das und noch dämlichere Sachen. Mein Einfall ist viel schlichter.«

»Red schon weiter. Stell mich auf die Probe.«

Clara verschränkte die Arme und forderte ihn heraus, sie zu überzeugen. Obwohl sie auf einem Haufen Bettlaken kauerte, schaffte sie es irgendwie, streitbar auszusehen. Doch Richie entspannte sich ein wenig. Wenigstens war sie bereit zuzuhören.

»Okay, zwei Dinge weiß ich sicher«, begann er. Er hob seinen rechten Daumen. »Wenn ihr Gespons schwul ist und sie nicht miteinander vögeln, bin ich am Arsch.« Er gesellte seinen Zeigefinger zum Daumen. »Wenn sie unfruchtbar ist, bin ich am Arsch. Aber ...« Er krümmte sowohl Zeigefinger wie Daumen. »Wenn sie doch miteinander vögeln und sie auf Pille ist oder er Kondome benutzt –«

»Kondome? Sie sind verheiratet. Sie werden keine Kondome benutzen.«

»Für eine Million Pfund bin ich gewillt, alle Möglichkeiten abzudecken. Wenn sie die Pille verwendet oder er Kondome, bin ich gedeckt.«

»Gedeckt?« Claras Arme waren fester verschränkt denn je.

»Damit und damit.« Aus seiner Tasche zog er ein eingeschweißtes Kondom und eine Sichtpackung Pillen.

Clara nahm das Kondom in die Hand. »Richie, ich glaube, sie braucht weniger Verhütungsmittel, nicht mehr.«

»Ja schon, aber das hat ein Loch, und dies sind Pfefferminzdragees.« Er ließ sie raten, was was war.

»Ein Loch?« Clara untersuchte die scheinbar fest verschweißte Kondomhülle.

Richie schmunzelte zufrieden. Wenn Clara mit ihrem ganzen Argwohn nichts erkennen konnte, dann würde jemand in der Agonie der Lust erst recht nichts bemerken. Die unsichtbare Sabotage des Kondoms hatte er verübt, indem er die dünnste Nadel, die er kaufen konnte, durch die Folie gepiekst und anschließend an der Packung gerieben hatte, bis das Loch so gut wie verschwunden war. Es hatte ihn zwar drei Packungen gekostet, die Technik zu vervollkommnen, aber am Ende hätte er der päpstlichen Anti-Verhütungs-Liga ein Patent darauf verkaufen können.

Clara nahm die Pillen in die Hand und untersuchte die Verbindung zwischen dem durchsichtigen Plastik und der metallischen Unterseite. Diesen Job hatte er an Martins Freund, der die Lasersuche-Attrappe gebaut hatte, abtreten müssen. Der Bursche war ein Künstler am Skalpell. Ein echter plastischer Chirurg.

Clara warf die beiden kleinen Päckchen wieder zu Richie zurück. Sie prallten von ihm ab und fielen zu Boden.

»Wird nicht klappen. Wenn sie eine andere Marke verwendet?«

Richie hob seine Verhütungsmittel auf. »Wir haben welche von den gebräuchlichsten Kondom- und Pillenmarken angefertigt.«

»Und du willst dich mit ausgebeulten Taschen in ihr Zimmer schleichen? Wenn sie dich erwischen, werden sie dich für einen Vergewaltiger mit Gewissen halten. Der seine Opfer nicht noch anbuffen will. Du kommst für Jahre hinter Gitter.«

»Nein, nein. Ich stehle mich mit dem Lokator hinein, peil die Lage, und wenn dort andere als meine mitgebrachten Marken sind, ruf ich Martin an, damit er die richtigen Marken an die Koordinaten beamt, die ich ihm mit dem Lokator sende.«

»Woher weißt du, dass du Kondome beamen kannst? Nein, erspar mir die Antwort.«

Clara rieb sich mit beiden Händen kräftig das Gesicht wie jemand, der wach zu werden versucht. Dann sah sie sich in der engen Kammer um. Ihr wurde klar, zum ersten Mal überhaupt in so einer Kammer zu sein. Zum zweiten Mal, zählte man ihr Reinplatzen bei Maria mit. Anders als der übrige Flur war der winzige Raum nicht renoviert worden. Die über viele Sommer von Mops, Besen und Karren geschundene Tapete wies ein Prägemuster aus lebhaft gelbem Stechginster auf, das in den 1980er-Jahren wahrscheinlich als schick gegolten hatte. Es war schaurig, aber tröstend, eine Erinnerung an ein Zeitalter vor der Teleportation und sicheres Zeichen, dass sie in der Wirklichkeit war und nicht in irgendeiner virtuellen Computerwelt, die Richie und Martin erfunden hatten.

»Du hast recht, Richie«, sagte sie zuletzt. »Dein Plan ist wirklich einfach: einfach bescheuert. Wenn sie nun ein Diaphragma benutzt? Wenn sie eine Spirale hat?«

»Dann bin ich am Arsch. Kannst du mir deinen Hauptschlüssel leihen?«

*

Auch wenn Bournemouth nicht ganz das »Zeropolis« war, das Hamlet erwartet hatte, war es doch ein kleiner Fischteich.

Und auch wenn Mr Big ein dicker Fisch in diesem Teich war, musste er zugeben, vergleichsweise flach wie eine Flunder zu sein. (Eine Süßwasserflunder natürlich, weil es keine Salzwasserteiche gibt.)

Der Exwrestler hatte seine chinesischen »Freunde« unterschätzt. Sie und ihre Teilhaber in London hatten ihr riesiges Netzwerk und ihr kapitalistisches Geschick amerikanischen Zuschnitts – perfektioniert in Hongkong, San Francisco, Seattle und Singapur – dazu benutzt, sich eigenmächtig auszudehnen.

Richie hatte als erster Brite einen der kleinen Teleporter ins Vereinigte Königreich eingeführt, doch nun gingen die Chinesen dazu über, sie mit amerikanischen Ausweisen zu kaufen und im großen Stil nach Europa zu schmuggeln, zusammen mit einfachen Anklick-Lokatoren wie jenem, den sich Martin zu Mr Big hatte schicken lassen. Außerdem hatten sie mit dem Nachbau der Laserlokatoren begonnen. Und der große, vom Flugplatz gestohlene Teleporter war einfach verschwunden. Das FBI vermutete ihn bereits auf einem Frachter mit Kurs auf Asien.

Zu alledem kam hinzu, dass jemand Piraten-Software entwickelt hatte, mit deren Hilfe die mikrowellenherdgroßen Geräte bestimmte komplexe Kunststoffe und organische Stoffe teleportieren konnten – einschließlich Latexkondomen.

Die Folgen – ob gesetzwidrig oder nicht – traten umgehend ein.

Richie hatte die Zone durch die Absperrungen verlassen und entfernte sich auf einer dufterfüllten, kieferngesäumten Straße vom Hotel, als das Telefon in seiner Tasche zu vibrieren begann.

»Hast du diesen Schlüssel, Rich?« Es war Martin.

»Nein, werd ihn aber kriegen.«

»Klasse. Wenn du deine Wette gewinnst, wüsste ich schon eine ausgezeichnete Geldanlage.«

»Ach ja?« Auf einmal schien die Straße weniger dufterfüllt zu sein.

»Ja. Weißte, was ich mit einer Million oder auch nur zehntausend anfangen würde, hätte ich sie eben mal?«

»Sie bei einer beknackten Wette verzocken?«

»Nein, sie in Terbium anlegen.«

»Was ist das, eine neue Designerdroge?«

»Nein, ein Metall. Sein Preis explodiert gerade. Wird zur Herstellung von Lasern gebraucht, weißt du.«

»Terbium? Nie gehört.«

»Ich auch nicht. Weiches Metall mit richtig hohem Schmelzpunkt. Benannt nach dem schwedischen Dorf, wo es entdeckt wurde. Gitterby oder so.«

Das brachte eine Glocke in Richies Hinterkopf zum Läuten. »Gitterby? War es vielleicht Yitterby? Vorn mit Ypsilon?«

»Glaub schon. Warum?«

»Kommt in meinem Buch vor. Hat was mit Mozart zu tun. Merkwürdiger Zufall. Egal, welcher Chemiker hat dir das gesteckt?«

»Halt so 'n Kumpel von mir. Meint, Terbium hat bisher gut zweitausend Dollar das Pfund gekostet und letzte Woche schon doppelt so viel.«

»Tja, schade, dass du den Tipp nicht schon parat hattest, ehe du mich mit deinem Kumpel Terry zusammenbrachtest.«

»Konnte ich nicht. Geht gerade erst los damit.«

»Womit denn?«

»Diesen Laserlokatoren. Jemand hat ihre Massenfertigung angeworfen und den Preis für Terbium ins All geschossen. Wie dein Kumpel Einstein gesagt hat: Die Zeiten ändern sich mit Lichtgeschwindigkeit.«

»Und wie die meisten deiner Kumpel am Ende zu dir sagen – leck mich, Martin.« Richie legte auf. Zum wiederholten Mal in letzter Zeit verfluchte er die Götter dafür, dass er seinen Namen Lügen strafte und nicht reich war. Es gab so viele vollkommen gesetzestreue Arten, Kohle zu scheffeln.

Was die weniger gesetzestreue Seite betraf, so kam es überall im Vereinigten Königreich zu einem schlagartigen Anstieg teleportationsbedingter Straftaten und schwerer Störungen der öffentlichen Ordnung.

Gestohlene Kreditkarten konnten teleportiert und beinahe sofort Hunderte Kilometer vom Ort des Diebstahls entfernt eingesetzt werden.

Nicht nur Designerdrogen, sondern auch aus Pflanzen gewonnene Rauschgifte wie Kokain, Heroin und Cannabis wanderten fortan unsichtbar durchs Land. Über Nacht büßte der Zoll jeglichen Erfolg im Aufspüren von Betäubungsmittelverstecken ein.

Da dies alles unsichtbare Verbrechen waren, wurden sie in der Öffentlichkeit nicht sonderlich beachtet.

Viel nachrichtenwürdiger war der sichtbare Missbrauch.

Hörer der normalerweise trockenen Nachrichtensendungen von BBC Radio 4 vernahmen surreale Meldungen wie diese:

»In Manchester verunglückte heute Nachmittag ein Lastwagen in einer Bushaltestelle, tötete sechs Passanten und verletzte drei. Die Obduktion des Fahrers ergab, dass mehrere Elvis-Presley-CDs mithilfe eines Teleporters in Gehirn, Herz und Lunge des Mannes gebeamt worden waren und seinen sofortigen Tod verursacht hatten. Da die Tonträger noch mit Preisaufklebern versehen waren, befragt die Polizei derzeit Angestellte einer Kette von Schallplattenläden in der Hoffnung, einen Käufer von fünf Elvis-Presley-CDs ausfindig zu machen. Ein Polizeisprecher sagte dazu, man rechne mit einem raschen Ergebnis.«

Dank der Folge von Ereignissen, die mit Richies Kauf eines Teleporters in New York einsetzten, drang Großbritannien in Gebiete vor, die nicht einmal Amerika zuvor gesehen hatte.

*Es war 1968, als Stanley Kubrick den sprechenden Computer HAL in seiner Verfilmung von Arthur Clara Clarkes 2001:* Odyssee im Weltraum *zum Leben erweckte.*

*Nur elf Jahre später schuf Texas Instruments den ersten Computerchip, der mittels digitaler Signale eine menschliche Stimme nachahmen konnte. Was Clarke sonst noch an Technologie erson-*

*nen hatte, blieb jedoch auf der Strecke – statt ihren Chip in eine Rakete einzubauen und auf die Suche nach Außerirdischen zu schicken, setzte ihn Texas Instruments in ein Spielzeug zur Spracherlernung ein.*

*Clarke überschätzte die Tragweite, die der Wettlauf ins All haben würde, doch in einer Hinsicht traf er ins Schwarze. Mit HAL zeigte er, welches Unheil ein fehlerhaft arbeitender Rechner anrichten kann, und scheint damit die Hersteller gewisser allgegenwärtiger Softwareerzeugnisse auf ein paar sehr schlechte Ideen gebracht zu haben.*

Eine kurze Geschichte der Zukunft, Kapitel 19 (Auszug)

*

»Das zahl ich nicht! Fünfunddreißig Scheiß-Kröten dafür, meinen eigenen Pier zu betreten?«

Mr Big gab dem Jungen am Drehkreuz Saures, einem Studenten auf Reisen, der bisher ein paar angenehme Monate in seiner Bude abgesessen hatte, den ganzen Tag iPod hörte und Eintrittskarten an Rentner und Familien ausgab. Er hatte Mr Big und seinen Freund aus zwanzig Metern Entfernung bemerkt und gleich gewusst, dass sie Stunk machen würden. Es passierte selten, dass zwei fies aussehende Kleiderschränke zum Zuckerwattekaufen und Karussellfahren auf den Pier kamen. Jetzt wünschte er, das Geld nie verlangt zu haben.

»Hast du 'ne Ahnung, wie viele Jahre ich in dieser Stadt schon Steuern zahle? Wahrscheinlich hab ich den ganzen beschissenen Pier bezahlt!«

Der alte Kerl mit dem Pferdeschwanz lief im Gesicht rot an. Sein ausschließlich aus Muskeln bestehender Freund ließ die Fingerknöchel knacken. Der Student glaubte, ihn wiederzuerkennen: ein Rausschmeißer in einem der Clubs, verkaufte manchmal Pillen.

»Wir sind keine Scheiß-Touristen, Sonny, wir wohnen hier!

Du solltest die Scheiß-Touristen ausnehmen. Dazu sind sie da!«

Der alte Kerl knirschte mit den Zähnen und schien sich allmählich in einen sinnlosen Gewaltakt hineinzusteigern. Folglich beschloss der Student im Geiste der Verbundenheit mit der einheimischen Bevölkerung, es durchgehen zu lassen.

»Okay, Sir. Sie können durch das Ausgangstor hinein. Ich lass sie rein.«

Das Tor schwenkte auf, und Mr Big und Michael marschierten durch. Der Student war so erleichtert, sie von hinten zu sehen, dass er sich nicht einmal Gedanken darüber machte, ob Esel auf dem Pier erlaubt waren.

Als Martin und Richie zu ihrem Treffen mit Mr Big erschienen, wurden sie zu ihrer Überraschung durchgewinkt. Richie ähnelte in seinen Augen zu sehr dem Rausschmeißer, als dass der Student ihn um Geld zu fragen wagte.

»Cheers«, sagte Richie zu dem Jungen in der Bude. »Freund von dir, Martin?«

»Nein. Er hat wahrscheinlich von unserer Geldnot gehört und Mitleid mit uns bekommen. Jeder Penny zählt.«

»Ja, immer schön Salz in die Wunde streuen, so ist es gut.«

Martin gackerte, während sie den Pier entlanggingen. Er war fast leer bis auf ein paar benommen wirkende Alte, die zusammengesunken in ihren Liegestühlen kauerten und sich von ihrem morgendlichen Gehumpel über die Promenade erholten.

»Na komm, Rich, mach's dir doch nicht so schwer. Dieser Pfusch mit präparierten Gummis und gefälschten Pillen. Brauchst ihr doch nur 'ne Flasche Schampus hochbringen, aufs Haus, lässt ein paar Muskeln spielen, und sie wird danach lechzen.«

»Wenn du so scharf drauf bist, Martin, hast du freie Bahn.«

»Nee, die sieht echt nach Hexenweib aus. Da fick ich doch lieber gleich den Präsidenten.«

Martins laute Liebeserklärung an den Anführer der freien

Welt ließ eine alte Frau von ihrer *Daily Mail* aufblicken und ein stilles Gebet für die aus Bournemouth verschwundene Schicklichkeit sprechen.

»He, sieh mal, er hat sogar den verdammten Esel mitgebracht«, sagte Richie, als sie das Café am Ende des Piers betraten.

»Na klar doch«, meinte Martin. »Das Vieh will nur dich. Es verzehrt sich nach dir, wenn du nicht da bist.«

»Setzt euch, Jungs. Tee?«, fragte Mr Big.

»Äh, doch, gern«, sagte Martin.

»Dann geh ihn dir holen, hier ist Selbstbedienung.«

»Stimmt. Noch jemand irgendwas?« Martin fingerte in seiner Hosentasche nach Geld.

Michael schüttelte den Kopf. Rufus hob seinen und beschnüffelte die Tischplatte.

»Er will noch einen Müsliriegel«, sagte Mr Big.

Martin ging die Bestellung bei den Angestellten aufgeben, die bange hinter den Tresen standen und ihre ungewöhnliche Kundschaft mit offenem Mund angafften. Der Geschäftsführer des Cafés saß in seinem Büro und telefonierte mit der Polizei, hatte aber kein Glück damit. Er wusste nicht, dass sich die Beamten bei Beschwerden über einen beleibten Mann in Begleitung eines Huftiers fast immer taub stellten. Besonders dann, wenn sie jeden Augenblick mit dem Einfall anarchistischer Horden in die Stadt rechneten.

»Setz dich, Richie. Sag Rufus Hallo.«

»Morgen, Rufie«, sagte Richie, als er sich zu ihnen an den Tisch gesellte. Sie saßen an einem der Fenster des großen, halbrunden Cafés und in größtmöglichem Abstand zum Tresen. Die einzigen anderen Gäste waren zwei Paare mittleren Alters und eine junge Familie. Die Eltern versuchten, ihre Kinder davon abzuhalten, mit dem Finger auf die komischen Eselmänner zu zeigen. Wie der Student am Tor spürten auch sie die unguten Signale, die von dem Tier und seinen Freunden ausgingen.

Die drei Männer mit dem Esel saßen eine kurze Weile schweigend da. Obwohl es gar nicht seine Art war, sprach Mr Big als Erster.

»Überall diese beschissenen Bullen. Verscheuchen die Kids aus den Clubs. Ich verliere ein Vermögen.«

Richie nickte mitfühlend. Oje, dachte er, die Drogenverkäufe sind im Keller.

Martin kehrte mit zwei Bechern Tee und einem Müsliriegel zurück. Er stellte alles auf den Tisch, und Mr Big schob den Müsliriegel zu Richie, der die Hülle aufriss und Rufus fütterte. Das Tier verschlang den Riegel mit einem Happs.

»Ich sag ja, er mag dich«, sagte Mr Big. »Michael hatte schon mal beinahe die Hand ab.«

»Gut zu wissen, dass du dir was aus mir machst, Rufus«, sagte Richie. Der Esel sabberte zur Antwort.

»Schön, ich wollte, dass wir uns hier treffen, weil es im Haus nicht mehr sicher ist«, sagte Mr Big.

»Ärger mit der Polizei?«, fragte Martin.

»Hast 'n Knall?«, grunzte Mr Big. »Die Piraten. Die gehen mir auf die Scheiß-Titten. Wisst ihr, was sie getan haben? Haben mir ein verficktes chinesisches Fastfood auf den Wohnzimmertisch gebeamt. Popp, und vier verfickte Kartons Hühnchen Chow Mein standen plötzlich da, während ich gestern Nacht meine Türsteher abklappern bin.«

»Könnte eine Geste guten Willens gewesen sein«, mutmaßte Richie.

»Ja, klar. Wohl mehr 'ne Verarsche. Drinnen war ein kleiner Zettel, auf dem stand: ›Das ist alles, was du kriegst.‹«

»Frech«, sagte Martin.

»Das ist verdammte Piraterie!«, klagte Mr Big. »Wir haben nie gesagt, sie könnten dieses Laserding ohne uns machen. Schon gar nicht, ohne zu zahlen.«

Richie fiel es schwer, Mitgefühl aufzubringen, wenn es um den Diebstahl von Diebesgut ging. Gehörte doch genauso zum Spiel, oder?

»Was wollen Sie denn nun von uns?«, fragte er. Wahrscheinlich ein großes waffenloses Nahkampf-Duell auf dem Pier, dachte er. Ninjas gegen Rausschmeißer. Scheiß drauf.

»Uns bleibt jetzt nur noch ein Weg, Geld aus der Lage zu schlagen, Jungs.« Mr Big beugte sich zu Martin und Richie vor und senkte die Stimme. »Wir steigen in den Großhandel ein. Ich will, dass ihr beide das Gerät nach Amsterdam mitnehmt und zu beamen anfangt.«

»Was genau beamen?«, fragte Richie.

»Scheiß-Tulpen natürlich. Was glaubst du denn?« Mr Big starrte Richie einen Moment lang an. »Ihr beide braucht nichts weiter zu tun, als das Material auf Reinheit zu checken. Dann beamt ihr es rüber und vergesst alles. Du musst ja nicht wissen, wo die Ware hingeht, oder, mein Sohn?«

»Ich hab's Ihnen gesagt, Mr Biggs, keine Drogen«, sagte Richie.

»Du wirst nur die Fahrt mitmachen. Martin hier übernimmt das Prüfen.«

»Was weiß er davon, wie man Drogen auf Reinheit prüft?«

Mr Big überhörte die Frage. »Du würdest deine Schulden in ein paar Wochen abgezahlt haben.«

»Das klingt nach der Sorte Geschäft, die mit Waffen zu tun hat. Bin nicht interessiert. Ich habe Kinder, wissen Sie«, sagte Richie.

Mr Big holte tief und sehr verdrossen Luft. »Was hast du gegen Drogen, Richie?«

»Nichts. Ich hab auch nichts gegen Piranhas. Hab bloß keine Lust, mein Badewasser mit ihnen zu teilen, nachher knabbern sie mir noch die Eier ab.«

»Du schwafelst Mist, mein Sohn. Es ist was völlig Natürliches, mal die Schrauben zu lockern. Tatsächlich haben die Menschen genau das gemacht, gleich nachdem sie Steinwerkzeuge hatten. Haben Werkzeug für die geistigen Schrauben erfunden. Jedes Land hat seine eigenen Sitten, sich zuzudröhnen. Kokain und Heroin sind bloß ausländischer als Whisky und Wein, deshalb haben die Leute Vorurteile dagegen.«

»Ja, und Richter haben besonders hartnäckige Vorurteile

dagegen und können dich dafür verdammt lange aus dem Verkehr ziehen. Mitsamt deinem ganzen Vermögen.«

»Was für ein beschissenes Vermögen? Du hast nichts als Schulden.«

Richie blieb keine Zeit zu antworten, da es auf einmal gläsern klirrte und sich eine kleine Patrone auf dem Teller materialisierte, den Martin zusammen mit dem Müsliriegel gebracht hatte. Außer Rufus gingen unwillkürlich alle am Tisch in Deckung und schauten, woher die Patrone gekommen war. Draußen vor dem Café war niemand zu sehen. Im Café sah niemand auch nur im Entferntesten chinesisch aus.

Sehr vorsichtig setzten sich alle wieder aufrecht hin.

»Soll ich rausgehen und mich mal umsehen?«, fragte Martin.

»Nicht nötig«, sagte Mr Big. »Ich will den Wink beherzigen. Ich werde ihnen sagen, dass ich keine Bezahlung für die Pläne erwarte.« Er hob die Patrone auf und rollte sie zwischen seinen Fingern hin und her. »Die halbe Polizei der Welt lungert hundert Meter von hier rum und kann ums Verrecken nichts gegen diese Bande tun.«

Richie betrachtete die zweieinhalb Zentimeter lange Patrone und wusste, was er zu tun hatte. Er stand auf.

»Ich bin weg«, sagte er. »Kommst du, Martin?«

»Kann ich mir nicht leisten, Rich«, erwiderte Martin.

»Du ebenso wenig«, sagte Mr Big, als Richie davonging. »Ich will bezahlt werden. Du schuldest mir acht Riesen.« Seine Stimme wurde lauter, je näher Richie der Tür kam. Richie war sich bewusst, dass Leute ihn anstarrten. Er verließ das Café und sog zwei tiefe Atemzüge Meeresluft ein. Irgendwie schmeckte sie nach Freiheit.

Wer immer den Laserlokator benutzt hatte, um die Kugel zu beamen, war natürlich längst fort. Langsam ging er zurück über den Pier, schaute zwischen den Planken des Laufstegs hindurch auf die klatschenden grünen Wellen in der Tiefe und fuhr mit den Fingerspitzen über den warmen Schlüssel in seiner Hosentasche. Heute Nacht würde er ihn verwenden müssen.

*

Es war schon fast neunzehn Uhr, und Richie saß neben dem Telefon im Büroraum für den Zimmerservice. Er war in ein altes Wrestling-Magazin vertieft, das er aus einer Schachtel in einem Schrank unter vielleicht dreißig Paar von Claras Bestimmt-werde-ich-die-eines-Tages-noch-mal-tragen-Schuhen ausgegraben hatte.

Es handelte sich um eine Ace-Bandit-Sonderausgabe mit dem bösartigen Ungeheuer höchstselbst auf der Titelseite, wie es die Zähne in die Kamera bleckt und dabei einem gequälten Gegner die Augen herausdrückt. Als Junge war Richie überzeugt gewesen, es handele sich um echtes Geschehen, abgelichtet in der Hitze des Gefechts. Jetzt hingegen konnte er kaum glauben, so hinters Licht geführt worden zu sein. Der Schiedsrichter stand hinter Bandit, die Brauen angehoben in einer Miene völliger Ahnungslosigkeit ob des Fouls, das Bandit beging. Die Bikinigehilfinnen schwebten im Hintergrund wie zwei Teufelinnen, die einem Martyrium beiwohnten. Wäre die Aufnahme nicht gestellt, hätten die Mädchen genau die richtige Hundertstelsekunde gewählt, um Flunschen zu ziehen und ihre Möpse dem Fotografen entgegenzurecken. Selbst jetzt verspürte Richie noch die tief verwurzelte Sehnsucht, Ace Bandit zu sein dort oben in jener Welt aus Schweiß, Lärm und Sex. Aus irgendeinem Grund brachte er es immer noch nicht fertig, den dämlichen alten Mistkerl zu hassen. Die Helden unserer Jugend sterben nie, dachte er.

Clara kam die Treppe herunter in die schwülwarme Küche.

»Du hast doch jetzt Feierabend, oder?«, fragte sie.

»Muss auf den Generalissimo warten. Ich spiele seinen Sekretär. Ich nehme die telefonischen Bestellungen entgegen, und er geht hoch und kassiert das Trinkgeld.«

»Lass dich von irgendwem ablösen.«

»Wenn mir die Buchungsverwaltung ihre Erlaubnis erteilt«, sagte Richie. Er legte die Zeitschrift auf ein Regal. »Möchtest du Callcenter spielen, Bob?«, fragte er die Spülkraft. »Die Anrufe beim Zimmerservice annehmen und an Filipe weitergeben? Er wird gleich wieder unten sein. Sag ihm, ich bin um elf zurück.«

»Klar«, sagte die Spülkraft und wischte sich die aufgeweichten, schrumpligen Hände. Zwanzig Sekunden später waren Richie und Clara draußen an der frischen Luft.

»Warum die Eile?«, fragte Richie. »Du hast doch deine Mum bei den Kleinen gelassen, oder?«

»Ja«, sagte Clara. »Hab sie gebeten, eine Spätschicht einzulegen.«

Beide sagten erst wieder etwas, nachdem sie die Zone durch den Kontrollpunkt verlassen hatten. Die hundert Meter Fußweg waren selbst mit einem auffällig am Hals baumelnden Ausweis eine entnervende Erfahrung. Außer Bereitschaftspolizei war niemand auf der Straße, die einzigen Fahrzeuge waren gekennzeichnete Einsatzwagen und behördlich aussehende Kleinbusse. Man wusste, dass Augen, menschliche und elektronische, einen beim Gehen verfolgten. Ebenso Kameras und Mikrofone, ohne Zweifel. Es verleitete nicht zu lebhafter Unterhaltung.

Sie zückten ihre Ausweise an einer Doppelreihe Tore, bewacht erst von einer Doppelreihe Polizisten mit Maschinenpistolen und dann, am letzten Kontrollpunkt, von einem örtlichen Bobby.

»Nacht, Leute«, sagte er fröhlich, als würde er sie nach einem Dorffest aus dem Parkplatz winken.

Sie traten hinaus in unbesetztes Gelände. Kaum fühlte sich Clara nicht mehr so beklommen, nahm sie Richie beim Arm.

»Du willst den Verurteilten zur Henkersmahlzeit führen, ist es das?«, fragte Richie.

»Richie.« Sie nahm ihren Arm fort, um ihn gleich wieder zurückzuschieben und fester zuzufassen. Sie schlenderten in die rosafarbene Sonne, die sich ihr Abendbad in Poole Harbor zu nehmen anschickte.

Sie saßen in einem Pub und redeten.

»Ich hatte gerade Besuch von der Schwester des Nachbarn«, sagte Clara.

»Angriff der Tribbles? Gott steh uns bei.«

»Sie wollte wissen, wie er klarkommt.«

»Klarkommt? Womit, ein Schwachkopf zu sein?«

»Nein«, erklärte Clara, »er ist kein Schwachkopf und auch kein Tribble. Er heißt Johnny und leidet unter dem Asperger-Syndrom, einer milden Form von Autismus, die den Leidenden außerstande setzt, soziale Signale wahrzunehmen. Gesichtsausdrücke sind ihm fremd, sagt die Schwester. Schreit ihn jemand an, glaubt er einfach, derselbe spreche laut, und nimmt ihn wortwörtlich. Einmal hat Johnny von einem wenig mitfühlenden Arbeitgeber ein ›Geh mir aus den Augen‹ zu hören bekommen. Er hat sich unterm Tisch versteckt. Wenn ich ihn also höchst bedeutsam anfunkele, weil er zu viel Parkraum beansprucht, ist es völlig bedeutungslos.«

»Er lächelt aber«, wandte Richie ein.

»Richtig, er hat eine Schule besucht, wo ihm zwischenmenschlicher Umgang beigebracht wurde. Wie man lächelt, welche Muskeln dazu gebraucht werden und wann. Und sie sagt, wenn wir uns vor seinem Hund fürchten, sollten wir ihm einfach geradeheraus sagen: ›Bitte behalte ihn angekettet. Ich will nicht, dass er über den Zaun springt und meine Kinder angreift.‹«

»Und wenn wir ihm sagen: ›Bitte verkaufe deinen Hund und leg dir einen Goldfisch zu‹?«

»Nein, er liebt seinen Hund. Versteh mich richtig, dich liebt er fast genauso sehr. Hält dich für eine Art Trekkiehäuptling, weil du ein Buch zum Thema geschrieben hast.«

»Mir gab er an, das Buch nicht zu mögen«, sagte Richie. »Um verdammte ein Uhr früh kam er vorbei, um mir zu sagen, die Kapitel wären alle von hinten nach vorn vertauscht. Er hatte sie in die richtige Reihenfolge gebracht, der Mistkerl.«

»Nun, er ist jedenfalls ein Bewunderer. Würde alles für dich tun, außer seinem Hund die Zähne ziehen.«

»Ob er uns wohl zehntausend Kröten leihen würde?«

Das Gespräch wandte sich wie von selbst Martin zu. Clara machte eine Reihe spitzer, aber vernünftiger Bemerkungen über ihn.

»Nicht dass ich ihn hasse«, sagte sie. »Ich hasse bloß, was er uns antut. Er ist so destruktiv. Manchmal kommt es mir vor, als ob du ihn über mich und die Kinder stellst.«

»Nein«, versicherte Richie ihr. »Ginge es hart auf hart, würde ich mich natürlich für dich entscheiden. Er ist mein Rivale, wenn es darum geht, wer das Leittier ist. Du und ich bilden die Blutlinie.«

»Red du mir von übermäßig viel Testosteron. Du hast das Zeug in dich reingeschüttet.«

Richie war erleichtert, dass sie wieder scherzen konnte, denn die vorangegangene Nacht war hart gewesen. Clara hatte schon geschlafen, als er zu Bett ging, so glaubte er jedenfalls. Nachdem er vielleicht eine Minute im Dunkeln gelegen hatte, merkte er, dass sie lautlos weinte.

Was mach ich jetzt, dachte er. So tun, als bekäme ich's nicht mit? Nein, entschied er, es war eine von diesen weiblichen Fallen. »Ich war leise, und wenn schon. Du hättest es hören müssen«, hätte sie gesagt. Also rollte er rüber und kuschelte sich an sie. Sie ließ sich seine Gegenwart nicht anmerken, trat aber immerhin auch nicht mit den Fersen nach seinen Schienbeinen.

Er wusste nur zu gut, weshalb sie weinte, und fühlte sich vollkommen hilflos. Bei Kindern gab es gewöhnlich eine einfache Lösung – morgen triffst du deine Freunde wieder, wir kaufen dir ein neues, natürlich hat Daddy deinen Bruder nicht mehr lieb als dich. Aber in diesem Fall lagen die Dinge nicht so einfach. Die Sorgen ließen sich nicht mit einem schlichten Satz fortzaubern. Sie ließen sich nicht wegbeamen.

Sie entschieden sich für ein Fischrestaurant und gönnten sich Sägebarsch und weißen Burgunder gefolgt von zwei Espressi für Richie.

»Muss meine Kraftreserven füllen«, sagte er.

»Musst du allerdings«, sagte sie.

Nach dem Abendessen spazierten sie die Promenade entlang. Jetzt war es dunkel, und Polizisten in ihren Gladiatorenrüstungen liefen auf der Uferstraße durcheinander, als rechneten sie mit einem Angriff von Riesenhummern.

Clara und Richie entfernten sich vom Pier und der größten Uniformdichte. Sie konnten den Bogen aus Laternenschmuck – farbige Glühbirnen in den Umrissen von Schmetterlingen, Vögeln, Booten, Fischen – entlang der Promenade in beide Richtungen buchstäblich meilenweit sehen. Der Wind zerstäubte die Kämme kleiner, dunkelbierfarbener Wellen. Sie gingen eine sandverkrustete Treppe hinunter zum Strand, der leer war bis auf einen Gassigänger mit seinem Hund und zwei von den Stapelleuten übersehene Liegestühle. Der feuchte Sand fühlte sich gut unter ihren Schuhsohlen an. Hart und doch nachgiebig. Erholsam.

»Komm mit«, sagte Clara nach rund hundert Metern Fußweg und zog Richie fort vom Meer.

»Komm mit wohin?«

Sie zerrte ihn zur Promenade hinauf. »Zu den Strandhütten natürlich.« Sie lächelte.

Er spürte, wie er einen Ständer bekam, als sie hinter die nächstgelegene Reihe Strandhütten in die zwei Fuß breite Abgeschiedenheit schlüpften, die seit Langem eine beliebte Zone gegenseitigen Betatschens in Bournemouth war. Sie machte seine Hose auf, und er fühlte die kühle Abendbrise seine Hinterbacken erforschen. Clara zog sich das Höschen aus und stopfte es in seine Tasche.

»Könnte sein, dass du in der Zelle zum Trost dran schnüffeln möchtest«, sagte sie.

Hinterher kamen sie kichernd hervor, als gerade ein Teenagerpärchen vorbeiging. Die beiden Jugendlichen sahen einander an und grinsten.

»Kann ich nur empfehlen«, rief Richie ihnen zu. »Klimatisiert.«

»Nein«, erwiderte der Junge. »Die Leute können euch von da oben sehen.«

Clara schrie auf und schnellte herum und schaute zum Klippenrand hoch. Dreißig Meter weiter oben lehnten zwei Männer in den Zwanzigern über dem Holzgeländer. Einer zeigte auf seine Armbanduhr und reckte den Daumen in die Höhe. Clara schrie noch einmal auf. Richie zog ihr Höschen aus seiner Tasche und winkte damit zum Abschied, während er und seine Frau ihren ruhigen Abendspaziergang die Promenade entlang fortsetzten.

Eine halbe Stunde später ging jeder seines Wegs. Clara nach Hause, Richie zurück zum Hotel. Er merkte, dass Clara sich eine herzliche Verabschiedung wünschte, brach aber den Kuss ab, ehe ihre Zungen ins Spiel kamen. Wenn alles gut lief, wäre er schließlich gegen Morgen wieder daheim.

Wie üblich ging er durch den Hintereingang des Hotels, der auf Ersuchen der Sicherheitsleute mit einem Kartenleseschlitz versehen worden war. Ein amerikanischer Wachposten stand vor der Tür, bewaffnet mit Pistole und einem gefährlich aussehenden Schnurrbart, dessen Stoppeln einem das Auge ausstechen konnten, wollte man uneingeladen an ihm vorbeikommen.

Richie gab seinen Namen an, zog seine Ausweiskarte durch und ging hinein.

Den dunklen Gang säumten Speiseölbüchsen und Paletten voller Dosentomaten. Mittlerweile müsste die Küche eigentlich leer sein bis auf die Nachtköche und einen oder zwei Zimmerkellner, was womöglich Filipe einschloss. Richie blieb stehen und lauschte auf Stimmen. Es störte ihn im Grunde nicht, von irgendwem anderes als Filipe gesehen zu werden. Die Übrigen würden ihm keine Fragen danach stellen, was er vorhatte.

Von jenseits der doppelten Feuerschutztür drang nur ein Radio an sein Ohr. Er drückte einen Türflügel auf. Nur zwei Köche waren in der Küche.

Er nickte ihnen ein Hallo zu und betrat das kleine Büro für den Zimmerservice. Dort vollzog er in beschleunigter Form sein Ritual der Eingewöhnung – er goss sich einen Becher Kaffee ein (diesmal extrastark mit einem Schuss Whisky aus

Filipes »Geheimflasche«, um auf Draht und standhaft zu bleiben). Er schlug die Lokalzeitung auf und breitete sie über den Tisch.

Dann und geringfügig von seinen Gewohnheiten abweichend öffnete er eine frische Flasche der von der Premierministerin bevorzugten Mineralwassermarke (von dem sie viel pinkeln musste) aus einem Kühlschrank und stellte sie auf das am wenigsten verbeulte Blechtablett, das er finden konnte. Als Nächstes, nachdem er einen Schluck brühheißen Kaffee getrunken hatte, überprüfte er kurz seine Ausrüstung. Ein Hauptschlüssel – vorhanden. Ein Teleportationsstrahllokator (ohne Laser) – vorhanden.

Er setzte seine am wenigsten terroristenartige Miene auf und verließ die Küche.

Am oberen Ende der Küchentreppe blieb er stehen und lauschte. Er hörte Stimmen aus der Bar dringen. Laute Stimmen. Natürlich wurden die nicht von Politikern und ihren Seilschaften bewohnten Zimmer von Journalisten belegt. Zusammen ein derber Haufen.

Richie glitt aus dem Treppenhaus, ging um eine Ecke (die Empfangsdame saß an ihrem Rechner und schaute in die andere Richtung) und drückte den Knopf für den Dienstaufzug. Er war nicht da. Er war oben in einem anderen Stockwerk. Er hörte den Aufzug anfahren, wusste aber, dass es einige Sekunden bis nach unten dauern würde. Er stand mit dem Gesicht zur Fahrstuhltür und wartete nur darauf, dass Filipe ihm auf die Schulter tippte.

Warum, würde Filipe fragen, brachte Richie eine Flasche Mineralwasser aufs Zimmer der Premierministerin? Das war Filipes Job.

Ah, würde Richie ihm antworten, sie hat es nicht eigentlich bestellt. Aber, würde er rasch folgen lassen, um Filipe sein Bist-du-verrückt-Stirnrunzeln auszutreiben, eine Premierministerin braucht ihr Mineralwasser, besonders wenn sie an Harnverhaltung leidet.

Ich glaube nicht mal, dass sie heute Abend hier ist, würde Filipe erwidern, wie willst du also überhaupt in ihr Zimmer kommen?

O Scheiße …

Endlich gingen die Aufzugtüren auf. Richie drückte die Vier, behielt der Empfangshalle den Rücken zugekehrt, und der Fahrstuhl setzte sich in Bewegung.

Als er im vierten Stock ankam, wollte er schon hinausspähen und dachte gerade noch rechtzeitig, dass so was nur ein Eindringling täte. Der Sicherheitsmensch würde sich sofort auf ihn stürzen.

Er trat aus dem Aufzug und wandte sich dem Wachposten zu, der auf einem Stuhl rechts von den Türen saß.

»Hi«, sagte Richie.

»Was läuft?«, entgegnete der Wachposten und prüfte Richies Ausweis. Er nickte Richie weiter. Dies war kein abgesichertes VIP-Stockwerk, und darum stellte die Wache keine Fragen.

Sich zur gelassenen Eile eines Zimmerkellners zwingend, ging Richie den Flur hinunter auf das klitzekleine Treppenhaus zu, das ihn über den dreieinhalbten Stock und um eine weitere Aufzugtürenwache herum nach unten führen würde.

Er war nur noch eine Ecke von der Tür der Premierministerin entfernt, als er an einem großen Vorratsschrank anhielt und ihn mit seinem Hauptschlüssel aufsperrte.

Es handelte sich um eine Art Ergänzung der Wäschekammer des Zimmermädchens und wurde als Vorratsraum für Putzmittel und verschiedene Nachfüllpackungen benutzt. Drinnen machte er das Licht an und holte tief Luft, um sich seelisch für den Augenblick der Wahrheit zu wappnen. Wenn nun ein Sicherheitsbeamter vor ihrem Zimmer stand? Geben Sie mir das Wasser, würde er sagen, ich reich es an sie weiter. Scheiße. Er brauchte noch etwas. Hier habe ich auch noch eine zusätzliche – er sah sich im Schrank nach einer Eingebung um – WC-Ente? Nein, die kleinen Milchpackungen. Perfekt. Er griff sich eine Handvoll. Viel zu fummelig für den Sicherheitsfritzen. Na schön, es war eine beschissene Tarnung, aber klappen könnte es damit.

Nun, nein, damit würde es niemals klappen, aber wie ein stumpfes Messer in einem Urwald voll blutsaugender Fledermäuse war es besser als nichts.

Drei weitere Male tief eingeatmet, und Richie war aus dem Vorratsschrank heraus und vor ihrer Tür. Kein Posten davor. Großartig. Neben der Tür stand ein Stuhl. War der Sicherheitsfritze vielleicht pinkeln? Eher waren wohl er und die übrige Sicherheitsmannschaft mit der Premierministerin zusammen außer Haus und hielten das Stockwerk durch die Jungs an Aufzugstür und Haupttreppe für abgeriegelt.

Richie war es gleich – binnen Sekunden war er im Zimmer und fing an zu fluchen.

Was für ein Blödmann. Wenn nun jemand drin gewesen wäre? Er hatte sich nicht mal die Mühe gemacht, an der Tür zu horchen.

Das Zimmer war jedoch dunkel und leer, und er musste seinen Job durchziehen.

Er stand in einem Wohnzimmer. Natürlich war es eine Suite. Die Vorhänge waren aufgezogen und Straßenlaternen und vorbeifahrende Autos warfen Schatten an die Decke. Er hielt sich vom Fenster fern und schlich durchs Wohnzimmer zur Schlafzimmertür.

Hier war alles zugezogen und dunkel. Verdammt, nicht mal eine Taschenlampe hatte er mitgebracht. Was für eine Verbrecherniete, dachte er. Bekam man weniger Knast dafür, eine Niete zu sein?

Bei offener Wohnzimmertür konnte er eben genug sehen, um sich zu bewegen.

Dort vor ihm befand sich das premierministerielle Bett, Quell all seiner Hoffnungen. Es sah sehr etepetete aus mit seinem straff gezogenen Laken, das keinen Platz für sexuelle Turnübungen ließ.

Er stellte seine Flasche Wasser neben der bereits vorhandenen geöffneten Flasche auf dem Nachttisch ab und ging quer durchs Schlafzimmer auf das schwache Licht zu, das aus dem Bad drang.

Das Badezimmer lag an der Rückseite des Hotels und damit weiter von der Straßenbeleuchtung entfernt, aber es gab keine Vorhänge, und durch die Milchglasscheibe fiel genug Licht, um sich umsehen zu können.

Er stellte sein Tablett voll Kaffeemilch auf den Fußboden – Mist, dachte er, darf ja nicht vergessen, sie auf dem Rückweg an richtiger Stelle zu deponieren.

Neben dem Waschbecken stand ein Kulturbeutel. Er wühlte darin herum, aber es war aussichtslos. Ein wirrer Haufen Flaschen, Tuben, Kämme und ähnlicher Kram. Scheiße. Er ging in die Hocke, zog den Inhalt behutsam Stück für Stück hervor und legte alles auf die weißen Bodenfliesen. Mist. Müll. *Merde*. Er fluchte jedes Mal, wenn er eine Niete zog. Es waren Pillen dabei, aber keine, die wie die Pille aussahen. Würde bestimmt Spaß machen, dachte er, ein paar von diesen Tabletten mitzunehmen und untersuchen zu lassen. Wie sonst standen Politiker wohl ihre zwanzigstündigen Arbeitstage durch? Auch keine Kondome drin. Scheiße. Kacke. Dreck. Tonnenweise Schminke. Kein Diaphragma oder Femidom oder irgend so was. Voll Kacke. Echt Pech.

Er legte alles so sorgfältig er konnte zurück und öffnete dann den Badezimmerschrank. Leer bis auf die Gratisartikel aus dem Hotel. Seifenstücke, Badekappen und dergleichen. Hey, vielleicht benutzte sie ja die Badekappe als Verhütungsmittel. Es würde gehen. Ein Blick auf eine Frau mit Badekappe reichte, um jeden Mann schlapp zu machen.

Scheiße, dachte er. Nichts zu machen. Besser raus hier.

Dann fielen ihm zwei Dinge ein. Das eine: die Nachttischschublade. Vielleicht bewahrte sie dort ihre Verhütungsmittel auf. Und zweitens: Fingerabdrücke. Er hatte keine Handschuhe oder sonst was getragen. Sollte jemand stutzig werden, könnte man seine Fingerabdrücke überall in ihrem Kulturbeutel finden. Er würde den ganzen Kram wieder rausholen und jedes Stück einzeln abwischen müssen. Herrje. Welcher Schwachkopf hatte sich diesen Plan ausgedacht?

Er erstarrte.

Stimmen.

Ein Schlüssel.

Weitere Stimmen, näher, aber gedämpft.

Heilige Scheiße, sie waren im Schlafzimmer.

Ein Mann und eine Frau. Wahrscheinlich die Premierministerin mit ihrem Leibwächter. Was würde der Leibwächter als Nächstes tun? Das Badezimmer auf Eindringlinge überprüfen.

Na dann, dachte Richie, wenn er sich vollscheißen wollte, war er am richtigen Ort.

Es gab ein leises Quieken, dann Gemurmel. Ein lang gezogenes Hmmmm. Wie beim Knutschen. Es war also nicht der Leibwächter, sondern das Ehegespons. Es war vorzeitig eingetroffen und offenbar bi.

Und jetzt würde Richie ihren Wiedervereinigungsfick vermasseln. Das Gespons würde auf jeden Fall vorher zum Pinkeln reinkommen. Niemals würde ihr noch danach sein, nachdem man einen Eindringling in ihrem Badezimmer gefunden hätte. So konnte man sich auch selbst ein Bein stellen.

Was tun? Unschuldig mit seinem Tablett aus dem Bad kommen und sagen: »Zimmerservice – ich dachte, Sie hätten vielleicht gern ein bisschen Milch in Ihrem Bad. Sehr gut für Ihren Teint«? Lieber nicht.

Aus dem Fenster klettern? Er ging auf Zehenspitzen hinüber und schaute hinaus. Gleich unter dem Fensterrahmen verlief ein breiter Sims. Vielleicht gab es weiter vorne einen Balkon, dann könnte er …

Er hielt inne und lauschte. Komisch, dachte er, der Gatte der Premierministerin ist doch kein Amerikaner.

»Ist gut«, hörte er sie sagen.

»Ganz sicher?«, sprach die amerikanische Stimme.

Richie war neugierig. Er kannte die Stimme von irgendwoher. Sollten die Premierministerin und der Präsident etwa das transatlantische Bündnis zementieren? Verstand man das unter besonderen Beziehungen? Schließlich siegte die Neugier, und Richie trippelte zurück an die geschlossene Badezimmertür, um zu lauschen.

»Komm mit«, sagte die Premierministerin und klang sehr ähnlich wie kurz zuvor Clara. Die Seeluft machte den Mädels offensichtlich Appetit.

»Aber was ist mit deinem Mann?«, fragte der Mann. Nein, es war nicht der Präsident. Diese Stimme klang tiefer.

Die Premierministerin lachte. »Hast du's nicht gewusst? Mein Mann ist schwul. Du siehst ihm übrigens ziemlich ähnlich.«

»Ich sehe schwul aus?«

»Nein, du siehst wie sein heterosexueller großer Bruder aus.«

»Dann bin ich sein Klon? Ein Klondildo?«, fragte der Mann, wenn er auch nicht allzu unglücklich darüber klang.

»Ja«, flehte Richie lautlos, »sei bitte einfach ein ungeschützter Dildo.«

Das Aufziehen von Reißverschlüssen und weitere schlüpfrige Geräusche wurden hörbar, dann sprach die Premierministerin erneut.

»Hmm. Schau, Max, es hat was mit Macht zu tun. Allen Männern gefällt die Vorstellung, eine mächtige Frau zu ficken. Allen, außer meinem Mann.«

Sie lachte, und Richie reichte es. Es war gruselig zu hören, wie die eigene Premierministerin geil wurde. Obwohl er dankbar sein müsste, dass nicht Maggie Thatcher auf der anderen Seite der Tür war. Mal sich einer bloß aus, wie sie zur Sache käme.

Nein. Er musste hier raus. Besser aus einem Hotelfenster in den Tod stürzen, als dieses Bild im Kopf behalten. Er öffnete das Badezimmerfenster und bekam einen Schwall kalter Nachtluft ins Gesicht. Nicht gerade das Wetter für hemdsärmeliges Bergsteigen, doch er hatte keine Wahl.

Er blickte hinunter auf den Angestelltenparkplatz, der auf Anweisung der Sicherheitsleute leer war. Der Hintereingang lag an der gegenüberliegenden Ecke des Gebäudes. Richie konnte gerade noch schemenhaft den Wachposten ausmachen. Solange er nicht allzu viel Krach erzeugte (zum Beispiel durch Aufklatschen unten auf dem Asphalt), müsste es gut gehen.

Er kletterte auf den Klositz und manövrierte sich anschließend hinaus. Es war ein schwieriges Unterfangen – das Fenster war nicht für einen so kräftig gebauten Eindringling konstruiert worden, schon gar nicht für einen mit Taschen voller Milchpackungen und einem unter die Hemdbrust gestopften Tablett. Nach und nach ließ er sich hinabrutschen, bis seine Füße den Sims berührten.

Jetzt kam der große Augenblick. Er ließ sich mit vollem Gewicht auf den Sims nieder. Fühlte sich fest an. Doch was mochte geschehen, wenn er den Fensterrahmen losließ? Würde er rücklings weit über zehn Meter tief stürzen? Wäre es nicht weiser, das James-Bond-Spielen sein zu lassen, wieder zurückzugehen, sich zu entschuldigen und ganz sicher zu überleben, wenn auch in einer Gefängniszelle?

Ja, entschied er. Das wäre weiser. Nur war jetzt für Weisheit keine Zeit – gerade in diesem Augenblick könnten die beiden im Schlafzimmer eine Million Pfund für ihn gewinnen.

Er ließ los und verkrallte die Fingerspitzen so gut er konnte im Mauerwerk. Der Sims hielt. Er schien sich zu eignen, auch wenn er nur etwa sechzig Zentimeter breit war und es von dort entsetzlich weit bis zum allzu fest aussehenden Erdboden war. Er fühlte die Wärme seines Atems von der Mauer zurückschlagen. Er küsste praktisch die Ziegelsteine. Scheiße, dachte er, warum hab ich mich nicht im Bad versteckt, bis sie eingeschlafen wären? Oder gewartet, bis der Kerl abgespritzt hätte, um dann zur Tür zu rennen? Niemals wäre er mit seinem schlaffen Schwengel den Flur hinuntergaloppiert. Bestimmt hatten sie dem Sicherheitsknaben die Nacht freigegeben. Ja, ich hätte die Beine unter den Arm nehmen sollen, mit einem Handtuch um den Kopf. Sie würden nach einem Palästinenser suchen, nicht nach mir.

Aber er durfte die Gefahr eines vorsorglichen Pinkelns nicht vergessen. Der Bursche könnte ins Bad gehen und sich über das offene Fenster wundern. Besser mal in die Gänge kommen. Er fing an, die Füße seitwärts zu schieben.

Nach einer Minute und mehreren Tausend Pulsschlägen erreichten seine Finger eine Ecke und krümmten sich um das Mauerwerk. Er rückte näher heran und betastete ein Regenrohr. Die Götter lächelten ihm zu. Solange es nicht das Lächeln jemandes war, der einen Mann auf eine Bananenschale zugehen sieht. In diesem Fall könnte die Bananenschale ein FBI-Scharfschütze sein, der mit seinem Infrarot-Nachtsichtgerät auf ihn zielt und per Funk um Erlaubnis nachsucht, den Eindringling zu durchlöchern. Scheiße, dachte er, ich hätte das Tablett hinten unters Hemd stopfen sollen. Da war er nun mitten in der wahrscheinlich am stärksten polizeilich überwachten Quadratmeile auf dem Planeten und benahm sich wie ein Terrorattentäter. Es wäre ein ernstes Versagen der Sicherheitskräfte, sollte er nicht erschossen werden. Fast konnte er die Schweißtränen aus seinen Fingern quellen sehen.

Er rückte zentimeterweise seitwärts und klammerte sich an das Regenrohr, als hinge sein Leben davon ab, was es ja auch tat, wie ihm aufging.

Er befand sich über dem Garten des Hotels und konnte laute Stimmen hören. Zaghaft blickte er nach unten. Die Terrassentüren zur Bar standen offen. Wegen der kalten, windigen Nachtluft waren keine Trinker im Garten, und es schienen auch keine Wachen umherzustreifen. Doch jetzt war keine Zeit, sich über das eigene Gesehenwerden zu sorgen. Er musste runter in den Garten kommen. Sollte er da unten angeschossen werden, könnte er wenigstens stürzen, ohne beim Aufprall auf den Boden seinen Schädel zu zerschmettern.

Er zog ein paarmal am Regenrohr, um sicherzugehen, dass es fest genug saß, und begann, sich ruckelnd abzulassen. Er verschrammte seine Schuhe, schürfte sich die Haut von den Fingerknöcheln und starb dann beinahe an einem Herzanfall, als er den Halt verlor und rapide zu rutschen begann. Seine Hände und Schuhspitzen quietschten unerträglich am Metall des Regenrohrs entlang, doch er konnte sich nicht abbremsen. Eine Hand glitt ab, und er wusste, dass er fallen würde. Dann schlugen seine Füße auf dem Sims rings um das zweite Stockwerk auf, das Quietschen verstummte, und er klammerte sich fester an das Regenrohr, als er sich jemals in seinem Leben an etwas geklammert hatte.

Er nahm sich ein paar Sekunden Zeit, um ruhiger zu atmen und seine Finger zu zählen (überraschenderweise waren alle noch dran) und getraute sich dann einen raschen Blick dort hinunter, wohin ihn beinahe ein Salto rückwärts geführt hätte.

Niemand war aus der Bar gekommen, um nachzusehen, wer da Melodien auf dem Regenrohr zu spielen versuchte.

Gleich unter sich sah er ein Bündel abwärts weisender Stahlzinken, die vom Erklettern des Regenrohrs abhalten sollten. Er nutze sie als Tritt und glitt dann mit seinem Körper an den Spitzen vorbei. Zum Glück hatte man sie so oft übermalt, dass sie abgerundet waren. Hätte das FBI sie schärfen lassen, hätte er das Regenrohr wahrscheinlich mit seinen Eingeweiden verziert.

Er rüttelte sich von den Zinken los, wobei er lediglich einen Hemdknopf verlor, und kletterte hinunter auf den Sims des ersten Stockwerks. Sollte noch eine Wache Notiz von ihm nehmen, dann jetzt oder nie. Er befand sich etwa drei Meter schräg über den Türen zur Bar. Rauch und Gesprächsfetzen quollen heraus. Flink glitt er das letzte Stück Regenrohr hinunter und landete kauernd auf dem Rasen.

»Verdammt.«

Er hatte die Milch in seiner Tasche vergessen. Etwas Kühles tröpfelte ihm in den Schritt. Vielleicht, dachte er, widerfuhr etwas Ähnliches, wenngleich Wärmeres, auch gerade der Premierministerin.

Gewöhnlich hätte es ihn befangen gemacht, durch eine Bar zu gehen und auszusehen, als hätte er sich gerade eingenässt, aber heute Abend scherte er sich nicht darum. Wenn stimmte, was Clara über die Zechereien vor einer Tagung erzählte, dann würden noch so einige Hosen im Lauf des nächtlichen Trinkgelages vollgepinkelt oder -gespritzt werden.

*Einer der hervorragendsten nicht-wissenschaftlichen Schriftsteller, der sich unter die zwanzig Besten geschlichen hat, ist Ian Fleming. Nicht wegen des technischen Schnickschnacks von Q. Der Bond der Bücher (anders als der Bond der Filme) verlässt sich mehr auf seinen Schneid als auf technischen Schnickschnack.*

*Fleming gehört hier hinein, weil mehr oder weniger er die Schleichwerbung erfunden hat. Wir wissen ja, dass heutzutage in Filmen alles vom Helden Gegessene, Getrunkene, Getragene und Gefahrene gesponsert ist. Die Produzenten der Bond-Filme waren von Anfang an damit zugange – bestes bekanntes Beispiel dafür ist die Tatsache, dass Sean Connery niemals Aston Martin gefahren wäre, hätte Jaguar nicht abgelehnt, Bond einen E-Type zu geben.*

*Fleming aber hatte Bond in einen Markensüchtigen verwandelt, lange bevor es Bond auf die Leinwand schaffte. In den frühen Romanen erfuhren wir, welchen Champagner er bevorzugte (Taittinger), welches Auto (einen alten Bentley aus den 1930ern), welchen Gin, welche Golfbälle, Zigaretten, sogar welches Haarwaschmittel (Pinaud).*

*Obacht, Geheimagent 007 mit der Lizenz zum Töten, die letzte Verteidigungslinie der freien Welt gegen einen Irren mit einem Dutzend Atomraketen und Verfolgungswahn, macht sich Gedanken über die Qualität von Shampoos?*

*Ist vielleicht ganz gut so, dass die Filmstudios nicht alle von Flemings Einfällen verwendet haben.*

Eine kurze Geschichte der Zukunft, Kapitel 13 (Auszug)

*

Am Ende seiner Schicht war Richie fertig mit den Nerven.

Er hatte sich eine kurze Auszeit nehmen können, um seine Hose unter dem Heißluftgebläse in der Toilette zu trocknen und einen neuen Hemdknopf anzunähen. Er hatte kryptische Telefongespräche mit Clara und Martin geführt. Doch eine halbe Stunde, nachdem er aus dem Fenster des Zimmers geklettert war, in dem die Landeschefin ehebrecherischem (und womöglich verräterischem) Sex frönte, war er zurück und kredenzte einem gelangweilten Mann in ausgebeulter grauer Unterwäsche, der ihm ein Pfund Trinkgeld dafür gab, so mutig zu sein, im Aufzug von der Küche hochzukommen, das gewünschte Bier.

Ihm ging die Düse, als die Premierministerin unten anrief, aber zum Glück nur, um eine Flasche Champagner zu bestellen.

»Hm, die Tagung scheint gut zu laufen«, sagte Filipe.

»Ich glaube, die nennen es Gipfel, nicht Tagung«, sagte Richie.

Je mehr Stunden verstrichen und allmählich Licht durch die Fenster einfiel, umso weniger fürchtete Richie, ein Sicherheitsbeamter könnte ins Büro des Zimmerservice geplatzt kommen und ihn an die Wand rammen.

Trotzdem war es eine wahnsinnige Erleichterung, aus dem Hotel heraus an die frische Morgenluft zu treten. Die Brise roch nach Tang. Die Wellen brachen sich mit lautem Krachen, als hätten sie die ruhige Nacht dazu genutzt, wieder zu Kräften zu kommen. Richie nahm seinen Weg aus der Zone heraus, um zur Bushaltestelle in Richtung City zu gelangen, die zweihundert Meter landeinwärts verlegt worden war. Um Globalisierungsgegnern die Fahrgelegenheit bis unmittelbar an die Absperrungen zu nehmen, vermutete Richie. Sollen die Arschgeigen doch zu Fuß gehen.

Richie schleppte sich die Stufen zum Oberdeck des Busses hoch und sank auf einen der vorderen Sitze.

Er war im Halbschlaf, den Kopf ans kühle Fenster gelehnt, als der Amerikaner an ihn herantrat.

»Hallo.«

Richie schlug die Augen auf und sah, wie jemand ihn über

den Gang hinweg anlächelte. Jemand, der viel wacher war als er. Er kannte das Gesicht. Betrachtete es benommen und versuchte, sich an das Woher zu erinnern. Dann fiel es ihm ein.

»Hi«, sagte er. »Einen gefunden?«

»Gefunden?« Der Amerikaner wirkte einen Augenblick lang verwirrt. »Oh. Ja. Ja, hab einen gefunden.«

»Wirklich? Hier?« Erneut musterte Richie den Mann. Irgendwas stimmte nicht. Er entsann sich des Gesichts und der Stimme, aber getrennt voneinander. Vom Aussehen her war es der Typ, der in den Laden gekommen war, sich nach einem Teleporter erkundigt und den Richie auf die Army-Resterampe verwiesen hatte. Doch seine Stimme kannte Richie von woandersher.

Der Bus rollte von seiner Endhaltestelle los, und der Motor schob ihn brummend bergauf, vorbei an Reihen geschlossener Geschäfte.

»Sie sind Richard, nicht wahr?«, fragte der Amerikaner.

»Richie, yeah.«

Der Amerikaner streckte seine Hand aus. Richie schüttelte sie.

»Ich bin Max.«

Max? Max, der Dildo? Plötzlich war Richie hellwach. Scheiße, sie hatten ihn beim Kragen. Hatten nur gewartet, bis er sich vom Hotel entfernte, um kein Gerede zu provozieren. »Sie sind also der, der letzte Nacht –«, er suchte nach einer höflichen Umschreibung, kam aber auf keine, »– mit der Premierministerin zusammen war.«

Max schien verdutzt. »Woher wissen Sie das?«, fragte er.

Richie verstand nicht. War Max denn nicht deswegen hier? Der Bus schwankte auf den Nebenstraßen rings um die Fußgängerzone heftig hin und her und näherte sich der Hauptstraße. Max taumelte zur Seite, starrte aber Richie weiterhin an.

»Ich bin Zimmerkellner. Uns bleibt nichts verborgen«, sagte Richie.

»Ah, der Champagner?«, riet Max. Er dachte daran zurück, als er gebracht worden war. Den Kellner hatte er nicht gesehen.

Hatte der Kerl durch den Türspalt gelinst? Hatte Ann seinen Namen gerufen, ehe sie zurück ins Schlafzimmer kam?

»Richtig«, sagte Richie. »Wir Zimmerkellner wissen alles und verraten nichts«, sagte er.

Max lachte und entspannte sich. »Ich weiß auch ein paar Sachen über Sie. Unsere Geschicke sind anscheinend miteinander verknüpft.«

»Sind sie?«

»Tja.« Max schnalzte leise mit der Zunge. »Hätte ich erwähnen sollen. Ich bin Mark Johnsons Boss.«

»Ah.« Richie warf einen prüfenden Blick über seine Schulter, ob dies das Stichwort für FBI oder CIA oder irgendwelche Klingonen war, sich auf ihn zu stürzen. Er sah bloß eine Halbwüchsige in hellblauem Nylonoverall, deren Ohren mit Kopfhörern zugepfropft waren. Vermutlich eine Putzhilfe auf dem Heimweg.

»Sie sind Martins Bruder, nicht wahr?«

»Martin?«

Blender lächelte. »Geht in Ordnung, ich wusste schon von Martin, ehe Johnson damit anfing, ihm alle meine Geheimnisse zu verpetzen. Ihr Teleporter wurde von der Adresse Ihres Bruders aus eingesetzt.«

»Ah. Ja. Er ist außer Landes.«

»Yeah, Mark ebenso.« Max lachte. Er schien diese ganze Sache mit Industriesabotage sehr leicht zu nehmen, alles in allem.

»Ich hab nicht, wir wussten nicht ...«, setzte Richie an und verstummte, als Max eine Hand auf seinen Arm legte.

»Keine Sorge«, sagte er und schnitt eine Grimasse, als der Bus in einem Verkehrskreisel beschleunigte, um einem von rechts nahenden Auto zuvorzukommen. »Herrje, diese verdammten Kreisel überall. Ruinieren die euch nicht die Federung? Hab noch nie im Leben so oft am Lenkrad gekurbelt. Und dabei hab ich in meinen Flitterwochen ein Wohnmobil durch die verflixte Sierra Nevada gesteuert.«

Richie sah ihn an, diesen amerikanischen Spion oder Bullen

oder was immer, diesen Beschäler von Staatslenkern, der sich über einen Bus aus Bournemouth aufregen konnte, und sie lachten gemeinsam.

»Es sind unglaubliche Apparate«, sagte Richie. »Die Teleporter meine ich, nicht diese Busse.«

»Danke. Hat mich nicht übermäßig gekratzt, als Johnson euch diesen Kram gab, wissen Sie. Ich wollte mir anschauen, was ihr mit dem Teleporter machen würdet.«

»Nicht viel, fürchte ich«, sagte Richie und überging bescheiden die Teleportation von Pfefferminzbonbons, Kokain, Armbanduhren, Kondomen, falschen Antibabypillen, eines Tofuburgers und eines bedauernswerten Nagetiers.

»Nein, ich meinte euch als Volk, die Briten. Ich wollte mir anschauen, wohin ihr die Teleportation führen würdet. Und es war nur eine Sache von Tagen, bis ihr den Lokator benutzt, neue Drogenmixturen gebeamt und die Pläne für unsere neue Laservorrichtung in alle Welt verbreitet habt. Einfach umwerfend.« Dies eine Mal blickten Max' Augen beinahe warm.

»Das macht Ihnen wirklich nichts aus?« Richie konnte sich keinen Reim drauf machen. Wieder griff Max' Hand nach seinem Arm, aber nur zur Absicherung, als der Bus einen Hügel hinab in eine Senke hopste, in der Gärten mit Blumenbeeten bis hin zum Dickicht aus Rhododendren und zum Strand reichten. Hölle, dachte Max, sich im Bus treffen mag als Gedanke ja großartig erscheinen, aber diese IRA-Typen müssen verdammt stramme Hintern gehabt haben. Oder irische Busse sind viel weicher gefedert als irgendwelche anderen auf der Welt.

»Sonst geht es langsamer«, sagte Richie. »Aber wegen der abgeriegelten Innenstadt ist es viel ruhiger auf den Straßen.«

Max würdigte mit einem Kopfnicken Richies Entschuldigung in Sachen öffentliche Verkehrsmittel in seinem Land. »Ich habe Ihr Buch gelesen. Jedenfalls das letzte Kapitel«, sagte Max.

»Mein Buch? Wie?«

»Hab's vom PC im Laden Ihres Bruders kopiert.«

»Ah.«

»Und ich verstehe Ihre Frustration. Die letzten paar Jahre über haben wir ziemlich heimlich getan. Wir brauchten ordentlich Vorsprung. Aber nun habe ich beschlossen, der Technologie ihren Lauf zu lassen. Ich will mir anschauen, wie sie in freier Wildbahn überlebt. Können Sie mir folgen?«

»Nein«, antwortete Richie. »Heißt das, Sie geben Ihre Geheimnisse preis?«

»Nicht alle.«

»Was ist mit den Geräten, die Menschen teleportieren können?«

Blender schien überrascht. »Menschen? Das hat Johnson Ihnen erzählt?«

»Doch, ja.«

»Nun, mir bricht das Herz, es zuzugeben, aber es ist nicht wahr. Mit der Teleportation von Menschen haben wir's noch nicht mal versucht. Scheiße.« Er gab Richie einen freundschaftlichen Knuff auf den Arm. »Sie machen mich zu redselig.«

»Sorry.«

»Nein, ist nicht Ihr Fehler. Ist meiner.« Max sah ihn väterlich an. »Sehen Sie, Ihr Buch gibt mir das Gefühl, dass Sie sich wirklich etwas draus machen.«

»Tja, schätze schon«, sagte Richie. »Achtung, Linkskurve.«

Die beiden Männer lehnten sich nach links wie zwei Bobschlittenfahrer, als der Bus hinter ein Einkaufsviertel fuhr und vor einem Parkhaus ruckelnd zum Stehen kam, um Fahrgäste aufzunehmen.

Zwei weitere Leute kamen hoch aufs Oberdeck. Keiner sah wie ein US-Geheimagent aus. Ein Bursche in den Zwanzigern mit Sportanorak und Baseballmütze setzte sich ganz nach hinten und spreizte die Beine, um jedem am Gang Einblick in seinen Schritt zu gewähren. Zu den ersten Nutznießern gehörte ein Mann mittleren Alters in einem mit Verputz bekleckstenSweatshirt, der eine zusammengerollte Zeitung aus seiner Schultertasche zog, um den Sportteil zu lesen. Er saß etwa fünf Reihen hinter Max und Richie, außer Hörweite.

Der Bus fuhr an und bog erst rechts ab und dann nach links wieder in die Hauptstraße ein.

Max senkte die Stimme. »Ich weiß, dass Sie gleich aussteigen müssen. Ehe ich England verlasse, wollte ich Ihnen nur sagen, dass alles cool ist.«

»Alles ist cool?«

»Yeah. Alles im Griff. Der ganze Kram von Johnson. Pläne, gestohlener Lokator und das alles. Sie und Ihr Bruder können die Sache vergessen.«

Richie dachte hundert Meter weit nach. Er musste unter Beobachtung gestanden haben, schon seit er in New York das Formular ausgefüllt hatte. Die Amerikaner waren in Martins Laden eingestiegen, hatten die Spur des Teleporters verfolgt. Sie hatten Martin sogar weiter mit Drogen handeln lassen, nur um die Leistungsfähigkeit der Geräte auf die Probe zu stellen. Es musste ein höllisch wichtiges Vorhaben sein, und er saß mit dem Kerl zusammen, der den Laden zu schmeißen schien. Es war, als plaudere er mit Bill Gates oder Captain Kirk.

»Ich hab mich auch über die ganze übrige Technologie schlaugemacht«, sagte Richie. »Die Gasspritzen, Phaserwaffen und so Zeug. Es ist wie in diesem Film Galaxy *Quest – Planlos durchs Weltall*, kennen Sie den? In dem die Außerirdischen die ganze Technik aus *Star Trek* wahr gemacht haben?«

Blender lachte, als erinnere er sich an einen Witz. »*Galaxy Quest*. Ja, eine gute Tarnung.«

»Tarnung?«

»Doppelter Bluff. Sie machen eine irrwitzige Science-Fiction-Klamotte über das Thema. Wer glaubt dann noch, dass jemand es wirklich tut?«

»Sie meinen, Ihre Leute haben …?«

»Nicht gerade ›meine Leute‹. Aber Freunde von mir, ja.« Blender hob eine Hand. Mehr sagte er nicht.

»Kann ich Ihnen nicht noch ein paar Fragen für mein Buch stellen?«, bat Richie. »Ich muss nicht unbedingt jetzt schon aussteigen.«

»Nein, tut mir leid. Ich kann Ihnen wirklich nichts weiter

erzählen. Es sähe sonst aus, als hätten Sie Insiderwissen, und das wäre nicht zweckmäßig für mich.«

»Mist.« Richie entging gerade die unwiederbringliche Gelegenheit, sein Buch verlagswürdig zu machen. »Nun, kann ich Sie wenigstens das Eine über die Premierministerin fragen?«

Martin sah milde erheitert aus, als schmeichle Richie seinem Ich. »Sie können mich fragen«, sagte er.

Richie lehnte sich in den Gang, nah an ihn heran. »Okay. Ich bitte Sie, mich nicht falsch zu verstehen. Aber haben Sie ein Kondom benutzt?«

Max lachte. »Was soll das für eine Frage sein?«

»Ich meine, versucht sie, schwanger zu werden?«

Max pfiff durch die Zähne. »Das ist Ihre Haltestelle, oder?«, fragte er, als sie über die Eisenbahnbrücke fuhren.

Richie winkte ab. »Versucht sie's? Ich muss das dringend wissen.«

Max starrte ihn ein paar Sekunden lang an, ehe er antwortete. »Na schön, vielleicht sollte ich Ihnen das nicht sagen, aber ich bin Ihnen einen Gefallen schuldig«, sagte er. »Stecken Sie's den Medien oder sonst wem, lass ich Sie wegen Spionage und Drogenhandel verhaften, klar?«

»Fein«, stimmte Richie freudig zu.

Max grinste und blickte verschwörerisch um sich. »Sagen wir einfach, dass ich bei jeder sich bietenden Gelegenheit vor meiner Heimreise mein verdammt Bestes tun werde, um Ihnen zu helfen, Ihre Wette zu gewinnen.«

»Meine …?« Richie war sprachlos. »Sie wussten?«

Max war mit der erzielten Wirkung zufrieden. »Richard, wenn Sie das nächste Mal denken, das kann Max unmöglich wissen, denken Sie lieber, ja, wahrscheinlich weiß er es. Das können Sie auch Ihrem Bruder sagen.«

»Verdammt noch mal«, sagte Richie. Wie vor ihm schon der Präsident konnte er die Fangarme der Technik durch Wände dringen und ihn umschlingen fühlen. War man heutzutage nirgends mehr für sich? Mein Gott, wahrscheinlich hatte er sogar ein Video davon, wie Richie und Clara es hinter den Strandhütten trieben.

Da ging es ihm schlagartig auf.

Bis jetzt war Martin der Einzige gewesen, der ihm mit der Wette geholfen hatte, mit all der Treulosigkeit, Unfähigkeit und ausgemachten Blödheit, die seine Hilfe mit sich brachte. Nun hatte er einen gänzlich andersartigen Mitstreiter, jemanden, der wirklich etwas bewegte. Wenn das Sperma dieses Burschen dazu gut war – und er sah sehr gesunde fünfundvierzig Jahre alt aus – und die Eierstöcke der Premierministerin so munter waren wie der Rest von ihr, hatte er die Wette so gut wie gewonnen. Er machte die Augen zu und ballte unter stillem Grinsen die Fäuste.

»Wann fahren Sie nach Hause?«, fragte er.

»In ein paar Tagen.«

»Gut.« Richie hoffte, dass sie gerade ihre fruchtbaren Tage hatte. »Nun, viel Glück, um unser aller willen.«

»Ja«, pflichtete Max bei, »es käme auch ihr entgegen. Sie glaubt, mit einem Baby bessere Aussichten auf eine Wiederwahl zu haben.«

Richie dachte darüber nach und nickte. »Stimmt wahrscheinlich. Die Leute finden sie nicht normal genug. Sie braucht ein Baby, um menschlich rüberzukommen.«

»Tja, sie ist etwas hypernormal. Aber das ist ja das Gute an ihr. Sie und ich werden eine ziemlich gute … vielversprechende …« Max suchte nach dem richtigen Wort.

»Partnerschaft bilden?«, schlug Richie vor.

»Nein, Genmischung.«

Richie nahm den entrückten Ausdruck in Max' Gesicht nicht wahr. Aber er hatte ja auch zum ersten Mal einen Mann gesehen, dem vorschwebte, wie sich die eigene Nachkommenslinie durch Zeit und Raum bis ins Iowa des dreiundzwanzigsten Jahrhunderts erstreckte.

*

Die Politiker waren unschlüssig, ob sie beleidigt sein oder sich erleichtert fühlen sollten.

Wider alle Erwartungen und nach Aufwendung von Millionen Pfund (und Dollar) für Vorsichtsmaßnahmen war die groß angekündigte Antiglobalisierungsdemo ausgefallen.

Die Agitatoren waren zu Hause und die Abendnachrichten bar jeglichen Bildmaterials von Polizisten geblieben, die mit Flaschen beworfen, gesteinigt oder auf Absperrungen gespießt wurden oder umgekehrt von jungen Leuten, die mit Knüppeln geschlagen, erschossen oder auf Absperrungen gespießt wurden.

Eigentlich hätte das eine gute Nachricht für die Politiker sein sollen (wie auch für die Polizisten und jungen Leute, die andernfalls mit Flaschen beworfen, gesteinigt, mit Knüppeln geschlagen, erschossen oder auf Absperrungen gespießt worden wären), war es aber nicht.

Denn um den Mangel an Krawallbildern auszugleichen, hatten die Fernsehanstalten die größten Witzbolde unter ihren Reportern beauftragt, spöttische Seitenblicke auf das langweilige »Boringmouth« zu werfen. Die meisten dieser Journalisten hatten die unvermeidliche alte Dame in ihrem windgeblähten Liegestuhl ausfindig gemacht und überredet, »Tagung? Welche Tagung?« zu sagen. Und sie alle hatten ihre ganze höhnische Gewitztheit am politischen Nichtereignis des Jahrzehnts ausgelassen, an der Tagung, die keinem etwas bedeutete, und den Reden, die bloße öffentliche Darbietungen von Leuten im Selbstgespräch waren, das simultan in ein Dutzend ausgefallene Sprachen übersetzt wurde.

»Rich, ich bin's.«

»Hi, Martin, wie ist das Wetter in Amsterdam?«

»Höllisch heiß. *Indian summer*, Mann.«

»Der ist doch im Herbst. Wir haben Mai.«

»Ich mein ja auch richtig indisch.«

»Oh, ach so.«

»Sie ist heiß, Rich. Das muss Liebe sein.«

Richie lachte. »Ach ja? Kenn dich doch. Bald hast du die Nase voll von Curry.«

»Nichts da, Kumpel. Inder essen ihr ganzes Leben lang nur das, und jetzt ist mir klar, warum. Es gibt so viele, na, Spielarten, verstehst du?«

»Augenblick. Reden wir jetzt von Essen oder von Sex?«

»Beides, Mann, beides, das ist ja das Schöne. Schisch Kebums, Aloo Bums, Chicken Fick Masala, wie im Himmel.«

Richie lachte abermals. So hatte er Martin noch nie von einer Frau sprechen hören. Jedenfalls nicht nach der ersten Woche. Offenbar hatte sie es drauf – der Weg zum Herzen eines Mannes führt über das Dings, das drunter baumelt, durch seinen Magen.

»Du bist hoffentlich bekifft, Martin?«

»Na klar bin ich mordsbekifft. Das hier ist A'dam.«

»Gut, denn Friede und Liebe und ewiges Glück sind sonst ja nicht so dein Ding.«

»Ich bin ein ganz neuer Mann, Mann. Ich meine, sie ist seit zwei Tagen weg, und ich vermisse sie allen Ernstes, statt in der Gegend rumzuvögeln. Ist das zu glauben?«

»Klingt ziemlich wundersam.« Mehr als das, entschied Richie – dass Martin treu blieb, lief dem landläufigen Verständnis von Natur so sehr zuwider wie ein bergauf fließender Fluss oder eine Maus, die einen Elefanten vögelt. Nicht nur die Teleportation revolutionierte wissenschaftliche Gesetze.

»O ja, und noch ein paar Wochen hier, dann hab ich genug verdient, um meine Steuerschulden zu bezahlen und dir zu leihen, was du brauchst. Es geht aufwärts, Mann.«

Richies Miene verfinsterte sich. »Hol einfach raus, was du selber brauchst, und mach dich dünne, Martin. Du verdienst dein Geld gefährlich.«

Er verschwieg Martin seine Hoffnung, bald kein Darlehen mehr nötig zu haben. Diesen Monat würde es fast sicher zu keiner premierministeriellen Periode mehr kommen. Fast sicher.

»Nur die Ruhe«, sagte Martin. »Ich werd mit genug Kohle

nach Hause kommen, um wieder loszulegen. Neuer Laden – Sicherheitstechnik, Alarmanlagen, Privacy-Software, Schnüffelkram. Alles zugelassen. Wusstest du, dass man jetzt jemandem diese Software auf den Rechner laden kann, und sie zeichnet jeden Tastendruck auf? Passwörter, alles.«

»Toll. Einer deiner ersten Kunden solltest du selbst sein.«

»Hä?«

Richie fing zu schildern an, wie Blender in den Laden eingebrochen war, aber Martin fiel ihm ins Wort.

»Scheiße, ich weiß ums Verrecken nicht, wovon du redest, Rich. Wer zum Henker ist Blender?«

»Ach, schon gut.«

»Scheiße, dieses verdammte Dope.«

»Was ist los? Glut auf die Hose gefallen?«

»Nein«, sagte Martin. »Ich vergess dauernd, warum ich dich angerufen hab. Mr Big. Sieh dich bei dem vor.«

»Keine Sorge.« Richie hatte zwei, drei Anrufe bekommen, bei denen der Mann sein Geld verlangt und gedroht hatte, es demnächst »einzuziehen«. Richie hatte ihn zu Geduld aufgefordert. Irgendwie hatte er das Gefühl, von Mr Big oder zumindest dem Ace Bandit in ihm nichts befürchten zu müssen. Richie schien als Ehrenesel adoptiert worden zu sein.

»Er hat am Telefon über dich gezetert«, sagte Martin. »Die Leute schulden ihm kein Geld, sie zahlen ihm Geld. Dir fehlt der Respekt. So Zeug.«

»Ist okay, kann ich mit umgehen.«

»Sag ja nur, pass auf«, sagte Martin.

»Ich glaub nicht, dass er mich auf dem Kieker hat.«

»Ich mach keine Witze, Rich. Hey, Scheiße, da ist ja noch was, sieh dir heute Abend den Präsidenten im Fernsehen an.«

»Warum? Das wird doch nur tödlich langweilig.«

»Sieh ihn dir an, Rich, sieh ihn dir an.«

Nach einem Abendessen aus Fisch und Reis und Tomatensalat und Schokoeis und nur noch ein bisschen Schokoeis mehr, bitte, Mummy, saß Familie Fisher somit aufgereiht auf dem

Sofa, um sich den Präsidenten anzusehen. Eine Ruhe war ihnen eigen wie seit der Zeit vor ihrer Verwicklung in die Teleportation nicht mehr. Richie und Clara hielten Händchen. George und Ella hielten Stofftiere.

»Können wir nicht einen Trickfilm sehen?«, fragte Ella.

»Das ist ein Trickfilm, mein Kürbis. Das ist Daffy Duck im Anzug.«

Der Präsident hatte versucht, den Vorgang etwas lebendiger zu gestalten, indem er einen Moderator aus den Staaten hatte einfliegen lassen, um sich mit ihm eine hitzige »Debatte« vor einem Live-Publikum (aus gründlich gefilzten und durchleuchteten Globalisierungsbefürwortern) zu liefern.

Der Moderator war ein hoch geachteter und sehr bekannter Fernsehjournalist, der die Sorte Interviews führte, bei denen bohrende, herausfordernde, karrieregefährdende Fragen gestellt wurden, aber nur dann, wenn die Fragen vorher abgesprochen waren und der Teleprompter sauber durchlief.

Also traten die beiden auf die Bühne des Tagungszentrums in Bournemouth, um sich vor laufenden Kameras so bösartig zu beharken, wie es nur zwei Männer können, die seit zehn Jahren einmal im Monat zusammen Golf spielen.

Zunächst und weil wohl gerade ein Öko-Gipfel stattfand, erörterten sie ein paar Minuten lang die Zukunft des Planeten.

Der Moderator machte dem Präsidenten gehörig Druck – fühlen Sie sich einer herben Realität ausgesetzt, da Sie den gewaltigen Fortschrittsdrang nicht aufhalten können, fragte er, und ernähren nicht die entwickelten Industrieländer letztlich mehr Menschen, als sie Abfall erzeugen?

»Ja«, pflichtete der Präsident bei, und der Moderator nickte solche Einsicht bewundernd, um eine fünfzehnsekündige Werbeunterbrechung im US-Fernsehen zu überbrücken.

Kaum waren sie aus dem Bild, machte der Moderator dem Präsidenten mit erhobenem Daumen unauffällig ein Zeichen. Doch der Präsident war nicht sehr glücklich. Seine Berater hatten ihm nur wenige Sätze vorgeschrieben. Er wusste, dass der Brite an sich die meisten Amerikaner im Grunde für zurückgeblieben hielt. Er hatte Zweifel, ob ihn kurze Antworten wie »ja« vom Gegenteil würden überzeugen können.

Auch George war nicht sehr glücklich mit dem Drehbuch. »Ist kein Trickfilm«, sagte er.

»Ist nicht richtig lustig«, fand Ella.

»Nein, ist es nicht, ist eher traurig«, stimmte Clara zu.

»Ja, aber Onkel Martin hat gesagt, wir sollen's uns anschauen«, sagte Richie.

»Wirklich?« Ellas Augen wurden größer. Alles, was mit Onkel Martin zu tun hatte, könnte vergnüglich werden.

Die beiden Männer wandten sich der Frage der Teleportation zu. Der Moderator erkundigte sich, ob der Präsident bedaure, dass verbrecherische Elemente sich ein ursprünglich humanitäres Projekt – Mittel zu finden, um Hilfsgüter in Hungergebiete zu beamen – unter den Nagel gerissen hatten.

»Ja«, erwiderte der Präsident. »Natürlich«, hängte er aus dem Stegreif an.

Als der Präsident den Verdacht des Moderators bestätigte, er müsse »tiefen persönlichen Schmerz« über die Erkenntnis empfunden haben, dass seine Forschungsteams außerstande gewesen waren, ihre edel gemeinten Teleportationsversuche mit Carepaketen abzuschließen, bot Richie schließlich an, Kotztüten zu holen.

»Schsch, Daddy«, mahnte Ella.

Der Moderator stellte gerade eine ihn aufrichtig bewegende Frage nach dem Chaos, das die Teleportations-Piraterie angerichtet hatte, da öffnete der Präsident den Mund zur Antwort und hielt inne. Die zuschauenden Massen ahnten es nicht, doch er war auf ein Problem gestoßen. Der Teleprompter streikte.

Andere Staatslenker wären vielleicht erstarrt oder hätten auf einer Werbeunterbrechung bestanden, doch der Präsident schlug sich tapfer weiter. Er bewahrte Haltung und begann zu improvisieren. Er würde den Briten etwas liefern, woran sie eine Weile zu kauen hätten.

»Wir werden nicht demütig die Köpfe im Angesicht finsterer Mächte senken«, sagte er und bedauerte innerlich das sprachlich schiefe Bild »Köpfe im Angesicht«.

»Ich und mit mir die Premierministerin des Vereinigten Königreichs und die übrigen hier versammelten Staatsführer geloben hierauf, die Verbrecher zu stellen und auszumerzen.« Verdammt, dachte er, »geloben hierauf« klang wie bei einer Hochzeit. Warum hatten sie ihn seine Sätze nicht auswendig lernen lassen, statt alles über den Laufschriftgeber zu schicken?

Dennoch beschloss der Präsident weiterzukämpfen, während die Techniker sich mit dem ausgefallenen Teleprompter herumschlugen und seine Berater Ohnmachtsanfälle hatten.

»Wir, die Anführer der freien Welt, beabsichtigen«, verkündete er und fühlte sich für einen Augenblick wie eine Art Erdenbotschafter aus *Star Trek*, »gewisse Formen der Teleportation unter Strafe zu stellen und unseren Sicherheitskräften unbeschränkte Befugnis zu erteilen, grenzüberschreitend und glob –!«

Familie Fisher und die wenigen Glücklichen, die der beinahe unwiderstehlichen Versuchung, umzuschalten, getrotzt hatten, starrten schweigend auf die Mattscheibe. Eine Banane war im Mund des Präsidenten aufgetaucht.

Dann zuckte der Kopf des Präsidenten ruckartig nach links und rechts, während zwei dem Anschein nach kleine Äste sich einer nach dem anderen in seinen Nasenlöchern materialisierten.

Die ganze Familie Fischer brach in Gelächter aus.

Einen Fisher gab es, der nicht lachte. Er jauchzte. Drüben in Amsterdam saß Martin neben einem Teleporter, in der einen Hand eine Tüte Salzstangen, in der anderen ein Telefon.

»Jetzt leuchte den Heini an, der die Fragen stellt. Ihm genau in den Mund, Babe. Hast du's?«

Er drückte eine Taste seines Laptops und johlte neuerlich.

»Agh kak!«, spie der Moderator seine ersten und letzten unvorgesehenen Worte an diesem Abend aus.

Mittlerweile stand ein Produktionsassistent auf der Bühne und zeigte aufs Publikum. Die Kameras schwenkten herum und gingen auf die etwa tausend geladenen Gäste, die in wilder Flucht auf die Ausgänge zustürmten.

Als das FBI später das Filmmaterial analysierte, machte es eine dunkelhäutige Frau möglicherweise indischer Herkunft aus, die eine ultraviolette Brille zu tragen schien. Sie steckte eine Art Füllhalter oder Taschenlampe ein und sprach in ein winziges Mikrofon. Ihre blonde Perücke sah geradezu lächerlich unecht aus.

»Das war ein lustiger Film, Daddy. Hat Onkel Martin den gemacht?«, fragte Ella.

»Ja, mein Kürbis, ich glaube schon.«

*Würde man sich nur deshalb an George Orwell erinnern, weil er Begriffe wie Doppeldenk erfunden hat, hätte ich ihn nicht so weit oben auf meine Liste der Futuristen gesetzt. Was Orwells Platz drei in den Top Twenty sicherstellte, war die holländische TV-Realityshow* Big Brother, *denn sie bewies, dass die Welt orwellianisch geworden war.*

*Das Konzept der Sendung, wonach die Spielteilnehmer wie Winston Smith, die Hauptfigur in 1984, im Wissen leben, dass jede ihrer Bewegungen gefilmt wird, ist natürlich ausdrücklich orwellianisch.*

*Darüber hinaus war der Sendung jedoch eine sehr orwellianische Ironie eigen – wie viele unter den Zuschauern der Show und ihrer Ableger überall auf der Welt wussten wohl, woher der Titel stammte? Frei von Dünkel darf gesagt werden, dass die meisten wahrscheinlich noch nie von Orwell gehört hatten. Sie waren TV-Proleten.*

Eine kurze Geschichte der Zukunft, Kapitel 3 (Auszug)

*

Der Präsident und der Moderator hatten Glück, dass gerade keine Stoßzeit im größten Krankenhaus von Bournemouth herrschte. Wäre es Samstagnacht gewesen, hätten sie womöglich auf einer Rollpritsche abwarten müssen, bis die Ärzte ernsthaftere Verletzungen als eine schlecht transplantierte Banane versorgt hätten und sie endlich an die Reihe nähmen.

Doch die beiden Amerikaner wurden in Windeseile in den Operationssaal zu den besten Chirurgen der Gegend gebracht, und zwei Stunden später waren alle ihre Atemwege wieder frei. Der Präsident war nur leicht an Nasenlöchern und Gaumen versehrt, was sich vorwiegend der Zielgenauigkeit von Martins Freundin und dem Reifegrad der Banane verdankte.

Kaum war er abgetupft und genäht, berief der Präsident, ein Beruhigungsmittel ablehnend, Max Blender aus dem Wartezimmer der Notaufnahme ein, das mit einer ungewöhnlichen Mischung aus schnarchenden Trinkern, wimmernden Kindern, zappeligen Journalisten und bewaffneten FBI-Agenten angefüllt war.

Blender war ein wenig mulmig zumute, was bei ihm selten vorkam, als er den Flur hinunter zum Krankenzimmer des Präsidenten ging. Passiert ja auch nicht jeden Tag, indirekt für einen Attentatsversuch (wenn es ein solcher war) auf das eigene Staatsoberhaupt verantwortlich gemacht zu werden. Immerhin konnte man Blender beschuldigen, die Waffe bereitgestellt zu haben (den Teleporter eher denn die Banane). Seine Leute waren schon fieberhaft mit der Spurensuche beschäftigt.

Blender brauchte rasche Ergebnisse, denn jetzt war nicht die richtige Zeit, um Regierungsgelder einzubüßen, sofern es die jemals gab.

Ständig wurde er von irgendwelchen Leuten gefragt, wie sein Team so schnell so weit hatte kommen können. Es machte sogar das Gerücht die Runde, unter den Papieren Gene Roddenberrys habe dessen Familie einen Satz Blaupausen für einen echten, funktionstüchtigen Teleporter gefunden. Falls das stimmt, fragten die Leute, wo sind dann die Pläne hergekommen? Aus der Zukunft? Von Außerirdischen? Blender hatte nur Spott für solche Mutmaßungen übrig. Sollte es solche Pläne tatsächlich geben, hatte er sie nie gesehen. Und er hatte keine Ahnung, woher sie stammen mochten.

Allerdings wusste er, woher das Gerücht stammte. Er hatte es in die Welt gesetzt, um die Aufmerksamkeit vom wahren Geheimnis seines Erfolgs abzulenken. Denn er war ohne irgendwelche Hilfe von Außerirdischen so weit gelangt. Er hatte es auf die gute alte amerikanische Art bewerkstelligt – mit riesigen Geldmengen, um die besten Leute zu bekommen, die beste Ausrüstung und größtmögliche Freiheit für sein Vorhaben. So hatten die USA schon die erste Atombombe gebaut, so hatten sie den Wettlauf zum Mond gewonnen. Wer das nicht begriff, war einfach dämlich. Und er hatte zusätzliche Mittel abgeschöpft, indem er den Teleporter für jedermann auf den Markt gebracht hatte. Neben seinem Wunsch, »die Technik freizusetzen«, brauchte er das Geld, da ihn seine Verbündeten im Pentagon nur eine gewisse Anzahl Diamanten und Tonnen Gold, Uran, Dilithium, Titan und weiterer wertvoller Elemente vervielfältigen lassen wollten. Sie wollten keine sinkenden Weltmarktpreise. Sie hatten ihn sogar aufgefordert, die Vervielfältigung von Terbium einzustellen, das er gar nicht verkauft hatte – er hatte es zur Verwendung in seinen eigenen Lasern hergestellt.

Der Präsident stand für einen stetig fließenden Geldstrom, und Blender musste dafür sorgen, dass dies auch so blieb.

Er spulte in Gedanken sein Unschuldsbekenntnis ab. Es war ihm nicht leichtgefallen, sich klar zu werden, wie viel er dem Präsidenten offenbaren wollte. Es hatte eine ganze Weile gedauert, bis er die vielen Täuschungen zu etwas Erklärbarem aufgedröselt hatte, auch wenn die meisten von ihm selbst geplant waren.

Blender fand das Staatsoberhaupt in einem kleinen bewachten Einzelzimmer vor. Der Präsident saß in einem weißen Patientenkittel aufrecht im Bett, sein Nasenloch war mit Watte zugestopft.

»Wie fühlen Sie sich, Sir?«, fragte Blender. Er wahrte achtungsvoll Abstand zum Bett, die Hände vor seine etwas mitgenommenen Weichteile gefaltet. Die Premierministerin hielt ihn – insbesondere besagte Weichteile – ganz schön auf Trab.

»Sogar noch schlechter, als ich aussehe«, sagte der Präsident mit lispelnder, gedämpfter Stimme. »Nennen Sie mir einen Grund, warum ich Ihnen nicht die Schuld geben sollte.«

»Mir?«

»Und ob. Ihr Leute wolltet doch die Teleportation beim Gipfel auf die Tagesordnung setzen.« Der Präsident sah Blender in die Augen.

Blender blickte unverwandt zurück. Ihm war oft gesagt worden, seine Augen würden nichts verraten und den Leuten das Gefühl geben, in einen Eisberg zu schauen – sie wüssten nie, wie tief sie blickten.

»Wir wollten nur unsere Versuche draufsatteln, Sir. Dies alles ist eine schreckliche, ungeahnte Auswirkung der Teleportation.«

»Ich bin für Sie nicht bloß irgendeine Schachfigur, damit Ihre Technologie ganz oben auf dem Haushaltsplan steht?«

»Nein, Sir.«

Blender erkannte, wie einfach es war, einen Präsidenten anzulügen, solange man gut vorbereitet war und genug Rückendeckung hatte. Vor allem, wenn der Mann seinen Titel so wenig auszufüllen schien. Niemand kann von einem Krankenhausbett aus »präsidieren«.

Als es der Präsident mit versteckten Drohungen versuchte und die eigenen Leute anwies, »dort nach der Wahrheit zu graben, wo es wehtut«, tat Blender sein Bestes, reuig dreinzuschauen, als hätte er soeben begriffen, dass die Zeit für ein offenes Bekenntnis gekommen sei. Er sagte, das wäre nicht nötig, und begann, die »Wahrheit« zu gestehen.

»Wir können Maschinen teleportieren«, sagte er, »einschließlich Waffen und insbesondere solchen, die aus bestimmten Kunststoffen bestehen. Wir haben einen gewissen Erfolg bei Säugetieren erzielt, aber nur bei toten. Nun, wenn sie vor der

Teleportation nicht tot waren, dann danach. Wie drüben auf dem Stützpunkt in Iowa, wo wir den größten Teleporter und die leistungsfähigste Software haben. Bislang haben wie beides noch nie an Menschen getestet und auch nicht die Absicht, es bald zu tun.«

Blender ließ das ethische Problem der Verdoppelung unerwähnt, das sich bei der Aufnahme von Menschenversuchen gestellt hätte. Wozu die Dinge verkomplizieren.

»Was ist mit dem Schweineversuch?«, fragte der Präsident.

»Eine Täuschung. Wir können Säugetiere mit einem Gerät dieser Größe nicht teleportieren. Wir haben ein Zauberkunststück aufgeführt.«

»Mein Gott.«

»Es war aber überzeugend, Sir, müssen Sie zugeben.« Blender musste einfach schmunzeln. »Alles nur eine Nebelwand für unsere Feinde und Wettbewerber. Sie mussten mit eigenen Augen sehen, dass wir grundsätzlich fähig sind, Menschen zu teleportieren. Auf diese Weise wird jeder von ihnen einen erheblichen Teil seines Verteidigungshaushalts auf den Versuch umschichten, unsere Technologie nachzubauen. Und wir mussten Sie belügen, damit niemand Sie beschuldigen würde, die Welt zu belügen. Es tut mir sehr leid, Sir. Aber ich kann Ihnen versichern, dass niemand sonst jemals erfahren wird, was hier in England vor sich gegangen ist.«

»Nicht mal die Briten?«, fragte der Präsident.

»Nein, Sir.« Es stimmte. Unlängst hatte er der Premierministerin eine Menge intimer Dinge anvertraut, aber nichts so Vertrauliches wie den wahren Stand seiner Teleportationsarbeit.

»Diese Techno-Verbrechen gehörten also nicht zu Ihrem Plan?«

»Nein, Sir.« Das stimmte so nicht.

»Was aber wird geschehen, wenn die Chinesen dieses garagengroße Gerät ausprobieren, das sie gestohlen haben?«

»Es war eine Attrappe, und die ersten unglückseligen Tiere oder Menschen, die man hineinstellt, werden verglühen.«

»Mein Gott. Warum waren Ihre Wissenschaftler dann so scharf drauf, diese Gefangenen hineinzustellen?«

»Einige wussten von den Scheinversuchen, andere nicht. Wir hatten nie wirklich die Absicht, die Menschenversuche in England aufzunehmen.«

Blender sah, wie der Präsident sich alles zusammenzureimen versuchte. Ohne die Salzstangen und die Banane würde sich der Präsident wahrscheinlich einen Dreck um das alles scheren, dachte er. Es musste jede Menge Kram geben, von dem er nie etwas gesagt bekam, und jede Menge Reden, die er hielt, ohne die Hintergründe zu kennen. Es kam nur darauf an, ihm seine Unwissenheit nicht unter die Nase zu reiben, im wörtlichen wie übertragenen Sinn. Vergrätze ihn nicht mit Zeitungsartikeln und demütige ihn nicht durch Beamen von Nahrungsmitteln in seine Körperöffnungen.

»Sagen Sie mir, Max«, fragte der Präsident schließlich. »Glauben Sie, man achtet mich? Sehen die Leute einen großen Mann in mir?«

»Wow, Sir«, setzte Blender an. »Was für eine Frage.« Wer so was fragen musste, legte die Antwort bereits nahe. Und dieser Mann, der in einer Art medizinischer Damenunterwäsche dasaß, eine Clownsnase hatte und ausgeprägt lispelte, sollte eine solche Frage nicht stellen.

»Mir scheint, Sir«, wagte sich Blender zuletzt vor, »dass es noch zu früh für Sie ist, sich darüber den Kopf zu zerbrechen. Es gibt nur das Eine, was alle wirklich großen Männer gemein haben. Männer wie Washington, Einstein, Roddenberry und Churchill oder Frauen wie Marie Curie beispielsweise.«

»Das wäre?«

»Sie sind alle tot.«

*

Das öffentliche Interesse am Öko-Gipfel war ohnehin schon fast auf null gesunken, und ohne seinen Star-Redner drohte es nun, völlig zu verpuffen.

Die britische Premierministerin erntete weltweit Beifall von den weniger zynischen Umweltgruppen für ihre Entschlossenheit, bis zum Ende durchzuhalten. Blender versprach dem Präsidenten, auch er werde in Bournemouth bleiben und sichergehen, dass alle losen Enden verknüpft sein würden, und um mit der Premierministerin über die Frage der amerikanischen Bereitschaft zum Technologietransfer in Verbindung zu treten. Er berichtete, dass die anglo-amerikanischen Begegnungen sehr offen, regelmäßig und fachgerecht erfolgten. Er hoffe, sie würden Früchte tragen.

Fünf Tage später reisten die Politiker endlich ab, nachdem sie nichts Greifbares erzielt hatten außer einem gesteigerten $CO_2$-Ausstoß im Raum Bournemouth.

Blender flog nach Washington, um seine Kampagne zur Schadensbegrenzung fortzusetzen, sein Team flog nach Iowa, und die Todeskandidaten gingen zurück ins Gefängnis, nachdem ihre Strafen in lebenslängliche Haft umgewandelt worden waren.

Martin kam aus Amsterdam heim. Er hatte weniger Geld als erhofft dabei, aber er plante, sehr bald zurückzufahren und mehr zu verdienen. Unterdessen wollte er eine Weile abtauchen und kam in Params Wohnung unter. Die jungen Liebenden schienen sich nicht groß daran zu stören, in ihren vier Wänden festzusitzen. Es fand sich Beschäftigung.

Richie pendelte hin und her zwischen Arbeitsschichten im Hotel und dem Versuch, sein Buch zu verkaufen. Er werkelte an seiner Schlussbetrachtung herum und brachte das Ende auf den neuesten Stand – mit Beispielen von Techno-Verbrechen und, um sich nicht den transatlantischen Zorn Blenders zuzuziehen, Andeutungen dessen, was die Amerikaner im Schilde führten.

Mr Big rief nicht an.

Eines Sommermorgens dann sah Richie zu Hause im Fernsehen die Premierministerin vor Downing Street 10 den Kameras zuwinken und voll Überschwang in einen Wald aus Mikrofonen sprechen. Ihr Gatte stand an ihrer Seite, wirkte ruhig, aber auch etwas überrascht.

»Es stimmt«, sagte die Premierministerin. »Ich, wir«, sie nahm die Hand ihres Gatten, »können stolz verkünden, dass wir bald Mutter sein werden.« Die versammelten Reporter lachten. Einer von ihnen stellte die naheliegende Frage:

»Wie wird sich das auf Ihre Amtspflichten auswirken?«

»Ich weiß es noch nicht«, sagte die Premierministerin. Ihre Spindoktoren hatten ihr gesagt, der Anschein leichter Überforderung von alledem würde sich gut machen. »Ich muss mal sehen. Vielleicht müssen wir einen Halbkreis aus dem Kabinettstisch sägen.« Sie zeigte auf ihren imaginären Babybauch und heimste einen weiteren großen Lacher bei den Journalisten ein. Selbst die abgebrühten Politschreiberlinge mussten zugeben, dass sie gut war. »Aber Sie wissen ja, dass es arbeitende Mütter mit viel härteren Jobs als meinem gibt. Verglichen mit manchen Frauen dort draußen bin ich privilegiert.«

Sie erlaubte sich, Mitgefühl über ihr Gesicht huschen zu lassen, und die Blitzlichter flackerten, um einen Augenblick zu bannen, der ihr Millionen Stimmen eintragen würde, dessen war sie sich sicher. Blieb nur noch zu entscheiden, wann die Wahl anzusetzen wäre. Würde sie erst einmal angeschwollen sein, könnte sie keinen Wahlkampf mehr führen. Frauen mit fleckiger Haut und Elefantenbauch gaben keine guten Kandidatinnen ab, außer vielleicht in einigen ländlichen Gegenden von Alabama. Sollte sie warten, bis das Baby da war, um knuddelig auf den Plakaten auszusehen? Nein, besser warten, bis sie ihre Figur zurückhatte, um selber nicht zu knuddelig auf den Plakaten auszusehen.

Richie schaltete den Fernseher aus. Clara hatte Frühschicht. Ihre Mum war schon im Haus, da Richie seine Schicht um zehn antreten sollte. Er bestellte ein Taxi und fuhr geradewegs zum Hotel, während die Kinder unter Aufsicht ihrer Oma im Vorgarten spielten. Seiner Schwiegermutter sagte er nichts. Erst einmal musste er es Clara erzählen.

Im Taxi überlegte er, ob er Martin anrufen solle. Nein, es war sehr friedlich zugegangen, seit sich Martin aus seinen Geldangelegenheiten heraushielt.

Er gab dem Fahrer ein fettes Trinkgeld und ging in die Hotelhalle.

»Können Sie bitte Clara für mich holen?«, fragte er die Empfangsdame.

»Nun, sie ist, glaube ich –«, begann die junge Frau einzuwenden.

»Schon gut, ich werd sie holen«, sagte er. Er hob die Klappe und trat durch.

Clara hatte gerade genug Zeit, ihn zu erkennen, ehe er in die Hocke ging, ihr einen Kuss auf die Lippen drückte und etwas ins Ohr flüsterte.

Sie stand auf, nahm Richies Hand und folgte ihm an der Empfangsdame vorbei.

»Falls Neil kommt, sag ihm doch, ich bin eben mit meinem Mann auf dem Parkplatz, um laut zu kreischen und zu tanzen«, bat Clara sie.

Die Empfangsdame sah zu, wie Clara und Richie die Eingangsstufen hinunterliefen und das Versprechen einlösten. Sie hielten einander umschlungen, tanzten wild Pogo und stießen Freudenschreie aus. Gäste schauten aus ihren Fenstern, und vorbeikommende Autofahrer nahmen die Füße vom Gas. Alle lächelten still vor sich hin, wie es die Leute tun, wenn sie wahres Glück zu sehen bekommen. Einige fragten sich, ob die beiden vielleicht Verwandte der Premierministerin waren.

»Was tun wir jetzt?«, fragte Clara, als sie nach Luft schnappten.

»Als Erstes geh ich zum Buchmacher.«

»Ich will mitkommen.«

Also gingen sie gemeinsam, getragen von einer milden südlichen Brise, und Clara verspürte keine Gewissensbisse, sämtliche Zimmerzuweisungen für die kommende Woche unbearbeitet liegen zu lassen. Neil konnte sich selber drum kümmern. Druck und Stress waren wie weggebeamt.

Sie fingen an zu beratschlagen, was sie mit dem Geld tun würden, und Clara hatte bereits zig Pläne. Richie war sich nicht so sicher, ob sie Mr Big zur vollständigen Begleichung seiner

Verbindlichkeiten bewegen könnten, wollte aber ihre Begeisterung nicht dämpfen. Er ließ sie also vom Kauf eines kleinen Hotels auf den Seychellen schwärmen und schwärmte gleich mit, wenngleich ein Teil von ihm einfach nur froh war, dass die zehn Riesen Schulden aus der Welt und sein Status quo unbeschadet wiederhergestellt waren.

»Mist, ist zu«, sagten beide gleichzeitig, als sie zum Wettbüro in der City kamen. Richie wusste nicht, ob das übliche Gepflogenheit war oder daran lag, dass Terry, der Buchmacher, dieselben Nachrichten wie er gesehen hatte.

»Macht nichts, ich komm später wieder«, sagte Richie. Mit seinem Bruder, beschloss er. Zeit für Martin, seinerseits beim Schuldeneintreiben gefällig zu sein.

Jedenfalls war er nicht allzu enttäuscht, dass der Laden geschlossen hatte. Wäre er geöffnet gewesen, hätte er Clara erklären müssen, dass der größte Teil der Wette an den bekanntesten Gangster der Stadt abgetreten worden war. Es hätte sie ein wenig beunruhigen können.

Gerade erwogen sie ihre nächsten Schritte, als Richies Telefon in seiner Tasche klingelte.

»Hallo? Ja, sie ist hier bei mir. Was ist denn?«

Clara wurde unbehaglich zumute. Richie zog ein seltsames Gesicht und hielt sich ein Ohr zu, um besser hören zu können. Die Stimme am anderen Ende klang laut und zusammenhanglos. Auf keinen Fall war es Neil, der sich auf seine hämische Art erkundigte, ob Clara gedenke, demnächst ihren Kaffee zu trinken, ehe er kalt würde.

»Ganz sicher? Ruf die Polizei. Nein, ruf einfach die Polizei. Wir sind unterwegs.«

Richie legte auf, packte Clara bei der Hand und trat auf der Suche nach einem Taxi hinaus auf die Straße.

»Die Kinder, sie hat die Kinder verloren«, sagte er.

*

Es gibt jede Menge Geschichten von Leuten, die zum Besuch eines erkrankten Elternteils den Atlantik überqueren und nur wenige Minuten nach dessen Tod eintreffen. Die Flugreise muss die Hölle sein. Man schaut aus dem Fenster und richtet seinen ganzen Willen darauf, dass die Wolken rascher vorbeiziehen und das Elternteil langsamer sterben möge. Man ist unfähig, sich den Spielfilm anzuschauen, zu lesen, an anderes als die Zeit zu denken – für einen selbst scheint sie zu trödeln, für das Elternteil sich zu beschleunigen.

Ähnlich zermürbend ist es manchmal, Bournemouth im Taxi zu durchqueren. Da gibt es Ampeln, Sonntagsfahrer, Zebrastreifen. Am liebsten würde man sich nach Hause beamen.

»So schnell Sie können«, trug Richie dem Fahrer auf. Clara saß neben ihm, und jeder ihrer Muskeln schien verspannt.

»Mittagessen in der Mikrowelle gelassen oder so?«, fragte der Fahrer.

Er schaute im Rückspiegel nach Richie und sah, dass der Witz unangebracht war.

»Oh, Ärger?«

»Yeah. Unsere Kinder. Sie werden vermisst.« Es zu sagen, tat körperlich weh.

»Alles klar.« Der Fahrer schwenkte links herum in eine Einbahnstraße und gab Gas. Auf einmal flogen die Wolken viel schneller vorbei.

»Danke, Kumpel«, sagte Richie.

»Sie wohnen dann gleich hinterm Park, nicht?«, fragte der Fahrer.

»Ja.«

»Okay, wir werden durchfahren und nachsehen, ob sie nicht da sind.«

»Das können Sie nicht«, sagte Clara, »der Weg wurde abgesperrt.«

»Lassen Sie das meine Sorge sein.«

Das Taxi raste anderthalb Kilometer eine zweispurige Straße entlang und umrundete dann mit quietschenden Reifen einen Verkehrskreisel, ehe es zum Park gelangte. An diesem Ende der Anlage waren das Fußballstadion und die Wiese, auf der im Sommer die großen Zirkuszelte aufgeschlagen wurden. Es fuhren nur wenige Autos, sodass der Fahrer die Geschwindigkeit beibehielt, bis er dort ankam, wo die Stadtverwaltung die Straße durch Begrasung von hundert, vielleicht zweihundert Metern Asphalt blockiert hatte, um genau das zu verhindern, was das Taxi nun tat – den Park als Abkürzung benutzen.

Richie und Clara suchten den Parkplatz des Stadions und die Rasenflächen nach umherstreifenden Kindern ab. Möglicherweise waren George und Ella aus Jux zum Spielplatz gegangen und hatten sich verirrt.

Das Taxi erklomm den Bordstein, schlängelte sich zwischen zwei Betonpollern hindurch und schlingerte über den Rasen. Ein paar Jungen waren am Kicken und hielten inne, als das Taxi in nur etwa zwanzig Metern Abstand vor ihnen zum Stehen kam. Richie kurbelte das Fenster runter und rief etwas hinaus.

»He, Jungs, habt ihr zwei kleine Kinder gesehen – vier und sechs?«

Sie schüttelten verdutzt die Köpfe.

»Lass uns einfach heimfahren«, sagte Clara.

Das Taxi hielt vorm Haus. Clara lief nach drinnen. Richie holte sein Telefon hervor.

»Martin, ich bin's.«

»Hey, Rich, wie steht's?« Demnach hatte er noch nicht von der Premierministerin gehört.

»Schlecht. Es geht um George und Ella. Sie werden vermisst.«

»Verfluchte Scheiße. Wo bist du?«

»Zu Hause.«

»Bin sofort da.«

»Kannst du dich auf der Hauptstraße nach ihnen umschauen? Bei Dave vorbeifahren?«

»Sicher. Brauch zehn Minuten.«

Die Haustür stand offen. Drinnen sah der Fahrer verlegen

zu, wie Clara ihre schluchzende Mutter tröstete. Manchmal macht es gar keinen Spaß, Oma zu sein.

»Sie haben allein im Vorgarten gespielt«, sagte Clara.

»Allein?«, fragte Richie.

»Mum musste mal du-weißt-schon gehen.«

»Der verdammte Nachbar ist schuld«, sagte Richie. Er brachte es immer noch nicht über sich, »Johnny« zu sagen, nicht bei jemandem mit einem mörderischen Köter. »Die Kinder müssten hinten raus spielen können.«

Die Oma schluchzte mit gesteigerter Lautstärke.

»Es ist nicht deine Schuld, Mum«, sagte Clara und kraulte ihrer Mutter den Hinterkopf, als wäre sie ein Kind.

»Kommt die Polizei?«, fragte Richie.

»Ja, Mum hat sie angerufen.«

»Martin ist auf dem Weg hierher. Er wird sichergehen, dass sie nicht die Hauptstraße runter sind.«

»Möchten Sie, dass ich mit einem von Ihnen die Straßen hier abfahre, um nachzusehen, ob sie nicht bloß irgendwo rumstreunen?«, fragte der Fahrer. »Taxameter ist aus.«

»Yeah, gute Idee«, sagte Richie. »Danke.«

»Darf ich eintreten?« Alle hörten auf zu tun, was sie gerade taten (sich Sorgen machen oder weinen oder beides) und schauten hinüber zum Neuzugang im vorderen Zimmer. Es war ein groß gewachsener, schick gekleideter muskulöser Mann mit rasiertem Kopf. Mr Bigs Rausschmeißer Michael.

»Falls du hinter Geld her bist, kannste dich wieder schleichen und deinem Boss sagen, dass er jetzt Schulden bei mir hat«, sagte Richie.

»Nein, nein, du verstehst nicht.« Michaels Lächeln war absonderlich deplatziert. »Ich bin hier, um euch zu beruhigen.«

»Das kannst du, indem du dich wieder schleichst«, fertigte Richie ihn ab und wandte sich abermals dem Taxifahrer zu.

»Den Kindern geht es doch gut. Kein Grund zur Panik.«

Jetzt schenkten ihm alle ihre Aufmerksamkeit. Richie bewegte sich bedrohlich auf ihn zu, aber Michael war ein erfahrener Kampfsportler, er zeigte keine Furcht.

»Mr Biggs ließ mich hier zurück, damit ich euch die Nachricht bringe, wenn ihr zurückkehrt. Die Kinder sind in Sicherheit und werden im Austausch gegen eine schlichte Garantie, äh, ausgetauscht.«

Clara keuchte auf.

»Ich geb dir jetzt eine Garantie«, sagte Richie, »lebend kommst du hier nur noch raus, wenn unsere Kinder wieder sicher zu Hause sind.«

Wieder lächelte Michael. Richie reizte es, auf ihn einzuschlagen, wusste aber, dass er es nicht konnte, ohne die Kinder zu gefährden. Michael wusste, dass er es wusste, und lächelte darum umso breiter.

»Nein, ich muss die Garantie Mr Biggs persönlich überbringen, und dann bekommt ihr eure Kinder zurück. Sicher und wohlbehalten.«

»Wer ist Mr Biggs?«, wollte Clara wissen. »Was ist das für eine Garantie?«

Michael lächelte erneut. »So ist es schon besser. Wenigstens eine hier zeigt sich vernünftig.«

»Wer ist dieser Biggs?«, wiederholte Clara.

»Ein Kerl, für den wir hin und wieder gearbeitet haben. Er hat einen Anteil an meiner Wette aufgekauft«, sagte Richie.

»Was?« Das alles passierte zu schnell für Clara.

»Richtig«, sagte Michael. »Mr Biggs hat Richies Wette teilweise übernommen. In gewisser Weise hat er euch alle beschützt.«

Herrgott, dachte Richie, sein Grinsen schreit nach der Faust, die es ihm aus dem Gesicht löscht.

Seine Körpersprache musste ihn verraten haben, denn Michaels Ts-ts-sei-kein-dummer-Junge-Blick blieb ihm nicht verborgen.

»Richie!«, schrie Clara.

Es war der erste Forearm Smash, den er seit seiner Teenagerzeit ausgeteilt hatte. Das erste Mal, dass er etwas Lebendiges getroffen hatte, seit er bei seiner ersten (und, so hoffte er, letzten) Reitstunde im Forest einem Pferd auf die Hinterbacken geschlagen hatte. Jahre des Friedens hatten ihm Kraft verliehen, und er hatte alles in einen einzigen Hieb gelegt. Seine negativen Energien aufgespart, bis er sie wirklich brauchte.

Michael bekam den Unterarm seitlich am Kinn ab und brach wie ein Stapel Dosen mit gebackenen Bohnen zusammen.

»Richie, du hast ihn doch gehört«, rief Clara.

Richies Körper war von Adrenalin durchflutet. Er verbrannte überschüssiges Testosteron. Er stand über dem benommenen Mann und wartete auf den nichtigsten Vorwand, ihn wieder zu schlagen. Er war das Leittier, das die Seinen beschützt.

»Richie, er muss diese Garantie überbringen.«

Michael rührte einen Arm. Richie packte seine Hand, zog den Arm gerade und verdrehte ihn so, dass Michael sich auf den Bauch wälzen musste. Richie setzte ihm einen Fuß in den Nacken. Michael war bewegungsunfähig.

»Nein«, sagte Richie. »Mr Big gibt einen Dreck auf diesen Waschlappen. Er hasst Menschen. Wär's ein Esel gewesen, hätte ich nicht zugeschlagen. Aber dies.« Er riss an der Hand des Mannes und entlockte ihm ein befriedigendes Ächzen. »Wo sind meine Kinder?«, fragte er.

»Weiß nicht.«

Richie drehte ihm den Arm etwas weiter um. »Ich werde ihn brechen. Mr Big ist das scheißegal. Sorry.« Er warf seiner Schwiegermutter einen reuigen Blick zu. Normalerweise gebrauchte er dieses Wort nicht vor ihr, aber die war viel zu sehr mit Naseputzen beschäftigt, sie scherte sich nicht darum. Er richtete seine Aufmerksamkeit wieder auf Michael und drehte abermals an seinem Arm. »Der wird dich einfach feuern. Gibt nicht viele einarmige Rausschmeißer in der Stadt, oder?«

Der Mann verzerrte die Miene und schwitzte. »Du irrst dich, er wird –«

»Wo sind sie?« Richie verstärkte den Griff und spannte Sehnen und Bänder zum Zerreißen an.

Michael knirschte mit den Zähnen. »Ich weiß nicht. Er hat sie mitgenommen.«

»Worum geht's dann bei dieser Garantie?«

»Hör zu. Wenn ich ihn nicht anrufe, passiert was Schlimmes.«

»Dann ruf ihn an. Sag ihm, was für 'n Wichser du bist. Sorry.« Wieder warf er einen Blick hinüber zu seiner Schwiegermutter, aber sie schien ihn gar nicht zu hören.

»Richie.« Clara bekam es mit der Angst zu tun. Bei körperlicher Gewalt wurde ihr schlecht. Und Gewalt führte zu Gewalt. Sie wollte einfach ihre Kinder wiederhaben. Und dann Michael den Arm brechen.

Richie bog Michaels Hand um, bis der Daumenballen beinahe die Innenseite des Handgelenks berührte. Dem Mann traten die Augen aus den Höhlen. Richie verstärkte den Druck in seinem Nacken. Er würde irgendetwas tun müssen. Sollte Michael wieder zu Kräften kommen, wäre er ein gefährlicher Gegner. Er war sich seiner Sache einfach zu sicher gewesen, als er hereinkam.

»Schön«, sagte Richie und machte sich bereit, den Arm zu brechen.

»Nein!«, jaulte Michael. »Es ist das Geld. Fordere das Geld nicht ein.«

»Was?«

»Wenn du deinen Gewinn nicht verlangst, geht alles in Ordnung.«

»Verfluchte Scheiße.« Die Wahl zwischen den eigenen Kindern und einer Million Pfund fällt den meisten geistig gesunden Menschen sehr leicht. Nur rechnet niemand mit einer Wahlmöglichkeit.

Richie verlagerte sein Gewicht und begann, den anderen Arm des Mannes zurückzubiegen. Ein Aufkreischen war zu hören, sowohl von Clara als auch von Michael, doch eine Sekunde lag Michael bewegungsunfähig auf dem Fußboden, beide ungebrochenen Arme im Rücken und fast die ganze drückende Last von Richies Körper auf dem Brustkorb.

»Clara, holst du bitte das Isolierband.«

Clara ging in die Küche.

»Und könnten Sie sich auf seine Beine setzen?«, fragte Richie den Taxifahrer. Der Fahrer nickte und ließ sich unnötig heftig auf Michaels Waden plumpsen.

»Dreckskerl«, zischte Michael durch zusammengebissene Zähne.

»Sorry, Kollege.« Der Fahrer zwinkerte Claras Mum zu, die in einem Schock zu versinken schien.

Clara kehrte zurück, und sie verbrauchten fast eine ganze Rolle Isolierband, um den Türsteher am Boden zusammenzubinden. Arme auf den Rücken, Fußgelenke aneinander. Erst zögerte Richie, dann wickelte er dem Mann ein, zwei Lagen um die Augen.

»Besser keine Brauen mehr als einen gebrochenen Arm«, teilte ihm Richie mit.

»Du wirst verdammt –«, setzte Michael zu einer Drohung an.

Richie legte dem Mann eine Hand auf den Mund. »Um deinen Boss zu zitieren, sag nichts, was du bereuen könntest«, meinte er zu ihm. Michael verstummte. »Und denk es auch nicht«, sagte Richie. »Hinten raus gibt's 'nen Pitbull, und sollte ich auch nur vermuten, du könntest meinen Kindern Leid zufügen wollen, bring ich dich hin und reib dir rohes Fleisch über die Eier.«

»Jesus.« Martin stand in der Tür. Als er Michael erkannte, glaubte er zu verstehen. »Mr Big will seinen Einsatz?« Sein Blick huschte zu Clara, da ihm unklar war, ob sie das ganze Ausmaß der Wette kannte.

»Nein.« Richie schilderte in groben Zügen, was geschehen war, seit er von der Schwangerschaft der Premierministerin erfahren hatte.

»Du Saukerl. Rück unsere verfickte Kohle raus.« Martin versetzte Michaels Knie einen brutalen Tritt. Der Mann unterdrückte ein schmerzvolles Stöhnen.

»Lass sein, Martin, das haben wir schon alles durch«, sagte Richie. »Wir müssen ihn hier raushaben, ehe die Polizei kommt.«

»Warum?«, fragte Clara entsetzt. »Er kann doch nicht einfach unsere Kinder entführen und damit davonkommen.«

Richie schüttelte den Kopf. »Du kennst Biggs nicht. Das hier müssen wir selber regeln. Die Polizei würde uns nichts nützen.«

»Nein«, sagte Clara. »Wir sind keine verdammten Gangster. Wir setzen die Polizei darauf an.«

»Ich glaube nicht, dass er den Kindern etwas antut, Clara, wir müssen ihm einfach gut zureden.« Er hoffte, recht zu behalten.

»Nein, lass die Polizei ihm zureden. Vorzugsweise in der Zelle. Mit Gummiknüppeln.«

»Hast du dein Auto da, Martin?«, fragte Richie.

»Ja.«

»Gut, dann bringen wir Michael rüber zu Mr Bigs Haus. Clara, du bleibst bei deiner Mum und sagst der Polizei, wo wir hin sind.«

»Nein, wir bleiben alle hier«, widersprach sie.

»Bitte vertrau mir«, sagte Richie, der spürte, dass die Zeit knapp wurde.

Clara sah ihren Mann fest an. Sein Gesicht war leicht gerötet, doch er atmete ruhig. Er schien die Sache im Griff zu haben, zumal sein menschliches Paket geschenkmäßig eingewickelt zu seinen Füßen lag.

»Na gut«, sagte sie, »aber ich komme mit.«

»Ich werde bei der Dame bleiben«, bot sich der Taxifahrer an.

»Großartig«, sagte Richie. Er langte nach seiner Brieftasche.

»Nein, lassen Sie stecken. Los mit Ihnen«, sagte der Mann.

»Gut, also. Sie lassen uns Ihre Telefonnummer da, okay?«, sagte Richie und zerrte Michael auf die Beine. »Sollte ich meinen Gewinn bekommen, steht Ihnen ein dickes Trinkgeld ins Haus.«

»Danke. Viel Glück«, sagte der Fahrer.

»Mum, ruf Dad an. Er soll hierherkommen«, sagte Clara.

Der Espace parkte in zweiter Reihe vor dem Haus.

Richie und Martin hievten Michael auf die mittlere Sitzreihe, und sie fuhren mit Martin am Steuer und Clara auf dem Beifahrersitz los.

Richie saß neben Michael. Er knuffte ihm in die Rippen.

»Ich brauche Biggs Handynummer.«

Michael nannte sie ihm, und Richie wählte.

»Mr Biggs. Richie hier. Ich will meine Kinder sprechen.«

»Wo ist Michael?«

»Ist hier. Ich soll Sie anrufen, sagt er, die Sache regeln.«

»Was soll das heißen? Hol ihn ran.«

»Er kann das Telefon nicht halten. Seine Hände sind gefesselt.«

»Nutzlose Niete. Hab ihm gesagt, was er machen soll.«

»Lassen Sie mich meine Kinder sprechen.« Richie hielt seine Stimme ruhig. Clara drehte sich um und beobachtete Richie.

»Nein.«

»Über ein paar Sachen wird die Polizei nicht hinwegsehen, wissen Sie.«

»Blödsinn.«

Richie lauschte auf das Hintergrundgeräusch. »Fahren Sie Auto?«

»Nein.«

»Klingt so, als wären Sie in einem Auto.«

»Na gut, hab aber die Hände frei, du Penner. Will schließlich nicht von der Bullerei rausgewinkt werden, weil ich ein Handy benutze, oder?«

»Sind die Kinder im Auto? Wo bringen Sie sie hin?«

»Wofür hältst du mich, für blöd?«

»Schauen Sie, ich weiß, dass Sie nicht zahlen können.«

»Na ja, wer hat schon achthundert verfickte Riesen? Ich bin nicht Tom Scheiß-Cruise.«

»Zum Teufel mit dem Geld. Geben Sie mir einfach die Kinder.«

Mr Big schnalzte mit der Zunge. »So läuft das nicht. Die Leute würden erfahren, dass ich dich um den Gewinn geprellt hab.«

»Aber so wollten Sie's doch, oder nicht?«

»Yeah. Dumm ist nur, dass du rumlaufen und allen erzählen wirst, ich hätte dich geprellt.«

»Ich werd's schon nicht allen erzählen, es geht um meine Kinder.«

»Das genügt nicht.«

Richie fehlten die Worte. Der Mann war nicht mehr bei Trost.

»Aber was war dann mit der Garantie?«

»Tja, bin mir halt nicht mehr sicher, ob das genügt.«

»Schauen Sie her. Ich brauche Ihr Geld nicht. Ich bekomme ja Terrys zweihundert Riesen, das ist mehr als genug«, sagte Richie.

»Geh doch einfach mal aus der Leitung, ja? Ich kann nicht denken, solange du auf mich einquasselst.«

»Lassen Sie mich erst meine Kinder sprechen.«

»Mach die Biege und lass mich in Frieden, geht das?«, brummte Mr Big, als wäre er hier das Opfer. Er legte auf.

Vielleicht war ihm klar geworden, dass er sich zu tief reingeritten hatte, dachte Richie. Unterschichttypen zusammenschlagen und krumme Geschäfte machen war das eine. Kinder entführen das andere. Besonders für einen alleinstehenden Mann mit jeder Menge Fotos seiner Mutter an der Wand. Heutzutage sind die Leute voreingenommen.

Geschlagen nahm Richie das Telefon vom Ohr.

»Nein!«, schrie Clara. Sie begann am ganzen Körper zu zittern.

Richie stieß Michael den Ellbogen in die Flanke. »Wo bringt er sie hin?«

»Du hättest auf mich hören sollen«, sagte Michael. »Mach jetzt dieses Klebeband ab, wenn du –«

Richie unterbrach ihn, indem er seine Gurgel packte. »Hat diese Karre Kindersicherungen?«, fragte er Martin.

»Weiß nicht. Lust auf eine Runde Schnellstraße, um sie auszutesten?«

Richie schloss seinen Griff um die Gurgel. Michael presste

sich ins Polster, aber es gab kein Entrinnen. Es wäre so leicht, dachte Richie, einfach immer weiter zuzudrücken und noch weiter.

»Das Asyl«, zischte Michael.

»Was?«, fragte Richie.

»Das Eselasyl.«

Richie ließ von seiner Gurgel ab.

»Natürlich«, sagte Richie. »Er nimmt die Kinder mit seine Mutter besuchen.«

*

Das Asyl lag draußen am Rand des Forest. Es handelte sich um einen abgewirtschafteten Kleinbetrieb und bestand lediglich aus einigen aus Holz gebauten Ställen. Der Espace bog in die Einfahrt ein, vorbei an einem Schild, auf dem ein Pfeil und der laienhaft gemalte Umriss eines Esels den Besuchern den Weg wies. Eseln auf der Suche nach einem Zuhause vielleicht.

Ein dunkler Mercedes war vor einem Bungalow aus Ziegelsteinen geparkt.

Sie fuhren vor, sprangen aus dem Wagen und ließen Michael darin zurück. Er sträubte sich heftig, kaum dass er allein war, aber Richie fand, jetzt könne er keinen Schaden mehr anrichten.

Clara rannte als Erste um die Ecke des Bungalows zu den Ställen. Sie sah einen Riesen am Stalltor lehnen und blieb stehen. Sie wusste sofort, wer der Mann war. Seine fiese Körpermasse, das strähnige Haar und die schlaffen Lider – alles rief nach Kindesentführer.

»Wo sind meine Kinder?«, schrie sie. Mr Big beachtete sie nicht. Er sah müde aus, beinahe traurig.

Richie und Martin kamen neben ihr zum Stehen.

»Jetzt komm, Bandit, ich bin's«, sagte Richie. »Dein größter Bewunderer. Tu mir das nicht an. Ich dachte, wir hätten eine Beziehung.«

»Wo sind sie?«, wiederholte Clara. »George! Ella!«, rief sie.

Immer noch beachtete Mr Big sie nicht.

»Vergiss nicht, dass Ace Bandit mich harte Arbeit gekostet hat«, wandte er sich an Richie. »Glaubst du, das war alles bloß Schau?«

»Was haben Sie ihnen getan?«, flehte Clara ihn an. »Ella! George!«

»Du hast diese Sache nicht zu Ende gedacht, Bandit«, drang Richie auf ihn ein. »Niemand wird dich dafür achten, Kinder zu stehlen.«

»Mag sein, aber alle werden sich vor Angst in die Hose scheißen.«

»Aber es sind meine Kinder«, hielt Richie dagegen.

»Ich hab's dir gesagt, mein Sohn, Menschen sind Arschlöcher. Mich eingeschlossen.«

Clara schrie auf.

»Das würdest du nicht tun«, sagte Richie. »Nicht für Geld.«

»Es geht nicht bloß um Geld, Richie. Das ist der Knackpunkt. Darum musste ich dir das antun. Sonst würden die Leute denken, ich hätt's nicht mehr drauf. Erst diese Geschichte mit dem Laserding. Dann diese Wette. Ich wär im Arsch. Läuft alles drauf raus, wie viel Schiss die Leute vor einem haben. Ist so mit Bandit passiert. Jetzt passiert's mit Mr Big.«

»Schlag ihn, Richie. Töte ihn!« Es war Clara.

Aber Richie hatte sein Adrenalin verausgabt. Die Gewalt schien es wert gewesen zu sein, solange es etwas zu erreichen gab. Jetzt …

Mr Big fing an zu grinsen. Er schaute über Richies Schulter. Richie drehte sich um und sah Michael herbeihoppeln, die Füße noch immer gefesselt. Offensichtlich hatte er sich von den Stimmen lotsen lassen, da er nun, als alle für einen Augenblick schwiegen, in die falsche Richtung hüpfte, gegen eine Wand krachte und den Boden unter den Füßen verlor. Mr Big brüllte vor Lachen.

Richie wusste nicht mehr, wo er war. Er war in ein verrücktes Paralleluniversum gebeamt worden. Er und Martin sahen einander an. Sie waren fassungslos. Anders Clara. Sie stieß einen Urschrei aus und stürmte auf Mr Big zu. Als sie vor ihm stand, zögerte sie, als sei sie unschlüssig, wohin sie ihn schlagen solle, machte dann einen Schlenker und fegte an ihm vorbei.

»Komm dir die Esel anschauen!«

Es konnte einfach nicht wahr sein. Richie schaute hinüber und sah Clara auf Ella zulaufen, die aus dem Stall gekommen war und nach ihrer Mutter winkte.

»Wo ist George?«, fragte Clara und versuchte, ruhig zu sprechen, um das Mädchen nicht zu ängstigen.

»Er füttert Rufus.«

»George!«, rief Richie, als er zur Scheune rannte. George kam heraus und führte Rufus. Hinter ihm gingen eine Frau mittleren Alters in einer grünen gefütterten Weste – die Besitzerin des Asyls – und ein Rausschmeißer als Nachhut.

»Ich hab Rufus gefüttert, Daddy«, sagte George stolz. »Man muss die Hand flach halten, so.« Er machte es vor. Die Frau lächelte.

Clara ging in die Hocke, auf Augenhöhe mit Ella.

»Wir dachten, wir hätten euch verloren. Oma macht sich schrecklich Sorgen.« Clara kämpfte den Drang zurück, Ella anzuschreien. Wie oft hatten sie ihr und George schon von »bösen Onkeln« erzählt?

Ella schaute schuldbewusst drein.

»Du hättest nirgends hingehen dürfen, ohne es vorher Oma zu sagen«, schalt Richie.

»Aber er hat gesagt, er ist dein Freund«, sagte Ella und fing an zu weinen.

Richie drehte sich um und sah Mr Big an.

»Du solltest deine Kinder nicht unbeaufsichtigt im Vorgarten lassen«, sagte der große Mann. »Ist gefährlich.«

»Schönen Dank für den Rat.« Richie tätschelte Rufus und sprach leise mit George, um ihm zu erklären, was falsch gelaufen war, ohne den Jungen zu sehr zu erschrecken.

Dann umarmte er Ella und versicherte ihr, es sei wieder gut, er wisse, dass sie nicht noch einmal weglaufen würde, ohne vorher Bescheid zu sagen.

Jetzt war alles in Ordnung.

Doch so einfach war es leider nicht. Mr Big stand immer noch da und verfolgte leidenschaftslos die kuschelige Familienszene, die er weiterhin nach Belieben stören konnte, falls nicht etwas geschah.

Richie sah dem Mann in die Augen. »Okay, das ist mein Angebot«, sagte er. »Sie helfen uns, die zweihundert Riesen vom Buchmacher zu bekommen. Wir vergessen alles Übrige. Und erstatten keine Anzeige.«

»Nein«, widersprach Clara. »So einfach kommt er nicht davon. Ich will ihn hinter Gittern haben.«

Mr Big schnaubte ein ersticktes Lachen hervor. »Die Lady ist ziemlich aufdringlich.«

»Nein, die Lady ist ziemlich zornig.« Claras Erleichterung schwand und wich wachsender Wut. Sie marschierte wieder auf Mr Big los.

Martin, der bisher merkwürdig schweigsam geblieben war, trat dazwischen.

»Clara.« Er hob die Hände in einer friedensstiftenden Geste. Die Arbeit für Mr Big konnte noch immer großes Geld bringen.

»Und du. Das ist alles deine Schuld«, fuhr Clara ihren Schwager an und ging weiter. »Du hast Richies Paket aufgemacht. Du hast ihm sein Gerät weggenommen.«

»Sein Gerät gekauft«, berichtigte Martin sie.

»Ohne je zu zahlen«, fuhr Clara fort. »Hast ihn in diese Wette verwickelt …«

»Die ihn reich machen wird«, sagte Martin und trat einen Schritt zurück.

»Und wegen der seine Kinder entführt wurden«, schloss Clara. Sie stand jetzt unmittelbar vor Martin. Wieder wich er zurück. Zumindest taten das sein Kopf und Rumpf. Seine Füße blieben an Ort und Stelle, bis sein Schwerpunkt sie zwang, sich vom Boden zu lösen. Clara stöhnte und schüttelte ihre Hand. Martin war von ihrem Fausthieb so hart getroffen worden wie überhaupt etwas, seit sie jenen Rhododendren auf Brownsea Island mit der Axt zugesetzt hatte. Der Schlag hatte beiden gleichermaßen wehgetan, an unterschiedlichen Stellen.

Martin saß auf dem Erdboden und rieb sich den Wangenknochen. Mr Big klatschte Beifall.

»Hinreißend«, sagte er. »Dich kann ich in den Clubs brauchen, um die Zicken im Damenklo voneinander zu lösen. Du würdest dich besser machen als dieser Trottel da drüben.« Er zeigte hinüber auf Michael, der auf die Knie gekommen war und immer noch darum kämpfte, sich aufzurichten.

»Ich arbeite nicht für Sie und Richie ebenso wenig«, sagte Clara. »Die einzigen Leute, die noch für Sie arbeiten werden, sind Gefängniswärter.« Sie ließ ihre wunde Hand spielen, als wolle sie gleich noch einmal zuschlagen.

Mr Big betrachtete sie, die kleine Frau, die ihren Mann angeschrien hatte, ihren Angreifer zu töten, und Martin zu Boden gestreckt hatte, einen trotz seiner geringen Größe recht muskulösen Mann. Sie war, kam ihm in den Sinn, das Gegenteil seiner eigenen Mutter. Heilige verteidigen sich für gewöhnlich eher schlecht. Deshalb werden sie zu Heiligen.

Er lächelte beinahe wehmütig. »Eure Kinder haben Glück. Nicht jeder hat Eltern, die so für ihr eigen Fleisch und Blut kämpfen würden.«

»Und wir sind noch nicht fertig«, drohte Clara.

Mr Big grunzte. Fast war es ein Lachen.

»Schön. Nun zu dem, was ich tun werde, Richie. Ich werde sicherstellen, dass du deine zweihundert Riesen bekommst. Aber den Rest wirst du dir verdienen müssen.«

»Ausgeschlossen«, sagte Richie. »Ich hab die Nase voll vom Schuldenabzahlen.«

»Aber das löst mein Problem nicht, Richie. Die Leute müssen mich respektieren. Und du wirst dafür sorgen, indem du für mich arbeitest. So sieht jeder, dass ich noch alles im Griff habe.«

Patt. Und ein Losentscheid reichte bei diesem Wettkampf nicht aus.

Richie sah alle Augen auf sich gerichtet. Als stünde er wieder im Ring. Die Gummiseile waren durch die Lattenumfriedung des Eselasyls ersetzt worden. Die Arena war nun eine Waldlichtung. Es gab nur wenige Zuschauer, aber die gierten nach Action.

Warum konnte Mr Big sich nicht einfach verpissen zusammen mit den Hunden, Drogen, Schulden und all dem übrigen Kram, der zwischen Richie und einem friedlichen Dasein stand?

Und Clara war gewöhnlich so gut darin, Lösungsvorschläge für ihre Probleme zu machen – warum starrte sie ihn jetzt so erwartungsvoll an?

Aber sie hatte ja Grund zu starren, begriff er. Er hatte es so weit kommen lassen. Es war an ihm, der Sache ein Ende zu bereiten.

Eine letzte Karte konnte Richie noch ausspielen, obwohl er nicht damit gerechnete hatte, unter solchen Umständen davon Gebrauch zu machen.

»Okay«, wandte er sich an Mr Big, »ich kann etwas anderes für Sie tun.«

»Das wäre?«

»Ich werde dafür sorgen, dass jeder Sie anerkennt. Nicht nur hier. Im ganzen Land.«

»Wie?«

»Ich werde Ihre Geschichte aufschreiben. Die Geschichte von Ace Bandit.«

»Leck mich.«

Jetzt war es Clara, die sich vorkam, als sei sie in ein anderes Universum gebeamt worden. Statt dieses Ungeheuer anzugreifen oder die Polizei darauf anzusetzen, handelte Richie einen Buchdeal mit ihm aus.

»Wissen Sie, wie viele Websites es über Bandit gibt? Dutzende. Zur Hälfte mit hirnrissigen Theorien darüber, warum Sie ausgestiegen sind.«

»Was denn für Theorien?«, fragte Bandit verdrießlich.

»Lauter bescheuerte. Sie wurden positiv auf Kokain getestet. Der MI5 hat Sie fertiggemacht, weil Sie kein Spitzel werden wollten. Thatcher wollte Sie vögeln und ist bei Ihnen abgeblitzt. Sie hatten eine Perücke auf und Angst, sie würde verrutschen.«

»Scheißdreck!«

»Man würde uns die wahre Geschichte abkaufen«, sagte Richie.

»Wenn du diese verfluchte Geschichte verrätst, mach ich dich kalt«, spie Mr Big aus.

»Nein, die Zeiten haben sich geändert, Bandit. Sie sind eine schwule Ikone, wissen Sie das?«

Martin, der immer noch am Boden war, zuckte zusammen und rechnete damit, Mr Big würde um sich schlagen. Doch der Hieb blieb aus. Clara durchschaute das Geschehen. Richie setzte denselben Tonfall ein wie bei den Kindern, wenn sie sich stritten oder einen Trotzanfall hatten. Besänftigend, Besserung verheißend.

»Scheißdreck!«, sagte der große Mann.

»Man würde uns die Geschichte abkaufen, sag ich Ihnen.«

»Keinem lag je was an der wahren Geschichte, immer bloß an den Gerüchten und dem Dreck.«

»Die Zeiten haben sich geändert. Die wahre Geschichte wird alle umhauen.«

»Du kennst nicht mal die wahre Geschichte. Du bescheißt doch nur.«

»Ich denke, doch.« Richies Stimme war nun noch sanfter. Was er aus seinen Zeitschriften wusste und in Bandits Haus gesehen hatte und teils im Netz geraunt wurde, ergab zusammen eine Geschichte, bei der sich Richie ziemlich sicher war.

Vielleicht hatte Richie recht, dachte Clara. Würde die Polizei eingeschaltet, bliebe die Bedrohung bestehen, und wenn nicht durch Mr Big, dann durch einen seiner Lakaien. Besser, das Ganze wurde jetzt und auf andere Weise geregelt.

»Ein Mann erpresst von seinem – wer war es – Ihr Manager? Die Promoter?«, fragte Richie.

»Manager. Dreckschwein.« Die Wunde schmerzte noch immer.

»Ein Spitzensportler, ein Star, vom eigenen Manager erpresst, weil er schwul ist. Hatte damals noch was Heikles. Der Manager sagte, drück deftig mehr Prozente an mich ab, sonst bist du erledigt. Drohte, es den Promotern zu verraten. Und die hätten alle Ihre Kämpfe abgesagt, richtig?«

Mr Big nickte stumm.

»Die Öffentlichkeit hätte die Promoter vielleicht zur Umkehr zwingen können, aber das Wagnis konnten Sie nicht eingehen. Vom ganzen Zirkus, von der ganzen Menschheit angewidert, hängte einer der größten Sportstars des Landes folglich seinen Beruf an den Nagel, um seiner Mutter die Wahrheit über ihren einzigen Sohn zu ersparen. Ihr Vater war damals schon tot, nicht wahr? Kann mir aber denken, dass er zu Lebzeiten ziemlich schwulenfeindlich war.«

Mr Bigs »hm« legte nahe, dass Richie nicht übertrieben hatte.

»Und Sie hatten Angst, Ihre Mutter könnte genauso sein.«

Mr Big starrte schweigend auf seine Füße.

»Diese Geschichte muss erzählt werden«, sagte Richie.

Zum ersten Mal im Leben hielt Martin seinen Bruder für ein Genie. Noch vor Minuten hatten sie um die Sicherheit der Kinder gebettelt, und nun legte Richie einen tröstlichen Arm um den irrsinnigsten Übeltäter der Stadt, dessen Schultern haltlos zuckten und dessen Gesicht sich in Tränen auflöste.

»Die Menschen sind Dreckschweine«, schluchzte Bandit.

»Gut, aber jetzt ist Zahltag«, sagte Richie. »Sie können die Leute ficken, die Sie gefickt haben. Sie ans Licht zerren. Wir können beide reich werden. Rechtmäßig. Wenn Sie weiter mit diesen gebeamten Drogen handeln, kriegen die Yankees sie dran. Die sind eingeschnappt darüber, was mit ihrem Präsidenten passiert ist, wissen Sie. Wir alle müssen aufhören, mit diesen Geräten rumzuspielen.«

»He, Augenblick mal«, sagte Martin, der einen großen Batzen seines zukünftigen Lebensunterhalts in einem Amsterdamer Kanal versinken sah.

»Halt ja die Fresse«, warnte ihn Clara und täuschte einen Tritt vor seinen Kopf an.

»Weiß nicht recht«, sagte Mr Big durch seine Tränen. »Was schätzte, wie viel wir machen könnten?«

»Kommt drauf an. Denken Sie dran, was los war, als sich George Michael und Elton John öffentlich bekannten. Deren Karrieren hoben ab wie ein verfluchtes Space Shuttle. Obendrein noch Ihre Nummer als geläuterter Gangster. So was lieben die Leute.«

Richie schwebte bereits die rote Riesenschlagzeile über Folge eins der Fortsetzungsserie in einem Boulevardblatt vor.

»Und dann natürlich die Esel«, sagte er. »George und Elton hatten nie Esel.«

»Lass die Verarsche.« Mr Big klang bereits besser gestimmt.

»Sorry.«

»Aber was meinste – könntest du mir 'ne Gastrolle in ›Animal Hospital‹ verschaffen?«

»Warum hast du Onkel Martin geschlagen, Mummy?«, fragte Ella.

»Weil er dir ein Geschenk versprochen und nie eins mitgebracht hat, oder doch?«

»Nein!« Ella war erschüttert. Onkel Martin hatte sein Versprechen gebrochen. »Kann ich einen Esel haben?«

»Da fällt mir was viel Besseres ein«, sagte Clara. »Er könnte dir seine wunderschöne Goldkette schenken. Könntest du das, Martin?«

»Ja, ja«, sagte Martin ergeben und kam auf die Beine.

Ella sprang hoch und küsste ihn.

Er lächelte und nahm dies eine Mal seine Niederlage hin. Alles in allem war es ja gar nicht so schlecht gelaufen, dachte er. Bei dem ganzen Durcheinander schien sein Schuldschein an Richie in Vergessenheit geraten zu sein. Also zog er aus dem Handel immerhin ein Guthaben von zwei Riesen. Mehr noch, falls Richie sich überreden ließe, sein großes Los mit ihm zu teilen.

Familie Fisher stieg in ihr Auto und fuhr gemächlich und vorsichtig heim, um der wartenden Polizei zu versichern, sie werde nun doch nicht benötigt, vielen Dank.

*

Es war ein Uhr früh durch. Richie lag ausgestreckt auf dem Sofa und las eine seiner alten Wrestling-Zeitschriften, als jemand mit einem weißen Wischmopp ans Erkerfenster klopfte.

Merkwürdig, dachte er. Fensterputzer auf Nachtschicht.

Dann begriff er, was los war. »Scheiße.« Er stand auf und ging zur Tür, um den Nachbarn mit der Moppfrisur aufzufordern, nicht länger an seine Scheibe zu klopfen. Warum wählte er immer so unmögliche Zeiten, um Besuche abzustatten?

»Ich wollte die Kinder nicht aufwecken«, sagte der Nachbar. »Nach zweiundzwanzig Uhr soll man nicht anklingeln.«

»Da hast du recht, Johnny, aber ich habe *Kennen Sie Tribbles?* mindestens fünf Mal gesehen, und das reicht mir«, entgegnete Richie gemäß der neuen Politik völliger Offenheit. Er hatte seinem Nachbarn bereits gesagt, dass er dem Hund zumindest eine Teilschuld an der Entführung von George und Ella ankreidete. Johnny hatte ausdruckslos zu weinen angefangen und hatte umgehend den Gartenzaun um einen halben Meter Maschendraht ergänzt. Richie hatte ihm der Form halber, wenn auch nicht von Herzen, verziehen.

»Deshalb bin ich nicht gekommen. Ich will dir was anderes zeigen.«

Richie spürte, dass sein Nachbar Erregung ausgedrückt hätte, wäre er dazu fähig gewesen. Eine Hand hatte er zur Faust geballt. Die andere zog am Ärmel seines roten Captain-Picard-T-Shirts, als wolle er seinen Körper irgendwohin fortziehen.

»Was ist es?«, fragte Richie. »Kennen Sie Tribbles – Director's Cut? Jäger des verlorenen Tribble?«

»Nein. Heute habe ich Geburtstag, und meine Schwester hat mir ein Geschenk geschickt. Bin gerade mit Aufstellen fertig.«

Es war nicht die richtige Tageszeit (oder Nachtstunde) zum Rätselraten. Und Richie ging der Wunsch ab, mitzugehen und Begeisterung für eine Nebenfigur aus *Star Trek: Deep Space Nine* als Bastelbogen vorzutäuschen.

»Sorry, Kumpel, aber ich rühr mich erst vom Fleck, wenn du mir sagst, was es ist.«

»Es ist ein Teleporter. Du hattest recht. Es gibt sie wirklich.«

»Ein Teleporter? Wo hat sie den bekommen?« Bald würde jeder Haushalt einen haben.

»Im Internet. Hat jede Menge drauf, von dem in deinem Buch keine Rede war. Dachte mir, du möchtest ihn dir vielleicht anschauen. Sieh mal.«

Der Nachbar machte die Faust auf, um einen schwarzen, füllhalterähnlichen Gegenstand vorzuzeigen.

»Ein Laserlokator«, sagte Richie.

»Yeah. Du weißt über sie Bescheid?«, fragte der Nachbar auf seine übliche, sachliche Art.

»Er hatte einen Laserlokator beiliegen?«, stellte Richie die sinnlose Frage. Wohl offensichtlich, falls die Schwester des Nachbarn nicht den gleichen Einfall wie Martin gehabt und daraufhin amerikanische Wissenschaftler erpresst hatte.

»Ja, und noch ganz andere Sachen. Willst du ihn mal ansehen?«

»Hier sind keine gefährlichen Tiere drin, oder?«, erkundigte Richie sich wachsam, als er nebenan eintrat. Das Haus war die spiegelverkehrte Entsprechung seines eigenen. Man kam links statt rechts ins Wohnzimmer, und die Treppe führte an der rechten Hauswand hoch. Doch die Einrichtungsstile hätten unterschiedlicher nicht sein können. Richies Wohnzimmer war eine teppichunterlegte Unordnung aus Möbeln, Spielsachen, Zeitschriften und Hi-Fi-Geräten, in der drei Fernbedienungen auf einem Stapel Kinderfilme am Fuß der Fernsehkonsole lagen. Das Nachbarhaus wies blitzblankes und gähnend leeres Linoleum auf, ein Sofa und einen Sessel in Schwarz, haargenau rechtwinklig zueinander gestellt, und auf den Regalen, durch Buchstabenreiter alphabetisch unterteilt, reihenweise Hüllen für Filme und CDs. Vorm Kamin stand ein großer Fernseher mit DVD-Spieler darunter, obenauf die jeweilige Fernbedienung. Die weißen Wände schmückte außer der Autogrammkarte eines Klingonen (mutmaßlich eines Schauspielers) nur das weichgezeichnete Fotoposter eines »süßen« Pitbullwelpen.

Auf einem Tisch neben dem Fernseher stand der Teleporter. Das Gerät hatte dieselbe Mikrowellenherdform wie das von Richie (oder Martin), die Bedienungsanleitung war jedoch ungeheuer aufgeblasen. Richies biegsame, sechzehnseitige Broschüre war zu einem richtigen kartonierten Handbuch in Dreifarbendruck aufgewertet. Richie schlug das Inhaltsverzeichnis auf. Es gab sogar eine Seite »Häufig gestellte Fragen«. Häufig gestellte Fragen? Wie häufig hatten Leute wohl schon Fragen gestellt wie: »Was soll ich tun, wenn mir jemand eine Maus schicken will?« Und ein eigener Abschnitt mitsamt ganzseitiger Schnittzeichnung behandelte den Gebrauch des Laserlokators.

»Zu meiner Zeit mussten wir uns selbst beibringen, wie man diese Dinger benutzt«, sagte er.

»Ist ganz einfach«, sagte der Nachbar. »Schau nur, ich kann meinen Rhododendron gießen, ohne das Haus zu verlassen.«

»Ist Technik nicht was Wunderbares?«

»Wasser beamen gehört zu den Tests, die sie einem vorgeben. Pass auf.«

Richie setzte sich auf die Armlehne des Sofas und sah zu, wie der Nachbar in die Küche ging. Er kehrte mit einem Glas Wasser zurück, öffnete die Klappe des Teleporters und goss eine kleine Lache auf den Boden des Geräts, ehe er die Klappe wieder schloss. Dann schaute er zu Richie hinüber und zögerte.

»Ich werde die Vorgartenhecke gießen, damit du's gleich hier im Sitzen sehen kannst«, sagte er.

Er richtete den Laserlokator auf den Vorgarten, der in das

orangefarbene Licht einer Straßenlaterne getaucht war. Richie sah den roten Punkt auf dem Schattenriss der Hecke erscheinen.

»Jetzt klicke ich Speichern an, und die Koordinaten stehen fest. Ich tippe auf Eingabe, und ...« Er drückte die Taste, und das Richie so wohlbekannte Surren setzte ein. Es weckte unschöne Erinnerungen an Tofuburger, Ecstasy und Esel. »Da. Weg.« Der Nachbar hatte die Klappe geöffnet, und tatsächlich war die Wasserlache anderswohin gebeamt worden. »Natürlich müsste man viele Male Wasser beamen, um seinen Rhododendron zu gießen. Und das Wasser auf der Hecke kannst du nicht sehen, weil es zu dunkel ist, aber ich hab es davor schon getan und ...«

»Ich glaub's dir«, sagte Richie. »Beam nur bitte nichts zu uns rüber, ja? Wir versuchen gerade, das Teleportieren aufzugeben.«

»Da gibt's noch mehr, guck mal.«

»Können wir das nicht auf morgen verschieben, oder –?«

»Es gibt eine Adressliste mit allen Teleportern, zu denen man Sachen beamen kann, und diesen kleinen Sender, den man –«

»Eine was? Eine Adressliste?« Richie ging zum Computer hinüber. »Zeig mal.«

Der Nachbar klickte das Icon eines aufgeschlagenen Telefonbuchs an und rief das Inhaltsverzeichnis der Adressliste auf. Es bot ein Alphabet zum Anklicken, eine Länderliste und eine einfache Suchfunktion.

»Darf ich?« Richie übernahm an der Tastatur und tippte »Ri«, ehe er innehielt. Falls er einen Eintrag hatte, würde das einen üppigen Strauß ermüdender Fragen seines Nachbarn nach sich ziehen. Er löschte das »Ri« und tippte »Martin Fisher« in die Suchmaske. Einen Augenblick später teilte ihm der Rechner einen Namen, eine Anschrift und einen Link zu den Koordinaten mit. Dieser Martin Fisher allerdings befand sich nicht in Bournemouth oder Amsterdam. Er wohnte in Portland, Oregon. Was bestätigte, dass Richie noch gelistet war. Er gab »Blender« ein. Als ihm der Rechner eine Adresse in Iowa anbot, war er gleichzeitig überrascht und alles andere als überrascht.

»Lass uns was schicken«, sagte er. Er rechnete aus, dass es jetzt ungefähr sieben oder acht Uhr abends dort draußen sein müsste.

»Ist das ein Freund von dir?«

»Yeah. Er hat mir gewissermaßen geholfen, mein Buch zu schreiben.«

»Was willst du ihm schicken?«

Gute Frage. Was sollte er Max schicken? Er wollte sich einen privaten Scherz erlauben. Vielleicht ein Häuflein Sand aus Bournemouth? Oder ein Foto der Premierministerin? Etwas zu privat. Will den Mann nicht gegen mich aufbringen. Nein, ihm fiel etwas Besseres ein.

»Kannst du eine Nachricht mitschicken, wenn du was beamst?«, fragte Richie. Ihm ging auf, dass er selber während seiner ganzen Teleportationskarriere noch nie etwas gebeamt hatte außer zufällig einen Tofuburger. »Weißt schon, so was wie ›Diese gegrillte Maus ist eine kleine Aufmerksamkeit der Firma Acme Grillmaus‹?«

»Man kann keine Mäuse schicken.«

»Nein, aber du verstehst mich doch. Wenn man ein Geschenk schickt, möchte man eine Karte mitsenden. Kannst du die elektronisch zugleich mit dem Zeug übermitteln, das du beamst?«

»Ich weiß nicht.«

Sie stöberten Handbuch und Bildschirm durch. Jetzt war Richie hellwach. Er brauchte nur wenige Minuten, um den betreffenden Abschnitt im Computer zu finden.

»Ja. Hier steht's. Wenn man die Zielkoordinaten bestätigt, erscheint ein Feld für Nachrichten. Klasse.«

Der Nachbar nickte zum Bildschirm. »Was willst du schicken?«

»Hast du Bananen da?«

Der Nachbar schien keine seltsame Geschenkwahl darin zu sehen, sagte aber trotzdem Nein. »Geht auch ein Apfel? Sonst hätte ich noch Dosenpfirsiche.«

»Salzbrezeln hast du wohl keine?«

»Was ist das?«

Noch eine gute Frage. Wie beschreibt man Salzbrezeln? »Sie sind braun und glänzen. Manche sind gewunden, und –«

»Wie Hundehaufen?«

»Ja, sind aber Gebäck zum Essen. Und manche sind lang. Salzstangen. Mit Salz bestreut. Ungefähr so lang.« Richie hielt seine beiden Zeigefinger hoch und etwa zehn Zentimeter auseinander.

Der Nachbar starrte sie ausdruckslos an.

»Es ist Knabbergebäck, so wie dünne Brotstangen –«, sagte Richie.

»Twiglets? Die hab ich.«

»Ja. Ja, ausgezeichnet. Englische Salzstangen.« Richie lachte. »Kann ich zwei haben?«

Der Nachbar ging in die Küche, um die Twiglets zu holen. Richie öffnete erneut Blenders Seite in der Adressliste, klickte dessen Koordinaten an und tippte seine Nachricht ins vorgesehene Feld.

Als sein neuer Gehilfe zurückkehrte, richtete Richie die Twiglets im Gerät in ungefährem Nasenlocheintrittswinkel aus und drückte die Eingabetaste. Wieder surrte das Gerät, und nach ein paar Sekunden spielte der Computer einen beschwingten Akkord und ließ einen Smiley blinken, um den Umstand zu würdigen, dass Blenders Teleporter die beiden Salzstangen und die Nachricht »Bananen haben wir nicht. RF.« empfangen hatte.

»Ich hab Bier da«, sagte der Nachbar. »Magst du eins? Zum Trinken, nicht zum Beamen.«

Normalerweise fing Richie um zwei Uhr früh nicht mehr zu trinken an, doch jetzt gefiel ihm die Idee.

»Gern. Wollen wir uns eine von deinen DVDs anschauen?«

Soeben erkannte James T. Kirk die von den flauschigen kleinen Tribbles verkörperte Bedrohung, als der Rechnermonitor flackerte und »Uh-oh« sagte. Sie stoppten die Fortpflanzung der Tribbles vorübergehend, um nachzusehen, was vor sich ging.

»Nachricht vom Empfänger« war auf dem Bildschirm zu lesen. Sie besagte: »Hab sie probiert, als ich in England war. Aber nicht inhaliert. MB.«

*

Es dauerte ein paar Monate, aber sie bekamen alles auf die Reihe. Familie Fisher wohnte auf ihrer Trauminsel nahe einem sauberen Strand und einer guten Schule und mit dem Boot nur Minuten von einigen schicken Shoppinggelegenheiten entfernt.

Die zweihunderttausend Pfund lagen auf der Bank. Sie konnten es noch immer kaum glauben – sie hatten zweihundert Riesen, die zinsträchtig für sie arbeiteten. Terry, der Buchmacher, war überredet worden, keine Glücksspielsteuer einzubehalten. Der einzige Kratzer an ihrer Schatztruhe war ein kleines »Darlehen« an Martin, das Richie schon auf Nimmerwiedersehen abgeschrieben hatte.

Das Haus in Bournemouth war vermietet und zahlte seine eigene Hypothek ab. Sie hatten sich mit vielen potenziellen Mietern getroffen und schließlich den idealen gefunden. Einen DJ mit einem sehr großen, schnittigen schwarzen Van und zwei nur geringfügig kleineren und weniger schnittigen schwarzen Rottweilern. Clara meinte, es sei ungerecht für Johnny, den Nachbarn – sein Hund war jetzt immer angekettet. Richie meinte, Scheißdreck, wenn er große Hunde gernhat, soll er sie haben, und das Haus ließe sich unmöglich an eine Familie vermieten – zu gefährlich für Kinder. Am Ende gab Clara nach, aber nur unter der Bedingung, dass der Mieter vor seinem Auszug überall neuen Rasen verlegen lassen würde. Rottweilerkacke war es nicht, was sie sich unter erstklassigem Dünger vorstellte.

Martin gestand, Richie an jenem Abend die Wette untergejubelt zu haben, um eine Pokerschuld bei Terry abzudecken. Er hatte erfahren, dass der Gatte der Premierministerin schwul war, und Terry überzeugt, dieser habe die zehntausend schon so gut wie auf der Bank. Da Martin eben Martin war, machte er sich keine Sorgen, was passieren würde, sollte Richie verlieren, oder wie wütend Terry sein würde, sollte Richie gewinnen. Das war Zukunft, ein Problem von morgen. Richie war der Futurologe, nicht Martin.

Wie immer schon verzieh Richie seinem Bruder. Aber nur aus Angst um Martins Leben für den Fall, dass Clara Wind von der Sache bekam.

Terry war natürlich ein Stück weit eingeschnappt, Verlierer zu sein, zumal er seinen BMW hatte verkaufen müssen. Auch Martins Bemerkung tröstete ihn nicht, wonach er den Wagen nicht vermissen werde, da er ihn ja ohnehin nicht fahren durfte.

Martin verwandte Richies Darlehen darauf, seine Steuern nachzuzahlen, und legte sich mit dem Geld aus Amsterdam ein neues Warenlager zu – die Sicherheitsausrüstung, von der er geredet hatte: diverse chemische Keulen, tragbare Sirenen, Taser, graffitiabweisende Farbe, versteckte Kameras und Privacy-Software.

Außerdem erwarb er einen großen Posten »Störarmbänder«. Sie waren das Allerneueste an technischem Spielzeug, erzeugten ein antimolekulares Kraftfeld und blockierten damit Signale von Teleportern. Verkauften sich sehr gut. Er fand es wesentlich einträglicher, den Leuten Schutz anzubieten, als sie zu betrügen. Die Angst der Menschen vor Verbrechen schien sich höher auszuzahlen als die Verbrechen selbst – jedenfalls auf Martins Niveau.

Bei der Gerichtsverhandlung wegen seines Autounfalls verlor er den Führerschein, doch er hatte jetzt eine Teilhaberin, die ihn herumfahren konnte und ihm immer noch dabei half, neue Spielarten von Curry zu entdecken.

Drüben, auf der anderen Seite des Atlantiks, ging es weniger friedfertig zu. Kaum zurück in Washington, plante der Präsident Rache an allen nicht-amerikanischen Teleportern. Umgehend wurde die CIA vom Abfackeln pakistanischer Mohnfelder abgezogen und auf die weltweite Rückverfolgung nicht zugelassener Teleportationsstrahlen angesetzt. Nur Blenders Zuneigung zur Familie Fisher war es zu verdanken, dass niemand je das Gerät aufspürte, das den Präsidenten angegriffen hatte.

Ebenso wenig fanden die amerikanischen Dienste je den vergrößerten Teleporter, der vom Luftstützpunkt in Bournemouth gestohlen worden war, obwohl es Anhaltspunkte gab, die ihre Agenten zu den verschiedensten Häfen, Rasthöfen, Flughäfen und Lagerflächen in aller Welt jetten ließen. Blenders Mannschaft »chinesischer« Diebe hatte das Gerät nämlich am Tag seines Verschwindens mitten über dem Atlantik aus einem Flugzeug abgeworfen, damit niemand jemals einen genauen Blick darauf werfen konnte. Keiner würde je erfahren, dass es eine Attrappe war.

Jeb Hamlet wurde eine ungemütliche Befragung durch einige CIA-Leute zuteil, die ihn so gut wie bezichtigten, Chinese zu sein. Blender musste erst drei Runden Golf verlieren, ehe er den Präsidenten überredet hatte, seinen Spitzenforscher in Ruhe zu lassen.

Die übrigen Wissenschaftler hatten sich im Glauben, ihr Vorhaben sei in Ungnade gefallen, ergeben in ihre Hochschulen und Forschungseinrichtungen zurückgezogen. Außer Johnson, der sich auf das Gefängnis vorbereitete.

Allerdings teilte Blender Hamlet und den Übrigen mit, sie wüssten zu viel, um einfach so in Frieden gelassen zu werden. Folglich wurden ihre Gehälter verdoppelt, und jeder erfuhr nun, was sich wirklich in Bournemouth abgespielt hatte, zumindest in weniger redigierter Form.

Die Banane und Salzstangen hatten den Präsidenten überzeugt, einen beachtlichen Haushaltsposten für die Teleportationsforschung abzusegnen, damit die USA die Nase vorn behielten. Mithin fanden sich Hamlet und die anderen Wissenschaftler alsbald in einem Flugzeug nach Iowa wieder und damit weit weg von den gefährlichen Pubs der Stadt Bournemouth. Am Ziel wurde ihnen eine neue Gruppe von

Wissenschaftlern vorgestellt, die Blender zur Arbeit an Photonentorpedos angeworben hatte. Am Eingang zum Photonen-Forschungslabor verkündete ein Schild: »Ins 23. Jahrhundert hier lang«. Ein Wettstreit lag in der Luft.

Um die Gefahr undichter Stellen einzugrenzen, verfügte Blender ab sofort, dienstliche Mitteilungen ausschließlich auf Klingonisch zu verfassen. Er wies sein junges Team aus Brooklyn an, eine Verschlüsselung nach dem Vorbild jener zu entwickeln, die von den US-Marines im Zweiten Weltkrieg benutzt worden war.

Der Geheimcode der Marines war nie geknackt worden, da er auf Kenntnis der Umgangssprache der Navajos beruhte. Die einzige Schwierigkeit für die indianischen Marines, die den Schlüssel schrieben, bestand darin, dass sie Wörter für Dinge erfinden mussten, die in ihrer überlieferten Kultur nicht vorkamen – in der Wüste von Arizona stößt man beispielsweise nicht so oft auf U-Boote. Wir sind gegenüber den Navajos im Vorteil, sagte Blender – das Klingonische enthält bereits die Wörter für Photonentorpedos und Teleportation.

Einige Monate nach der Rückkehr der Teleportationsgruppe nach Iowa behauptete eigenartigerweise ein einheimischer Landarbeiter, er habe zwei Schweine am Straßenrand in Erscheinung treten und darauf wie bockende Rodeopferde ins Gehölz rasen sehen. Das FBI lehnte selbst dann noch eine Stellungnahme ab, als über den unweit gemachten Fund der Leiche eines Soldaten berichtet wurde, den offenbar ein großes Huftier zerfleischt und zu Tode gebissen hatte.

Zur Überraschung eines Verlags aus Bournemouth namens Sea-Fi Sci-Fi steigerten sich die Absatzzahlen eines seiner abwegigeren Titel schlagartig und unerklärlich. Unter den Käufern war Richie Fisher, der erwog, seine Top Twenty um eine Nummer einundzwanzig zu erweitern, um den Autor von *Die Killerwarzenschweine von Iowa* zu würdigen. Zwar hatte der Mann die Tierart nicht ganz richtig getroffen, aber offenbar großen Weitblick bewiesen.

Richie versuchte noch immer, sein Wissenschaftsbuch zu verkaufen. Er erwog, einige Leerseiten ans Ende zu hängen, damit die Leute Neuerungen im Teleportationswesen nachtragen konnten. Das Dumme an der Abfassung eines Wissenschaftsbuches war, dass der wissenschaftliche Fortschritt viel zu flott für das gedruckte Wort zu sein schien.

Auch mit seinem zweiten Buch kam er voran. Hin und wieder setzte er sich mit Bandit zusammen und stellte ihm biografische Fragen. Auf Richies Rat hin hielt sich Mr Big von Drogengeschäften fern. Er und Michael lebten nun offen als Paar zusammen, sehr zum Missfallen der Nachbarn. Kam Richie ins Haus, um das Buch zu besprechen, blieb Michael einigermaßen höflich, wenngleich seine Augenbrauen immer noch unschöne Lücken aufwiesen.

Rufus, der nun die ganze Zeit draußen im Asyl lebte, wurde nicht ersetzt. Richie legte diesen Umstand dahingehend aus, dass Mr Big sich endlich mit dem Tod seiner Mutter abgefunden hatte. Oder dass Michael sich geweigert hatte, weiterhin die Eselscheiße vom Rasen zu schaufeln.

Und Familie Fischers Inselzuflucht? Die Karibik, die Seychellen, Polynesien – alle diese Orte hatte sie in Erwägung gezogen und sich schließlich in Poole Harbour niedergelassen. Clara war Verwalterin der Besuchereinrichtungen im Naturschutzgebiet auf Brownsea Island geworden, wohin sie einst zum Rhodo-Roden gegangen war. Daran hatte sie an den Wochenenden immer noch Freude. Ihrem Hotel hatte sie unbekümmert den Rücken gekehrt. Sie hatte Neil, dem Direktor, eine Abschiedsumarmung zugebilligt. Mehr fiel nicht für ihn ab.

Die Kinder gingen auf die Zwergenschule der Insel und verbrachten jeden freien Augenblick damit, an der frischen Luft umherzutollen. Ella lernte in den ruhigeren Winkeln des riesigen natürlichen Hafens Schwimmen und Segeln. George bildete sich einige Millionen Jahre zurück und turnte bald wie ein Affenmensch die Bäume hoch. Gefährliche Hunde, rasende

Pendler oder ausgeklinkte Gangster würden den Strömungen in der zehn Faden tiefen Meerenge trotzen müssen, um an sie ranzukommen.

Familie Fisher war glücklich auf ihrer Insel. Sie lud Freunde über Nacht zu sich ein. Vermisste sie die Stadt, fuhr sie zurück nach Bournemouth. Für alle Fälle trugen alle stets ihre Störarmbänder. Man wusste ja heutzutage nie, was sich wo materialisieren mochte. Natürlich beamten sie sich nicht in die Stadt, denn die entsprechende Technik gab es noch nicht. Sie hatten aber auch gar keinen Ehrgeiz dazu. Das Boot machte viel mehr Spaß.

Richie fand sich sogar bereit, Clara gelegentlich in ein Schuhgeschäft zu begleiten. Und das Erlebnis schmerzte ihn weit weniger als seinerzeit in New York. Das war mit das Beste an der Insel. Sie war viel zu matschig für schickes Schuhwerk.

Was die Premierministerin anbelangte, sie sah zusehends schwanger aus, und ihre Beliebtheit in den Meinungsumfragen wuchs in genau gleichem Umfang wie ihre Beleibtheit. Ihr Gatte war erleichtert, zu keiner weiteren körperlichen Dienstleistung mehr angehalten zu werden; sein Anteil am Deal, die Fotos aus dem Entbindungsheim zu veröffentlichen, entsprach dem Gegenwert von mehreren Jahren Gehalt.

Der echte Vater des heranwachsenden Fötus verfolgte dessen Entwicklung im amerikanischen Fernsehen und bekam von der Mutter laufend über eine sichere (sehr sichere) Telefonverbindung die Schrecken der Schwangerschaft geschildert.

Blender gab der Premierministerin noch eine weitere Amtszeit. Dann würde sie von der Politik die Nase voll haben, und er würde sie bitten, sich scheiden zu lassen. Er würde auf seinem Grundstück in Riverside, Iowa, ein Haus bauen. Dank dem Zuzug von Wissenschaftlern in die Gegend ging es mit dem Städtchen bergauf. Es wäre ein guter Ort, um dort ein Kind großzuziehen. Und der Vater setzte große Hoffnungen in das Kind. Eine Staatsführerin und ein Spitzenforscher würden genetisch für einen ausgezeichneten Start ins Leben sorgen. Könnte der Anfang von etwas Besonderem sein.

Die Buchmacher, darunter auch Terry, nahmen hohe Wetten auf Geschlecht und Namen des Babys an. Unter den möglichen Jungennamen fand sich neben den naheliegenden wie William und Harry auch ein überraschender Anwärter. Ein unbekannter Zocker hatte einen hohen Betrag auf den unwahrscheinlichen Namen Maxwell gesetzt. Er bekam eine Quote von hundert zu eins. Diesmal hatte er die Wette bei einer der landesweiten Buchmacherketten untergebracht, und er hatte vorher seine Frau informiert.

Richie war zuversichtlich zu gewinnen, denn er besaß Insiderwissen. Im Gegenzug hatte er versprochen, einen Teil seines Gewinns für ein neues Forschungslabor in Iowa zu spenden, das an Warp-Antrieben arbeitete.

*Warum schreitet die Teleportationstechnologie so schnell voran?*

*Im Grunde liegt es daran, dass die mit der ursprünglichen* Star-Trek-*Serie aufgewachsenen Kinder nunmehr Macht und Einfluss ausüben. Sie wollen die Welt* Star Trek *so ähnlich wie nur möglich machen.*

*Nein, sie wollen* Star Trek *wahr machen.*

*Und sie haben das Geld und die politischen Verbindungen, um es durchzusetzen.*

Eine kurze Geschichte der Zukunft, Kapitel 1 (Auszug)

## Stephen Clarke

### *Ein Engländer in Saint-Tropez*

*Meine Abenteuer am Mittelmeer. Aus dem Englischen von Gerlinde Schermer-Rauwolf und Thomas Wollermann. 336 Seiten. Piper Taschenbuch*

Möchtest du mit an die Côte d'Azur? Noch bevor die bezaubernde junge Frau zu Ende gesprochen hat, träumt der Engländer von Zypressen und Palmen am Horizont, Yachten glänzen auf dem türkisblauen Meer, der Rosé liegt auf Eis ... Im neuen Kultbuch des Franzosenverstehers Stephen Clarke steckt Südfrankreich pur: Lavendelseife, Living in the Pastis, und wer war nochmal Matisse?

»Stephen Clarke seziert die französische Lebensart. Zum Kaputtlachen witzig.«
Madame

»Höchst empfehlenswert und heiter.«
Denis Scheck

05/2516/01/L

## Stephen Clarke

### *Ein Engländer in Paris*

*Mein Jahr mit den Franzosen. Aus dem Englischen von Thomas Wollermann. 320 Seiten. Piper Taschenbuch*

Paul West, ein junger Engländer, kommt für seinen neuen Job in die französische Hauptstadt und findet heraus, wie die Franzosen wirklich sind: Sie essen Unmengen Schimmelkäse, mißtrauen allen, die nicht französisch sprechen, und – oui, sie küssen sich den ganzen Tag! Dieser Bestseller ist ein zum Kaputtlachen komischer Bericht über die Freuden und Qualen eines verliebten Engländers in Paris.

»Stephen Clarke schöpft erzählerisch aus dem Vollen und erweist sich als ebenbürtiger Bruder im Geiste der legendären Komikertruppe Monty Python's Flying Circus.«
Schweizer Illustrierte

05/2169/02/R

## Stephen Clarke

### *Ich bin ein Pariser*

*Ein Engländer entdeckt Frankreich. Aus dem Englischen von Gerlinde Schermer-Rauwolf und Thomas Wollermann, Kollektiv Druck-Reif. 368 Seiten. Piper Taschenbuch*

Ein Engländer in Paris versucht nach dem ersten Jahr und einigen Kulturschocks noch immer, den Franzosen den Fünf-Uhr-Tee schmackhaft zu machen und in der Stadt der Liebe nicht allein zu bleiben. Beides gestaltet sich schwierig, und Paul West hat zunehmend den Verdacht, daß die Franzosen auf einem anderen Planeten leben …

Von der Flüsterpropaganda zum Welterfolg: Stephen Clarkes Frankreich-Roman verdrängte Harry Potter in England von Platz 1 der Bestsellerliste.

»Stephen Clarke seziert die französische Lebensart. Zum Kaputtlachen witzig.«
Madame

05/2210/02/L

## Kristof Magnusson (Hrsg.)

### *Dänen lügen nicht*

*Kuriose Geschichten aus Skandinavien. 240 Seiten. Piper Taschenbuch*

Dänen lügen nicht. Vermutlich. Aber sie trinken, lieben helle Möbel und machen schlechten Kaffee. Womöglich. Am besten lassen wir die erzählen, die schon mal dort waren. Und zu erzählen gibt es einiges: von isländischen Krawatten, norwegischen Wetterlagen und einer bemerkenswerten Erfindung aus Finnland. Mit Texten von Sibylle Berg, Alex Capus, Herbert Feuerstein, Ariane Grundies, Jakob Hein, Mareike Krügel, Katja Lange-Müller, Jo Lendle, Robert Löhr, Klaus Nüchtern, Annette Pehnt, Thomas Pletzinger, Ingo Schulze, Saša Stanišić, Antje Rávic Strubel, Robin Thiesmeyer, Hans-Ulrich Treichel, Maike Wetzel und Roger Willemsen.

»Macht Lust auf den langen Weg nach Norden.«
Die Zeit

05/2463/01/R

## Ian Sansom

### *Bücher auf Rädern*

*Ein Roman aus der irischen Provinz. Aus dem Englischen von Wernerr Löcher-Lawrence. 336 Seiten. Piper Taschenbuch*

Der Traum vom irischen Lebensglück: fröhliche Menschen, grüne Wiesen, dunkel glänzendes Guinness. In freudiger Erwartung sieht Israel Armstrong, Londons engagiertester Nachwuchsbibliothekar, dem Antritt seiner ersten Arbeitsstelle in der nordirischen Provinz entgegen – wo ihn die Wirklichkeit in Form eines klapprigen alten Bücherbusses kalt erwischt … Schräg, komisch und herzerwärmend irisch!

»Durchgeknallter Lesespaß mit schrulligem Muttersöhnchen, das unfreiwillig zum Ermittler mutiert und sich haarsträubende, höchst vergnügliche Wortduelle liefert.«
Nordwest Zeitung

»Ein wunderbar dezentes, mit subtiler Ironie ausgeführtes, fast zeitloses Sittengemälde.«
Die Welt

05/2461/02/L

## Lars Niedereichholz

### *Unknorke*

*Roman. 240 Seiten. Piper Taschenbuch*

Marc blickt dem Ernst des Lebens ins Gesicht: schmales Reihenhaus, vollschlanke Ehefrau und ein herausfordernder Säugling – das ganze Programm eben. Jetzt muss dringend Geld her. Was bietet sich in dieser Situation für eine Lösung an? Ist doch klar: ein Job als AssistentIn der Geschäftsleitung. Und zwar nicht irgendwo, sondern in einer ökologischen Bank. So, das klingt schlimm? Das ist es auch …

»Herrlich böse und ökologisch garantiert bedenklich.«
Buchjournal

05/2430/01/R